ROH Sex, Lügen und Rohkost
Ein Roman für den besonderen Geschmack

Angelika Fischer

Alle in diesem Buch erwähnten Personen sind fiktiv. Jede Ähnlichkeit mit realen Personen ist rein zufällig.
Alle in diesem Buch erwähnten Informationen zum Thema Ernährung und Gesundheit können nicht als medizinische Empfehlung verwendet werden. Jedwegliche Experimente der Leser, die auf Inspirationen der Romanfiguren beruhen, erfolgen auf eigene Gefahr. Es kann kein Schadenersatz geltend gemacht werden, falls irgendeine in diesem Buch erwähnte Behandlungsmethode nicht funktioniert. Falls Sie Fragen zu den Themen Ernährung und Gesundheit haben, konsultieren Sie einen Spezialisten, Arzt, Heilpraktiker oder Ernährungswissenschaftler.

Der Verlag übernimmt keine Verantwortung für den Inhalt des Buches.

1. Auflage, 2015
ISBN 978-3-944828-04-6

„Umschlaggestaltung / Satz Paul Eisenkirchner, www.pe-foto.at
Umschlagfotos © Alexey Rumyantsev - Fotolia.com“

info@hein-verlag.de

Angelika Fischer

ROH

Sex, Lügen und Rohkost

Der Roman

HEIN-VERLAG

Vorwort

Liebe Leserin, lieber Leser,

wie es der Zufall so wollte, kreuzten sich vor Kurzem die Wege von Angelika und mir. Ich lernte einen herzlichen Menschen kennen, erfuhr von einer neuen Art zu leben und entdeckte eine mitreißende Geschichte, die von einem individuellen Weg auf der Suche nach dem gelungenen Leben erzählt. Ein gefundenes Fressen für eine Studentin der Philosophie. Denn stellen wir uns diese Fragen nicht alle einmal, früher oder später in unserem Leben? Ist es nicht erstaunlich, dass sich manche in den Überfluss stürzen und momenthafte Genüsse ausleben, andere nach Reichtümern oder Weisheit streben und weitere in Askese leben oder sich der Hingabe an Gott widmen, um ihr individuelles Glück zu finden?

Bereits in der griechischen Antike orientierte sich die Ethik am zentralen Begriff der Eudaimonia (εὐδαιμονία), dem gelungenen oder erfüllten Leben. Man war sich einig, dass darin das Ziel eines jeden Menschen bestünde. Aristoteles war der Ansicht, dass die Eudaimonia eine gelungene Lebensführung sei und auf den vollbrachten Leistungen der Menschen beruhe. Nur der tugendhafte Mensch, der sich auf dem Mittelweg (μεσότης) zwischen lasterhaftem Übermaß und Mangel bewege, könne ein gelungenes Leben führen.

Dennoch finden sich auch seit damals einige philosophische Strömungen, die gerade die Lust, den Genuss oder die Freude (ἡδονή) als Prinzip eines gelingenden Lebens ansehen. Epikur war etwa der Ansicht, dass Seelenfrieden (ἀταραξία) durch ein lustvolles Leben zu erlangen sei. Auch wenn dies im Laufe der Philosophiegeschichte nicht selten falsch gedeutet wurde, war damit keineswegs ein Leben der sinnlichen Ausschweifungen gemeint. Vielmehr ging es ihm um eine tugendhafte, gemäßigte Lebensweise, die ihm zufolge die einzig wahrhaft lustvolle Lebensweise ist.

Das Ideal dieser Lebensphilosophie besteht somit darin, sich von allen weltlichen Verlangen und Leiden zu befreien, um auf diesem Wege zur Seelenruhe zu gelangen. Dieser Zustand der höchsten Lust darf jedoch keineswegs mit der asketischen Weltabkehr verwechselt werden, da Epikur nicht müde wurde zu betonen, dass das Glück des Menschen einzig und allein im Diesseits, im puren Leben zu suchen sei.

Diese Gedanken haben auch heute nichts an Aktualität verloren. Wenn man bedenkt, wie oft Horaz' Credo, Lebe den Tag (Carpe Diem), gegenwärtig paraphrasiert wird, hat es sogar den Anschein als wären sie aktueller denn je. Auch heute fragen sich die Menschen, was das gute Leben ist und wie der Seelenfrieden erlangt werden kann. Und gerade heute, in unserer modernen Gesellschaft, fällt es schwer zu entscheiden, ob das individuelle Glück im Innen, im Außen, oder gar bei Gott zu suchen ist. Die vielfältigen Versuchungen, mit denen wir im Alltag konfrontiert sind – seien es Reichtümer, sinnliche Genüsse oder sexuelle Verlockungen – leiten uns manchmal auf Irrwege und haben radikale Gegenbewegungen heraufbeschworen.

Körperliche Gesundheit ist zur Mangelware geworden in einer Gesellschaft des Überflusses. Das Verhältnis des modernen

Menschen zu seiner Nahrung ist in mehrfacher Hinsicht gestört und polarisiert zwischen Diätwahn und Fresssucht. Die Zahl der weltweit Übergewichtigen hat die Zahl der Hungernden längst überstiegen. Millionen Menschen kämpfen gegen sogenannte Zivilisationskrankheiten, die sich zum Teil auf ungesunde Ernährungsgewohnheiten zurückführen lassen.

Das traditionelle Familienmodell scheint im schnelllebigen Alltag der heutigen Gesellschaft ausgedient zu haben und die klassische Konstellation aus Vater-Mutter-Kind ist mittlerweile eher die Ausnahme, denn die Regel. Millionen Menschen durchstöbern Partner-Börsen, Clubs und Seminare auf der Suche nach der großen Liebe, während sich andere die Zeit mit One-Night-Stands und Gelegenheitspartnern vertreiben.

Trotz, oder gerade wegen dieser Entwicklungen bleiben allerdings die zentralen Fragen nach dem guten Leben, der richtigen Ernährung und der wahren Liebe von größter Aktualität. Die Zahl derjenigen, die unsere Gewohnheiten hinterfragen, steigt stetig an und auch die Kritik an unserem modernen Lebensstil will nicht verstummen. Vielleicht hat es deshalb manchmal den Anschein, als ginge es auch heute noch darum, eine Art Mittelweg zu finden, wie ihn bereits Aristoteles beschrieb.

Die vorliegende Erzählung entführt uns auf einen Weg, der ebenfalls nicht immer der goldenen Mitte folgt. Sie stellt die elementaren Fragen nach dem gelungenen Leben – in Sachen Moral, in Sachen Ernährung uns nicht zuletzt in Sachen Liebe – aus einem neuen Blickwinkel. Und wie im echten Leben kommt es vor, dass die lohnendsten Wege eben manchmal die Umwege sind …

Wien im Juni 2015,

Johanna Eberl

»Tritt ein, Fremder! Ein freundlicher Gastgeber wartet dir auf mit Brot und mit Wasser im Überfluss, denn hier werden deine Begierden nicht gereizt, sondern gestillt.«

Dies soll über dem Tor zum Garten (κῆπος) der Epikureer gestanden haben.

Die handelnden Personen

Alfi – Salsa-Tanzpartner aus der Nahrungsmittelindustrie
Arthur – Forums-, Chatnutzer und Rohköstler
Berni (Bernhard) – Besitzer eines Bioladens
Christian – erfahrener Rohköstler aus Wien, der Treffen organisiert
Clemens – Tischbegleiter und Mitarbeiter im Schloss
Dr. Vitalité - Rohkostärztin
Eli – ältere Rohköstlerin, die Erfahrung mit offenen Beziehungen hat
François Pudique – Pfarrer
Gerald – Forums-, Chatnutzer und Rohköstler
Geri – älterer Rohköstler aus Wien
Hans Sauvage – Veganer Rohkostautor & -vertreter
Heinrich Chanvre – Psychiater, der Drogen als Therapiemittel einsetzt
Jaques Lumière – Inspektor bei der Kriminalpolizei
Joy – Wolfgangs Frau, die aus Asien stammt
Joya – Forums-, Chatnutzerin und Rohköstlerin
Lars – Forums-, Chatnutzer und Rohköstler
Leon – Sophies ca. vierjähriger Sohn
Lilly – Forums-, Chatnutzerin und Rohköstlerin
Luis – schwuler, eher veganer Rohköstler
Lukas – Gast und Helfer im Schloss
Marcel Lamour – Oberster im Pariser Schloss
Margit – Rohköstlerin aus dem inneren Kreis der Schlossgesellschaft
Niklas – Forums- und Chatbesitzer zum Thema Rohkost
Phil – veganer Rohköstler
Riccardo – Rohköstler aus dem inneren Kreis der Schlossgesellschaft
Rüdiger – schwuler, eher omnivorer Rohköstler
Simone – Rohköstlerin aus dem inneren Kreis der Schlossgesellschaft
Sophie – Veronikas Schwester
Timo – Gastgeber der Rohkost-Treffen in Deutschland
Tom – Rohköstler, der ehemals im Schloss wohnte
Veronika – junge, alleinstehende Frau und Hauptprotagonistin
Vicky – Veganerin mit hohem Rohkostanteil
Will – Rohköstler mit Weltreise-Erfahrungen
Wolfgang – omnivorer, verheirateter Rohköstler

Alfi

Das war ja mal wieder notwendig gewesen. Veronika saß in ihrem riesigen Sitzsack im Wohnzimmer und blickte auf die leere Packung Prinzenrolle, die sie am Tag davor verdrückt hatte. Die Nacht war nicht gut gewesen. Erst jetzt, nachdem sie ihren Asthmaspray genommen hatte, war wieder alles in Ordnung. Zumindest vorerst. Und alles nur, weil sie sich einfach nicht im Griff hatte. Was für eine Blamage.

Dabei hatte sie neuerdings umso mehr Grund, sich ein bisschen mit der Disziplin anzufreunden. Gestern Abend hatte sie sich mit Alfi getroffen und sie waren sich sehr nahe gekommen. Mit siebenunddreißig war Alfi drei Jahre älter als sie und gerade Single. Nahrungsmittelchemiker. Ihr Traummann, wie sie es sich schon minutenlang eingeredet hatte, vielleicht der Mann, den sie heiraten könnte. Also theoretisch. Sie hatte ihn in einem Tanzlokal kennengelernt, in dem sie seit zwei Monaten einen Salsa-Kurs besuchte. Einerseits weil sie gerne tanzte, andererseits weil sie dabei abnehmen wollte. Außerdem hatte bei der Anmeldung schon der leise Gedanke mitgespielt, dass sie dort vielleicht jemanden kennenlernen könnte. Alfi war der erste, mit dem sich in dieser Richtung etwas ergab. Und wenn nicht, hatten auch andere Tänzer ihre Reize. Wer weiß, was sich auftun würde, falls es mit Alfi nicht klappen sollte. Dreimal in der Woche konnte sie nach dem Büro in den Anfängerkurs gehen. Ideal.

Diesen Monat war der Kurs leider mit Frauen überbelegt. Aber Veronika war ein praktisch denkender Mensch und die Damenüberzahl verschaffte ihr immerhin ein paar Chancen auf kleine

Pausen zwischendurch. Allein dank ihrer etwas pummeligen Figur geriet sie leicht aus der Puste und wegen ihres Asthmas ging ihr die Luft noch schneller aus. Insbesondere, wenn sie zu lange in Bewegung war. Wenigstens hatte der Club eine gute Lüftung und für die Raucher gab es eine eigene Zone. In den Wartezeiten konnte man sich direkt bei der Tanzfläche an die Bar setzen und sich ziemlich gemütlich ausruhen. Man musste nicht dahinzittern, ob irgendwer auf die Idee kam einen aufzufordern, denn der Tanzlehrer rief regelmäßig zum Partnerwechsel auf. Er achtete darauf, keine Mauerblümchen herumstehen zu haben. Mit der ganzen Einrichtung versuchte man, eine angenehme Atmosphäre zu erzeugen. Boden und Decke waren schwarz gestrichen, die Wände in warmen Tönen wie Rot und einem dunklen Orange. Die Lichteffekte waren schmeichelhaft und man sah gerade genug zum Tanzen.

Alfi kam auf Veronika zu. Sie freute sich, von wegen Traummann und so. Seine Haut war warm, aber auch etwas klebrig. »Macht nichts, er kann super führen«, dachte sie und drehte sich ausgelassen nach seinen Anweisungen. Seine dunkelbraunen Haare waren an seine Stirn gepappt, er roch nach frischem Schweiß. Zack, noch eine Drehung. Konzentration! Das Tanzen fiel schon um einiges leichter, wenn der Mann einen gut im Griff hatte. Im Hintergrund sah sie die anderen wartenden Damen an der Bar und genoss es, nicht zum Pulk der Hoffnungsvollen gehören zu müssen.

Sie hatte Alfi schon öfter im Club gesehen und auch mit ihm getanzt, aber an diesem Abend schien er mehr von ihr zu wollen. Nicht immer, wenn der Tanzlehrer zu einem Partnerwechsel aufrief, gab er sie frei und eben drückte er ihre Hüfte besonders eng an seine. Ihr wurde ganz kribbelig, aber Schmetterlinge waren das keine. Eher Kieselsteine, die ihr innerlich hinauf und hinunter kullerten. Immer mitten durchs Becken. Die Hände prickelten und in ihrem Unterleib pochte es verdächtig.

»Meine Wohnung ist nicht weit von hier«, flüsterte ihr Alfi unmerklich für die anderen zu. Was keine Kunst war, die Musik war laut genug.

»Oh Mann«, dachte Veronika, »zum Glück habe ich die neue Unterwäsche an.« Im Club wurde streng darauf geachtet, dass sich die Tanzpaare bei den heißen Salsa-Klängen nicht zu nahe kamen. Bei ihm daheim gab es keine Aufpasser.

Alfis Wohnung war ordentlich eingerichtet, zumindest soweit Veronika das mitbekam. Aber kurz darauf wäre es ihr auch egal gewesen, wenn er auf einer Müllhalde gewohnt hätte. Sie rissen sich die Kleider vom Leib, die Wäsche fiel irgendwohin auf den Boden und die heißen Salsa-Rhythmen fanden ihre Fortsetzung in Alfis Bett. Alles war bestens. Bis Veronika kaum mehr Luft bekam. »Fiiep, fiiep«, pfiff es aus ihrem Hals. Als hätte sie ein hungriges Vogerl geschluckt. Ihr Asthma schnürte ihr den Atem ab. Den Anflug eines Orgasmus spürte sie noch, der Rest ging im Gefiepe unter.

»Fieeep … Fieep …«

»Shit!«, dachte Veronika.

Alfi war schon mitten drin, stöhnte, griff ihr beherzt auf den Po und nach einigen rhythmischen Bewegungen war er fertig. Zumindest hatte er die Sache zu Ende gebracht, das sah sie eindeutig an der weißlichen Flüssigkeit, die sich auf dem Leintuch ausbreitete. Sie hatte die Hoffnung, dass er im Taumel der Hormone vielleicht nichts von ihrem Fiepen bemerkt hatte und fragte sich, was er sich jetzt bloß denken könnte. Was ihr durch den Kopf ging, war klar. Nach dem Kuschelabenteuer wollte sie rasch nach Hause. Es war nicht weit, nur ein paar U-Bahn-Stationen.

»Zu gefährlich um diese Uhrzeit für eine Frau«, meinte Alfi und brachte sie mit dem Auto heim.

»Danke«, sagte Veronika.

»So bin ich halt«, sagte Alfi und grinste.

»Autoverkäuferjargon«, dachte Veronika und ging schnell zum Haustor. Irgendwie wurde sie das Gefühl nicht los, dass ihr Traummann öfter einmal eine Dame aus dem Club mit nach Hause nahm. »Ach, wie peinlich«, dachte sie. Im Vorbeigehen erhaschte sie einen Blick in den großen Spiegel im Vorzimmer. Warum bloß hatte sie diese blöden Snacks gestern noch gegessen?

Ja, warum nur? »Immer wieder dieselbe Frage«, dachte Veronika und vergrub sich tiefer in ihrem Sitzsack. Übermütig war sie gewesen, weil ihre Haut zurzeit besser war. Tanzen oder Sport halfen immer ein bisschen. Sie war sich sicher, dass solche Leckereien, deren bröselige Überreste sich da vor ihr ausbreiteten, schuld an den Schüben ihrer Neurodermitis und dem plötzlichen Asthma waren. Aber sie waren eben so gut. Und was in aller Welt sollte sie sonst essen? Sie hatte fast alles probiert. Mitunter kam es ihr vor, als gäbe es kein Lebensmittel, das nicht schon in ihr gelandet war. Vor allem im Frust nach missglückten Diäten. Dann aß sie sich quer durch alles und ließ auch das nicht aus, was für sie ohnehin tabu sein sollte. Und sie aß es in Mengen, die dann auf der Waage nicht zu übersehen waren. Wer wusste schon, ob die Snacks aus dem Bioladen wirklich so viel besser waren. Teuer waren sie obendrein. Und sie zergingen nicht so toll auf der Zunge wie das übliche Zeug aus den Supermärkten, weswegen man automatisch weniger davon aß.

Die Gedanken drehten sich wieder einmal im Kreis. Wie immer, wenn es ums Essen ging. Und schwupps, irgendwann war Veronika dann beim Sex und ihrem Gefiepe. Sie dachte an Alfi und daran, wie sie quasi auf ihren eigenen Orgasmus gepfiffen hatte.

Irgendwann schälte sie sich aus dem Sitzsack heraus und holte sich ein Gläschen von der Trockenbeerenauslese, die sie im Schrank stehen und anlässlich eines Besuches ihrer Schwester unlängst aufgemacht hatte. Im schönen Glas, genau wie sie es sich von ihrer Großmutter abgeschaut hatte. Dann ging sie ins Bett und murmelte noch vor sich hin, dass sie den Rest der Flasche morgen entsorgen würde und dass das alles ab morgen endgültig aufhören müsse. Daraufhin schlief sie ein.

Sophie

»Das schöne Glas macht es nicht besser.« Veronika blickte ihre Flasche bester Trockenbeerenauslese aus dem Burgenland scharf an. Sie nahm ihr Handy und wählte die Nummer ihrer Schwester. Sophie hob rasch ab.

»Magst du den Rest meiner Trockenbeerenauslese haben?«, fragte Veronika.

Sophie, ihre um sechs Jahre jüngere Schwester, war gerade mit ihrem Sohn Leon auf dem Heimweg vom Kindergarten und etwas verwirrt. »Was ist los? Trockenbeerenauslese? Meinst du das picksüße Zeug vom letzten Mal? Ich hab mich eh schon gewundert, wo du doch Alkohol sonst immer ablehnst.«

»Eben. Bitte nimm sie. Ab heute verbanne ich alles aus meiner Wohnung, was ich nicht vertrage.«

»Na, da hast du ja einiges vor, Schwesterherz.« Sophie studierte Ernährungswissenschaften und stand Veronika immer mit Rat zur Seite, wenn sie wieder mit einer Liste frischer Anregungen und Verbote von einer neuen Ärztin kam.

»Die letzte Diät habe ich ein Jahr lang durchgezogen und sie hat rein gar nichts gebracht«, sagte Veronika. »Obwohl ich jedes Gemüse und Obst gekocht, Schweinefleisch, Weizen und Milch weggelassen habe.«

Sophie lachte bitter. »Und danach warst du mit uns Pizza essen und hattest gleich einen Nesselausschlag am ganzen Körper.«

»Stimmt.« Als Veronika zwei Wochen zuvor mit Sophie und ihrem vierjährigen Neffen bei deren Lieblingsitaliener gewesen war, hatte sie nach zwei Bissen nach Hause fahren müssen. Ihr ganzer Körper war mit roten Flecken bedeckt gewesen und sie hatte sich von oben bis unten mit einer Cortisonsalbe einschmieren müssen. Ohne juckreizstillendes Gel hätte sie nicht einmal ans Einschlafen zu denken gebraucht. »Dabei habe ich so eine Pizza früher problemlos essen können«, sagte sie, »Erinnerst du dich?«

Wovon ihre Schübe tatsächlich abhingen war für Veronika nicht nachvollziehbar, aber irgendwie hatten sie immer auch mit ihrer Ernährung zu tun gehabt. Der Stress tat sein Übriges dazu, ganz abgesehen davon, dass sie dann auch noch Fast Food aß. Die Anti-Juck-Pillen, wie sie die Antihistaminika oft nannte, schienen, obwohl vom Hautarzt verschrieben, nicht wirklich zu helfen. Es nutzte auch nichts, mehr davon zu nehmen und von den alten Hammer-Antihistaminika wurde sie entsetzlich müde. Damit erübrigten sich zwar das Essen und das Kratzen, aber das Leben zu verschlafen konnte auch nicht die Lösung sein. Nicht für Veronika. Dafür war ihr Kampfgeist zu groß.

»Schau doch wieder einmal in den Bioladen, vielleicht haben sie dort etwas Neues für dich«, sagte Sophie. Es klang so mütterlich, als spräche sie mit Leon.

Veronika kannte diesen Ton. Den schlug Sophie immer an, wenn sie ihre Schwester aufmuntern wollte. Aber vielleicht hatte sie nicht unrecht, im Bioladen war oft etwas zu finden, was sie zumindest kurzfristig besser vertrug. Immerhin, ein Plan. Veronikas Laune besserte sich. Vor Kurzem war ihr im Biogeschäft ein Plakat aufgefallen, auf dem man Früchte anpries, die sie noch nie gesehen hatte, und etwas, das wie eine Schokoladentorte aussah. Oder wie Tortillas. Angeblich alles ohne Mehl oder Milch und weder frittiert noch gebacken. Auch eine Art Obst mit riesigen breiten Stacheln war abgebildet gewesen. Ein segmentierter Ball mit Dornen wie von einer Rose, nur über die ganze Frucht verteilt. Daneben war ein Foto derselben Frucht, in zwei Hälften geschnitten, zu sehen gewesen. Das Fleisch hatte goldgelb und weich ausgesehen, wie Vanillepudding. »Schwesterherz, du bist ein Schatz«, sagte Veronika. »Genau das werde ich jetzt tun.«

Auf einmal erschien Veronika das Leben gar nicht mehr so übel. Sie hatte durch den Salsa-Kurs schon etwas abgenommen und einen Mann kennengelernt, der ihr so was wie Beachtung schenkte. Jetzt durfte das Ganze nicht von ihren Nahrungsmittelunverträglichkeiten boykottiert werden. Klar, die gerösteten Erdnüsse waren ein Fehler gewesen und außerdem viel zu viel. Aber die Amarant-Riegel waren ihr schon bei den Ohren heraus gekommen. »Mal sehen, was sie für mich haben im Bioladen«, dachte Veronika.

Nachdem sie aufgelegt hatten, zog Veronika ihre Lieblingsjeans, ein T-Shirt und ihre Jacke an und machte sich auf den Weg. Es war Samstag und der Wochenendeinkauf stand ohnehin an. Sie schlenderte mit ihrem Rucksack zur Straßenbahnhaltestelle. Drei Stationen waren es bis zum Bioladen.

Berni

Der Bioladen im neunzehnten Bezirk war früher einmal ein Fischgeschäft gewesen. Der Inhaber, Bernhard, den alle nur Berni nannten, hatte ihn von seinen Eltern übernommen und zuerst eine Reformkosthandlung daraus gemacht. Vor zwanzig Jahren hatte es Frischfisch noch nicht in jedem Supermarkt gegeben und man kam mit Karpfen und Makrelen gut über die Runden. Um zu überleben kombinierte Berni das elterliche Geschäftsmodell mit einem Biowarenangebot. Bei ihm gab es frischen Fisch, mittags auch Fischgerichte, außerdem Bioobst, Biogemüse und Regale um Regale mit sonstigen Bioprodukten, darunter auch die Riegel aus gepufftem Amarant mit Schokoladenüberzug, die Veronika halbwegs zu vertragen schien.

Das Geschäft in bester Lage des Nobelbezirks wurde bevorzugt von Kunden aufgesucht, die nicht aufs Geld schauen mussten. Veronika öffnete die Türe, die alte Klingel bimmelte. Drei weitere Kunden waren noch im Laden, sie grüßte freundlich. »Könnten ruhig mehr sein«, dachte sie, und Berni vermutlich auch. Er war Mitte sechzig und hatte unter anderem damit zu kämpfen, dass die Supermärkte seit ein paar Jahren nicht nur frischen Fisch, sondern auch ein immer größer werdendes Biowarensortiment anboten. Seine Frau war schon etwas älter, stand meistens in der Küche und kümmerte sich vor allem um die Mittagskunden. Ans Aufhören dachten die beiden trotz allem nicht.

Berni war im hinteren Teil des Ladens ins Gespräch mit einem Kunden vertieft, der sich für eine Saftpresse zu interessieren schien. Veronika hatte Zeit und schlenderte langsam durch die Gänge. Ihr gefiel das alte Gewölbe, das verputzt und weiß gestrichen worden war. Die Räume waren hoch und nicht so steril rechteckig wie in den neu gebauten Supermärkten. Verwinkelt und mit so manch altem Regal, das schon dastand seit Bernis Eltern das Geschäft eröffnet hatten, hatte der Laden einen ganz eigenen Charme.

Bei den Regalen mit den Riegeln traf Veronika auf eine Mutter mit ihrem kleinen Sohn. Älter als drei konnte er kaum sein. Der Bub schien unter denselben Hautausschlägen zu leiden wie Veronika, wobei ihn die roten Flecken auf seinen Wangen offenbar gar nicht störten. Die Mutter las die Zutatenlisten von einer Süßigkeit nach der anderen. Veronika hörte sie seufzen. »Es ist so schwierig mit dir, Aurel. Das verträgst du nicht, und das, und das, und das auch nicht.«

Der Kleine blickte erwartungsvoll auf einen Riegel, der Schokolade enthielt und den er haben wollte.

»Mir geht's genauso«, sagte Veronika und zwinkerte Aurel zu. Sie fühlte mit dem Kleinen mit, denn sie kannte die verzweifelte Frage, »Hast du was Süßes für mich?«, aus eigenen Kindheitstagen. Sie verstand überhaupt nicht, warum die Mutter so ärgerlich mit ihrem Sohn sprach. Er konnte doch nichts dafür, dass sein Körper empfindlicher war als ihrer. Natürlich wusste Veronika, wie mühsam das Ganze für eine Mutter sein musste, aber heute konnte man sich besser helfen als früher. Besonders selten waren die Unverträglichkeiten ja nicht mehr.

Veronika wandte sich an die Mutter: »Am gescheitesten ist es, so einfach wie möglich zu essen. Mir hilft das immer am meisten. Die Süßigkeiten hier in dem Regalfach vertrage ich noch am besten, da ist zumindest meistens Vollwertzucker statt Kristallzucker drinnen. Und die Bauernbutter hier.« Veronika zeigte auf das Stück, das sie meinte.

Die Mutter schien in Eile zu sein, nickte und nahm einen der gezeigten Riegel einfach einmal mit. Etwas anderes hätte ihr Sohn ohnehin nicht zugelassen. Veronika drehte sich wieder um und stieß fast mit einer anderen jungen Frau zusammen, die vielleicht etwas älter als sie selbst war. »Entschuldigung«, sagte sie, »ich habe Sie vorhin mit der Mutter über Ihre Beschwerden sprechen gehört. Sagen Sie, haben Sie schon einmal etwas von Rohkost gehört?«

Veronika schaute sie an. Die Dame war etwas kleiner als sie, dabei aber schlanker, hatte schulterlange braune Haare, einen erwartungsvollen Blick und ein lustiges Lachen.

»Nein, ich glaube nicht.« Veronika überlegte kurz. »Also, diese kandierten Früchte in Schokolade kenne ich schon. Aber die vertrage ich nicht.«

»Nein, nein«, sagte die andere, »das meine ich nicht. Ich rede davon, alles roh zu essen. Ich habe gehört, dass das Menschen mit Neurodermitis extrem gut tut. So gut, dass sie binnen kurzer Zeit symptomfrei sind. Das Leid muss also vielleicht gar nicht sein.«

»Tatsächlich?«, fragte Veronika tonlos. Ihre Freude über diese Information hielt sich in Grenzen. Seit ihrer Kindheit hatte sie von der Kefir- über die Pferdemilch-Diät bis hin zur Vollwertkost alles probiert, was ihre Mutter zu diesem Thema entdeckt und mit ihr durchgezogen hatte. So einfach wie möglich, das war bisher noch das Hilfreichste gewesen. Trotzdem war das Herumprobieren weitergegangen, zuletzt in Form dieser Allergie-Diät, bei der nichts roh gegessen werden sollte. Und nun schon wieder ein Umschwenken in die Gegenrichtung? Dennoch war sie neugierig geworden. Veronika hatte die junge Frau hier schon öfter gesehen und sie war ihr sympathisch, also machte sie einen Schritt auf sie zu. »Ich heiße Veronika. Und du?«

»Vicky.« Sie schüttelten einander die Hand. »Ein inspirierendes Geschäft, immer wieder.«

»Finde ich auch«, sagte Veronika.

»Ich komme gern her, wegen der veganen Produkte«, sagte Vicky.

Veronika nickte. »Für Veganer gibt es hier viel Auswahl.« Sie dachte, dass die andere wohl deshalb so schlank sei. Ob das vielleicht doch eine Option war? Oder diese Rohkost? »Das interessiert mich aber jetzt mehr als Veganes: Isst du echt alles roh?«, fragte sie.

»Nein, nicht alles. Manchmal esse ich auch mal gedünstete Kartoffeln oder Käse.«

»Käse ist aber nicht sehr vegan.« Veronika runzelte ihre Stirne.

Vicky fühlte sich ertappt. »Heute wissen wirklich immer mehr Leute über Ernährungsarten Bescheid«, sagte sie fast ärgerlich.

»Ist doch gut, oder?«

»Ja, sicher. Entschuldige. Käse ist halt eine meiner Sünden. Ich weiß nicht, warum ich den immer wieder essen will. Ab und zu gibt es ihn auch roh hier. Oder in veganer Version. Dort im Kühlregal«, sagte Vicky und deutete auf ein einzeln stehendes hohes Kühlregal mit Glasscheibe.

»Was Berni alles hat« Veronika fiel auf, dass sie hier zwar schon länger Stammkundin war, aber wegen ihrer Allergien noch längst nicht alle Produkte kennengelernt hatte.

»Nächsten Samstag Nachmittag ist hier ein Vortrag über Rohkost, den höre ich mir an. Kommst du auch?«, fragte Vicky.

Veronika überlegte kurz. »Das könnte gehen. Warum nicht!« Vicky ging zahlen und die beiden verabschiedeten sich.

Veronika sah sich nach Berni um und entdeckte ein paar Bücher. Dass es im Bioladen auch Lesestoff gab, hatte sie bisher nur nebenbei registriert. Berni hatte seine Saftpresse verkauft und kam nach vorne, um zu kassieren. Relativ dünn und sportlich, eher drahtig sah er aus – kein Wunder, er war Marathonläufer. Seine

Wangenknochen traten deutlich hervor. Er begrüßte Veronika und packte die Presse für den Kunden ein. Hinter der Kassa war ein Bücherregal mit einigen Bänden über alternative Ernährungsformen. Veronika fragte sich, warum sie noch nie einen davon gekauft hatte. Meistens ließ sie sich Titel im Buchgeschäft empfehlen, über Ernährung war da allerdings noch nie etwas dabei gewesen.

»Ich habe gerade gehört, dass nächste Woche hier ein Vortrag zum Thema Rohkost geplant ist«, sagte Veronika, als Berni frei war. »Was ist denn das eigentlich?«

»Das kann ich dir nicht so einfach in ein paar Sätzen erzählen. Aber ich würde mich freuen, wenn du nächsten Samstag kommst. Dort auf dem Plakat habe ich es angekündigt.« Er zeigte auf das Plakat, das Veronika schon aufgefallen war.

»Okay, aber ich bin jetzt schon neugierig. Kannst du mir nicht ein Buch empfehlen bis dahin?«

Berni rieb sich die Hände, während sein Blick über das Bücherregal hinter der Kassa schweifte. Die Frage war nicht so leicht, er hatte mindestens zehn Bücher zu dem Thema anzubieten. Außerdem konnte er selber einiges darüber erzählen, er hatte auch schon eine Zeit lang roh gegessen. Nur weil er so stark abgenommen hatte, kombinierte er nun wieder Kochkost dazu. Abnehmen war ein Stichwort, das Veronika auf Anhieb gefiel.

»Es gibt verschiedene Richtungen von Rohkost«, erklärte Berni, »und es ist auch eine Frage der Mode, was gerade angesagt ist. Im Moment sind es Früchte.« Er fischte ein Buch über Früchterohkost aus dem Regal und legte es auf den Stapel, den er vor ihr aufgebaut hatte.

Veronika hatte Früchte gern, also kaufte sie das Buch und ließ sich von Berni Obst zeigen, das ihr unbekannt war. Es mussten nicht unbedingt Äpfel sein, wenn sie, wie ein Test ergeben hatte, darauf allergisch war. Berni zeigte ihr seine frische Lieferung Cherimoyas: eine Frucht, die sie noch nie gesehen hatte. Vermutlich war sie ihr bisher einfach noch nicht aufgefallen. Außerdem nahm sie ein paar Bananen und Kiwis mit.

»Salat und Spinat könntest du auch gut einbeziehen, wenn dir das schmeckt«, sagte Berni.

»Eisbergsalat schon.«

Eine Viertelstunde später ging Veronika mit zwei Säcken Obst, Gemüse und einem Buch über Früchterohkost nach Hause. Sie war aufgeregt, aber auch skeptisch. Zu oft hatte sie geglaubt, endlich etwas gefunden zu haben, das es ihr zur Abwechslung einmal erlaubt, ganz normal zu leben. Ohne Beschwerden, einfach wie andere Menschen.

Weg mit dem Wok! Das war das Resümee, das Veronika schon nach dem ersten Kapitel des Buches zog. Dazu hatte es allerdings keine große Kombinationsgabe gebraucht. Der Autor des Werks machte unmissverständlich und in militärischem Ton klar, dass jedes Lebensmittel, das über zweiundvierzig Grad erhitzt worden ist, als tot zu betrachten sei. »Knall und Bumm«, dachte Veronika. Nährstoffe über dem Jordan und schon stopfe man nur noch Aas in sich hinein. Sie stellte sich die Dinge gern bildlich vor. Da sei es kein Wunder, dass sich allerlei Zivilisationskrankheiten einnisten konnten. Krieg im eigenen Körper, die Geschütze auf die eigenen Zellen gerichtet. Veronika fühlte sich direkt angesprochen. Sie war selber schuld, wenn sie Waffen wie den Topf, den Wok oder gar den Backofen einsetzte.

»Meine Küche ist ein Waffenarsenal«, überlegte Veronika. Und da war noch gar nicht die Rede von den Nahrungsmitteln aus der Dose. Es kam schon vor, dass sie da zuschlug, der Bohneneintopf neulich war kein Einzelfall. Die Bohnen dazu hatte sie aus einer Dose in den Topf geleert. Jetzt hatte sie gelernt, was das eigentlich bedeutete: Sprengstoffdosen, deren Zündschnüre erst im Darm gezündet werden. So hatte sie Bohnen noch nie betrachtet, auch wenn sie sich lebhaft daran erinnern konnte, dass es sich bei der Verdauung durchaus so anfühlte. Der Autor ging sogar noch weiter. Auch tierische Lebensmittel wie Milch, Honig, Fisch und Fleisch waren tabu.

Milch und Milchprodukte sollte Veronika wegen ihrer Allergie ohnehin nicht essen. Und den Schweinsbraten, den Oma Elsi gerne an Feiertagen servierte, hatte sie auch schon längst als Übeltäter im Verdacht. Nach ihm bekam sie meistens rote Wangen und Juckreiz. Die Wangen fand Oma Elsi süß, Veronika konnte sich dem mit ihrem Juckreiz nicht anschließen.

Sojaprodukte standen nicht auf der Big-No-Go-Liste, die sie zuletzt von einer Ärztin bekommen hatte, sie wurden sogar als Eiweißquelle empfohlen. »Keine Chance«, dachte Veronika und schüttelte sich beim Gedanken an die kleinen Tofuwürfel in Paradeisersauce, die sie letzthin mit ihrem Onkel in einem veganen Restaurant probiert hatte. Der Tofu quietschte richtig beim Zerbeißen. Ganz leise, aber doch so, dass es Veronika kalt über den Rücken lief. Ihr Onkel meinte, dass Tofu überhaupt kein Essen sei. Japaner würden ihr Soja fermentiert essen. Im Fernsehen hatte man einen Beitrag über Fermentation im Vorabendprogramm gebracht. Veronika mochte diese unterhaltsam gemachten Wissenschaftssendungen. Ihr Neffe Leon auch, er schien keine Folge davon zu versäumen. »Eine Wissensvermittlung mit so vielen Spezialeffekten hätte ich früher auch gemocht«, sinnierte Veronika. In der Sendung war gezeigt worden, wie Mikroorganismen gekochten Reis und Soja verdauen. Inhaltsstoffe, die uns Säugetieren bei größeren, regelmäßig verzehrten Mengen schaden, werden von ihnen problemlos verarbeitet.

Unser Verdauungssystem würde aufgrund dieser Stoffe ohne die Vorverdauung durch diese Mini-Lebewesen in Mitleidenschaft gezogen. Die zerlegten Bestandteile und Reste der Mikroorganismen kann der Mensch aber ohne Probleme verdauen. Sojasaucen mochte Veronika, aber Tofu und ähnliche Produkte wurden nicht fermentiert und waren deshalb umstritten. Vermutlich konnte man sich nur deshalb so damit überlasten und Krankheiten entwickeln, weil die abgepackten Würfel schon vorab gekocht waren. Wer wusste das schon so genau, wenn man sich nicht erkundigte. Der Autor des Buches, das sie da gerade las, verteufelte solche Ware allein deshalb, weil sie durch Kochen hergestellt wurde. Neben Krankheiten war da in seinen Augen auch Überlastung programmiert.

»Alles schön und gut«, dachte Veronika, »fällt mir nicht schwer, Tofu wegzulassen. Aber was sonst?« Was sollte sie denn jetzt essen? Bisher erhitzte sie gerne etwas Gemüse mit Olivenöl im Wok. Das fiel nun weg. Dem Autor des Buches zufolge sollte sie von nun an fünfundsiebzig Prozent Früchte, zwanzig Prozent Gemüse und fünf Prozent Nüsse essen. Veronika seufzte. Sie dachte an ihre gut sortierte Küche. Wenn sie das durchzog, konnte sich halb Wien von ihren Vorräten ernähren.

»Interessantes Obst hast du da gekauft«, sagte ihre Schwester.

Es war Dienstagabend und Sophie war mit Leon auf einen kurzen Besuch vorbeigekommen. Sie wohnte nur eine Gasse weiter und war gekommen, um sich den Rest der Trockenbeerenauslese abzuholen. Bei der Gelegenheit setzten sich die Schwestern auch auf einen kleinen Plausch im Wohnzimmer zusammen.

»Schon wieder etwas ganz Neues für mich«, sagte Veronika, »Wobei ich noch nicht wirklich sicher bin, ob das bei mir alles so funktionieren wird. Ich meine, Äpfel kann ich trotzdem keine essen. Der Autor in dem Buch kennt offenbar keine Allergien. Äpfel kratzen mich und die Lippe schwillt mir an, das ist Tatsache.«

»Als Kompott geht es vielleicht besser«, schlug Sophie vor.

Veronika verzog das Gesicht. »Igitt. Kompott ist mir schon immer bei den Ohren herauskommen. Schmeckt mir nicht«, sagte sie, als hätte man daran irgendwas missverstehen können. Mit Grauen dachte sie an ihre Apfelkompott-Phase, in der sie mit verschiedenen Sorten, Zitrone und Zimt experimentiert hatte, um sich das Ganze irgendwie schmackhafter zu machen. Zitronensäure war eine Zeit lang ihr Retter gewesen, sie simulierte Frische. Ihr Einweck-Kochtopf oben auf dem Küchenkasten war ein Relikt aus dieser Zeit.

»Steht in dem Buch nichts über Unverträglichkeiten? Die sind doch heute weit verbreitet«, sagte Sophie.

»So weit bin ich noch nicht. Ich glaube, das Buch ist schon älter. Berni aus dem Bioladen meint, dass viele Autoren Unverträglichkeiten auf Vergiftungen schieben. Oder waren es Entgiftungen?« Veronika kratzte sich mit der Hand hinterm Ohr.

»Hm«, sagte Sophie, was auch immer sie damit meinte.

»Die Cherimoya schmeckt recht gut – wie Joghurt, eine Mischung aus Birne, Papaya, Erdbeere und Himbeere«, sagte Veronika, widmete sich aber einer Mango. Von Berni hatte sie gelernt, wie man sie richtig aufschneidet. Stolz trennte sie mit zwei Schnitten den linken und den rechten Teil des Fruchtfleisches vom schmalen Kern in der Mitte ab. Dann ritzte sie eine Art Gitter gerade so tief ins Fruchtfleisch ein, dass die Schale darunter ganz blieb. Zuletzt stülpte sie die Hälften um, sodass nun das Fruchtfleisch einen Hügel bildete, und präsentierte ihre zwei Mango-Igel. Leon gefiel der Trick, aber vorerst war er zurückhaltend. Zum Glück war es eine faserarme Sorte. Berni hatte gesagt, dass Kinder sie mochten. Leon hatte noch nie eine Mango gegessen, aber nachdem seine Mutter ein Stück gekostet und mit geschlossenen Augen und einem entrückten Gesichtsausdruck »Hmmm – mmmmh!« gestöhnt hatte, wagte er einen Versuch.

»Wirklich gut«, sagte Sophie, und Leon fand das auch.

Den Spinat hingegen mochte keiner roh, auch Veronika nicht. »Irgendwie säuerlich«, meinte sie. »Und das soll ich mir den in den Salat schneiden?« Sie stand mit einem Büschel dunkelgrünem Spinat, dessen Blätter etwa doppelt so groß waren wie ihre Hände, vor ihrer Schwester und zuckte die Schultern.

»Keine Ahnung«, sagte Sophie. »Eigentlich wird der vor dem Essen blanchiert, damit die Oxalsäure ins Wasser übergeht.«

»Blanchieren geht jetzt aber nicht. Dann ist der Spinat nämlich tot.«

Sophie schüttelte den Kopf. »Der ist jetzt schon tot. Einsetzen kannst du den ja wohl nicht mehr.«

Veronika lachte. »Wo du recht hast, hast du recht. Aber wenn er mir roh nicht schmeckt? Nimmst du ihn dann mit? Ich will jetzt nicht mehr kochen. Aber wegschmeißen geht mir auch gegen den Strich.«

Sophie legte den Kopf schief und lachte mit. »Also soll ich Bomben und Granaten im Kochtopf produzieren? Kann mich noch gut erinnern, wie mein letzter selbst gemachter Spinat an der Küchenwand gelandet ist. Leon hat sich geweigert ihn zu essen und im Versuch, ihm die grüne Masse doch in den Mund zu bugsieren, katapultierte er sie an die Wand. Er akzeptiert gerade einmal den feinen Spinat aus der Tiefkühlpackung ohne Protest.«

Wie zum Beweis spielte Leon mit den Spinatblättern und schaute seine Mutter mit großen Augen und unschuldigem Lächeln an, als könnte er kein Wässerchen trüben. Sophie war sich bewusst, dass sie keine Haubenköchin war. Feines Kochen, das hatte für sie eher was mit Zauberkniffen aus der Nahrungsmittelindustrie zu tun. Zumindest hatte sie den Eindruck, wenn sie eine dieser Kochshows im Fernsehen mit ihren eigenen Künsten verglich. Und dann erst all das schmutzige Geschirr.

Veronika ließ einen Stoßseufzer los. Der Spinat war definitiv ein Fehlkauf gewesen. Warum hatte Berni ihn bloß so empfohlen?

Insgeheim beschloss sie, Lebensmittel, die sie nicht mehr wollte, fürs Erste einmal zu entsorgen. Und zwar heimlich. Sie wollte ja nicht wie eine Verschwenderin dastehen. An Gemüse hatte sie sonst noch Zwiebel, Eisbergsalat, rote Paprika und Tomaten zu Hause. Und Stangensellerie. »Irgendein Salat wird sich daraus schon machen lassen«, sagte sie. »Am Samstag ist ein Vortrag zum Thema Rohkost im Bioladen. Da werde ich mir sicher ein paar Tipps holen können.«

»Erzähl mir dann, wie es war«, sagte ihre Schwester beim Verabschieden.

Veronika gab ihr noch ihre schlimmsten Sünden mit: die Trockenbeerenauslese, die restlichen Süßigkeiten und einen Räucherschinken. Den würde Paul, Veronikas Schwager, bekommen. Sie war erleichtert, alles aus dem Haus zu haben, was Gift für sie war. Zum Glück hatte sie letztens auch ein paar getrocknete Datteln gekauft, die waren erlaubt und schmeckten auch gut. Ihr lief das Wasser im Mund zusammen. Überhaupt wäre was Süßes jetzt gut, wo sie so brav gewesen war.

Es dauerte keine Sekunde, da erschien auf ihrer rechten Schulter ihr kleines Gewissens-Engelchen, schüttelte den Kopf, flog vor ihr Gesicht und schwirrte ungeduldig herum wie ein kleiner

Schmetterling. »Nix da«, sollte das heißen, »kein Belohnungsessen!«

Just in dem Moment erschien auf ihrer linken Schulter ihr kleines Schweinigel-Teufelchen, das wiederum das Gewissens-Engelchen beschimpfte: »Fade Göre! Datteln sind doch okay!«

Das überreizte Engelchen beruhigte sich und ließ sich wieder auf ihrer rechten Schulter nieder. »Ach so. Na gut. Aber ordentlich Zähne putzen nach dem klebrigen Zeug, hörst du!«

»Ein bisschen süße Sünde darf sein«, dachte Veronika, und schwupps, waren die beiden vor ihrem geistigen Auge verschwunden. Die Schwestern küssten sich gegenseitig auf die Wangen und Leo nahm sich sein Laufrad, das er im Vorzimmer abgestellt hatte. Voller Elan düste er in dem langen Gang los und hob dann die Füße, um sich rollen zu lassen.

Veronika schaute ihrem Neffen nach. »Wie schnell er wächst, der Leon, unglaublich. Da ist bald ein Fahrrad mit Pedalen fällig.«

Sophie grinste, drehte sich um und winkte ihrer Schwester im Gehen zu. Leon hatte bald Geburtstag, das könnte ein gutes Geschenk für ihn sein.

Alfi

Die Arbeitswoche war rasch vergangen. Veronika hatte versucht, hauptsächlich Obst und Gemüse zu essen, aber solche Blähungen davon bekommen, dass sie am Freitag nur ganz wenig im Magen haben wollte. Am Abend war Salsa-Kurs und auch Alfi war wieder im Club. Ein paar Mal tanzten sie miteinander, woran aber eher der obligate Partnerwechsel schuld war als die reine Zuneigung. So richtig zog es sie nicht zueinander hin. Veronika beschloss, vorerst auch nichts über ihr jüngstes Experiment zu erzählen.

»Was machst du eigentlich als Lebensmittelchemiker?«, fragte sie, als sie in der Pause mit Alfi an der Bar stand. Sie nippte, wie immer, an einem Soda-Zitron und Alfi trank ein für sie undefinierbares, braunes Getränk. Vermutlich Whisky-Cola. Wein würde einen beim Tanzen zu platt machen. Wie auch immer, sie vertrug ohnehin keinen Alkohol.

Alfi hielt ihr sein Glas hin. »Ich analysiere und mische zum Beispiel Softdrinks wie diesen da und stelle neue Kompositionen zusammen. Oder Essenzen. Mehr noch, auch Konzentrate für Punsch oder Chips oder Suppen.«

Veronika fand das beeindruckend. Sie sah Alfi als Alchemisten, der an einem brodelnden Kessel stand und tropfenweise Chemikalien hinzufügte, worauf sich das Gebräu darin ganz nach seinen Wünschen änderte. »Klingt spannend. Heißt das, du weißt, wie man Cola herstellt?«

Alfi lachte. »Nein, *das* Geheimrezept kenne ich nicht, das wissen nur die Gottobersten in Atlanta. Und außerdem ist es auf mehrere Personen aufgeteilt.«

Veronika schaute Alfi fragend an. »Ich habe nur einmal gehört, dass die Chefs nie gemeinsam in einem Flugzeug fliegen, damit das Rezept nicht mit ihnen abstürzen kann.«

»An dem hängt viel Geld«, sagte Alfi, als wär's sein eigenes. »Wenn die Rezeptur auf verschiedene Personen in der Firma aufgeteilt ist, kann ein Einzelner nichts verraten. Würd ich auch so machen.«

»Stell dir vor, da kündigt einer und plötzlich macht die Konkurrenz dasselbe Cola.«

»Na, so einfach wäre es auch wieder nicht«, sagte Alfi.

»Andererseits sind viele Bestandteile bekannt oder können herausgefunden werden. Ich bekomme öfter einmal so was wie eine Flasche Ketchup vor die Nase gestellt und soll dann ein ähnliches Produkt entwickeln, aber mit anderen Gewürzen.«

Veronika hörte Alfi gerne zu. Seine sanfte Stimme passte irgendwie zu seinen Augen. »Wer beauftragt das?«, fragte sie.

»In dem Fall ein Abfüller aus dem Ausland. Er möchte aus seinen Paradeisern ein Ketchup mit den Gewürzen haben, die sein Land bevorzugt produziert und verkauft. Dazu nimmt er dann ein Konzentrat für Geschmack und Mundgefühl dazu.«

»Aber wie findest du denn heraus, was da drin ist?«, fragte Veronika. »Ist das wie bei den großen Nasen in der Parfumindustrie? Beeindruckend.«

»Im Prinzip ja, Riechen und Schmecken. Der Abgang muss stimmen. Zuerst rate ich und schreibe mögliche Bestandteile auf, dann prüfe ich mit einem Gerät nach, das die Menge ermittelt. Geht aber nur mit den Substanzen, die wir auch im Labor haben.«

»Wieso? «, fragte Veronika.

»Man gibt eine kleine Menge der Substanz in das Gerät und es durchsucht dann die Probe auf genau diesen Stoff«, erklärte Alfi. »So prüft man der Reihe nach auf verschiedene Inhalte.«

»Ach, so funktioniert das.« Veronika hatte verstanden. »Ohne Menschen geht da also doch nix. Finde ich eigentlich beruhigend. Ich glaube, ich kann auch etwas herausschmecken. Salz oder Glutamat, weil ich beides einmal in einer Diät meiden musste.«

»Echt?«, fragte Alfi überrascht. »Mühsam. Aber weil du nach dem Coca-Cola gefragt hast: Rezepte dafür kenne ich trotzdem viele.«

Veronika wusste nicht recht, was genau er damit meinte, aber der Gedanke gefiel ihr. Ob es ein Cola gab, das auch sie vertrug? »was für ein Fortschritt.«

Will

Endlich war Samstag. Veronika hatte nicht besonders gut geschlafen. Ihr Traummann – der ihrer Fantasie, nicht der mit Namen Alfi – hatte sich in ihre Nachtruhe eingeschlichen und ihr erotische Streiche gespielt. Das passierte immer, wenn sie länger keinen Sex hatte. Auch das wollte sie ändern. Ein Punkt mehr auf ihrer To-Do-Liste für eine bessere Zukunft. Gedankenverloren zog sie sich ihre Lieblingsjeans an. Motiviert von dem Rohkost-Buch und beeindruckt von den vielen Früchten, die bis jetzt völlig an ihr vorübergegangen waren, hatte sie wesentlich weniger erhitzte Speisen gegessen und die Jeans zwickten nicht so sehr wie sonst. Veronika fand, dass sie auf einem guten Weg war. Die Reste ihrer Nudelbestände lagen in der Mülltonne. Im Büro war sie diese Woche kein einziges Mal in der Kantine gewesen, sondern hatte sich nur kurz gegartes Tiefkühlgemüse mitgenommen. Nicht ganz roh, das musste sie zugeben, aber so schlimm konnte das bisschen Hitze schon nicht sein. Wegwerfen erschien ihr da als die größere Sünde. Und was hätte sie sonst in der Firma essen sollen. Nur Bananen?

Bei Berni im Biogeschäft war viel los. Obwohl es Samstag fünf Uhr nachmittags und damit nach Ladenschluss war, standen sicher zwanzig Gäste herum und warteten auf den Beginn des Vortrags. Veronika war auf ein vorwiegendes Frauenpublikum gefasst gewesen und deshalb erstaunt, wie viele Männer quer durch alle Altersgruppen hier waren. Ihr blieb allerdings nicht verborgen, wie genau die männliche Klientel die weibliche begutachtete, sich selbst nicht ausgenommen. Veronika lief rot an, als sie bemerkte, dass ein dunkelhaariger Mann schon die längste Zeit zu ihr her sah. »Meint der mich?«, fragte sie sich, um sich sofort wieder vom Gegenteil zu überzeugen: Natürlich schaute er nur, wer da aller kam. Ihr Selbstbewusstsein war immer noch halb im Keller.

Schön langsam nahmen alle im Gästeraum Platz. Hier, wo sonst die Mittagsmenüs serviert wurden, waren statt den Tischen Sesselreihen aufgestellt worden. Dabei hatten sicher Bernis Söhne geholfen. Seine Frau war heute nicht mehr da, sie erholte sich von einem anstrengenden Tag in der Betriebsküche. Bald siebzig war sie jetzt, da loderte das Feuer nicht mehr so hoch. Immer noch irritiert von den Blicken des Dunkelhaarigen inspizierte Veronika die Sessel, als gäbe es nichts Wichtigeres. Tatsächlich waren sie sehr unterschiedlich. Die einen wie frühere Schulsesseln, einfach und aus Holz, die anderen Unikate, die von einem Flohmarkt stammen mussten. Dunkles Holz, helles Holz. Manche gedrechselt, manche geschnitzt, andere schlicht, aber aus gebogenem Holz. Sie standen da für das individuelle Flair des alten Geschäftslokals mit seinem Gewölbe.

Veronikas Aufmerksamkeit wurde abgelenkt, vorne erschien der Titel des Vortrags an die Wand projiziert. Die meisten im Publikum waren schlanker als sie. Vielen schienen die Themen Rohkost und Smoothies nicht ganz neu zu sein. Zwei Frauen unterhielten sich über ein Rezept und dessen Zutaten. Sie diskutierten, ob Kokosöl in Smoothies tabu und ob Agavensirup überhaupt Rohkost wäre. Einen kränklich aussehenden, etwa fünfundvierzig Jahre alten Mann hörte Veronika über Entgiftung sprechen. Ein Kreis von Menschen hatte sich um ihn gebildet, sie hörten ihm mit todernsten Mienen zu. Es schien ihr, als ob er Ratschläge aus eigener Erfahrung gab. »Entgiftung …«, überlegte Veronika. Was genau hatte das eigentlich zu bedeuten? Detox kannte sie aus Frauenmagazinen, es hatte irgendwas mit Entschlackung zu tun. Diese Geschichten standen immer neben Psychothemen wie: *Warum ruft er nicht an?* Vielleicht wollte man damit anklingen lassen, dass man sich auch von manchen Männern entgiften musste. Wie auch immer.

Veronika suchte sich einen freien Sessel und gleichzeitig Gesichter, die sie schon gesehen hatte. Und wirklich, da winkte ihr Vicky von der zweiten Reihe aus zu und deutete auf den Stuhl neben ihr, der noch frei war. Der dunkelhaarige Mann, der Veronika zuerst aufgefallen war, saß praktisch in Reichweite. Vicky sagte etwas zu ihm, sie schienen sich zu kennen. »Hui«, dachte Veronika und drängte sich schnell zu Vicky durch.

»Hey, super dass du gekommen bist«, sagte Vicky und begrüßte Veronika wie eine alte Freundin.

»Ich hab mich schon die ganze Woche auf den Vortrag heute gefreut. Klar bin ich gekommen«, sagte Veronika, grinste und zeigte Vicky das Buch, das sie zuletzt gekauft hatte.

»Habe ich auch gelesen, ist ein bekannter Klassiker, aber schon alt und vor allem überholt …« Vicky wurde von Berni unterbrochen. Der Vortrag begann.

Berni hatte einen Rohköstler, der ein ganzes Jahr lang auf Reisen gewesen war, als Vortragenden eingeladen. »Da bin ich aber gespannt«, dachte Veronika. Der Gastredner war Anfang zwanzig, hatte braungebrannte Haut und einen etwas ausgewachsenen Kurzhaarschnitt. Mit seinen durch die Sonne fast blonden Haaren, lässigen Jeans und lockerem Hawaii-Hemd sah er sportlich und dynamisch aus. Er stellte sich als Will vor.

Will war unter anderem in Australien gewesen und hier in Wien nur auf der Durchreise auf dem Weg in die Steiermark. Er machte seine Sache gut, berichtete von verschiedenen Gemeinschaften, die er besucht hatte, und über die ökologischen Aspekte veganer Ernährung. Veronika hörte gebannt zu. Ernährung vom Ökologischen her zu betrachten, war ihr bisher noch gar nicht in den Sinn gekommen. Klar, bei all ihren gesundheitlichen Schwierigkeiten. Wenn sie eine eingeschränkte Diät hielt, wie meistens, erntete sie häufig mitfühlende Kommentare. Von wegen, wie arm sie denn sei und wie furchtbar, was sie alles nicht essen durfte. Manchmal fand sie das Getue übertrieben, weil sie die Einschränkungen schon so gewöhnt war. Manchmal entkam ihr eine Träne, weil ihr erst bewusst wurde, mit wie vielen Verboten sie lebte. Will erzählte von Themen, die nicht so persönlich waren, zumindest schien es Veronika anfangs so. Will fand, dass weniger Energie verbraucht werden würde, wenn so viele Menschen wie möglich pflanzliche Rohkost und kein Fleisch essen würden. Aber Veronika fragte sich, ob das denn nicht jeden nur ganz persönlich was anging. In gesundheitlicher Hinsicht leuchteten ihr Wills Ansichten ein. Er hatte keine Beschwerden und aß aus freiem Willen seit einem Jahr roh – und das auch noch ohne tierische Produkte. Er war einfach überzeugt, dass Rohkost für alle gesünder wäre. Und mit *alle* meinte er alle: jeden Menschen und jedes Tier. Eine radikale Einstellung. Wie er irgendwann bemerkt hatte, war er da offenbar übers Ziel hinausgeschossen. Freunde hatten sich von ihm verabschiedet, weil sie sich dauerhaft belehrt gefühlt hatten und meinten, er vermittle ihnen, besser zu sein als sie. Und auf einmal saß er zwischen zwei Sesseln. Einerseits wollte er nicht ständig der Obergescheite sein, andererseits wollte er Gleichgesinnte um sich haben. Er wollte Freunde, die wie er statt frittierter Chips und Tacos mit schwerer Sauce bei einem spannenden Film lieber getrocknete und gewürzte Zwiebelringe und Gemüsechips in Avocadosauce knabberten. Um den sozialen Druck zu lockern, offerierte er seinen Freunden die kleinen Snacks nach seiner Zubereitung.

»Versteh ich nicht«, dachte Veronika. Warum sollten die anderen so was knabbern, wenn sie gar kein gesundheitliches Problem hatten? Sie dachte an die mitleidigen Gesichter, wenn sie irgendwo mit ihren Eigenkreationen auftauchte. Insgeheim fand sie die eigenen Knabbereien aber oft viel besser und war nicht unfroh, dass die anderen nichts davon wollten.

Will dagegen hatte neue Freunde auf seinen Reisen und über Netzwerke gesucht und gefunden. Bis er wieder in Österreich war. Er schickte einen Blick in die Runde, speziell zu den Gästen die schienen, als hätten sie noch nie etwas von Rohkost gehört. An einer sehr übergewichtigen Frau in der ersten Reihe blieb er hängen, während er erklärte, dass er keine Einschränkungen wahrnehmen würde, weil er laufend auf der Suche nach schmackhaften Rezepten wäre – und sei es nur ein Smoothie zwischendurch. Zusätzliche Rohkost bestelle er gerne im Internet. Die dickere Frau folgte seinen Ausführungen fasziniert.

»Rohkost aus dem Internet?«, überlegte Veronika. Bisher hatte sie gedacht, der Händler im Ort wäre die beste Quelle.

Geschickt nahm Will das Publikum mit auf seine Reisen. Er beschrieb, um wie viel besser die exotischen Früchte, die hier im Supermarkt oder im Biosortiment angeboten wurden, in den Ursprungsländern wären. Das Obst, etwa Mangos, könne dort vollreif vom Baum gegessen werden, während die für Europa bestimmten Früchte wegen des längeren und ruppigen Transports unreif und hart geerntet und weit fahler schmecken würden. Die Rohkost-Versender würden dagegen wie im Zeitraffer arbeiten, ihre Früchte prompt zum Flieger gelangen, reif und weich sein auf dem Weg zu ihren europäischen Abnehmern. Und außerdem auch noch ungespritzt. Auf diesem Weg erhalte man auch in Europa baumreife exotische Früchte.

Veronika zeigte auf. Will nickte ihr auffordernd zu. »Ist das nicht eher schlecht für die Umwelt, wenn das Obst mit dem Flieger kommt?«, fragte sie. »Ich meine wegen der Treibhausgase.«

»Die Flugzeuge fliegen ohnehin mit Passagieren«, erklärte Will. »Es sind nur ein paar Pakete, die dazu geladen werden, aber danke dir für die Frage.«

Es war scheinbar üblich, sich gleich zu duzen. Angenehm, fand Veronika. »Ich frage deshalb, weil ich keine Äpfel vertrage. Deshalb finde ich das mit den Mangos schon interessant. Aber ist es nicht genauso gut, einfach reife Früchte von hier zu essen?«

»Das ist nicht dasselbe.« Will war etwas kurz angebunden und ging nicht wirklich auf das Thema ein. »Als ich in Thailand war«, fuhr er fort, »erlebte ich für mich das Paradies. Genüsse, die ich davor nicht gekannt hatte. Genauso wie in Australien. Ohne die Früchte, die ich dort kennengelernt habe, könnte ich mir keine Rohkost vorstellen.« In Australien habe er dann auch den Nutzen spezieller Rohkost-Foren und Sozialnetzwerke erkannt und über sie viele neue Freunde gewonnen. Bei einigen von ihnen habe er auf dem Sofa oder im Garten übernachtet und sich austauschen können.

»In solchen Foren kann ich anonym gleich einmal die Fragen loswerden, die mir hier keiner beantwortet«, dachte Veronika.

Berni hatte vorne an der Seite im Raum einen riesigen Mixer und einen Entsafter auf dem Tisch aufgestellt. Daneben einige Krüge mit grüner Flüssigkeit und Gläser zur Entnahme. »Hoffentlich wird das keine Produktverkaufsvorführung«, dachte Veronika. Sie kannte den Hausbrauch bei Bernis Vorträgen noch nicht. Die Befürchtung war nicht ganz falsch, aber penetranter Kaufdruck war es nicht. Will erklärte, dass auch regionale Früchte, Wildpflanzen und Gemüse zu seinem Speiseplan gehörten. Wenn er gerade knapp bei Kasse war, mischte er grünes Blattgemüse, süße heimische Früchte und getrocknete aromatische exotische Früchte mit Wasser in so einem Mixer. Und weil er oft knapp bei Kasse war, hatte er sich den Mixer extra angeschafft. Würde er die Zutaten im Ausgangszustand essen, würde er viel zu viel Zeit zum Kauen brauchen und es trotzdem nie so fein hinkriegen wie die Maschine. Mit dem Ding könne er lebendige Nahrung täglich mitnehmen.

Veronika war irritiert. Lebendige Nahrung? Sie hatte einmal gehört, dass Austern noch lebten wenn man sie öffnete und aß. Es hatte sie geschüttelt vor Ekel. Aber wie lebendig war ein Trank aus Blättern? Meinte Will am Ende Ameisen?

Mit lebendiger Nahrung, sprach Will weiter, als hätte er ihre Gedanken gehört, seien ungekochte Lebensmittel gemeint, deren Eiweiße und damit auch Enzyme nicht verändert seien. Dadurch würden keine sogenannten Maillardmoleküle entstehen, die für viele Zivilisationskrankheiten verantwortlich gemacht werden.

»Marmelademoleküle?«, wunderte sich Veronika, die das Wort nicht korrekt verstanden hatte. Es musste etwas mit Kochen zu tun haben.

»Zeitnot«, hörte sie Will sagen, »Zeitnot ist der Grund, warum die meisten Menschen auf Fertigware zurückgreifen und an der erstbesten Würstelbude essen. Fast Food, husch-husch, alles muss schnell gehen. »Das hier …«, Will zeigte auf den Hochleistungsmixer, »… ist die Alternative.«

»Also doch nichts für die kleine Geldbörse«, dachte Veronika. Klar, dass frisch immer besser war, aber ob sich jede Oma ihre Marmelade aus frischen Früchten jeden Morgen neu mixen würde, bezweifelte sie dann doch. Bei der Gelegenheit wurde ihr zum ersten Mal bewusst, dass es manche Früchte hier gar nicht das ganze Jahr über gab, und wenn doch, dann weder reif noch schmackhaft. Bis jetzt hatte sie darüber noch nie nachgedacht.

Sie hob noch einmal die Hand. »Was genau meinst du mit diesen Marmelademolekülen?«

Will sah sie zunächst verständnislos an, dann hatte er kapiert. »Du meinst Maillardmoleküle. Das spricht man aus wie die Biene Maya. *Maya*-Moleküle.« Er lachte freundlich. »Maillard war ein französischer Physiker und Chemiker, um 1900 herum. Er fand, dass gekochte Nahrungsmittel ein eigenes Aroma entwickeln und wollte es extrahieren, damit man es auch ungekochten Nahrungsmitteln als Pulver hinzufügen kann, also als eine Art Geschmacksstoff, um Energie zu sparen. Er erhitzte Kartoffeln und entdeckte, dass dabei neben Bräunungsprodukten mehr als vierhundert neue Moleküle entstanden. Allein durch die Erhitzung und ohne Wirkung von Enzymen. Im Vergleich dazu bilden sich im gesunden lebenden Organismus neue Verbindungen durch Enzyme. Enzyme sind Eiweiße. Sie funktionieren wie kleine Maschinen, etwa Feuerzeuge, die in diesem Fall mit einem Mineralstoff, ähnlich einem Feuerstein, reagieren. Im Organismus läuft das schnell und kontrolliert ab, aber im Kochtopf entsteht durch die nicht dirigierten Ladungen ein Chaos.«

»Entstehen dann im Körper nicht auch solche Maillardmoleküle?«, fragte Veronika.

»Schon, und sogar in der Natur. Das sind zum Beispiel ältere getrocknete Früchte ohne rote oder blaue Farbe. Aber normalerweise passieren diese Reaktionen ohne Enzyme bei normalen Temperaturen viel langsamer. Ohne die schnelleren Enzyme gäbe es kein Leben. Bis zu einer gewissen Menge am Tag haben die meisten Leute über die Jahre keine Probleme. Doch je kränker oder älter sie werden, desto mehr Maillardmoleküle sammeln sich an. Das fällt auch optisch auf, man sieht's an den Falten. Maillard stellte in Studien fest, dass nicht alle, aber viele der neu entstehenden Moleküle auf die Dauer schädlich, manche sogar krebserregend sind. Sie wurden nach ihm benannt und stehen mittlerweile – hundert Jahre später – im Verdacht, für viele Zivilisationskrankheiten verantwortlich zu sein. Eine weitere wissenschaftliche Bezeichnung dafür ist ›Advanced Glycation Endproducts‹ oder ›Advanced Lipoxidation Endproducts‹ – je nachdem, ob es sich um verzuckerte und oxidierte Eiweiße oder Fette handelt. Jene, die im Körper entstehen, werden meistens ›Advanced Glycation Endproducts‹, kurz AGEs, genannt. Age bedeutet Alter im Englischen.«

Während er sprach, suchte Will ein Bild für den Projektor als optische Erklärung und wählte schließlich eine Darstellung verstopfter Blutadern aus, die wie verkalkte Wasserleitungen aussahen. »Ich möchte euch nicht mit zu viel Theorie kommen, das können andere besser. Vereinfacht gesagt verkalken wir nicht, wir verstopfen unsere Kanäle über die Jahre mit dem deftigen Zeug.« Kurz legte er den Kopf schief und dachte ein paar Sekunden nach. Ein guter Teil seiner Zuhörer sah etwas verschreckt aus. »Kommen wir lieber wieder zur Praxis, das Kulinarische interessiert alle doch immer am meisten.« Will lachte, um die Stimmung aufzulockern.

Die Gesichter entspannten sich wieder, während Will mit Hilfe von Berni zeigte, was die Geräte konnten. Zuerst presste er einen Saft in einer großen Presse, dann mischte er ein Getränk in einem Mixer.

»Das könnte ich in die Firma mitnehmen«, überlegte Veronika.

»Für einen wohlschmeckenden Smoothie nehmt Spinat- oder Brennnesselblätter, Bananen und frische süße Früchte wie Birnen. Mit einem Hochleistungsmixer könnt ihr auch getrocknete Früchte wie Mangos oder Ananas hineintun.« Will warf die grünen, gelben und weißen Zutaten in den großen Standmixer und schaltete ihn ein.

»Ziemlich laut«, sagte Veronika zu Vicky.

»Die sind alle so. Ich habe mir vor einem halben Jahr einen gekauft. Aber dafür kriegt der alles klein und totaaaal fein.«

Will bot auch Zubereitungskurse für die grünen Getränke an, und am Ende des Vortrags konnte sich jeder ein Glas holen. Er hatte schon im Vorhinein ein paar Krüge vorbereitet, damit jeder ein Viertel vom Grünen bekam. Veronika wollte auch kosten und war überrascht, wie fein das Getränk aus dem Mixer geworden war. Sie schmeckte die getrockneten Mangos stark heraus, ihr Aroma war stärker als das der anderen Zutaten. Veronika war begeistert von den exotischen Früchten. Das Stamperl mit gepresstem grünen Saft aus der Presse schmeckte ihr dagegen gar nicht. Sie stellte das Glas zurück und als sie sich umdrehte, stand der dunkelhaarige Mann von vorhin neben ihr.

»Und, schmeckt's?«, fragte er mit freundlichem Interesse.

Veronika verschluckte sich fast und ihre Wangen liefen wieder rot an. »Was sag ich jetzt?«, dachte sie, ehe sie sich schnell beruhigte. »Stell dich nicht so an!«

»Ja, durchaus«, hörte sie sich etwas steif antworten. »Kann man trinken … ja … doch …« Sie wirkte, als würde das Wort *Lüge* auf ihrer Stirn stehen, in Silberschrift.

Vicky gesellte sich zu den beiden. »Und?«, fragte auch sie, »Was sagst du?« Ohne die Antwort abzuwarten, wechselte sie das Thema. »Das ist übrigens Christian. Bei ihm finden manchmal kleine Rohkost-Treffen statt.«

»Freut mich! Ich bin Veronika.« Sie klemmte den Prospekt, den sie sich zuvor genommen hatte, unter die linke Achsel und reichte Christian die Hand.

»Hallo! Ja, und da gibt es oft leckerere Zubereitungen als diesen Trunk.« Christian knipste ein Lächeln an.

»Wie erfreulich«, dachte Veronika. Da musste sie also nicht zu Will rennen, um brauchbare Rezepte für die Firma zu bekommen. Oder machte sie jetzt etwas Simples kompliziert? Vielleicht war das schon alles, was sie wissen musste. Wie schwer konnte es sein, grüne Blätter und Früchte zu mischen? »Ich glaube, das könnte sehr interessant für mich sein«, sagte Veronika dennoch, hielt sich aber ansonsten zurück. Fast wäre sie dabei gewesen, sich selbst einzuladen. Sie schaute sich Christian genauer an. Er war wohl fünfzehn Zentimeter größer als sie und hatte dunkle kurze Haare, die er mit etwas Haar-Gel gestylt hatte. Er war schlank und schick angezogen. Fast zu schick für Veronikas Geschmack. Rosa Hemd und Jeans. Aber so wie er sie ansah, mit diesem Schalk in den Augen, den Männer haben wenn sie Frauen anlachen, konnte er nicht schwul sein.

»Es würde mich sehr freuen, wenn du das nächste Mal dazukommst«, sagte er und belohnte damit Veronikas Zurückhaltung. »Wir sind eine nette Runde. Nächste Woche bestellen wir bei Edenkost. Und in der Woche darauf treffen sich mehrere Rohköstler bei mir, um ihre Ware abzuholen.«

Veronika schaute hilfesuchend zu Vicky. »Was ist Edenkost?«

»Ein Rohkost-Versand«, sagte Vicky, »einer von denen, die Will zuerst erwähnt hat.«

»Ah. Da war ich wohl kurz nicht besonders aufmerksam. Kein Wunder bei so vielen Informationen und Bildern.«

»Ich bestelle mit und komme auch«, sagte Vicky.

Veronika spürte einen kleinen Stich im Herzen. Konnte es sein, dass Vicky mit Christian mehr verband als man ihnen ansah? Wie wenig sie doch noch über ihre neuen Freunde wusste.

Vicky gegenüber ließ sich Veronika ihre Überlegungen nicht anmerken. »Muss ich auch was bestellen? Ich meine, ich kenne mich doch noch gar nicht aus. Ich wusste bisher nicht einmal, dass es einen Rohkost-Versand gibt.«

»Nichts gegen Berni«, sagte Christian, »aber bei den Versendern bekommst du noch viel mehr. Da kannst du gut ergänzen.«

»Kann ich mir vorstellen. Die selbst gesammelten Zwetschken im Garten schmecken auch zehnmal besser als in jedem Geschäft.«

Vicky nickte. »Man kann bei den Versendern auch mit Zwetschken Glück haben. Manchmal sind die baumreifen Früchte aber trotz Verpackung schon matschig, wenn sie ankommen.«

»Wegen Kunden wie dir werden die Versender noch irgendwann genauso unreifes Zeug verschicken, wie es im örtlichen Handel angeboten wird.« Christians Stimme klang scharf.

Vicky ließ sich aber nicht einschüchtern. »Ich mag halt schönes Obst für mein Geld«, sagte sie schnippisch.

»Ja, Obst fürs Auge. Noch nicht reif genug, was bedeutet, dass es weniger verwertbare Eiweiße und Mineralstoffe enthält. Wird Zeit, dass du einmal verstehst, wie viel geringere Mengen du von baumreifem Obst und Gemüse brauchst, weil es besser nährt.« Christian hatte sich in Rage geredet. »Ich esse halt nicht nur roh«, sagte Vicky.

»Dir sollte man gar nichts schicken«, sagte Christian verärgert.

»Selber«, konterte Vicky. »Ausschließlich von strikten Rohköstlern könnten die Versender gar nicht leben.«

»Ein Paar sind die beiden also nicht«, dachte Veronika, die bei dem Schlagabtausch wie bei einem Tischtennismatch von einem zum anderen geschaut hatte. Auf einmal hatte sie genug Rohes gekostet für heute. »Also dann«, sagte sie etwas abrupt, »bis demnächst.«

Sie wollte sich schon in Richtung Ausgang bewegen, da hielt Vicky sie am Arm fest. »Warte, ich zeige dir noch ein paar Rohkostsachen hier im Geschäft«, sagte sie und lotste Veronika zu den Regalen. Rohkost-Riegel, mehrere Sorten Rohkost-Schokolade und alles mit Erklärungen, die sie mit einem gewissen Stolz vortrug. Veronika ging brav mit und interessierte sich für alles. Dass es auch Rohkost-Schokolade gibt, wunderte sie.

»Anscheinend wird nicht prinzipiell alles gekocht«, meinte Vicky nur.

Das Thema fesselte Veronika immer mehr. Ob auch sie diese Rohkost-Schokolade vertrug?

»Lass dir von Vicky ja kein Kommerzzeug einreden», sagte Christian, »das ist alles, nur keine Rohkost.« Er war so plötzlich neben ihnen gestanden, dass die Mädels fast erschrocken waren. In seinen Worten hallte herbe Kritik mit.

»Macht er sich Sorgen um mich?«, fragte sich Veronika, und ihr Herz arbeitete gleich ein paar Takte schneller, nur um sich sofort wieder von ihr beruhigen zu lassen. »Aber geh«, dachte sie. Das war sicher nur die Retourkutsche für Vicky. Ganz durchblickte Veronika die beiden nicht. »Auf der Packung steht aber *Rohkost* drauf«, sagte sie.

Christian beugte sich etwas zu ihr hinunter. »Jetzt einmal ehrlich, glaubst du, dass etwas, das so lange haltbar ist, noch rohes Futter sein kann? Selbst der Agavensirup ist nicht unter zweiundvierzig Grad hergestellt. Und raffiniert ist er auch noch. Das Zeug löst Neurodermitis doch fast genauso aus wie normaler Biozucker.«

»Er sieht das alles enger als ich«, sagte Vicky und lächelte jetzt wieder. »Aber ich bin nicht gern päpstlicher als der Papst.«

»Du isst auch Soja- oder Reispudding, und auch noch aromatisiert …«, meinte Christian auch schon eher nachsichtig. Gleich darauf schmunzelte er sogar.

Veronika versuchte, die Informationen zu verdauen. Vicky sagte, manche Rohköstler bekämen ihre gesundheitlichen Probleme mit der Ernährung in den Griff. Aber Vicky hatte gar keine Beschwerden. Sie aß roh, weil sie vegane Ernährung praktizieren wollte und irgendwann dann auch auf die Rohkost gestoßen war. So hatte sie es jedenfalls bisher verstanden.

Vicky schien sich immer noch verteidigen zu müssen. »Ich gebe zu, ich koche nicht gerne. Und ab und zu kaufe ich mir auch fertige Sachen. Das ist doch hier immer noch besser als das Zeug im Supermarkt.« Ganz angenehm war ihr das Geständnis nicht, das sah Veronika an ihrem Gesichtsausdruck. Sie hatte das Gefühl, als würde Vicky von Christian gerne für voller genommen werden.

»Ich glaube, fürs Erste bleibe ich bei meinen möglichst einfachen Lebensmitteln und lege jetzt einmal eine Vierzehn-Tage-Probezeit mit Rohkost ein. Da kann mir doch nichts passieren, oder?« Ein bisschen überrascht war Veronika selber von ihrem Entschluss.

Christian und Vicky schüttelten den Kopf. »Nein, bei zwei Wochen kann nichts sein«, sagten sie fast im Chor.

Veronika bildete sich ein, dass Christian sie erfreut und aufmunternd ansah. »Ach was«, stoppte sie ihre innere Stimme auch diesmal gleich wieder, »bilde dir doch nichts ein.« Ob das vom Engelchen oder vom Teufelchen kam?

Berni stieß zu dem Trio. Er wollte das Geschäft schließen, die anderen Gäste waren schon alle gegangen. »Komisch«, dachte Veronika. Das hatte sie gar nicht bemerkt. Sie verabschiedeten sich und gingen auseinander. Auf dem Heimweg ließ Veronika den Abend noch einmal vorbeiziehen. Was für interessante Eindrücke, welch unterschiedliche Menschen. Nur dieser Will kam ihr in der Erinnerung etwas seltsam vor. Seine Frisur hatte am

Ende ausgesehen, als wäre er in einen Stromkreis gekommen. Eigentlich witzig. Als sie sich ihre Kostprobe geholt hatte, hatte sie aus der Nähe gesehen, dass seine Augen leicht rötlich gewesen waren. Und die Oberlider etwas gesenkt. Als wäre er leicht angetrunken gewesen. Ob das auch von den vielen Früchten und Brennnesseln kommen konnte? Oder hielt er sich womöglich an Schnaps? Christian machte dagegen einen sehr guten Eindruck auf sie. Er schien die Rohkost-Ernährung ernster zu nehmen als Vicky und er hatte schöne, klare Augen, die kein bisschen rot waren. Vickys lockere Art hatte etwas Erfrischendes, fand Veronika. Was man von ihr jetzt nicht sagen konnte, irgendwie war sie geschafft. Sie würde den Tipp von Will aufgreifen und im Internet weiterrecherchieren. »Morgen …«, dachte sie im Einschlafen, morgen würde sie im Web fischen gehen.

Niklas und Co.

»Spannend«, fand Veronika, als sie am Sonntagnachmittag vor ihrem Bildschirm saß und nach Rohkost-Foren suchte. Der Himmel war an diesem Tag getrübt, hin und wieder nieselte es und es war eher kalt. Genau richtig, um mit einer Wärmeflasche unter den Füßen über den Laptop auf Reisen zu gehen. Die Suchmaschine hatte ihr gleich mehrere Rohkost-Foren vorgeschlagen. Manche enthielten kaum neue Beiträge. Andere waren seit Längerem geschlossen und wurden dennoch oben angezeigt. Veronika entschied sich für ein Forum, in dem in den vergangenen Tagen einige Beiträge veröffentlicht wurden.

So ein Forum ist nicht immer leicht zu verstehen, doch Veronika war Sekretärin. Oder wie man auch sagte, Sachbearbeiterin. Seit ein paar Jahren arbeitete sie für ein Gartencenter mit mehreren

Filialen. In ihren Aufgabenbereich fiel auch, die firmeneigene Homepage mit Inhalten zu füllen. Vor zwei Jahren hatte das Unternehmen eine Firmenwebsite erstellen lassen, die nicht nur Programmierer pflegen konnten, die Inhalte konnten auch vom Sachbearbeiter hochgeladen werden. Die Benutzeroberfläche war so ähnlich wie ein administratives Programm, das Veronika für die Rechnungserstellung bediente. Nur gab sie in diesem Fall die aktuellen Werbetexte für die Pflanzen ein. Im Frühjahr waren zum Beispiel besonders Blumen wie Schneeglöckchen, Vergissmeinnicht und Narzissen interessant. Aber auch andere Informationen lud sie hoch. Aktuelle Tipps für den Garten, etwa wie man Pflanzen schützte oder welche Pflanzen gerade gesetzt werden konnten. Diese Auflockerung in ihrem sonst eher zahlenbelasteten Alltag genoss sie sehr und die Thematik fand sie auch interessant.

Der Service wurde gerne von den Usern genützt und umso öfter kamen auch Kunden in die Filialen um die beschriebenen Pflanzen und Werkzeuge, aber auch Erde oder Dünger und Gefäße aus den Anleitungen zu kaufen. Veronika war ganz froh, nicht direkt im Verkauf zu arbeiten. Kein dankbarer Job, fand sie. Da war es im Büro gemütlicher. Obwohl sie eigentlich nicht dauernd nur sitzen mochte. Ihre Abwechslung bestand vor allem im Bestücken von Rechnungstexten, dem Hochladen von Website-Informationen und manchmal einem Beitrag, den sie für ein unabhängiges Forum aus der Branche schrieb. Ab und zu ein hilfreicher Text mit einem Link auf die Firmenseite war auch gleich eine kleine Werbung. Das alles machte ihr Spaß, sie beschäftigte sich gerne mit Pflanzen und, wenn sie Zeit hatte, auch mit ihrem eigenen Garten, der zu ihrer kleinen Wohnung gehörte. Sie hielt es nicht für Schleichwerbung, wenn sie aus eigenem Interesse auch einmal etwas schrieb.

Die berufliche Erfahrung half Veronika, sich schnell in den Rohkost-Foren zu orientieren. Sie waren meistens ähnlich aufgebaut. Dafür staunte sie nicht schlecht, was da alles geschrieben wurde. Aber hallo! Rohkost war anscheinend nicht nur eine Ernährungsform, Teilnehmer im Forum schrieben etwa auch über ihre Vorlieben in Beziehungen. Offene Liebe sei das einzig Richtige, fand da einer. Alles andere sei gekocht. Gekochte Beziehungen? Veronika, die endlich einmal eine längere Partnerschaft suchte, war wie vor den Kopf gestoßen. Und jetzt, wo sie roh essen wollte, hatte sie ein noch größeres Kuschelbedürfnis. Wie sollte denn das zusammenpassen? Die Gedanken flitzten ihr wirr durch den Kopf. Sie dachte an Kinder. Sie wollte keine alleinerziehende Mutter werden, auch wenn ihre Familie in der Nähe wohnte. Ihre Mutter war noch nicht in Pension und hatte keine Zeit, ihr zu helfen. Muss das eine Frau alleine können? Kommt dann der Kindesvater nur, wenn er Lust hat? Oder hilft eine andere Frau mit? Fragen über Fragen.

»Schluss damit!« Veronika meldete sich im Forum an und stellte sich vor: *34, blond, neu bei der Rohkost, will Neurodermitis loswerden* – sie wollte nicht gleich alles reinschreiben – *und ist über einen Tipp in diesem Forum gelandet.* Damit, dass sie eigentlich das Beziehungsthema brennend interessierte, wollte sie nicht gleich herausplatzen. Also schrieb sie zuerst einen Beitrag zu einem Thema, in dem eine Frau von einer schmackhaften Frucht berichtete. Das Foto erinnerte sie an die riesige stachelige Frucht, die bei dem Vortrag gestern an der Wand gezeigt wurde. Will hatte sich mit mehreren davon in Australien abbilden lassen. Veronika fragte, wo man die denn bekäme. Anscheinend schmeckte sie recht gut, wenn man dem Beitrag glauben schenken wollte.

Dann kam sie zu dem Thema, von dem sie sich Antworten zu Beziehungsfragen erhoffte. Sie antwortete einem gewissen Uri:

Also ich käme gerne wieder nach Hause zu meinem Hafen, wo ein lieber Mann auf mich wartet. Das fände ich schon angenehm.

Mehr brauchte Veronika nicht. *Du dumme Hausfrau!,* brüllte dieser Uri sie in seiner elektronischen Antwort binnen weniger Minuten an. *Du hast deine Bildung wohl aus der Micky Maus und der Bild!*

Der Uri klang also nur wie ein Schweizer Kanton, schien aber aus Deutschland zu sein. »Also so was«, dachte Veronika. Mit allem hatte sie gerechnet, aber dass sie jemand gleich so anfahren würde hätte sie nicht vermutet. »Die Männer sind hier wohl nicht so galant. Oder sind sie nur nicht gerne Väter?«

In dem Forum war auch der Link zu einem Chat. Es war inzwischen Abend geworden, an sich eine gute Zeit zum Reden. *Fünf Teilnehmer anwesend,* stand da. Veronika klickte auf den Link, sie wollte sich trösten lassen. Zuerst öffnete sich ein Fenster, in dem sie sah, wer da auf sie wartete. Dieser Uri war nicht dabei. »Danke«, dachte Veronika, die anderen waren hoffentlich freundlicher. Und informativer. Die konnten ja nicht alle so deppert sein. Veronika klickte weiter und landete in einem Fenster, in dem im Sekundenabstand neue Textzeilen erschienen. Ein Chat zur Live-Unterhaltung, bei dem man nicht erst auf eine Antwort warten musste, wie es im Forum üblich war.

Veronika erscheint im Chat, las sie ganz oben.

Hallo!, schrieb ein Niklas.

Hi, ein Arthur und *Hallo,* eine gewisse Joya.

Veronika tippte ihre Begrüßung, ihr Text erschien mit ihrem eingegebenen Vornamen davor als eigene Zeile.

Veronika: Hallo!

In einem Chat, so stand es vor der Eingabe, solle man zuerst einmal das Thema und die Stimmung erfassen und sich dann erst am Gespräch beteiligen. Sie las weiter, was hier so geschrieben wurde. Die Teilnehmer mokierten sich gerade über erhitzte Nüsse im Bioladen.

Ich hatte ärgste Entgiftungssymptome, schimpfte Niklas. *Mein linker hinterer Zahn schmerzte eine Viertelstunde danach.*

Arthur: Schade, dass man sich auf nichts verlassen kann.

Niklas: Edenkost ist das einzig Wahre.

Niklas wechselte das Thema: *Tach, Veronika, willst du dich kurz vorstellen? Machen wir eine Vorstellungsrunde. Ich beginne: Ich komme aus Berlin, esse seit mehr als 10 Jahren roh, bin hier Admin und 44 Jahre jung.*

Die anderen stellten sich vor.

Arthur: Ich komme aus dem Harz und esse seit 3 Jahren roh, 34

Joya: Ich auch, aber aus Magdeburg

Lars: Bin aus Dresden, 37. Bin meist mit Joya unterwegs. Auch seit etwa 3 Jahren roh. Habe allerdings meine Ausfaller.

Joya: Nach denen es dir dann immer dreckig geht.

Lilly: Hallo zusammen, Mannheim, auch so 2 Jahre roh und 28

Veronika: Ich bin aus Wien und ganz neu, 34. Hab im Forum schon gelesen und was geschrieben. Wow, zehn Jahre sind sehr viel Niklas!

Veronika war ganz von den Socken, dass jemand schon so lange roh isst.

Niklas: @Veronika Hatte ich gelesen. Uri hat dich angegiftet. Ist wohl nicht so gut drauf derzeit. Den brauchste nich ernst nehmen.

Arthur: Der ist oft eigenartig.

»Das @-Zeichen bedeutet offenbar, dass ich angesprochen werde, wie praktisch«, dachte Veronika. Und Uri schien hier auch nicht so angesehen zu sein mit seinen Meldungen. Veronika war erleichtert und antwortete gleich.

Veronika: Ah, gut zu wissen. Ich habe gesehen, dass andere im Forum auch über offene Beziehungen schreiben. Ich weiß gar nicht, wie ich mir das vorstellen soll. @Niklas Und du bist schon urlange Rohköstler? Nennt man das so?

Niklas: Ja. Die Jahre sammeln sich.

»Puh, er tut ja gerade so, als wäre das selbstverständlich, fix dabei zu bleiben«, dachte Veronika. »Hier bin ich wohl richtig.«

Arthur: Wenn du roh sein willst, musst du auch mehrere Beziehungen haben.

»Was?«, dachte Veronika. Ihr Interesse war geschürt. Roh *sein*? Sollte das der Schlüssel sein, um sich besser halten zu können und keine Ausnahmen mehr zu machen?

Veronika: Warum?

Arthur: Wirste schon merken.

»Hm … Eine Aufforderung?« Veronika war verwirrt. »Nur nichts anmerken lassen.«

Veronika: Na danke, das hilft mir jetzt weiter.

Lilly: Manche reden nur über offene Beziehungen, sind aber total eifersüchtig.

Lars: Es ist einfach praktisch. Keine Einengung. Mögen wir nicht. Sind meist unterwegs und wenn Joya jemand gefällt, ist das schon okay. Umgekehrt auch.

Joya: Kommt allerdings nicht oft vor, dass wirklich etwas passiert.

Lars: Woher willst du das denn wissen?

Joya: Sollte ich aber!

Veronika: Erzählt man sich das denn?

Niklas: Ja schon.

»Was, auch noch dem Partner beichten? Na, ob ich das wissen will, wen aller sich mein Partner anschaut? Die sind ja voll abgebrüht«, dachte Veronika.

Arthur: @Lilly Wenn sich die Partnerin so aufreizend anzieht, dass jeder Passant auf der Straße sich umdreht?

»Anscheinend hat Lars mit Joya eine Art Beziehung, und Arthur mit Lilly«, kombinierte Veronika. Ob da nicht doch auch Eifersucht im Spiel war?

Veronika: @Joya Wie bist du denn zur Rohkost gekommen?

Joya: Lars hat Neurodermitis und hatte deshalb angefangen. Und ich fühle mich auch besser. Sogar die Angst ist nicht mehr so stark.

Veronika: Welche Angst? Dass du deinen Partner verlierst?

Joya: Auch. Naja, wir streifen ja nur so durch die Gegend. Dabei suchen wir nach offenen Containern und holen uns essbare Reste heraus.

Veronika verstand nicht gleich. Da nörgelten die einen über mangelnde Qualität im Bioladen und die anderen holten sich die Reste aus der Mülltonne. Waren das Sandler? Tiere? Beides? Vor Kurzem hatte sie eine Dokumentation dazu im Fernsehen gesehen, da waren durchaus auch Gemüse und Früchte dabei gewesen. Aber wählerisch waren die gefilmten Personen jedenfalls nicht gewesen.

Veronika: Gibt es da immer genug Gutes zu holen?

Niklas: Ihr lebt in eurer Mangelwelt. Kein Wunder, dass ihr nicht weiterkommt. Ihr müsst euch eine bessere Situation erschaffen.

Joya: Wir hatten neulich super Wassermelone und Kürbiskerne!

Niklas: Schrottware!

Veronika: @Niklas Kann man sich eine bessere Situation erschaffen?

Arthur: @Niklas Mit nem regelmäßigen Gehalt hast du gut reden! Aber was machen Hartz-4-Empfänger? Ich bin froh, dass ich hier auch selbst sammeln kann.

Veronika: Was sammelst du?

»Vielleicht auch was Leckeres aus Mistkübeln?«, dachte Veronika.

Arthur: Es gibt viele Bauern hier und daher Streuobstwiesen, Haselnusssträucher und so weiter. Komme ganz gut durch als Student. Bin aber bald am Abschluss. Dann geht die Jobsuche los.

Veronika: Mir hat wer gesagt, Rohkost hilft bei Neurodermitis. Stimmt das?

Lars: Bei mir schon. Ein Rückfall und sie kommt wieder.

Niklas: @Lars Klar, wenn du nichts Anständiges isst!

Joya: @Lars Dass du dich auch nie halten kannst, wenn du es ohnehin schon weißt! Jetzt rate nochmal!

Veronika war irritiert. Joyas letzter Satz musste sich auf etwas beziehen, das vor ihrem Einstieg Thema im Chat gewesen war. Und da antwortete ihr Niklas auch schon.

Niklas: @Veronika Bei mir ist die Neurodermitis weg seit meiner Umstellung. Manchmal kommen Entgiftungserscheinungen.

Arthur: Bei mir isses gut.

Veronika: @Niklas Entgiftungserscheinungen? Was ist das? Und was ist anständiges Essen?

Lars: @Joya Denkst du an Durian?

Lilly: @Joya Oder Löwenzahn?

Niklas: @Veronika Ich hatte früher Amalgam-Zahnfüllungen und aß außerdem gutbürgerliche Kost mit viel Brot und Milch. Das kommt ab und zu hoch. Lars bekommt nie ein Wildschwein, dann ist doch klar, dass er wieder Schrott isst!

Veronika: Wildschwein???

Veronika dachte sofort an die Zeichentrickfilme mit Asterix und Obelix. Obelix freute sich darin immer tierisch über ein ganzes Wildschwein. Wie würde wohl ein Rohköstler ein Wildschwein essen? Und wie würde es gejagt? Bleimunition wäre sicher passé, wenn auch Amalgam-Zahnfüllungen als problematisch gelten.

Arthur: @Niklas Bei dir ist immer alles Entgiftung. Kannst du auch mal ohne Essen von Edenkost leben?

Veronika fühlte die Spannung zwischen Arthur und Niklas. Anscheinend waren sich nicht alle einig. Oder von Natur aus bissig.

Lilly: @Veronika: Wildschwein gibt es bei Edenkost auch, und es ist nicht getreidegefüttert wie sonst.

Veronika kam aus dem Staunen nicht heraus. Die aßen Wildschweine? Und üblicherweise wurden die Tiere mit Getreide gefüttert?

Joya: @Lars @Lilly Falsch geraten!

Veronika blickte nicht durch, was Joya meinte.

Veronika: Was denn geraten?

Arthur: Die beiden hatten vorher abgemacht, dass Lars erraten soll, an welchen Begriff Joya denkt. Gedankenübertragung ...

Veronika: Geht das denn?

Niklas: Wenn man roh isst, könnte es gehen.

Veronika schüttelte den Kopf. »Das ist ja eine Wunder-Wutzi-Ernährung.« Konnte das wahr sein?

Lars: @Joya Bananen?

Veronika: Und wie macht ihr das mit Kindern?

Joya: @Lars Nein. Ich glaube das wird nix. Ich dachte an das blühende Rapsfeld, an dem wir vorhin vorbeiwanderten. @Veronika Ich will noch keine Kinder.

Lars: @Joya Wenigstens war es etwas Gelbes!

Joya: So gesehen ... es war wirklich schön gelb. Euch hat wohl der Gusto getrieben beim Raten.

Lilly: LOL

Niklas flüstert zu Veronika: Wenn du willst, schicke ich dir ein bisschen Lektüre über Rohkost und Beziehungen. Aber das muss unter uns bleiben und du darfst es nicht weitergeben.

»Mist, wie funktioniert denn das Flüstern?«, dachte Veronika.

Niklas flüstert zu Veronika: Wenn du mir auch flüstern willst, klicke auf meinen Namen.

»Der kann schon Gedankenlesen«, dachte Veronika und klickte auf Niklas.

Veronika flüsterte Niklas ihre E-Mail-Adresse zurück und erhielt prompt einen Text mit der Überschrift *Together*. Inzwischen hatte sie den Faden im Chat verloren und verabschiedete sich.

Veronika: Ich geh mal wieder. Danke für die Infos!

Joya: Tschüss!

Lars: Machs gut! Ich geh auch.

Niklas: @Lars Machs besser! @Veronika Kannst gerne wieder kommen! Tschüss!

Arthur: winke

Lilly: Tschau!

Veronika verlässt den Chat, schrieb das Chatprogramm, als sie auf den Aussteigeknopf gedrückt hatte.

»Spannend …«, dachte Veronika. Was sich da alles auftat. Herumvögeln hieß das wohl im Klartext. Ihr schwirrte der Kopf. Etwas schräg die Partie, aber nett. Containern, offene Beziehungen. Veronika druckte sich den Text *Together* aus. »Oh Gott, so viel«, dachte sie. Für heute hatte sie genug. Sie ging ins Bett.

Veronika

Es war Montagmorgen und Veronikas Kopf schwirrte noch immer. »Was nehme ich mir jetzt in die Firma mit?«, überlegte sie und packte einiges an Früchten ein. Von ihrem Opa hatte sie vor Jahren eine Küchenmaschine geschenkt bekommen. Sie hatte unten einen Motorblock wie die Hochleistungsmixer vom Vortrag und oben einen breiten, aber nicht zu hohen Mixaufsatz. Sie schaute schmuck aus mit ihrer silbernen Beschichtung und sie war fast wie neu, oft hatte Veronika sie noch nicht benutzt.

Veronikas Wohnung lag in einem alten Haus und war klein, aber fein. Sechzig Quadratmeter reichten ihr vollkommen, dafür hatte sie eine Terrasse, die in den Garten der Anlage hinausging. Fast schon Luxus, fand Veronika. Mitten in der Stadt gab ihr das ein Gefühl von Natur. Sie hatte sich möglichst natürlich eingerichtet. Wegen ihrer Allergien bevorzugte sie glatte Böden, Holz oder Fliesen. Den alten, schon etwas abgenutzten Parkettboden im Wohnzimmer hegte und pflegte sie, um ihn noch möglichst lange zu haben. Die Ledercouch hatte sie angeschafft, weil sie Hausstaubmilben keine Kost und Logis bieten wollte. Die Kücheneinrichtung war hauptsächlich aus Holz und Fliesen. Groß war ihr Zuhause nicht, aber für Veronikas Zwecke reichte es vollkommen.

Sie gab Birnen, ordentlich Spinat und eine kleine Avocado in die alte Küchenmaschine. Die Birnen sahen okay aus und rochen verlockend, den Spinat hätte sie pur so nicht gegessen. Er schmeckte viel säuerlicher als seine wilde Verwandte, die Vogelmiere, die ihr Leon unlängst einmal in den Mund gesteckt hatte. »Egal, soll in den Smoothie«, dachte sie. An andere Wildpflanzen aus ihrem Garten hatte sie sich noch nicht herangewagt. Manche verwendeten sogar Brennnesseln für Smoothies, hatte Will gesagt. Das kam ihr wegen des Nesselgifts suspekt vor. Dann schon lieber Spinat. Sie füllte Wasser in den Behälter, bis er verdächtig voll war, fast bis zum Deckel. Sorgfältig verschloss sie das Ding und schaltete die Maschine ein. Brrr-brrrrt-Flatsch. Ihr Mixer plagte sich mit dem Spinat und den groben Stücken. Er wackelte gefährlich, die Frucht- und Avocadostücke waren ihm sichtlich zu groß. Das Wasser gab ihm den Rest. Eine grüne Brühe bahnte sich ihren Weg zwischen Aufsatz und Deckel durch. Da fiel es Veronika erst auf: Das Gerät hatte am Deckel keine Dichtung, im Gegensatz zum Mixer bei Berni. Eine grüne Masse quoll heraus und rann in einer breiten Spur nach unten. »So eine Sauerei!«, rief Veronika.

In ihrer alten Küchenmaschine hatte sie ab und zu Kräuter wie Petersilie und Gemüse wie Zwiebel zerkleinert, aber noch nie hatte sie Wasser dazu gießen müssen. Dichtung war also bis jetzt keine nötig gewesen. »Wär ja zu schön gewesen, wenn das mit meiner Küchenmaschine geklappt hätte«, murrte sie, stoppte das Gerät, füllte die verbliebene grüne Flüssigkeit in ein Glas und kostete.

»Pfui Teufel!«, rief sie und hätte das Zeug am liebsten in einem Bogen ausgespuckt. So cremig wie beim Vortrag war das jedenfalls nicht, und richtig kratzig im Abgang. Ihrer alten Küchenmaschine wollte sie die Brühe nicht noch einmal zumuten und ihrem Gaumen schon gar nicht. »Die ist eindeutig zu schwach«, dachte sie und seufzte, »und dicht ist sie auch nicht.« Als Veronika sich auf den Weg in die Firma machte, nahm sie sich vor, auf dem Heimweg einen geeigneten Mixer zu kaufen.

Im Büro wartete ein Haufen Arbeit. Wenn sie die Rechnungen erledigt hatte, sollte sie wieder neuen Inhalt in die Website übertragen. Diesmal ging es um den roten Hibiskus, interessantes

Thema. Die Firma hatte ein Kontingent an rot blühenden Hibiskussträuchern erworben, die es nun zu bewerben galt. Veronika brauchte nicht selbst zu recherchieren, sie bekam den Text von der Werbeabteilung und brauchte ihn bloß einzufügen. Zur Sicherheit las Veronika den Text noch einmal auf Fehler durch.

Die rote, süße Hibiskusblume wurde von den Frauen und Männern in Hawaii nicht nur als Haarschmuck, sondern auch zur Empfängnisverhütung verwendet. Dazu war es nötig, mindestens drei Monate lang täglich davon zu essen. Außerdem wurde sie zur Staatsblume der Hawaii-Inseln gewählt. Eigentlich kommt die Pflanze aus dem tropischen Asien und gehört wie die Kakaopflanze zur Familie der Malvenartigen. Wegen ihres süßen Geschmacks sind die Blüten auch essbar und in Tees beliebt. Der Strauch ist nicht winterhart, aber eine wunderschöne und beliebte Zierpflanze, die man im Sommer im Freien stehen und in einem Raum überwintern lassen kann. Haben Sie Interesse an einem winterharten Hibiskus? Klicken Sie zu unserem blütenreichen lila Eibischstrauch.

»So einen lila Strauch habe ich auch im Garten«, überlegte Veronika. Die Blüten wollte sie unbedingt kosten. »Verwandt mit Kakao? Moment einmal, zu dem Stichwort habe ich doch noch etwas hier«, dachte sie. Und tatsächlich, in der Schreibtischlade schlummerte noch ein Schokoriegel. »Mist!«, sagte Veronika laut, sie hasste Verschwendung. Nicht zuletzt, weil sie so eine super Ausrede für ihr Gewissen war. Der Riegel musste also auch noch weg, bevor sie auf Rohkost umstieg, und schon landete er im Mund. Das kleine Engerl in ihr hatte eine Idee. Herschenken wäre eine Option gewesen, aber wem? Doch das Teuferl in ihr winkte ab. Ihre Kollegin aß nie Schokolade, ließ sogar Schokoglücksbringer liegen. Veronika schloss die Augen und genoss den Schmelz vom Kakao. Kein Wunder, dass Schoko bei Liebeskummer so beliebt war, wer da nicht an Verschmelzung dachte, hatte kein Gefühl im Leib. Wie genial einfach doch das menschliche Gehirn manchmal funktionierte. Was Veronika in dem Zusammenhang nicht wusste, war, dass das Fett vom Kakao auch noch genau bei Körpertemperatur des Menschen zerfloss. Sie ließ es sich schmecken.

»Ab jetzt bleibe ich aber wirklich standhaft«, schwor sie sich. Sie stellte sich vor, was nicht alles möglich sein könnte, wenn sie nur richtig roh essen würde. Allem voran einmal schlank sein. Und vielleicht sogar hübscher als die Schokolade verweigernde Arbeitskollegin, die immer so überlegen grinste und reihenweise Männer abzuschleppen schien. Veronika dachte an den Chat. Wer wusste, was in der Beziehung nicht noch alles möglich war. Und dann dieser Informationstext. War das Zufall, dass sie gerade jetzt diese Information vorfand? Verhütung ohne Pille. Familienplanung. »Naja«, bremste sie sich, »erst einmal klein anfangen.«

Veronika beschloss, sich ein Ziel zu setzen. Bei all den endlosen Versuchen mit ihrer Mutter hatte sie die Diäten ja auch immer durchgestanden. Allerdings war es da Mama gewesen, die darauf achtete, dass sie nur das bekam, was sie gerade durfte. »Meine Güte, vierzehn Tage … ist ja keine Ewigkeit. Das wird ja zu machen sein.« Veronika sprach manchmal mit sich selbst. »Jetzt reiße ich mich zusammen und nach vierzehn Tagen darf ich Schoko essen und Pizza und was ich will. Heute ist der erste Mai, ab jetzt gilt es.« Sie gab sich im Geiste selbst die Hand drauf. Als wollte er sie zusätzlich anfeuern, strahlte der blaue Himmel durchs Fenster herein. Veronika stand auf und stellte die Rollo so ein, dass die Sonne sie nicht blendete.

In der Firma war zum Glück viel los, es würde ihr nicht fad werden heute. Langeweile war immer schon ihr größter Feind gewesen. Der beste Verführer, um zur Schoko zu greifen. »Man kann ja nicht immer verliebt sein«, dachte sie und grinste in sich hinein. Abends vor Geschäftsschluss schaute sie bei Berni vorbei. Wenn sie schon einen neuen Mixer brauchte, kaufte sie ihn am besten bei ihm.

Vorher rief sie Vicky am Handy an, vielleicht konnte sie ihr noch einen Tipp geben.

»Hi, Veronika ist da«, sagte sie, nachdem Vicky abgehoben hatte.

»Haaaay! Na, so eine Überraschung! Alles okay?« Vicky klang ehrlich erfreut.

»Ich will gerade zu Berni und mir einen Smoothie-Mixer besorgen, weil meine Küchenmaschine heute in der Früh eine Sauerei in der Küche angerichtet hat. Irgendeine Idee, was ich da nehmen soll?«

»Nimm auf jeden Fall eine große Maschine. Die kleinen taugen nix. Berni hat ohnehin nur ein großes Gerät, ich habe denselben Mixer. Wie geht's dir sonst? Machst du Fortschritte?«

»Ja, gut soweit … ein bisschen weiter bin ich schon …« Veronika fragte sich, ob Vicky von all den Theorien wusste, die sie gestern in dem Forum und im Chat kennengelernt hatte.

»Du, sag mal, hast du Erfahrung mit den Rohköstlern, wie die so sind und so …?«

»Wie meinst du?«, fragte Vicky, erwartete aber offenbar keine Antwort, sie redete sofort weiter. »Also ein paar von ihnen finde ich unreif. Lieb sind sie schon, aber manche sind ziemliche Einzelgänger und …«, Vicky stockte, »… suchen eine Ersatz-Mami.«

»Aha«, dachte Veronika und war erstaunt über die Ernsthaftigkeit. Sie hatte Vicky bisher sehr lebensfroh erlebt und sicher als kein Kind von Traurigkeit.

Prompt schlug sie in dem Moment auch wieder andere Töne an.

»Das Sperma von veganen Rohköstlern schmeckt besser als von Kochköstlern.«

»Also doch kein Kind von Traurigkeit«, dachte Veronika. Vielleicht war es aber auch nur ihre Art, sie zur veganen Rohkost zu motivieren. Oder so einen Partner zu bevorzugen. Wie auch immer, über Spermageschmäcker hatte Veronika bisher noch nie nachgedacht.

»Echt jetzt?«, fragte sie, verschwieg aber, dass sie erst einmal in ihrem Leben Sperma im Mund gehabt hatte. Es war extrem bitter gewesen. »Ist das dann so wie beim Trick mit der Ananas, die das Sperma schmackhafter machen soll?«, fragte sie, um nicht gar so ahnungslos dazustehen.

»Nein, es kommt davon, dass sie phasenweise nichts Tierisches essen. Und bei den Frutariern, den Rohköstlern, die sich nur von Früchten ernähren, schmeckt man das besonders«, sagte Vicky und klang verschwörerisch. »Wenn sie ihn hoch bekommen«, ergänzte sie.

Veronika lachte. »Jetzt bin ich aber gespannt.«

»Das kannst du sein«, sagte Vicky und lachte. »Du, mein Bus kommt, ich muss aufhören. Ciao.«

»Die Sache wird immer kryptischer«, fand Veronika, »und verheißt immer mehr Spaß und Lust an der Sauerei. Noch ein Grund mehr, umzusteigen. So ein Rohköstler wird wohl auch lieber eine roh essende Freundin mögen.« Da tat sich ungeahnte Sinnlichkeit auf. Gegen die Rohkostgemeinschaft war der Salsa-Kurs ein Kaffeekränzchen unter Betschwestern. Völlig gedankenverloren war Veronika bei Berni gelandet. Er zeigte ihr den großen Mixer für Smoothies.

»Ganz schön teuer«, sagte sie, als sie hörte, was das Ding kostete. Für sechshundert Euro konnte sie zweimal auf Urlaub fahren.

»Du kannst auch auf Raten zahlen. Und zehn Jahre Garantie sind auch dabei«, räumte Berni ein.

Veronika überlegte und entschied sich, ihr Sparbuch anzukratzen. Bernis Hinweis, dass sie mit der Maschine auch Rohkost-Kräcker und vieles mehr machen konnte, überzeugte sie. Damit bräuchte sie keine fertigen Rohkost-Riegel mehr kaufen. Das war ihr Argument genug.

»Muss ich die Kräcker dann nicht trocknen?«, fragte sie.

»Da gibt es eigene Dörrgeräte, wie das hier«, sagte Berni und zeigte ihr eine weitere riesige Schachtel mit einem schwarzen Kasten darin. Er sah ihren verzweifelten Blick und schwenkte um. »Oder du probierst es zuerst in deinem Backofen, sofern du Umluft unter vierzig Grad einstellen kannst. Wenn du viel trocknest, zahlt sich das Dörrgerät aber aus.«

„Ich lass es mir durch den Kopf gehen.« Für heute waren es genug große Ausgaben für Veronika. Sie kaufte noch ein Buch über Kräcker und schleppte den Mixer nach Hause. Samt einem Erlagschein, denn eine Kartenzahlung hätte ihr Budget gesprengt. Zum Glück vertraute Berni ihr als Stammkundin. Die Schachtel war schwer und brachte sie ordentlich ins Schwitzen. »So mach ich gleich Training«, dachte Veronika und schnaufte bis nach Hause.

Nach dem Auspacken stellte sie die große leere Schachtel zur Entsorgung in den Hof. In ihrer kleinen Küche war es gar nicht so leicht, einen guten Platz zu finden, an dem das Gerät nicht ständig im Weg war. Auf so engem Raum kam es ihr noch riesiger und höher vor. »Dann werde ich dich einmal anwerfen«, sagte Veronika zu dem Mixer.

Übers Handy googelte sie ein Rezept mit den Begriffen *super leckere smoothie rohkost* und fand gleich ein passendes Video. »Praktisch«, dachte sie, »feine Sache, dieses YouTube.« Eine blonde junge Dame zeigte mit einem Guten-Morgen-Gruß, wie sie ihren Frühstücks-Smoothie zubereitete. Dieselben Zutaten hatte Veronika auch im Haus, also schnitt sie eine Paprika, nahm ein paar Eisbergsalatblätter, eine halbe Banane und presste den Saft einer halben Zitrone in den Mixbehälter. Dann fehlten noch ein Glas Wasser und ein Schälchen Himbeeren, die sie im Bioladen gekauft hatte. Sie rochen herrlich intensiv, vielleicht sollte sie die Beeren lieber pur essen. In dem Moment meinte die Dame auf YouTube, dass erst die Beeren den Trunk schmackhaft machen würden. »Dann eben rein damit«, entschied Veronika und warf sie in den Mixbehälter. Den Deckel fest drauf, die Küchenbescherung mit der alten Maschine hatte ihr gereicht. Einschalten und Brrrrrrrrrrrrrrrrr! Das Gerät war derart laut, dass Veronika erschrak. Und da gab es noch eine Turbotaste. Sie drückte drauf und befürchtete, das Ding würde gleich abheben. Nach ein paar wenigen Minuten Mixzeit leerte sie einen grünen Trank in ihr Glas und kostete. »Wähhhhhh!« rutschte es ihr heraus, und das war kein Ausdruck des Genusses.

Wie konnte jemand so ein Rezept unter den Suchworten *super lecker Smoothie* online stellen? Veronikas Freude an dem Gerät sank um zehn Potenzen. »So ein Mist«, schimpfte sie vor sich hin, »da hätte ich wohl noch getrocknete Mangos hineingeben müssen, wie Will, damit das besser schmeckt.« Veronika leerte das Gebräu in den Ausguss ihrer Spüle. Es schaute aus wie Gülle, nur dass es nicht so stank. Nicht einmal die Himbeeren roch sie noch heraus. Das Aroma war buchstäblich verflogen. Schade drum, billig waren die nicht gewesen. Vielleicht hatte der Autor des Buches, das sie bei Berni mitgenommen hatte, doch recht, dass Menschen hauptsächlich Früchte essen sollten. Um den Salat, den sie da wegleerte, war es ihr jedenfalls nicht leid. Ob der Dame in dem YouTube-Video das wirklich geschmeckt hatte?

Vielleicht konnten ihr Vicky oder dieser Christian beim nächsten Treffen noch Tipps geben. Fürs Erste entschied Veronika, sich auf Früchte-Smoothies zu beschränken und den Salat lieber so dazu zu essen. Das Buch, das sie speziell für Rohkost-Kräcker gekauft hatte, würde hoffentlich Rezepte liefern, die besser erprobt waren.

Rohkost-Brot mit Salat, Veronika geriet ins Schwärmen. Bis dahin hatte sie noch ein paar fertige Rohkost-Kräcker von Berni in der Wohnung. Salat konnte sie inzwischen schon sehr gut machen. Früher hatte sie nicht einmal gewusst, wie man Marinade macht und fertige Dressings oder Packungen gekauft, die man einfach mit Wasser anrührt. Inzwischen nützte sie natives Olivenöl und Essig. Veronika stockte. »Ist Essig eigentlich auch roh?« Nur wenn sich eine Essigmutter bildete, fiel ihr die Antwort gleich selber ein. Das hatte ihr am Naschmarkt ein Händler erklärt. Diese schleimige Substanz sei aber ganz natürlich, hatte er dazugesagt, als ob so etwas ein Makel sein könnte. Veronika beschloss, ihren Essig in Zukunft bei diesem Händler zu kaufen.

Alfi

Die Woche verrann wie im Flug und auf einmal war wieder Freitag. Salsa-Abend, Alfi-Zeit. Inzwischen hatten Veronika und er sich schon auf Facebook geaddet, worüber sie sich gefreut hatte, weil sie annahm, dass Alfi nicht mit allen Tanzkolleginnen auf Facebook befreundet war. Nicht, dass es da sonst keine Frauenfreundschaften gab, aber trotzdem fühlte Veronika sich geehrt, auch wenn das noch nicht für ein Verliebtsein reichte. Doch wer wusste. Heute konnte sie das Treffen mit Alfi gar nicht mehr erwarten, sie wollte sich von ihm eine weitere Meinung zu ihrem Beziehungsthema holen. Vielleicht hatte er auch das ungekochte Cola dabei. Es gab also gleich ein paar gute Gründe, um etwas früher im Club zu sein. Und tatsächlich, triumphierend hielt er eine Flasche mit brauner Flüssigkeit hoch, als er sich in der Menge zu ihr durchdrängte.

»Hi!«, sagte er, »Gut, dass du schon da bist, sonst wird das Cola noch warm.« Er tat auf cool.

»Hey, danke!«, sagte Veronika. »Ja, ich konnte heute etwas früher kommen.«

Alfi grinste, er freute sich. Veronika stand an der Theke. Der Barkeeper fixierte das Cola und hob die Augenbrauen zu einem *Was-ist-das-denn?*-Blick. Würde sich nun jeder seine eigenen Getränke mitnehmen? Alfi bestellte ein dunkles Bier und der Barkeeper ignorierte die mitgebrachte Flasche. Es waren noch einige Minuten bis zum Kursbeginn.

Veronika öffnete die Flasche und roch an der Öffnung. »Riecht wie Cola«, sagte sie. »Und ein bisschen nach Zimt.«

»Koste einmal, ich finde es karamelliger als normale Colas. Und es ist ohne Konservierungsstoffe.« Alfi wartete auf ihre Reaktion.

»Oh!« Veronika schloss die Augen. »Mmmmm … Besser als meine Smoothies diese Woche. Und überhaupt, normalerweise vertrage ich Cola gar nicht.«

»Smoothies?« fragte Alfi.

Veronika war das so herausgerutscht, eigentlich hatte sie gar nicht darüber reden wollen. Aber abgesehen davon, dass sie ständig von Schokolade und Pizza fantasierte, ging es ihr super gut diese Woche. Warum also sollte sie es nicht erzählen? »Ich habe diese Woche Getränke aus Salat und Obst gemixt, und fast alle waren echt grauslich. Da ist dein Cola so was von sündig gut. Kommt mir jetzt direkt sehr süß vor, wie Karamellen.«

»Das Karamellige kommt vom Vollrohrzucker. Ich habe es aber mit weniger Brix angerührt.«

»Brix?«, fragte Veronika. Das würde doch jetzt kein böses Zusatzmittel sein, das ihr Probleme machte. Vielleicht würde sie dann nicht nur fiepen beim Sex, sondern die Marseillaise pfeifen.

»Brix misst den Zuckergehalt. Winzer oder Obstbauern kennen das auch. Wenn Obst reifer ist, hat es mehr Brix. Mit *weniger Brix* meine ich einfach, dass ich weniger Zucker als üblich hineingegeben habe.«

»Gott sei Dank!«, sagte Veronika. »Das erinnert mich an ein Buch, das ich unlängst gelesen habe. Da empfiehlt der Autor, dass man hauptsächlich Obst essen sollte, am besten eben reifes. Und das probiere ich gerade aus, wegen meiner Hautprobleme.«

»Ich sehe keine«, sagte Alfi und schaute Veronika mit einem Adlerblick an. Er kam mit seinem Kopf ganz nah heran, runzelte die Stirn und kniff seine Augen zusammen. Er übertrieb seine Mimik gern ein bisschen. Veronika lachte und schob Alfi wieder etwas zurück. »Ich gebe meistens getönte Hautcreme drauf, und im Moment ist es wie weggeblasen. Deshalb darf ich nichts Erhitztes essen. Also kein Schnitzel oder so. Rohkost eben.«

Da war es, das Wort. Veronika war unsicher, ob Alfi wusste, dass es so was wie Rohkosternährung überhaupt gab. Bis vor Kurzem war Rohkost für sie nur das Synonym für schokoladenummantelte, kandierte Trockenfrüchte von Heindl, einer Wiener Konfiserie, gewesen.

»Das tut mir leid für dich», sagte Alfi. »Ehrlich, ich bin froh, dass ich so was nicht habe. Nicht auszudenken. Bei mir ist das Mittagessen ein Teil meiner Entlohnung in der Firma. Wäre glatt ein Verlust, wenn ich es nicht mehr essen dürfte.« Eine Ersatzzahlung würde er jedenfalls nicht bekommen. Alfi machte eine Gedankenpause.

»Aber Cola ist keine Rohkost, schätze ich.«

»Doch. Du hast ja gesagt, es ist nicht gekocht.«

»Stimmt auch, im Labor pasteurisieren wir nicht immer. Das macht der Handel, wenn Getränke wie Cola oder Fruchtsäfte ohne Kühlung haltbar gemacht werden sollen. Aber in dem Cola hier sind Zutaten, die vorher schon erhitzt wurden. Zuckercouleur zum Beispiel.«

»Zuckercouleur? Es ist also doch auch normaler Zucker drin?«

»Mit Zuckercouleur bringt man die braune Farbe ins Cola. Dazu wird Zucker mit zusätzlichen Stoffen wie Ammoniak und Schwefelsäure karamellisiert, und durch die Reaktionsprodukte wird das dann schön dunkel.«

Veronika sog die Luft ein. »Na, super. Das ist genau das, was ich gerade jetzt nicht brauche.« Sie hatte einen ordentlichen Schluck von dem Cola genommen, weil die Flasche bald warm geworden wäre, und spürte nun einen leichten Juckreiz an der Innenseite ihrer Oberarme und an den Waden. Oder bildete sie sich das nur ein?

Der Tanzlehrer unterbrach die beiden und rief die Kursteilnehmer auf die Tanzfläche. »Kommt genau recht«, dachte Veronika, »Bewegung tut mir immer gut, wenn ich Mist gegessen habe.« Sofern es Mist war.

Veronika war heute etwas verwirrt beim Tanzen. Zum Glück schoben ihre Tanzpartner sie so schön herum, dass sie nicht viel mitdenken musste. Das Tanzen machte ihr das Hirn frei. Dabei vergaß sie jetzt auch, dass sie etwas Ungeeignetes getrunken hatte. »Sicher habe ich es rausgeschwitzt«, hoffte sie, als die Pause anfing.

Alfi hatte wie immer nicht durchgehend mit ihr getanzt. Nun standen sie wieder an der Bar und er schien weiterhin an einem Gespräch mit ihr interessiert zu sein. »Habe ich ihn doch nicht verschreckt, mit meinen Hautproblemen«, dachte Veronika. »Andererseits hat er mich schon nackt gesehen und es dürfte nicht so schlimm gewesen sein, dank Cortisonsalbe und Antihistaminika. Veronika war froh, dass sie diese Behandlung immer weniger brauchte – scheinbar gar nicht mehr, wenn sie rein roh aß.

»Puh …« Alfi wischte sich über die Stirn. »Heute haben sie ganz schön heiße Scheiben, da kommt man richtig ins Schnaufen.« Er bestellte ein gekühltes Getränk mit Eiswürfeln, Veronika bekam ein stilles Wasser mit Zitrone. Kohlensäure mochte sie nicht, die blähte den Bauch auf. Das sah dann schnell so aus, als hätte man vier Steaks gefrühstückt.

»Jedenfalls danke, dass du mir das Cola mitgebracht hast. War sehr interessant.« Sie überlegte, ob sie Alfi einen Kuss auf die Wange geben sollte, ließ es aber dann.

»Gern geschehen«, sagte Alfi und trank einen Schluck.

»Hast du eigentlich eine Freundin?«, fragte Veronika und hätte sich die Worte am liebsten wieder in den Mund zurückgestopft. Wer wusste, was er jetzt glaubte.

Alfi verschluckte sich fast und stellte sein Glas wieder auf den Tresen. »Derzeit nicht«, gab er dann brav Auskunft. »Ich bin ich schon länger standfester Single.«

»Standfest, soso …«, sagte Veronika und grinste. »Also eher auf der Jagd, oder wie?« Sie erinnerte sich an ihren One-Night-Stand. Immerhin hatte er sie seither nicht vergessen. Hatte sie auch schon gehabt, dass dann einer so tat, als würde er sie nicht kennen.

»Naja, bis sich halt eine Herzensdame findet, die mich mag«, sagte Alfi und wirkte auf einmal fast ein bisschen schüchtern.

»Süß«, dachte Veronika. Vielleicht war er wirklich ein potenzieller Mann fürs Leben. Aber heute wollte sie vor allem wissen, wie Alfi zu den offenen Beziehungen stand, von denen sie im Chat gelesen hatte. Sie wollte unbedingt eine weitere Meinung hören und versuchte es auf die Provokante.

»Ich glaube, manche Männer wollen nicht nur eine Frau, sondern mehrere.«

»Ich wäre schon froh, wenn ich eine hätte.« Alfi lachte. »Das ist gar nicht so einfach.«

»Ist umgekehrt nicht leichter«, dachte Veronika.

»Ich hatte unlängst eine Diskussion darüber. Dass zum Beispiel bei den typischen Paaren die Partner mit der Zeit nicht mehr auf sich schauen und immer dicker oder kränker werden …«

»… oder beides.« Veronika schmunzelte. »So gesehen ist es doch wirklich besser, sich erst gar nicht so fest zu binden. Was meinst du?«

Alfi überlegte. Wieder runzelte er die Stirn und kniff seine Augen zusammen, das dürfte seine übliche Denkermimik sein. Nur kam er ihr diesmal nicht so nahe. »Wer sagt denn so was?«

Veronika pfiff auf die Vorsicht. »Leute in einem Forum über Rohkost.«

Alfi lachte. »Ein Forum. Auch eine Methode, Frauen an Land zu ziehen.«

»Na klar, gibt quasi nix Besseres zwischen Berlin und Wien«, sagte Veronika. »Waren alles Deutsche, quer übers Land verstreut. Ich war die einzige Österreicherin.«

Alfi nickte ohne bestimmten Grund, als hätte er nicht richtig zugehört. »Also, wenn es nicht so viele Rohköstlerinnen gibt, dann wird das mit dem Anbraten schon funktionieren«, sagte er dann und schmunzelte.

Veronika lachte. »Rohköstlerinnen anbraten, nettes Wortspiel«, dachte sie.

»Dafür gibt's sicher auch Treffen«, meinte Alfi.

»Stimmt«, dachte Veronika. »Rohkost-Treffen. Gibt's in Österreich, in Deutschland, überall auf der Welt. Und nächste Woche bei Christian.«

Die Gedankenpause erregte in Alfi offenbar Verdacht, in seinen Augen blitzte etwas. »Bist du so eine?«, fragte er, und es klang leicht entsetzt. Als ob sie mit einem Mann nach dem anderen in die Kiste hüpfen würde. »Nein, nein«, sagte Veronika und schüttelte heftig den Kopf. Nicht, dass sie gewusst hätte, was sie überhaupt wollte. Aber es erschien ihr sicherer, erst einmal alles abzustreiten, was Alfi mit *so einer* assoziieren könnte. Männer maßen oft mit zweierlei Maß. Schleppten auf der einen Seite gern Frauen ab, steckten aber auf der anderen für die eigene Freundin das Revier ab. In dem Text *Together*, den Niklas ihr geschickt hatte, stand, dass sich Partner mehr bemühten, wenn sie sich ihres Partners nicht ganz sicher waren. Das bedeutete aber gleichzeitig, dass sich auch Frauen nach anderen Männern umschauten. Alfi hatte sie mit seiner Reaktion gerade daran erinnert, dass Frauen da schnell als Schlampe abgeurteilt wurden. Und dann nicht mehr so einfach einen Mann abbekamen, zumindest nicht, wenn es um eine Familie und Kinder ging. Andererseits schienen diese Rohköstler durchaus Kinder zu wollen. Was war nun richtig? Veronika verwickelte sich immer mehr in ihre widersprüchlichen Überlegungen. Und was, wenn manche Rohköstler keine Kinder wollten und nur eine Ersatzmami suchten? Im Forum hatte diese Woche jemand geschrieben, dass Kinder nur dann auf die Welt kämen, wenn sie gewollt wären. Eine Art Geburtenkontrolle mit dem Geist. »Aha ...«, hatte Veronika gedacht, wie sollte das denn gehen? Eine andere Teilnehmerin schrieb, dass sie trotzdem schwanger geworden sei, andere wieder nicht, alles sehr undurchsichtig. Vielleicht ging es auch nur um einen Persilschein für Männer, die kein Kondom benutzen wollten.

Es war eine hitzige Diskussion entstanden. Veronika dachte an die Hibiskusblume und daran, dass manche Pflanzen antikonzeptiv, also verhütend wirkten. Veronika wusste, dass es Pflanzen gab, die, wenn man sie regelmäßig einnahm, unterschiedlich auf Frauen und Männer wirkten. Die zum Beispiel die Spermienqualität und das Scheidenmilieu beeinflussen konnten. Die Hibiskusblumen-Geschichte in der Firma hatte sie so fasziniert, dass sie später noch einen Internet-Bericht über Naturvölker und deren Verhütungsmethoden gelesen hatte. Was das anging glaubte sie nicht an übersinnliche Phänomene. Zu stark waren die beobachteten und nachgewiesenen Effekte. Nur Ethnologinnen, die familiäre Bande mit den Frauen knüpfen konnten, fanden mehr heraus. Die Familienplanung war ihnen zufolge oft Frauensache oder wurde kulturell gemeinsam mit dem Partner gelebt. Der Mann wollte nicht beschränkend wirken und hatte mit Stolz viele Kinder. Er spendete Samen, die Frau war der fruchtbare Boden. Wollte es die Natur anders, als es die Frauen in solchen oder ähnlichen Familiengesellschaften geplant hatten, so hatte es für die Männer etwas mit den Naturgeistern zu tun. Sie befassten sich damit nicht weiter und nahmen die Dinge naturgegeben. Wenn der Erdboden ärmer wurde, sank ja auch die Fruchtbarkeit der Männer, weil die Pflanzen zum Beispiel mehr Östrogene produzierten. So kam es, dass das Wissen fast ausschließlich von den Frauen oder Medizinfrauen und -männern weitergegeben wurde. Veronika würde sich im Falle des Falles lieber nicht nur auf die von männlichen Ethnologen proklamierte, angebliche spirituelle Kraft verlassen.

Die Pause war vorbei, der Kurs ging weiter. Alfi war sehr galant und nett an diesem Abend, aber Veronika wurde das Gefühl nicht los, dass sie ihn etwas verschreckt haben könnte mit der Rohkost und dem Gespräch über Beziehungen. Tatsächlich lud er sie auch diesmal nicht ein, mit ihm zu kommen. Irgendwie war Veronika fast froh darüber. Wer wusste, ob sie auf die Getränkeprobe hin diesmal im Bett nicht wie ein ganzer Vogelschwarm gezwitschert hätte. Fiep-fiep.

Jacques

Jacques Lumière wohnte in einem alten Gebäude im achtzehnten Arrondissement, dem Künstlerviertel von Paris. Eben hatte er ein Fenster geöffnet, stützte sich am Sims ab und holte tief Luft. Von irgendwo her hörte er Édith Piaf *Non, je ne regette rien* singen. Nein, sie hatte nichts bedauert, dachte er. Diesem Gefühl begegnete er oft, meistens gefiel es ihm nicht. Aber da ging es auch um andere Dinge als die, von der die Piaf sang. Jacques war Kriminalbeamter, er wusste Bescheid. Leise summte er die Melodie mit. Hier war sie damals aufgetreten, in seinem Viertel. Jacques liebte den Spatz von Paris und die Chansons.

Er lehnte sich etwas aus dem Fenster hinaus. Die weißen Fassaden der alten Häuser waren beige-grau geworden vom Verkehr, sie waren schön mit Stuck verziert, aber meistens nicht gedämmt. Picasso hatte im Winter um 1902 seine Wohnung mit seinen eigenen Zeichnungen geheizt, weil ihm das Geld für die Kohle gefehlt hatte. Jacques mochte die Kunst. Da hielt er es mit Marc Chagall, der auch hier in Montparnasse gelebt hatte: *Ein guter Mensch kann bekanntlich ein schlechter Künstler sein. Aber niemals wird jemand ein echter Künstler, der kein großer Mensch und daher kein guter Mensch ist.* »Großer Geist«, dachte Jacques. Noch einmal sog er die Luft ein. Das Viertel entschädigte ihn regelmäßig für die vielen Schattenseiten der Menschen. Und es war so voller Geschichte, dass man ständig mit einem Fuß in einem anderen Jahrhundert stand. Kaum war man über Chagall gestolpert, traf man auf Modigliani, der sein späteres Leben hier verbracht hatte. Wie Jacques' Mutter war der Maler in Italien geboren und später nach Paris gezogen. Er war ein Beobachter der Natur, begriff aber das, was er sah, auch als reine Empfindung. Modigliani hatte eine andere Art, Schönheit darzustellen, er malte auch gewöhnliche Menschen. Jacques inspirierte diese Gedankenwelt. Die Natur der Menschen hatte viele Finessen. Manches Detail, das Jacques in seinem Beruf unterkam, konnte das Bild, das man sich von etwas gemacht hatte, zur Gänze ändern; ein anderes war nicht mehr als die Fehlleitung der eigenen Empfindungen. Es war nicht leicht, die beiden zu unterscheiden und doch wusste er, dass er ein untrügliches Gespür für Verbrechen hatte.

Jacques' Wohnung lag in einem dieser denkmalgeschützten Gebäude und hatte eines der typischen schwarzen schmiedeeisernen Balkongeländer. Der Vorbau war so schmal, dass man sich fast an die Hauswand drängen musste um Platz zu haben, wenn man nur das Wetter prüfen wollte. Aber ihm reichte das. Wäsche wurde hier ohnehin keine aufgehängt, dafür war seine Haushälterin zuständig. Die Wohnung war modern, aber im Retro-Stil eingerichtet. Manche Stücke hatte er am Flohmarkt Les Puces de Saint-Ouen erstanden. Die Händler dort verhielten sich etwas diskreter und weniger aufdringlich als auf anderen Märkten. Er liebte es, wenn er sich in Ruhe umschauen konnte. In Ruhe winzige Welten erkunden konnte. Das lag ihm im Blut.

Jacques war dreißig und gerade wieder Single. »Es will halt momentan nicht sein«, tröstete er sich, wenn er darüber nachdachte. *Momentan*, damit beruhigte er sich. Sein Beruf überschattete sein Privatleben immerzu. Kaum hatte er es geschafft, mit seiner Schüchternheit eine Dame näher kennenzulernen, schon war sie wieder weg gewesen. Und das lag nicht einmal an ihm, seine bisherigen Freundinnen hatten einfach immer Angst gehabt, ihn zu verlieren. Sie hatten nicht alleine dastehen wollen, wenn sie ein Kind bekämen. »Kinder …«, dachte Jacques, das würde ihm schon gefallen. Wie ein waschechter Italiener liebte er Bambini. Überhaupt sah er sich gerne als Schutzpatron für die Kleinen. Wenn er mitbekam, dass es einem Kind nicht gut ging, wurde er aktiv und gab keine Ruhe, bis er sicher war, dass alles wieder seine Ordnung hatte. Zu oft hatte er gesehen, wie eine tragische Kindheit zu erwachsenen Tätern führen konnte. Zu oft hatte er das bei Vernehmungen erfahren. Geschichten, die ihn fast zu Tränen rührten. Und doch lag es an jedem selbst, etwas aus seinem Leben zu machen. Sein feines Gespür für die Menschen hatte ihm beruflichen Erfolg gebracht. Nach zwölf Dienstjahren war er Sous-Brigadier de Police. Jacques war stolz auf die drei Streifen auf seinen Schulterklappen. Heute hing seine neu geschmückte Uniformjacke in der Garderobe. Er war zu Hause, das hieß bequeme Hose und Pullover.

Jacques streckte die Beine von sich. Er war groß und muskulös. Das, was er vor sich her trug, nannte er *Waschbärbauch*. »Besser etwas mehr auf den Rippen als zu wenig, in dem Beruf«, dachte er immer wieder. Er fand, dass das eine gute Ausrede war, weil er genau wusste, dass er einfach nur nicht abnehmen wollte. Wenn er wenig aß, war er immer schlecht gelaunt. Hunger machte ihn schnell ungeduldig und fahrig. Bei Verhören erreichte er mit dieser Art wenig, da brauchte es Geschick – so was wie kluge Kriegsführung. Mit Aggression bekam er aus den Leuten lange nicht so viel heraus, wie mit List und dem Image des Brummbären.

»Dein grimmiger Blick schüchtert alle ein«, hatte ihm heute ein Arbeitskollege im Dienst gesagt. Jacques' Frühstück war wegen eines Einsatzes ins Wasser gefallen, und Kaffee hatte es auch keinen gegeben. Das waren doch wunderbare Gründe für einen grimmigen Blick. Aber jetzt war alles gut. Feierabend. Freitag. Und sein alter Schulfreund François Pudique war endlich einmal wieder zu Besuch. François war Pfarrer, eher hager und wie immer fast ganz in Schwarz.

»Rar hast du dich gemacht in den letzten Monaten«, sagte Jacques.

Die beiden saßen im Wohnzimmer der kleinen Wohnung, Jacques auf seinem bequemen, gepolsterten braunen Leder-Fauteuil und François auf der Couch schräg vis-à-vis.

François lächelte und nickte. »Stimmt, ich weiß. Inzwischen bist du sogar befördert worden. Schick schaut deine Uniform jetzt aus.«

Jetzt lächelte auch Jacques, das Lob ging ihm runter wie Öl. »Magst du einen Kaffee? Ich hatte heute noch keinen …«

»Gute Idee. Gute Idee«, sagte François. Einen Satz, in dem *gut* vorkam, wiederholte er gern, es war eine alte Angewohnheit von ihm, die Jacques schon aus ihrer Kindheit kannte. »Mach mir doch so einen Café Brulot! Mit einem Schuss Cognac, wie zuletzt. Den kannst du so gut.« François lehnte sich entspannt zurück.

»Bist sie also nicht losgeworden, die alte Sünde«, sagte Jacques, grinste und verschwand in die Küche.

»Ach was, Alkohol ist doch keine Sünde. Jesus hat auch Wein getrunken«, rief ihm François hinterher.

»Ja, Wein …«, sagte Jacques, als er wieder aus der Küche kam. »Das hier ist aber feinster Cognac.« Er stellte zwei Tassen auf den Wohnzimmertisch. »Hier«, sagte er und reichte eine davon seinem Freund. »Du bist uns bei den Pokerrunden abgegangen.«

François konnte sich nicht von seinem Café Brulot losreißen, mehr als ein Schulterzucken war nicht drin.

Jacques nahm's nicht übel. »Erzähl, wo hast du dich in letzter Zeit herumgetrieben?«

»Du wirst es nicht glauben. Du erinnerst dich doch noch an das Schloss, bei dem wir in unserer Kindheit häufig gespielt hatten?«

»Du meinst das alte Schloss von Patricia Leblanc, gleich in der Nähe der Schule? Das waren noch Zeiten.«

»Ich habe mich ein bisschen mit dem alten Schloss beschäftigt«, sagte François. »Weißt du noch, was wir dort alles so getrieben haben?«

»Klar, Verstecken gespielt.« So nebenbei dachte Jacques an seinen ersten Kuss, den er dort von seiner ersten großen Liebe – oder was er damals für die große Liebe gehalten hatte – bekommen hatte. Sacht, verstohlen hinter den Büschen. Wie hübsch war sie gewesen, mit ihren braunen lockigen Haaren und ihrem roten Mund. Zart hatten sie sich an den Händen gehalten. Und dann waren sie wieder weitergelaufen.

»Fast wie jetzt«, dachte Jacques, »jedenfalls das mit dem Weiterlaufen.«

François saß ihm ganz versonnen gegenüber. »Woran er wohl denkt?«, fragte sich Jacques. Von einem Kuss hatte er ihm allerdings noch nie etwas erzählt. »Kannst du dich noch erinnern? Die gute Patricia, die uns ordentlich die Leviten gelesen hat, weil wir uns im Herbst die Eibenfrüchte hineingestopft haben?«

»Ha, stimmt«, rief François. »Wir taten völlig hinüber, wie

bekifft. Dabei haben wir die Kerne ausgespuckt.«

»Sie hat uns trotzdem nach Hause geschickt.«

»Aus lauter Sorge. Sie war eine zarte Frau, aber energisch konnte sie sein, meine Herren.« François verlor sich in der Erinnerung. »Der Wiesenfrosch!«, rief er dann. »Ich hatte einen Wiesenfrosch gefangen, den ich ihr zeigen wollte. Ich habe ihr die hohle Faust unter die Nase gehalten, und von dort ist er ihr glatt mitten ins Gesicht gesprungen.«

»Sie hat sich zu Tode erschrocken. Ich glaube das war das einzige Mal, dass ich sie so schreien gehört habe, hysterisch war sie ja sonst nicht. Hast du denn noch Kontakt mit ihr? Wie geht es ihr?«

»Sie war vor einigen Wochen bei mir in der Kirche und hat mir erzählt, wie es ihr so geht. Inzwischen ist sie über siebzig. Im Schloss kann sie sich nicht mehr um alles kümmern, deshalb hat sie seit einiger Zeit an einen gewissen Marcel Lamour vermietet. Er wohnt dort mit einer Gruppe, die sich *Impulso* nennt.«

Jacques schwieg. Er hatte das Gefühl, dass da noch was kommen würde. Er hatte recht.

»Ich habe mir das einmal angeschaut«, sagte François. »Es stecken doch alte Erinnerungen für mich dahinter, die haben mich die letzten Wochen über ganz schön beschäftigt.«

»Was hat dich beschäftigt? Diese Gruppe?«, fragte Jacques.

»Die haben so was wie ein Event-Hotel daraus gemacht.«

»Ist doch schön«, sagte Jacques, »sie vermieten neben Zimmern auch Räume für Veranstaltungen. Was ist dagegen zu sagen?«

»Dass es dort zugeht, als wäre es das Nest einer neuen Revolution«, empörte sich François.

»Davon hätte ich aber gehört«, sagte Jacques. »Das Schloss gehört zu meinem Gebiet, wenn da was mit Aufständen, Waffen oder Drogen im Argen wäre, wüsste ich das.« Er stellte seine Tasse ab und lehnte sich zurück.

François setzte sich auf und rückte näher.

»Das ist ganz subtil dort. Die machen ganz eigene Seminare und locken damit auch neue Leute an. Es ist eine ganz eigene Gesellschaft. Mir ist zu Ohren gekommen, dass manche schon da raus wollten. Ging aber nicht, bekamen enorme Schwierigkeiten. Eine Frau, die im Rotlichtviertel arbeitet, erzählte mir davon. Ich finde, es war ein Fehler, dass Patricia Leblanc das Schloss gerade an diesen Mann und diese Gruppe vergeben hat. Soweit ich weiß, wird sie es ihnen wohl bald verkaufen, statt vermieten.«

»Du meinst, die machen ein Lustschloss draus? Einen Edelclub? Etwas, das einem Pfaffen aufstoßen muss?« Jacques konnte es nicht lassen, seinen Freund ein bisschen aus der Reserve zu holen.

Aber heute reagierte François nicht darauf. »Nein, das nicht«, meinte er völlig ernst, »aber ich habe einschlägige Informationen.« Er tat geheimnisvoll. Hin und wieder hinterließ er gerne den Eindruck, dass seinem alten Kumpel als Polizist doch einiges verborgen blieb, was er als Pfarrer unter dem Schweigegelübde wie zufällig erfuhr.

»Jetzt erzähl schon, du machst nur Anspielungen. Lass die Katze aus dem Sack!«, sagte Jacques.

»Das Schloss ist weiterhin frei zugänglich und ja, es werden auch Zimmer vermietet. Also bin ich da mal hineingegangen, auch zum großen Saal. Dort haben sie jetzt das Speisezimmer eingerichtet.« François sagte es, als spräche er von Séparées. »Und sie haben dort das alte Altarbild *Der Garten der Lüste* von Hieronymus Bosch aufgehängt.«

»Du meinst eine Kopie. Das Original hängt in Madrid. Oder

meinst du, es geht um Kunstraub?« Jacques setzte sich auf, auf einmal war er wach.

»Aber nein, das wäre wohl schon in der Zeitung gestanden«, beruhigte ihn François, und Jacques sank wieder in die Couch zurück. »Natürlich ist es eine Kopie, gleich groß wie das Original. Kennst du das Bild überhaupt? Im mittleren Teil sind lauter nackte Menschen zu sehen, links davon das Paradies und rechts davon die Hölle.« François skizzierte die Komposition mit den Händen in der Luft.

»Na und?«, wollte Jacques wissen. »Was regt dich daran so auf? Das Bild sagt mir was, aber Pornostreifen ist das noch lange keiner – Nackte hin oder her.«

Dass seinen alten Freund den Pfarrer so ein Bild aufregte, war nichts Besonderes. Er sah in fast allem eine Schweinerei. Wenn er einmal miterleben würde, was man als Kriminalpolizist so alles sah! Hätte ihm einer seiner Kumpel von dem Schloss erzählt, so wäre er vielleicht aufmerksam geworden. Bei so viel religiöser Demut, wie sie sein Jugendfreund hatte, konnte er aber nur aufpassen, dass er nicht unhöflich wurde. »Also gut François, was genau ist denn so schlimm an dem Bild?«, fragte er.

»Du brauchst dich gar nicht so lustig zu machen«, sagte François. Er holte einmal tief Luft und fuhr fort. »In den alten Chroniken, also in den Schriften der Inquisition, wurde von einer Gruppierung berichtet … die feierten nackt Messen und hatten am Schluss statt dem Brot – du weißt schon, der Hostie – Sex.«

François schaute seinen Freund an. »Sex meine ich!«, wiederholte er. »Das war gar nicht gut. Gar nicht gut. Damals wurden Frauen gezwungen, da mitzumachen. Meistens gerieten sie völlig irrtümlich da hinein. Eine von ihnen berichtete das dann irgendwann ihrem Pfarrer. So ist das Ganze überhaupt aufgeflogen und der Ring damals zerstört worden – äh, will sagen, verbrannt.«

»Mon dieu. Klingt nach Bordell im Mittelalter«, sagte Jacques. »Willst du noch einen Kaffee?«

»Ja bitte, wieder einen Café Brulot mit deinem guten Cognac. Der tut gut. Der tut gut«, sagte François. »Kann ruhig weniger Kaffee sein und mehr Cognac!«, rief er seinem Freund in die Küche nach.

»Ist schon *gut*, ist schon *gut*«, dachte Jacques und schmunzelte in sich hinein, während er reichlich Cognac in den Brulot goss. Ein paar Minuten später saßen sich die beiden wieder gegenüber und rührten in ihren Tassen herum. Jacques hatte das Gefühl, dass der Pfarrer ein bisschen herumdruckste.

Endlich holte François tief Luft. »Eine Dame sagte mir, dass die Frauen, die im Schloss leben, gezwungen werden, irgendeine Vereinbarung zu unterschreiben, dass sie keine Beziehung eingehen dürfen, die vorwiegend hetero ist.« Er holte noch einmal Luft . »Vereinbarung«, setzte er mit Abscheu nach, »*Zwang* müsste es heißen. In Wahrheit ist es Erpressung.«

»Na, na …«, versuchte Jacques ihn zu beruhigen. »Wer so was unterschreibt, wird schon wissen, ob er sich drauf einlassen will oder nicht. Außerhalb der Kirchenmauern sieht man das nicht ganz so eng.«

»Na hör mal, die Ehe ist doch ein Manifest der Liebe, der geregelten Familie. Und die Ehe ist hetero«, empörte sich François.

»Nicht mehr, wenn auch meistens«, sagte Jacques und hob seine Augenbrauen. »Was aber ist an dem allen nun wirklich skandalös? Warum erzählst du mir das so brühwarm? Da muss doch mehr dahinterstecken.«

»Warte doch einmal ab. Da geht es lange nicht nur um homo oder hetero. Arbeitswillige müssen sich dort für eine bestimmte Zeit verpflichten. Ich meine, weißt du was das bedeutet? Sie arbeiten, sie haben ganz eigene Regeln, sie müssen Dinge unterschreiben, sie werden zu Zugeständnissen gezwungen.« François kniff die Augen zu und nickte vor sich hin, als würde er es sich selbst bestätigen. »Das kommt mir alles sehr, sehr sektenhaft vor. Deshalb bitte ich dich, hab da einmal die Augen drauf!«

»Okaaaayyy«, sagte Jacques und dehnte das Wort, was so viel hieß wie: *Wenn es dir so wichtig ist.* Laut sagte er: »Betreffend Sekten habe ich schon einmal ermittelt, interessiert mich. Aber von denen im Schloss habe ich noch nie was gehört. Es spricht natürlich nichts dagegen, sich einmal umzusehen.« Bei Sekten waren häufig auch Kinder betroffen, das war für Jacques immer ein Grund, sich dafür zu interessieren.

François, der sich zwischendurch wieder zurückgelehnt hatte, erhob seine Stimme und sprach, als würde er gerade von der Kanzel herunter predigen. Er war ganz in seinem Element. »Die Fäden zogen sich schon vor Jahrhunderten durch ganz Europa. England, Böhmen, Österreich, Deutschland und sogar Frankreich. Alles hatte zu Abspaltungen, sogar zu Revolutionen geführt. Damals schon, Jan Hus, der später Martinus Luther inspirierte … Zurück ins Paradies, nicht verkopft nach der damaligen Kirche. Ich sage nur Adamiten! Die wollten es Adam gleich tun. So, als wäre es nie zu einem Sündenfall gekommen. Sie lasen nackt die Messe und …« François wurde rot, er wollte nicht ins Detail gehen. Sein Gesicht hatte ohnehin eine leicht purpurne Farbe, jetzt leuchtete es fast wie eine Ampel. Er schluckte und wechselte das Thema. »Das Schlimmste ist, dass sie vollkommen autark leben wollen im Schloss. Religion oder sogar Familie scheint keine Rolle zu spielen. Seit Kurzem haben sie überall Steinmetzarbeiten und Bilder mit den Symbolen der Bewegungen des freien Geistes aufgestellt. Eulen, Einhörner … Das kommt alles von Gemeinschaften, die behaupten, dass die Kirche und die Familie ein Irrtum seien.«

»Nichts für ungut, François, aber das sind alles keine Gründe für Ermittlungen«, sagte Jacques und machte eine abwehrende Handbewegung.

»Aber wenn ich es dir doch sage. Unmittelbar nach dem Begräbnis seiner Frau, vor nicht allzu langer Zeit, sagte Marcel Lamour, dass sie ein Hemmschuh für ihn gewesen sei mit ihrem Hochhalten der Familie. Jetzt könne er endlich so leben, wie er es immer gewollt hatte. Die Arme war an Krebs gestorben«, sagte der Pfarrer. »Gott hab sie selig. Sie war so eine gute Frau. Eine gute Frau.«

»Woher willst du denn das wissen?«, fragte Jacques.

»Beichtgeheimnis«, sagte der Geistliche.

Jacques dachte an seine italienische Mutter. Sie hatte die Familie auch immer hoch gehalten. In Italien war es gut, viele Kinder zu haben. Sie war der Liebe wegen nach Paris zu ihrem späteren Mann gezogen.

Jacques war seinen Eltern sehr dankbar, dass sie sich trotz schwieriger Zeiten immer wieder zusammengerauft und nicht scheiden hatten lassen. Die Liebe war trotz aller Wirrnisse doch größer gewesen. Jacques wusste, dass François' Eltern sich getrennt hatten, als er noch ein Teenager gewesen war. Mitten in der Pubertät. Immer wieder hatte er ihm gesagt, dass es doch nicht an ihm gelegen hatte, dass ihn keine Schuld träfe. Aber irgendwie hatte so ein elementares Auseinanderreißen immer Auswirkungen auf die Scheidungskinder. Sicher pochte François deshalb so sehr auf die Familie. Schlussendlich hatte er lieber Pater als Vater werden wollen. Bloß war er daher auch sehr idealistisch und weltfremd. Oder hieß das dann gläubig? Jacques liebte François' romantischen Traum von der Liebe. Aber er wusste immer noch nicht, was genau seinen alten Freund an dieser Schlossgemeinschaft derart in Aufruhr brachte. »Was ist noch auf den Bildern zu sehen?«, fragte er.

»Eines ist besonders auffällig. Der rechte Flügel zeigt eine Art Hölle. Ich sag dir, der Maler muss auf Drogen gewesen sein. Wie kommt der sonst auf solche Ideen? Da ist zum Beispiel ein Schwein mit dem Schleier einer Nonne dargestellt. Ein Nonnen-Schwein, das einen Mann küsst.«

»So, so«, sagte Jacques und hob die Augenbrauen.

»Das geht gar nicht«, sagte François und wurde wieder rot.

Jacques fragte sich, ob das Scham war, oder ob es sein konnte, dass er sich womöglich selbst ertappt fühlte. »Nein«, dachte er. Beim besten Willen konnte er sich nicht vorstellen, dass sein Freund jemals etwas gegen den Zölibat im Sinn gehabt hätte. Aber Jacques bohrte nicht weiter, mehr würde er aus seinem alten Freund nicht herausbringen, so gut kannte er ihn. »Der Kirche zufolge gilt es doch als Sünde, wenn Frauen sich selbst befriedigen«, sagte Jacques, um dem Thema eine andere Richtung zu geben.

»Ja, und?«, fragte François, als würde ihn das nun wiederum gar nicht kümmern.

»Vielleicht ist das Gemälde gesellschaftskritisch gemeint. Dass die Frauen sich dann eben miteinander vergnügen sollen«, sagte Jacques.

»Mein Freund, mir graut vor dir … So ein Blödsinn! Ein Schwein mit dem Kopfschmuck einer Nonne, das einen Mann küsst. In der Mitte eine Prozession Nackter. Erdbeeren, Kirschen, Himbeeren, Brombeeren, Zeichen der Erotik und der

Lebensfülle. Einer steigt mit einer Frucht sogar mit Flügeln in die Höhe.« François' Ton bekam etwas Beschwörendes.

Jacques ahnte langsam, worum es seinem alten Schulfreund ging. Sex verknüpft mit spirituellen Versprechungen. So eine Gruppierung konnte gefährlich sein, eine Eigendynamik entwickeln. Sex war immer schon ein gutes Lockmittel für Sekten gewesen. Vielleicht war da wirklich mehr dran.

»François, was macht dich so sicher, dass es sich um eine Sekte handelt? Ich brauche Fakten, keine Kunstkritik«, insistierte Jacques.

»Vor Kurzem waren diese Leute sogar mehrmals in Talkshows. Die Moderatoren waren zwar eher kritisch, aber das prallte alles an ihnen ab. Im Gegenteil, sie zeigten souverän ihre Lebensmittel und erzählten über ihre Lebensweise«, sagte François.

»Ja, und? Ich meine, die interviewen auch Winzer, wenn sie gerade nichts anderes haben.«

»Für die war das reine Werbung, die sind nicht ungeschickt. Und sie bekommen tatsächlich immer mehr Anhänger. Zuletzt war das Schloss in der Zeitung, mit einer Horde Menschen um ein ganzes, geschlachtetes Wildschwein. Der Oberhäuptling wollte damit die Impulse der Teilnehmer wecken, stand da. *Was für Impulse*, frag ich dich.«

François schaute Jacques eindringlich an. Der Freund kannte den Blick, seit ihrer gemeinsamen Schulzeit hatte er noch nie seine Wirkung auf ihn verfehlt. Wenn François ihn so ansah, hatte er keine Chance mehr. Da saß er dann also, mit seinen schwarzen Haaren und etwas dunklerer Haut als es bei Pariser Männern sonst üblich war, was seinen südländischen Einschlag mütterlicherseits verriet, und spürte seine Widerstandskraft schwinden. »Von mir aus«, dachte er. Seine Mutter war fromme Italienerin gewesen, sie hätte sicher auch gewollt, dass er sich um den Fall bemühte. Überzeugt war er noch nicht, dass da wirklich etwas dran war. Aber er würde sich einmal umhören. »Du hast gewonnen«, sagte er. »Ich werde meine Augen offen halten. Aber mach dir nicht zu viele Hoffnungen. Nichts von dem, was du mir bis jetzt so gesagt hast, ist ein Verbrechen.«

Christian

Endlich Mittwoch. Das Treffen bei Christian. Vicky hatte ihr die Adresse per SMS geschickt, Veronika war pünktlich.

»Hallo!«, sagte der Gastgeber, als er ihr die Tür öffnete. »Komm rein, heute ist die Bude voll.«

Er hatte nicht übertrieben. Christian lebte in einer kleinen Wohnung mit zwei Zimmern und einem Vorraum, in dem gleichzeitig auch die Küche und eine Badewanne installiert waren. Man sah durch den länglichen Raum ins Wohnzimmer, wo es sich mehrere Leute auf einem blauen Sofa und auf dem Boden gemütlich gemacht hatten. Auf dem Tisch standen etliche Teller, zwei mit Rohkost-Kräckern, andere mit Süßigkeiten, Datteln und einer Art Rohkost-Kuchen, soweit Veronika das auf den ersten Blick erkennen konnte. Einen älteren Herrn stellte Christian ihr als Geri vor. Vicky saß mit ihm auf der längeren Seite des Sofas.

Über ihnen hing unübersehbar ein großer Kunstdruck. Einen Meter hoch und fast doppelt so breit, in schönem Rahmen. Veronikas Blick blieb für einen Moment daran hängen. Die Szene in der Mitte erinnerte an eine FKK-Strandparty. Da hatte jemand eine Menge nackter Menschen gemalt. Haut, wohin sie sah und kein einziges Kleidungsstück. Doch, da war eine Nonne im Eck ganz rechts. Warum, war ihr noch nicht einsichtig.

Ebenso wenig wie die vielen abgebildeten Musikinstrumente, die sie überhaupt nicht deuten konnte. Was das Bild so übermächtig hier im Wohnzimmer zu suchen hatte, war ihr nicht klar.

Christian riss sie aus ihren Gedanken. Er führte sie zu einem Mann in Veronikas Alter, der auf der kurzen Seite des Sofas am Tisch saß und etwas Undefinierbares auf dem Teller hatte. »Darf ich vorstellen«, sagte Christian formvollendet, »das ist Wolfgang.«

»Veronika«, sagte sie. »Hallo, freut mich.« Sie reichte Wolfgang die Hand, er schien etwas schüchtern zu sein.

»Und das ist seine Frau Joy.« Christian spielte den perfekten Gastgeber.

Joy war Thailänderin und hockte auf dem Boden, ausgesprochen knapp neben einem anderen Mann, wie Veronika fand. Wenn das kein Verwandter war, war es unschicklich.

Christian setzte seine Vorstellungsrunde fort. »Und hier haben wir Mark, er schreibt gerade eine Diplomarbeit.«

»Eindeutig ein Wiener«, dachte Veronika. Das mit der Verwandtschaft konnte schon einmal nicht stimmen. Also doch unschicklich. Es dauerte eine Weile, bis Christian alle mit ihr bekannt gemacht und sie allen die Hand geschüttelt hatte.

Das Undefinierbare, was da auf dem Tisch vor Wolfgang stand, erregte ihre Aufmerksamkeit. Und ihren Abscheu. Es sah widerwärtig aus, wie aus einem Gruselfilm. »Was ist denn das?«, fragte sie Wolfgang.

Da preschte Joy vor und sagte: »Meeresspinne. Schmeckt gut.«

»Urks«, machte Veronika, konnte aber ihren Blick kaum von dem ekeligen Zeug abwenden. »Ich dachte, bei Rohkost isst man nur Gemüse und Obst?«

»Nicht nur, je nachdem. Schmeckt übrigens wie Gemüsesuppe.«

Veronika befürchtete schon, dass Wolfgang sie kosten lassen wollte. Aber dann schien er selber zu überlegen, ob das da vor ihm wirklich so eine Delikatesse war.

»Manche Teile sind echt gut. Eigentlich ist das hier das Gehirn der Meeresspinne.« Dabei rührte er in dem suppenschüsselartigen Unterteil der Meeresspinne um, in dem Innereien in verschiedenen Farben schwammen.

»Schönes Gespräch«, dachte Veronika, vielleicht sollte sie jetzt etwas von den Spinnen in ihrer Badewanne erzählen. Aber da wurde ihr schon Phil vorgestellt, ein weiterer Gast und Rohköstler. Er saß etwas abseits und löffelte Sprossen und kleingeschnittenen Salat aus einer Kunststoffbox.

»Hmmm, schaut lecker aus«, sagte Veronika und merkte, wie ihr das Wasser im Mund zusammenlief. Da waren auch fein geschnittene Radieschen und roter Paprika drin. Die ätherischen Öle im Paprika, fruchtig-zitronig und etwas erdig, stiegen ihr in die Nase und erzeugten den Speichelfluss in ihrem Mund. Das Spinnenmahl hatte ihr fast den Appetit verdorben, erst jetzt merkte sie, dass sie am Abend noch gar nichts gegessen hatte. Aber das Schüsselchen war anscheinend nur für Phil gedacht.

»Ich habe auch selbstgemachte Sonnenblumen-Kräcker und eine Avocado-Dip-Sauce mitgebracht. Sie stehen auf dem Teller am Tisch.« Phil deutete in die Richtung, wo auch Wolfgang mit seiner Meeresspinne saß.

»Fein, danke. Da hole ich mir gleich was. Wie lange isst du schon roh?« Veronika angelte sich eine Armlänge entfernt zwei der Kräcker, knabberte daran und setzte sich ihm schräg gegenüber. Ein Abklatsch im Gegensatz zu so einer roten Paprika, bedauerte sie nach dem ersten Biss. Aber zumindest hatten die Kräcker eine gewisse Schärfe.

Phil hockte im Türkensitz und schien ihr bei näherer Betrachtung etwas entrückt, fast wie Will, der im Bioladen den Vortrag gehalten hatte. Phil hatte allerdings keine blutunterlaufenen Augen, seine Lider öffneten sich nur nicht ganz. Den Blick kannte sie von ihrem Vater, wenn er einen über den Durst getrunken hatte. Besoffen kam ihr Phil aber nicht vor.

»Eigentlich habe ich schon vor acht Jahren begonnen«, sagte er. »Aber dann hatte ich eine Zeit, in der ich viel Alkohol getrunken habe. Jetzt möchte ich wieder neu anfangen.«

»Toll, dass du das aus eigener Kraft machst«, sagte Veronika. Sie hatte schon öfter Männer kennengelernt, die ein Alkoholproblem hatten, aber nicht immer wollten sie aus eigener Ambition clean werden. »Wirklich«, bekräftige sie, »das finde ich super.«

»Seit Kurzem habe ich eine neue Freundin. Sie ist auch sehr an Rohkost interessiert. Darum bin ich hergekommen.« Phil hatte seinen Sprossensalat aufgegessen.

»Er ist hier offenbar auch neu«, dachte Veronika, »oder zumindest länger nicht mehr bei so einem Treffen gewesen.« Egal, wenn er schon einmal roh gegessen hatte, konnte er ihr sicher auch Tipps geben.

»Ich bin zum ersten Mal hier, Vicky hat mir von Rohkost erzählt.« Sie deutete zu ihrer Freundin auf dem Sofa hinüber. Vicky schien sich gerade prächtig mit Geri zu unterhalten und lachte viel. Über ihr das große Bild mit den Nackten. Was es damit wohl auf sich hatte? War das nicht obszön? Warum störte sich niemand daran? »Ich muss Christian fragen«, dachte Veronika, »ist ja seine Wohnung.« Sie wandte sich wieder Phil zu. »Was isst du denn so als Rohköstler?«

»Viele Früchte, was es gerade so gibt. Und Sprossen. Und Nüsse. Gourmet-Rohkost finde ich auch toll.« Phil wirkte wie ein Werbeträger für ein Produkt, das die Verdauung fördert.

»Salat esse ich im Moment auch oft. Sprossen werde ich ab jetzt mehr hineinnehmen. Deine Kräcker sind lecker.« Veronika grinste über ihren ungewollten Reim.

Phil ließ Freude über sein Gesicht huschen. »Ich lasse mich durch Gourmet-Rohkost-Bücher inspirieren und passe die Rezepte dann an.«

Christian, der gerade vorbeigegangen war, hatte Phils letzten Satz gehört. »Du musst einmal seine Mohn-Erdbeer-Knödel probieren, Veronika. Die sind einmalig.«

Sie schenkte Phil ein interessiertes Lächeln, obwohl sie Mohn eigentlich gar nicht mochte. Er brannte ihr immer im Mund, wenn sie ihn zerbiss. Ob das nicht ein Zeichen sein sollte, ihn nicht zu essen? Auch wenn es keine allergische Reaktion war, die sie da spürte. Aber vielleicht konnte sie das Rezept abwandeln. »Wie machst du die Knödel? Sind die nicht normalerweise aus Germteig?«

»Das Rezept habe ich von Xaver, aber ich kann es dir zuschicken. Er ist nämlich gerade mit dem Rad unterwegs, irgendwo im Süden soviel ich weiß.«

»Danke, ja, fein«, sagte Veronika. »Was meinst du mit *irgendwo im Süden*? Klingt, als würde er die Welt umradeln.«

»So ähnlich. Vorigen Sommer ist er losgefahren, einfach so, mit Zelt und guten Schuhen.«

»Das würde ich auch gerne, einfach wegfahren«, dachte Veronika. Sie musste an ihre Arbeitsstelle und an die Miete ihrer kleinen Wohnung mit Garten denken. Nicht, dass sie es so schlecht erwischt hätte, ihr Job, die Firma und die Kollegen waren okay und sie war nicht unglücklich in ihrem kleinen Zuhause. Aber nichts von all dem würde sie davon abhalten, ihren Horizont zu erweitern. Im Gegenteil. Jetzt, da das Thema aufgekommen war, merkte sie erst, wie sehr sie sich nach irgendetwas Neuem sehnte. Sie hatte es sich bisher nur nicht gestattet, in diese Richtung zu denken. Solchen Gedanken waren die praktischen Dinge des Lebens im Weg gestanden. »Und wie macht er das dann mit der Miete?«, fragte sie deshalb gleich nach.

»Xaver hat zuletzt bei seinen Eltern gelebt und Informatik studiert. Da war nichts mit Miete.«

»Ahh, der Glückliche«, meinte Veronika. »Und wovon lebt er jetzt?«

»Er hat neben dem Studium als Programmierer gearbeitet, und als Rohköstler braucht er nicht viel. Mit dem Zelt und dem Rad kommt er weit. Jetzt ist er gerade in Spanien, glaube ich. Er jobbt dort in Fincas.«

»Lebenskünstler«, dachte Veronika. »Lebenskünstler, der mit wenig Mitteln ein super Dasein hat. Fährt in den Süden, lebt von wenig und kommt damit aus.« So was hätte sich sie nie getraut mit ihrer Hautkrankheit und ihrem Asthma. »Ich traue mich nicht einmal ohne Begleitung in ein Nachbarland«, dachte sie, »was wäre denn, wenn ich dort meine Medikamente nicht bekomme? Obwohl, in den letzten Tagen habe ich kaum etwas davon gebraucht.« In dem Moment tat sich in Veronika erstmals ein kleines Türchen in die Freiheit auf. Vielleicht konnte sie auch einmal ausbrechen. Ganz unabhängig sein. Keine Apotheke brauchen. Veronika war fasziniert von den neuen Ideen über mögliche Lebensweisen, die sich da in der Rohkost offenbarten.

»Manche Fincas bieten freie Kost und Logis für arbeitende Gäste. Xaver sucht sich vegetarische Fincas oder auch Gemeinschaften aus«, erklärte ihr Phil.

»Gibt es denn auch Rohkost-Gemeinschaften?«, fragte Veronika. Zusammen mit anderen wäre man nicht so auf sich gestellt und könnte auch die Disziplin leichter aufbringen. »Toll«, dachte

Veronika, »da wird es einfach selbstverständlich, roh zu essen.« Sie dachte immer noch jeden Tag an Schokolade. Vielleicht auch deshalb, weil andere vor ihr naschten?

»Ja, es gibt solche Gemeinschaften, wenn auch nur ganz wenige. Viele bestehen aus gekocht-essenden Vegetariern. Dann gibt es noch die Gruppe in Paris, da essen sie auch Fleisch«, sagte Phil und schaute zum Tisch mit der Meeresspinne. Wolfgang war inzwischen fertig und wollte seinen Teller, auf dem noch einiges übrig geblieben war, in die Küche bringen.

Christian nahm ihm die Überreste ab. »Ich bring's gleich runter in den Hof, in die Misttonne.«

»Das Zeug kann anscheinend ganz schön stinken, wenn es länger steht«, dachte Veronika. »Kein Hunger mehr?«, fragte sie Wolfgang.

»Nein, ich habe eine Sperre.« Wolfgang zuckte bedauernd mit den Schultern. Dick gegessen hatte er sich nicht. Überhaupt war er eher dürr, fiel Veronika auf, als er aufgestanden war. »Was für eine Sperre?«, fragte sie. Meinte er eine Art Krankheit?

Aus dem Eck links hinten mischte sich eine männliche Stimme ins Gespräch. »Wenn du roh und mono isst, dann hört das Essen irgendwann auf, gut zu schmecken.« Es war Mark. Joy massierte ihm den Rücken, während er seitlich ausgestreckt am Boden lag, seinen Laptop vor sich.

»Also viel fehlt nicht mehr und sie reitet auf Mark«, dachte Veronika irritiert, immerhin war Joy mit Wolfgang verheiratet.

»Ach, geh … Sperre«, sagte Vicky, »wenn die Meeresspinne gewürzt worden wäre, hätte er sicher mehr davon gegessen.«

»Schon«, gab Wolfgang zu, »aber wer weiß, ob mir das bekommen wäre. Gerade bei tierischen Produkten.« Er setzte sich wieder auf das L-förmige Sofa.

Tierische Produkte. Dass man Fisch oder Fleisch so bezeichnete, war für Veronika ungewohnt. Sie drehte sich Phil zu und fragte: »In Paris werden in der Rohkost-Gruppe auch tierische Produkte gegessen?«

»Da gibt es verschiedene Gruppen. In Spanien, Frankreich, Italien, Amerika. Die meisten sind roh-vegan oder -vegetarisch. In Frankreich und Nordamerika gibt es auch Gruppen mit Fleischessern.« Beim letzten Satz verzog Phil den Mund. Irgendwie schien ihm das Thema unangenehm geworden zu sein.

Vickys Lachen zog Veronikas Aufmerksamkeit auf sich. »In Italien gibt es eine Gruppe, deren Mitglieder roh-vegetarisch essen und in einem Kloster leben. Sie glauben daran, dass Außerirdische sie einmal abholen. Und sie trinken gequirltes Wasser aus der Badewanne.«

»Wollen die mich verarschen?«, fragte sich Veronika.

Vicky grinste. »Wolfgang hat mir gesagt, seine Meeresspinne ist von Edenkost. Du weißt schon, der Rohkost-Versand aus Paris. Dort ist derzeit die größte Gruppe von Rohköstlern angesiedelt. Manche leben und arbeiten dort, weil sie gar nicht mehr woanders sein wollen.«

»Direkt an der Quelle«, sagte Veronika, »das ist ja cool. Gleich beim Versand arbeiten, das hat was.«

»Allerdings, aber stell dir das nicht zu romantisch vor«, sagte Phil. »Da kriegt man ein bisschen Gemüse und ein paar Früchte, die nicht mehr verkauft werden können. Nicht die tollen Sachen. Xaver ist in Spanien zu den Bauern gefahren. Einer davon beliefert auch Edenkost.«

»Interessant«, dachte Veronika zum x-ten Mal, seit sie in der Rohkostszene verkehrte. Edenkost, darüber wollte sie mehr wissen.

»Hast du nicht gesagt, dass ihr für heute bestellt habt?«, fragte Veronika Vicky und schaute dabei auch gleich zu Christian, der inzwischen wieder zurück war.

»Ja. Aber wir haben schon abgerechnet – also die meisten von uns. Wenn du willst, lasse ich dich später ein Stück Durian von mir kosten.«

»Gerne, da bin ich aber neugierig«, sagte Veronika. Ein Platz auf dem Sofa wurde frei und sie setzte sich, um zwischen all den Informationen einmal durchzuatmen.

Marcel

Ein kleiner Regenschauer brach über die Überreste des Schlosses herein. Mit seinem altersschwachen Turm, seinem Hof und dem kleinen Wald dahinter lag es wie eine romantische Festung am Rande der hektischen Stadt.

Hier, im achtzehnten Arrondissement von Paris, trafen sich regelmäßig Paare, um sich einander für die Ewigkeit zu versprechen. Manche kauften dafür eigene kleine Vorhängeschlösser und montierten sie an den Fußgängerbrücken in dieser Gegend. Lauter kleine Schlösser mit den eingravierten Namen als Symbol der Liebe. Die Stadtverwaltung hatte diesen neumodischen Brauch längst abschaffen wollen. In dem Fall gab Marcel der Amtsmeinung ausnahmsweise sogar recht, die Symbolik hatte ihre Auswirkungen. Das Wetter mit Nässe, Hitze und Kälte ließ die Schlösser korrodieren, und der Rost übertrug sich auf das Metall der Brücken. Die älteren davon drohten bei fortschreitendem Rost unter ihrem Gewicht einzustürzen. Was für eine Metapher, dachte Marcel. Liebe ohne Schlösser in einem alten

Schloss. Seinem Schloss, seit Madame Leblanc es ihm übergeben hatte.

Es bestand aus einigen Gebäuden, die den diversen Überfällen und Kriegen standgehalten hatten. Die groben ungleichen, beigen Natursteine waren sorgfältig aufeinandergereiht und die Fenster, Türen und Ecken der Gebäude mit noch größeren Steinen eingefasst. Die alten Fenster waren durch neue weiß gerahmte Isolierglasscheiben im Originalstil der alten Kastenfenster ersetzt worden. In jedem der Gebäude steckte viel Arbeit, um sie zu erhalten. Die Gartenanlagen waren gepflegt, Büsche geschnitten und gestutzt. Marcel Lamour wohnte gern hier, und mit ihm seine kleine Herde Rohköstler.

In der Nachbarschaft galt Lamour als Charismatiker, der Arbeitsplätze schuf – allerdings nicht unbedingt für die Leute in der Umgebung. Die Menschen, die er beschäftigte, kamen von weiter her. Aus allen Regionen Frankreichs, aber auch aus Deutschland, der Schweiz oder Österreich. Manchmal auch aus Italien. Marcel Lamour war selbst ein aus der Provinz Zugereister. Und auch wenn er sich gut eingelebt hatte und sehr gut Französisch sprach, beäugten ihn die Nachbarn doch immer noch kritisch, und das weit über den üblichen Chauvinismus der Franzosen hinaus. Man munkelte, dass es auf dem Schloss nicht mit rechten Dingen zuging.

Ein Fleischer, der ab und zu ins Schloss lieferte, hatte in einer Bezirkskneipe erzählt, dass er den Auftrag habe, das Fleisch für die Gäste grundsätzlich mit viel Blut herzurichten. Üblicherweise ließ man es ja länger ausbluten. Außer man arbeitete für Vampire, hatte einer aus der Kneipenrunde gemeint. Aber das hatte der Metzger auch wieder bestritten. Das nicht ausgeblutete Fleisch wäre nur würziger und mit Würze hätten sie dort in der Küche nichts am Hut. Trotzdem seltsam, hatten die Stammtischkumpel gefunden. Umso mehr, als vor Kurzem das Gerücht herumgeisterte, dass sich die Gäste im Hof des Schlosses auf ein geschlachtetes Wildschwein gestürzt und es gemeinsam zerteilt hatten. »Wie die Wilden«, sagten die einen. »Berserker«, wetterten die anderen. Angestellte aus der Gegend, die dort immer wieder aushilfsweise arbeiteten, berichteten wiederholt über seltsame Räume, deren Einrichtung sie nicht verstanden. Don, ein Breitband-Casanova aus der Nachbarschaft, der davon überzeugt war, dass sich ihm kein Rock entziehen konnte, fand, dass sich die Frauen eigenartig verhielten. Als hätten sie einen Schleier vor Augen, fast wie hypnotisiert. Nicht einmal ein aufmunterndes Lächeln habe er geerntet. Wie rüde er bei der Weiblichkeit abgeblitzt war, verschwieg er seinen Freunden natürlich. Aber obwohl er in seiner Eitelkeit gekränkt war, war er doch sicher: Irgendetwas war komisch mit den Schlossmenschen, irgendetwas stimmte dort nicht.

Marcel Lamour war ein Mann um die fünfzig. Seine langen, gewellten Haare hatten schon angefangen, sich von lebensfrohem Braun in gesetztes Grau zu verfärben. Er trug sie zu einem voluminösen Schwanz zusammengebunden, der bis knapp über die Schulterblätter reichte. Und er war wie immer gut angezogen. In einem penibel gebügelten, hellen Hemd und braunen Jeans saß er vor dem Fenster, es regnete immer noch. »Paris, Stadt der Liebe. Dass ich nicht lache …«, dachte er. »Stadt des Schmutzes, Stadt des Schlamms, Stadt der Franzosen.«

Und doch brauchte er sie, die Liebe. Sie war ein hervorragendes Instrument. Der Grund, warum die Leute kirre wurden, warum sie durchdrehten, rannten, heulten, sich verzehrten – einfach alles taten, um sie zu spüren, die Liebe. Marcel wusste, dass sie bloß eine Illusion war. Aber eine mächtige. Liebe und Ernährung, eine Kombination von elementarer Wucht. Und nicht irgendeine Ernährung. Rohkost. Die einzige Art der Nahrungsaufnahme, die die wahre Liebe erst freilegte. Saftig, roh, sättigend. Nach Liebe und Essen würden sich die Menschen immer sehnen. Immer. Und nach übersinnlichen Fähigkeiten. Er wusste dieses Zusammenspiel hervorragend zu nutzen. Und er lebte verdammt gut davon. Es klopfte an der Tür.

»Komm herein«, sagte er, als wüsste er, wer da draußen stand.

Simone trat ein und öffnete die Mappe, die sie unterm Arm eingeklemmt hatte. »Schau, es läuft gut an.«

Marcel blätterte durch die Akten. Beeindruckende Zahlen. »Die Sache geht auf«, sagte er. Sie grinste zustimmend. Der Plan sah vor, das Netz auszuweiten. Frankreich, schön und gut, aber wichtig wäre Deutschland, auch Österreich und später der Osten. Dort, wo man noch Geld hatte. Phase eins war angelaufen. Ja, es funktionierte. Die Saat war gesät worden und keimte.

Marcel schaute wieder aus dem Fenster. Es hatte aufgehört zu regnen. »Gut so«, dachte er, »wenn ich so weitermache, werde ich auch noch das Wetter kontrollieren.«

Einige der Gäste hatten den Wetterumschwung bemerkt und drängten sonnenhungrig in den Hof. Sie waren Teilnehmer des aktuellen Seminars. Hoffnungsvolle neue Kunden, auch für den Versand. Ohne einen guten Versand wäre eine Rohkost-Praxis nicht möglich. Äpfel oder Birnen? Natürlich brauchte man die. Aber was waren sie im Vergleich zu asiatischen Früchtchen? Selbstverständlich ungespritzt. Sie enthielten Glücksgefühle stimulierende Aminosäuren, die europäisches Obst, das erst nach der Eiszeit wieder gezüchtet worden war, nie haben konnte. Durian, Baobab, Cherimoya, saftige Algen, rohe Erdnüsse, die an Erbsen erinnerten. Wurzelknollen lysinreicher Pflanzen, saftig wie Äpfel. Kokosnüsse aller Arten, klein wie Walnüsse, oder solche, die innen ohne Fasern und weich wie Butter waren. Deren

Saft einen Duft verströmte, der nie von Dosen- oder Glasware übertroffen werden konnte. Gemüsebananen, die Kartoffeln aus den Tropen. Sie mussten nicht gekocht werden. Außen schwarz und innen besser als jede andere Kohlenhydratquelle. Zart, fest oder in Puddingkonsistenz. Fette Safus aus Afrika, milder noch als abgelegene Oliven. Eine paradiesische Vielfalt aus aller Welt.

Marcel hatte die Regeln vorgegeben. Nirgends bekam man Lebensmittel, die mit strengeren Vorschriften angebaut oder ebenso wild gesammelt, verpackt, versandt und gelagert wurden. Jedenfalls nicht im Supermarkt. Auch Biomärkte konnten mit dieser Qualität nicht mithalten. Manche Quellen gab es ohnehin nur, weil die Bauern selbst Rohköstler waren. Oder Rohköstler wohnten vor Ort und tauchten spontan bei den Bauern auf, um sie zu kontrollieren. Die Kunden wussten das zu schätzen und zahlten die durchaus hohen Preise inklusive der Versandkosten gern. Viele schmeckten den Unterschied stark heraus und spürten ihn an körperlichen und psychischen Reaktionen. Wer den Hintergrund der Rohkost und alles, was damit in Zusammenhang gebracht wurde, kannte, wollte sich das Paradies ins Haus holen.

Ein Paradies, das seine Tücken hatte, wie Marcel wusste. Denn wenn man Rohes aß, fühlte man sich plötzlich irgendwie nackt. Wie es eben im Paradies so war, dachte er und schmunzelte in sich hinein. Das Bild passte wirklich gut. Viele sehnten sich mit dieser Ernährung nach mehr körperlicher Nähe. Man könnte sagen, sie aßen mit Rohkost quasi auch vom Baum der Erkenntnis. Ein Gefühl des Ausgeliefertseins war die Folge – ausgeliefert nicht zuletzt auch ihren komplexen familiären Situationen. Marcel glaubte da stark an den Ödipus-Komplex. Er meinte, dass im Kind Eifersucht auf den Vater entstehe und dass es seine ersten sexuellen Impulse nicht bestätigt bekäme. Keine Familie sei da seiner Meinung nach besser als eine, die Eifersucht schüre. Doch hier hatte er Kritiker. Der Psychiater und Soziologe Wilhelm Reich, Schüler des großen Sigmund Freud, war der Ansicht, dass es den Ödipus-Komplex bei Naturvölkern gar nicht erst gab. Für Marcel war das allerdings kein Argument, immerhin lebte man in Europa üblicherweise nicht wie ein Naturvolk.

Außerhalb des Schlosses hatte die rohe Lebensweise, die Marcel in der Gruppe vorgab, so ihre Kritiker. Aber davon ließ er sich nicht aus dem Konzept bringen. Er war sicher: Richtig roh konnten nur die sein, die im Schloss lebten, sozusagen in der geschützten Werkstatt. Wo sonst waren die Menschen vor allen erhitzten Verlockungen dieser Welt gefeit oder fanden die Unterstützung, um stark genug zu sein. Die meisten mussten ohne viel Körperkontakt roh leben und fielen regelmäßig erst recht zurück in den Kochtopf. Nachahmer gab es viele. Aber reif waren die meisten noch lange nicht – und sie zogen es nicht durch, wie es überhaupt erst im Schloss möglich war. Davon war er überzeugt.

Die Erfahrung, die Marcel gesammelt hatte und im Schloss vorlebte, war einzigartig. Er war schon etwas hochmütig, was das betraf. Ihm ging es gut. Sollten sich alle, die draußen lebten, nur unnötig beschränken. Selbst die, die es sich leisten konnten, besorgten sich nicht alle Lebensmittelgruppen, die für die rohe Lebensweise erforderlich waren. Ganz besonders die veganen Rohköstler stachen da wieder einmal hervor. Manche meinten, der Mensch sollte nur in den Tropen leben, wo er nicht einmal Kleidung brauchte. Der Mensch sei definitiv nicht für den Wechsel der Jahreszeiten, insbesondere den Winter, geeignet. An dem Gedanken war was dran, weil sich die menschlichen Kochkulturen erst in der Eiszeit so richtig entwickelt hatten und damit Ackerbau und Grundbesitz entstanden waren. Seit damals war es der Menschheit dann gelungen, sich ohne große Hindernisse über den ganzen Erdball hinweg zu vermehren. Es war also die Kochkost, die das vermocht hatte. Aber mit Schattenseiten, denn das alles war gepaart mit markanten sexuellen, psychischen und spirituellen Änderungen.

Hochmut war in manchen esoterischen Gruppen besonders stark vertreten, und mit ihm die falsche Überheblichkeit und Sicherheit. Oft glaubten sie, vegane Kochkost würde einfach nur roh gegessen. Es kam schon vor, dass vegane Rohköstler in Mitteleuropa ihre Einstellung dogmatisch auf ihre Kinder übertrugen und sie nicht frei wählen ließen, sie stark mental beeinflussten, ohne sich mit ihren speziellen Bedürfnissen zu befassen.

Marcel wusste um die essentielle Aminosäure Lysin, die in natürlicher, roher, pflanzlicher Ernährung häufig nicht ausreichend zu finden war. Tierisches war seiner Ansicht nach ergänzend notwendig. Egal, wo auf der Erde. Insekten waren einfacher zu finden und zu essen. So, wie bei dem kleinen Löwen im Film *Der König der Löwen*, der kurzfristig auf nahrhafte Larven umsteigen musste. Oder in Moglis Lied aus dem Film *Das Dschungelbuch, Probiers mal mit Gemütlichkeit.* Da ging es um Ameisen. Marcel war stolz darauf, dass er seine Kinder Ameiseneier suchen ließ. Auch Bienenbrut fand er interessant. Die wurde ohnehin jedes Jahr in größeren Mengen verworfen. Die Kinder hatten Spaß daran, zumindest wenn er es ihnen mit genießerischem Gesichtsausdruck vormachte. Damit wurden sie gar nicht erst auf Ekel programmiert und hatten keine negativen Prägungen zu ungewöhnlichem Essen. Die meisten Europäer und Nordamerikaner empfanden ja nur Graus bei Insekten, mehr noch als bei rohem Fisch oder Fleisch. Einfacher – und das fanden auch die Kinder – war ein angetrocknetes Stück Fleisch.

Von der Hand in den Mund, sozusagen. Aber von so etwas abzubeißen war für gestandene Veganer, wie Knoblauch für den Teufel.

So sah es auch Hans, häufiger Gast und großer Sponsor von Schloss und Versand, sowie auch Autor und Förderer der veganen Rohkost. Wenn da ein Kind starb oder Schaden erlitt, hatten in seinen Augen die Eltern etwas Grundlegendes falsch gemacht. In dem Punkt waren sich Hans und Marcel so gar nicht einig. Marcel hielt dieses Dogma für falsch. Er fand es grob fahrlässig, nicht ausdrücklich klar zu machen, dass Muttermilch zur rohen Babyernährung gehört, wie für andere die Butter auf das Brot. Stattdessen stellte man Mandelmilch als geeignete Babynahrung dar. Mit dem Resultat, dass manche Mütter sie in größeren Mengen verabreichten. Oder fanatische Männer ihre Frauen dazu überreden wollten. Junge, wie mehrfache Mütter glaubten allzu gerne, dass Mandelmilch eine Alternative zu Formelnahrungs-Milch wäre. Dabei versorgten sie sich nur selbst nicht gut genug, um Muttermilch zu haben. Und das wäre das einzig Richtige in der rohen Ernährung. Marcel verstand diese Mütter nicht. Nie und nimmer konnte Mandelmilch Muttermilch ersetzen. Hier fehlte jeder natürliche Impuls, das war in seinen Augen nur verkopft. Und geschmacklich kein Vergleich. Mandelmilch enthielt die falschen Fette und sogar Stoffe, die Babys schadeten. Nicht zuletzt fehlten ihr wichtige Nährstoffe. Marcel war verärgert über Hans' veganen Dogmatismus und Mangel an Vertrauen in das eigene Geschmacksempfinden. Stattdessen wurde gemixt und gewürzt. Vielleicht sollte er ihn nicht so oft im Schloss dulden. Erst vor Kurzem war er wieder da gewesen.

Hans Sauvage war etwa so alt wie Marcel, aber von etwas kleinerer Statur, meist leger und nicht so elegant gekleidet. Er zeigte seine Gemütlichkeit, seine Einfachheit, ohne intellektuell wirken zu wollen, auch über seine Kleidung. Und seine Denke war von kantenloser Schlichtheit. *Ärzte sind böse, vegane Rohkost ist gut*, das war seine Hauptbotschaft. Der Fitness-Anzug passte auch sehr gut zum Einstieg in seine Vorträge, bei denen er hüpfte, brüllte und sich bewegte wie ein Affe. Ein Gorilla-Männchen. Seine ruppige Art, teilweise tatsächlich den Affen abgeschaut, schreckte die einen ab, motivierte aber seine Fans. Am liebsten hätte nicht nur er sich nach den Übungen an Lianen unter Bäumen geschaukelt und *Hakuna Matata* gesummt.

Hans vermittelte ein Gefühl der Sorglosigkeit. Kostenlose Wildpflanzen, Affen, Hängematte. Das alles war etwas zu sorglos in Marcels Augen. Nach dem letzten Vortrag im Schloss hatte er ihn darauf direkt angesprochen. Wieder war er auf der Mandelmilch herumgeritten. Und wieder hatte er für Marcels Geschmack viel zu wenig betont, dass Muttermilch das Um und Auf einer rohen Ernährung für ein Baby wäre. »Wozu denn?«, fragte Hans. »Das verunsichert doch nur. Die meisten essen gar nicht ganz roh und nehmen es ohnehin nicht so ernst. Mein Gott, das kennt man doch.« Hans war allerdings nicht so dogmatisch, dass er tierische Quellen militant ausschloss. Insekten fand auch er in Ordnung. Fleisch gerade noch für Kranke. Aber weil keiner seiner aktiven Fans sich normalerweise krank fühlte oder Insekten essen wollte, thematisierte er das auch fast gar nicht.

»Und die wenigen, die dann draufzahlen und aus Scham schweigen sind selbst Schuld?«, meinte Marcel. Dieser Punkt bestärkte ihn darin, dass nur er das Konzept hatte, das funktionierte. Hier und bei ihm. Im Schloss. So präsentierte er es auch.

Hans sah seinerseits keinen Handlungsbedarf. »Das Baby, das da gestorben ist, hatte etwas anderes. Das hat mit meiner Lehre *Steinzeitliche Kost* nichts zu tun«, wiederholte er stur.

Marcel wusste, dass das Baby die Mandelmilch nach ein paar

Gaben deshalb abgelehnt hatte, weil es den Impuls bekommen hatte, dass ihm mehr davon schaden würde. Mit den entstandenen Mängeln war das starke Untergewicht und letztlich die Lungenentzündung unvermeidlich. Nachdem man es endlich ins Krankenhaus gebracht hatte, war das Baby gestorben.

Einen Zusammenhang zwischen Mandelmilch und Lungenentzündung sah Hans nicht. »Da hat noch mehr nicht gepasst, ich hab ja auch Kinder groß gezogen.«

»Werden wohl eher seine Frauen gewesen sein«, dachte Marcel. Hans hatte eine ansehnliche Liste an Gefährtinnen. Marcel nahm an, dass sie es besser gewusst hatten. Die Eltern des Babys waren jedenfalls nach einem Gerichtsurteil vom Jugendamt überwacht und deren Kinder von da an auch mit tierischen Lebensmitteln versorgt worden. Soweit hatte ein Extrem wenigstens den anderen Geschwistern geholfen. Marcel wusste, dass er selbst nicht nur besser reden konnte als Hans, er hatte einfach auch die besseren sachlichen Argumente. Und eine gute Taktik. Alles war nur ein großer Versuch. Man würde erst sehen, wohin es führte. Hans wiederum hätte den Schülern am liebsten eingebläut, was er für richtig empfand.

Marcel dachte belustigt an die Veranstaltungen, die Hans organisierte und als Referent leitete. Für seinen Affenbrüller war er weithin bekannt. Er schlug sich dabei mit Fäusten auf den Brustkorb und brüllte wie wild. Und seine Gäste machten es ihm allesamt nach. Er liebte auch die natürliche Bekleidung: Eine Frau sollte bei ihm am besten nichts tragen.

Hans bestellte fast ausschließlich bei Edenkost. Er war nicht nur ein Unterstützer, sondern wusste, dass es keinen besseren Versand gab. Auch wenn er nicht ganz seiner Meinung war, Marcel konnte es sich nicht leisten, mit ihm zu brechen. Außerdem rundete Hans das Angebot für die Gäste ab. Schließlich mochten viele die veganen Gedanken, selbst wenn sie dann doch zu Hause Käse aßen.

Was aber alle Rohköstler einte, war immer noch das Gefühl des Umstieges und der psychischen Nacktheit danach. Kochkost betäubte alles. War jemand traurig und sollte lustig sein: Kochkost. Egal ob es Alkohol, Drogen oder Brot war. Marcel fand, dass es egal war, welche Kochkost es genau war. Sie machte Menschen unberechenbar, vor allem ängstlich und eifersüchtig. Deshalb schätzte er durchaus auch einen selteneren Gast, Heinrich. In einer Weise unterstützte er seine Theorie.

Heinrich Chanvre war nur ab und zu im Schloss, doch seine psychologische Unterstützung war für viele Rohköstler ein Segen. In seiner Praxis in der Schweiz half er vielen mit seiner Therapie. »Vielleicht hat auch er ein bisschen Recht«, sinnierte Marcel. Manche Rohköstler kamen mit einem Umstieg von Kochkost auf Rohkost nicht so gut zurecht. Sie erinnerten sich plötzlich an ihre Schwachstellen, Blockaden, Kindheitstraumata. Marcel war das unheimlich. Drogen gehörten aber nicht zur Rohkost. Heinrich schien der Meinung zu sein, dass sie – unter ärztlicher Betreuung – eine Ahnung davon vermitteln würden, wie das Gefühl wäre, wenn sie sich von ihren Schatten lösen würden. Ein Ticket aus der Hölle ins Paradies. Für manche nur auf Zeit. Andere konnten sich tatsächlich schneller von ihren Schatten lösen.

Unbewusst wusste Marcel, dass er selbst davon geprägt war. Für ihn war die Lösung allerdings, Beziehungen erst einmal anders anzufangen. Homosexuell. Und hetero nur als Auflockerung. Als Stimulanz für die Grundbeziehung.

Heinrich vermochte Blockaden zu lösen. Er meinte, man müsse nicht homosexuell orientiert sein, um Eifersucht zu vermeiden. Deswegen nahm Heinrich nur strikte Rohköstler in seine Therapie auf. Zumindest mussten sie das für einige Wochen gewesen sein. Er war überzeugt, dass erfolgreiche Absolventen auch außerhalb der Gruppe in Paris den Verlockungen der Kochkost widerstehen konnten. Jedenfalls den übermäßigen. Er selbst trank gerne ab und zu Kaffee und fand nichts dabei.

»Loser«, dachte Marcel bei sich. Heinrichs Glaube an das Urvertrauen war sehr groß. Marcel hatte nicht so viel Vertrauen in Frauen wie Heinrich. Aber er wusste, dass Heinrich auch die Baghwan-Bewegung einst toll gefunden hatte. Baghwan. Der Begriff kam aus dem Sanskrit und bedeutete übersetzt *Gesang Gottes*. Osho nahm diesen religiösen Titel an, als er seine ersten Schüler initiierte. Eine Bewegung, die sich dem von Verzicht geprägten indischen Sucherideal entgegengestellt und sich vor allem auf Liebe und Sexualität bezogen hatte. Liebevoller Umgang, das war typisch, genauso hatten sie sich allerdings auch von Kochkost ernährt. Und nicht nur das. Die Orangen, wie sie manchmal auch genannt wurden, hatten immer wieder Schwierigkeiten bekommen, weil sie auch gerne Drogen nutzten.

Richtige Rohkost ersetzte jede Droge und änderte das Erleben der Liebe viel nachhaltiger. Die Liebe wurde intensiv wahrgenommen, das Leben in all seinen Facetten. Manche Rohköstler litten stärker unter den dunklen Schatten, die sie erlebt hatten, als andere.

Heinrich bot psychologische Hilfe an. Verzeihen fiel nicht immer einfach. »Wenn er mir nur keine Probleme mit den Behörden macht, mit seinen Pilzen«, dachte Marcel. »Schon gut, dass er nur ab und zu Gast hier ist.« Darin, dass Sexualität göttlich sei, waren sie sich wenigstens einig.

Marcel war sich sicher, dass seine eigene Therapie richtig war und vollkommen ausreichte. Schon allein deshalb, weil sie ohnehin als Experiment angelegt war. Was konnte an einem Experiment zu kritisieren sein? *Immer schön im Befragungszustand bleiben.* Eines seiner Lieblingsworte. Liebe auf ewig? Das gehörte für ihn genauso hinterfragt. Hetero-Beziehungen gut und schön, aber meistens mussten sie verhindert werden. Zum Wohle der Gemeinschaft. Sonst würde die Gruppe zerreißen.

Geri

Das Treffen bei Christian war in vollem Gange. Man diskutierte, beriet einander und tauschte Erfahrungen aus. Veronika hörte hier zu, fing dort ein paar Fetzen Information auf und hoffte, dass sie sich alles merken würde.

»Ich muss noch zahlen«, sagte Phil und stand auf. »Ich muss heim, meine Freundin kommt bald von ihrer Schicht zurück.« Er verabschiedete sich und ging mit Christian in die Küche, wo die beiden an einer Küchenwaage Früchte abwogen und abrechneten, bevor er ging.

»Ich habe meine Mangos nicht genommen, die sind mir zu weich«, sagte Vicky. Zum ersten Mal kam sie Veronika zickig vor. Oder gab es da wirklich was auszusetzen?

»Geht das denn, wenn Christian sie bestellt hat?«

»Ja, soll er sie doch reklamieren.« Vicky zuckte mit den Schultern und ließ ein unausgesprochenes *Mir-wurscht* in der Luft hängen.

»Die sind doch gerade richtig«, mischte sich Wolfgang ein, der unweit von Veronika saß. »Du bist nur Supermarktware gewohnt, die wird hart geliefert.«

Vicky warf ihm einen skeptischen Blick zu, sagte aber nichts.

Geri, der zuerst ungeachtet seiner grauen Haare mit Vicky geschäkert hatte, wandte sich nun an Veronika. »Isst du eh auch Tierisches?«, fragte er mit seiner sanften Stimme.

»Er hat so muntere, klare Augen«, dachte Veronika. Dann stammelte sie: »Äh ... also bis jetzt nicht. Aber ich bin noch nicht so lange dabei. Sollte ich?«

»Spätestens, wenn du ein Kind planst. Ich esse schon zwanzig Jahre roh, anfangs roh-vegan. Bis ich gesundheitliche Probleme bekam. Aber vor allem waren es die diversen Krankenhausberichte anderer veganer Rohköstler, sogar des Früchterohkost-Autors, die mich zum Umdenken gebracht haben. Deswegen habe ich wieder angefangen, auch Tierisches zu essen.«

Veronika hörte gespannt zu. Da hatte sie einen älteren Herrn vor sich, rüstig und lebensfroh – und er riet ihr, Tierisches zu essen. »Und viel Grünes.«

»Was zum Beispiel?«

»Gurken. Ess ich fast jeden Tag. Und Salat und Kräuter. Aber nimm nicht nur Petersilie.«

Veronika überlegte. Petersilie hatte sie in letzter Zeit gar nicht gegessen. Früher hatte sie davon immer die Blätter gegessen, aber die schienen ihr jetzt einfach zu trocken.

»Ich mag die Stängel der krausen Petersilie«, sagte Wolfgang.

»Habe ich noch nie probiert.« Veronika machte eine wegwerfende Bewegung. »Die landen bei mir am Kompost.«

»Da versäumst du was. Sind schön saftig und leicht salzig«, sagte Wolfgang.

»Getrocknet und im Mixer zu Pulver zerkleinert sind sie super als Salzersatz«, warf Vicky ein.

»Ich habe monatelang hauptsächlich Petersilie in meinen Salat gegeben«, sagte Geri. »Und zwar wirklich viel. Weil sie so schön dunkelgrün ist und mir alle gesagt haben, ohne Dunkelgrün funktioniert keine Rohkost. Aber dann bekam ich schreckliches Kopfweh und andere Beschwerden.«

»Wenn du auch Petersilie in dich reinstopfst, als gäb's kein Morgen.« Christian hatte sich neben Geri gesetzt. Er schmunzelte.

Wolfgang verdrehte die Augen, nickte aber.

»Dann habe ich die Petersilie weggelassen und der Schmerz war wie weggeblasen.« Geri blies einen Mundvoll Luft in den Raum.

»Ich bin eigentlich durch Geri zur Rohkost gekommen«, sagte Christian. »Er hat zuerst meinen Vater überzeugt und dann mich.«

»Dann isst dein Vater also auch roh?« Veronika hob ihre Augenbrauen.

»Nein, schon lange nicht mehr. Er bestellt auch bei Edenkost mit und hat seine Sachen gestern abgeholt. Meistens nimmt er sich auch Cassia.«

Veronika dachte an Cassis, die leckeren schwarzen Beeren. Zumindest als Drops mochte sie die. »Oh, schade. Was ist denn Cassia?«

»Ein Abführmittel.« Christian lachte.

Seine Augen faszinierten Veronika. Für einen Moment dachte sie, die Welt bliebe stehen.

»Nicht nur. Eigentlich ist es eine Heilpflanze und wirkt gegen viele Leiden«, sagte Christian.

Eine fast schnurrende Stimme, wie aus dem Untergrund, war von Veronika aus gesehen links unten zu hören. Mark wurde noch immer von Joy bekörpert und war trotzdem nebenbei in seinen Laptop vertieft. Seine Arbeit schien ihn selbst bei Freunden in Anspruch zu nehmen. Vielleicht wollte sich Joy mit dem beruflich sicher erfolgreichen Mann gut stellen. Was sich wohl

Wolfgang dachte? Besonders glücklich sah er nicht aus. Besorgt allerdings auch nicht.

»Christians Vater lutscht Cassia immer dann, wenn er Kochkost am Tag davor gegessen hat«, sagte Geri. »Dabei sage ich ihm schon seit Längerem, dass Salz da viel besser ist.«

»Salz?«, fragte Veronika. »Ist ganz schlecht, dachte ich. Berni im Bioladen hat mir Spaghettialgen stattdessen gezeigt.«

»Seit ich täglich in der Früh verdünnte Salzsole trinke, kommt mir das ganze Mehl, das ich bis vor zwanzig Jahren gegessen habe, bei der Haut heraus.«

Christian verzog seinen Mund. Vicky machte ein seltsames Gesicht. Aber keinen von beiden konnte Geri direkt sehen, sie saßen zu dicht neben ihm.

»Wie bitte?«, fragte Veronika. »Wie meinst du das?«

Geri hatte ein langärmeliges Hemd an. Er war überhaupt fein gekleidet, wie ihr jetzt auffiel. Er öffnete den linken Ärmelknopf seines Hemdes und krempelte es hinauf. Dann hielt er den Unterarm über den Wohnzimmertisch und kratzte sich so heftig daran, dass viele Hautschuppen auf die gläserne, dunkle Tischplatte fielen. »Das Mehl kommt da heraus. Seit ich täglich in der Früh verdünnte Salzsole trinke.«

Veronika schüttelte es leicht. »Alles natürlich«, beruhigte sie sich, »alles ganz natürlich.« Trotzdem grauste ihr. Bei ihr waren solche Schuppen eher ein Zeichen trockener Haut. Seitdem sie auf Rohkost umgestiegen war, war ihre Haut aber viel feuchter und sie hatte viel weniger Schuppen als bisher. Aber warum kam bei Geri erst jetzt Mehl heraus und bei ihr jetzt nicht mehr? Ob das überhaupt wirklich Mehl war?

»Ist das gut?«, fragte Veronika und war sich gerade nicht ganz sicher, was sie davon halten sollte.

»Also, ich glaub's nicht«, sagte Vicky.

Christian schloss sich an. »Ich auch nicht.«

»Ihr kennt euch nicht aus«, sagte Geri. »Das habe ich in einem Buch eines Heilpraktikers gelesen.«

Die beiden widersprachen nicht mehr. Scheinbar wollten sie nicht mit ihm diskutieren. Und Geri war zurückhaltend genug, um nicht weiter belehren zu wollen.

Christian

»Komm mit«, sagte Christian, nahm Veronikas Hand und half ihr beim Aufstehen. »Jetzt möchte ich dir eine Durian zum Kosten geben. Und eine von diesen tollen Mangos.«

»Jetzt bin ich aber gespannt«, sagte sie und folgte ihm zur Küche.

Die ganze Zeit schon hatte sie eine Mischung von Düften und Gerüchen im Raum wahrgenommen. Nicht nur fruchtig, auch zwiebelig und irgendwie säuerlich und würzig.

Aber nun war ihr klar, was die stärkste Note ausgemacht hatte: die Durian. Christian zeigte ihr eine ganze Durianfrucht, die schon geöffnet worden war. Außen sah sie die großen Stacheln, die ihr auch auf dem Plakat von Bernis Bioladen aufgefallen waren. Innen hatte die große Frucht, die sie entfernt an einen stacheligen Fußball erinnerte, Segmente. Und darin lagen in sattem Gelb runde Fruchtstücke.

Christian hielt eine Hälfte stolz in seinen Händen und führte die Durian langsam zu Veronikas Nase. »Riech einmal. Wie ist sie für dich?« Neugierig beobachtete er sie.

Es war fast wie ein Ritual nach dem Motto, *wie reagiert das Ge-*

genüber. Der Geruch war wirklich eigen. Aber bei näherem Beschnuppern roch es verdächtig nach Vanille und Zwiebel. Außerdem sah es sehr weich aus.

»Darf ich draufstupsen?«, fragte Veronika.

»Nimm dir ein Stück«, sagte Christian.

»Ein kleines. Nur zum Kosten.« Veronika stupste die Frucht mit dem Zeigefinger sanft an. Die glatte Oberfläche des rundlichen, sattgelben Fruchtfleisches gab leicht nach. Es fühlte sich sanft und weich an. Sie wollte es nicht zermatschen.

»Wie nehme ich das am besten?«, fragte Veronika.

Christian griff um, damit er eine freie Hand hatte, und trennte von dem von Natur aus in drei Teilen gewachsenen Fruchtfleisch einen Teil ab und nahm ihn aus dem Segment heraus. Er reichte ihn Veronika.

»Danke«, sagte sie und nahm das Stück behutsam. Es fühlte sich an wie eine Sahnetorte mit zarter Puddinghaut, nur dass es nicht patzte. Und es hatte nicht so eine grausliche, dicke Puddinghaut. Die Begrenzung schien fast gar nicht vorhanden – ganz dünn, gerade merkbar. Eine Haut war da gar nicht dran. Veronika nahm das zwiebelige, vanilleartige Aroma noch einmal stärker wahr und biss einen kleinen Happen ab. Sie stellte fest, dass da ein großer einzelner, eher weicher Kern drin war. Und viel gelbes Fruchtfleisch. Es schmiegte sich um ihre Zunge, zerrann fast wie Eis – nur dass es nicht kalt war. Es schmeckte unglaublich sahnig, vanillig und hatte auch eine leichte Zwiebel-Note.

»Ist überhaupt nicht wässrig, sondern cremig«, sagte Veronika. So was hatte sie noch nie gegessen. Dass es in der Natur fertigen Kuchen gab, der noch viel besser schmeckte als die erhitzten Konditorprodukte, hätte sie nicht gedacht.

»Wie eine fette Vanillecremefüllung – nur von ganz alleine fest, ohne Biskuitteig oben und unten.« Veronika leckte ihre Finger ab. Das an eine unförmige Kugel erinnernde Stück hatte sie wie in Trance gegessen.

»Die Reaktionen auf diese Frucht sind zum Teil sehr unterschiedlich«, sagte Christian.

»Ja? Wieso?«, fragte Veronika.

»Manche können den Geruch nicht ausstehen. In Asien ist sie sogar in öffentlichen Gebäuden und in der U-Bahn verboten.«

»Verboten?« Veronika hob ihre Augenbrauen. Eine verbotene Frucht, nicht schlecht. »Aber essen darf man sie schon?«

»Das schon. Man kriegt sie aber deshalb nicht immer nach Europa. Weil die Fluglinien auch mitunter Probleme machen.«

»Dann sind die wohl auch entsprechend teuer.«

»Na ja, im Vergleich zum Obst hier schon. Und vor allem im Vergleich dazu, was sie in Thailand kosten. Für dieses gute Stück kann man hier locker vierzig Euro bezahlen. In Thailand umgerechnet ein paar Cent.«

»Die haben's gut.«

Vicky war nach vorne gekommen, um auf die Toilette zu gehen, und hatte die letzten Sätze mitbekommen. »Ich würde das gerne als Hauptspeise essen. Täglich. Manche Veganer wandern deshalb auch gleich nach Thailand oder Costa Rica aus«, sagte Vicky und verschwand in Richtung WC.

Christian grinste. »Ja, das wäre was. Wenn es dort wiederum nicht so elendsheiß wäre.« Er stöhnte. »Manche geben sogar ihr ganzes Geld dafür aus. Aber nicht nur Veganer. Wolfgang hat für Durian schon öfter einmal sein Konto überzogen.«

»Kann ich mir vorstellen, bei den Preisen«, sagte Veronika.

»Ich lese gerne über Fernreisen, aber ich habe Flugangst«, sagte

Christian. »Vielleicht mache ich einmal eine, aber dann mit dem Zug.«

»Ich fliege auch nicht so gerne«, sagte Veronika.

Die Durian roch noch immer köstlich. Auch die Mangos übertrafen Veronikas Erwartungen. Sie waren weich und faserfrei, sehr süß und aromatisch. Die Mangos, die sie bisher im Handel probiert hatte, waren viel fester, oft fasrig und zum Teil zäher gewesen, und sie hatten mehr Säure enthalten. Inzwischen wusste sie, dass reifes Obst und Gemüse wegen der gebildeten Aminosäure-Mineralstoff-Bomben geschmacklich so intensiv war. Ähnlich wie im Winter bei Tomaten aus dem Treibhaus. Kein Vergleich zu denen, die sie früher im Spätsommer im Garten ihrer Mutter gegessen hatte. Ein paar der Früchte von Christians Lieferung waren so weich, dass sie Veronika an das Fallobst vom Marillenbaum im Garten ihrer Großmutter erinnerten. Das war immer besonders aromatisch gewesen. Und in dieser Art sonst nie im üblichen Handel erhältlich. Kein Wunder, dass Vicky irritiert war. »Eigentlich ist das schon bemerkenswert, dass man die Früchte so reif bekommt und dass sie nicht gleich als Mus im Paket ankommen«, sagte Veronika.

Von den übrigen Früchten nahm sie ein paar mit und bezahlte bei Christian. »Zum Glück hat er mehr mitbestellt«, dachte sie. Er selbst schien allerdings Mini-Mengen zu essen und behielt sich nicht viel. Christian war schlank, aber nicht gar so dünn wie Wolfgang. Christian genoss sichtlich jeden Bissen, den er machte. »Wie schön, wenn jemand so genießen kann«, dachte Veronika.

Veronika hatte sich inzwischen auf den Badewannenrand gesetzt, einen Sessel gab es in der kleinen Küche nicht. Weil die Wanne direkt an die Küchenzeile grenzte und etwas hervorragte, war das sogar relativ bequem.

Sie lehnte mit ihrem Arm auf der Küchenplatte und stützte ihren Kopf auf ihm ab. »Sag einmal, was ist das für ein Bild, das du da im Wohnzimmer über dem Sofa hängen hast?«, fragte sie.

Christian, der nur einen Schritt weit entfernt an der Küchenzeile stand und restliche Verpackungsmaterialien wegräumte, sah kurz zu ihr herüber. »Der Garten der Lüste. Hängt in Paris als riesiges Bild auch im Stiegenhaus im Schloss von Edenkost. Ist eigentlich ein Altarbild.«

»Die sind in einem Schloss? Und du warst schon dort?«

»Zweimal schon. Die Gruppe wohnt in dem alten Gemäuer. Stell dir vor, beim zweiten Mal wäre ich fast dort geblieben.«

»Zweimal schon …«, wiederholte Veronika in Gedanken. Nicht nur der Gedanke war interessant, auch ihren Gastgeber selbst fand sie immer interessanter. In Veronikas Vorstellung tat sich ein imposantes Gebäude auf, nach dem Vorbild von Walt Disneys Märchenschloss. Sie stellte sich vor, dass in einem großen, pompösen Stiegenhaus an einer Wand dieses Bild mit lauter nackten Menschen hing. Uuups, was hatte das zu bedeuten? Rannten die Leute dort auch nackt herum?

»Wieso dortgeblieben?«, sagte Veronika und fragte sich insgeheim, was er dort wohl erlebt haben musste.

»Mir ging es in der Zeit gesundheitlich nicht so gut«, erklärte Christian. »Ein Bekannter hier in Wien meinte sogar, ich solle meine Arbeit kündigen und überhaupt dortbleiben. Alles nur Entgiftung, sagte er.« Schon wieder dieses Wort. *Entgiftung*. Scheint neuerdings sehr in Mode zu sein.

»Wäre das denn möglich gewesen, einfach so zu bleiben? Mir würde allein die Sprache schon schwer fallen. Ich hatte Französisch einmal ein Jahr lang in der Schule, als Freifach. Aber hängengeblieben ist mir dabei fast nichts.« Warum musste diese

Gruppe auch gerade in Frankreich sein, dachte Veronika. Im Forum hatte sie vorige Woche ein Buch über die Essener als Lesetipp bekommen. Die weit jüngere Frau des Autors – übrigens ein Sprachforscher – war in Wien aufgewachsen und schon ihre Mutter hatte Obst-Rohkost gepredigt. Aber dann war der Krieg gekommen, und sie mit ihrem Mann nach Amerika ausgereist. Dort hatten sie ein Rohkost-Ressort und er hatte begonnen, Bücher zu schreiben. Auch wenn es nur Romane waren, genossen sie eine gewisse Beliebtheit, weil der Verweis auf altertümliche Schriftrollen vom toten Meer vielen half, dranzubleiben – auch wenn sie bloß Illusion waren.

Der Vatikan wie die Nationalbibliothek Wien bestritten, dass der Autor je Einsicht in die alten Schriftrollen vom Toten Meer bekommen hatte. »Zu einer Gruppe in Mittelamerika will ich nicht gerade auswandern«, dachte Veronika. »Frankreich wäre näher, aber da ist mir die Sprache wieder so fremd. Irgendetwas spricht immer gegen gute Pläne.«

Christian schien ihre Gedanken zu erraten. »Es sind auch viele Deutsche im Schloss, und man ist ohnehin meistens in der Gruppe. Aber klar ist es nützlich, ein bisschen Französisch zu können. Zum Glück kann ich es durch meine Mutter. Sie ist in Frankreich aufgewachsen.«

»Glückspilz«, sagte Veronika. »Dann hast du da sicher schnell Freunde gefunden?«

Christian verzog leicht den Mund. »Praktisch war das schon, aber die Situation passte damals nicht für mich.«

»Wegen der Leute?« Christian schüttelte den Kopf. »Nein, die waren sehr nett, die meisten von ihnen zumindest. Manche waren halt auch krank. Aber wenn man zum Kern dazugehören wollte, war Sex mit einem Mann obligatorisch.«

»Aha«, sagte Veronika, als hörte sie solche Lebensregeln ständig.

Dann fragte sie doch nach. »Was heißt das? Sind dort alle schwul?«

»Das nicht. Aber wer sich wirklich nah kennen wollte, musste sich auch nackt kennen. Und dazu wurden Empfehlungen gemacht, wer mit wem zusammenkommen sollte.«

Jetzt war Veronika sichtlich überrascht. »Echt jetzt? Also auf Befehl oder Empfehlung wüsste ich auch nicht, ob ich mich da so zeigen wollen würde. Also Sauna okay, aber Sex? Ist schon was anderes, nicht? Und was war mit Beziehungen zu Frauen?«

»Das gab es nur für Männer, die schon länger dort waren«, sagte Christian.

»Wieso das?«

»Weil sonst Kinder entstanden wären, und die Neuen noch nicht bereit dafür wären … und … ach … was weiß ich …« Christian brach abrupt ab, sprach aber dann doch weiter. »Ich weiß gar nicht genau, warum. Aber für Neulinge gab es Sex nur unter Männern.«

»Das hätte für mich auch nicht gepasst«, sagte Veronika, bevor sie ihren Fehler bemerkte. »Also … ich meine, wenn ich du … wenn ich ein Mann wäre … glaube ich jedenfalls.«

Christian sah ihr beim Stottern zu, amüsiert und ein bisschen anzüglich. Veronika betrachtete ihn nun noch genauer. Er sah gut aus. Homosexuelle mochten seinen Typ mit Sicherheit. Heute trug er ein schickes, und nicht wie zuletzt ein rosa Hemd. War er vielleicht doch nur bi?

»Hängt deshalb dort das Bild?«, fragte sie. »Weil da ganz viele Nackte drauf sind?«

Christian wurde wieder ernst. »Das Bild sagt viel mehr aus. Da geht es darum, dass wahre Erkenntnis und hellseherische Fähigkeiten nur durch offene Dreierbeziehungen möglich sind.«

»Nicht wahr«, rutschte es Veronika heraus.

Christian ging mit ihr zum Bild. »Alles Symbolik. Die vielen Beeren und Früchte, da ist keine einzige gekochte Speise zu sehen. Schau dir einmal das Paar in dem roten Ballon im Wasser an, in der Mitte unter dem Umzug. Die zwei sitzen darin, aber rechts ragt ein Fuß heraus. Bestimmt nicht, weil sich einer der beiden so verrenkt. Oder weiter rechts, da sind in einem Zelt fünf Füße zu sehen. Der Maler hat sicher nicht versehentlich einen Fuß zu viel gemalt.«

»Und woraus schließt man, dass da hellsichtige Fähigkeiten oder Erkenntnisse entstehen?«, fragte Veronika.

Christian zeigte auf ein paar Stellen des Gemäldes. »Wenn man bei manchen Paaren genau schaut, wächst darüber auf einmal ein fruchtbarer Baum, oder es ist eine Eule zu sehen. Für das Unterbewusstsein ist sie ein Symbol für das Sehen im Dunkeln. Kinder gibt es gar keine. Es geht hier darum, dass Liebe nicht nur zur Fortpflanzung gedacht ist. Und rechts sieht man, was passiert, wenn man das nicht berücksichtigt. Dann entsteht Selbstbeschneidung und Leid. Die musikalische Hölle.«

»Musikalische Hölle?«, wiederholte Veronika. Trotzdem war sie wie gebannt. So viel in so einem alten Bild. Sie versuchte, alle Details zu erfassen.

»Da ist eine Nonne im Gewand. Und Spieler.« Sie gingen wieder zurück in die Küche.

»Die Musik steht für die Sinne«, erklärte Christian geduldig weiter. »Die spielen einfach verrückt. Die Nonne als Schwein ist wohl eine Anspielung. Ohne Gewand würde man sie nicht als Nonne erkennen.«

Veronika nickte vorsichtig.

»Ohne Liebe zwischen den Menschen entstehen

Ersatzhandlungen. Damit nehmen die Sinne die Umgebung wahr wie ein mit falschen Tönen gespieltes Lied.«

»In dem Fall kann es dann auch keine hellsichtigen Fähigkeiten oder Erkenntnisse geben«, dachte Veronika. Sie erinnerte sich an ein Gespräch vor Kurzem im Chat, in dem zwei der Teilnehmer ein Ratespiel veranstaltet hatten. Sie hatten offenbar auch ihre Hellsichtigkeit testen wollen. Lebten die beiden vielleicht doch auch in einer Beziehung mit mehreren Partnern?

»Wie siehst du das mit der Eifersucht?«, fragte Veronika ihren Gastgeber.

»Schau einmal rüber zu Joy und Wolfgang«, sagte er leise.

Sie tat, als wäre sie in ihrer Stellung eingerostet und müsste nur einmal ihre Wirbelsäule bewegen. Aus der Drehung heraus konnte sie von der Küche ins Wohnzimmer schauen. Joy saß noch immer bei Mark, der seinen Laptop vor sich aufgebaut hatte. Inzwischen hatte sie ihren Kopf auf Marks Hüfte gelegt. Wolfgang saß auf dem Sofa und war in ein Gespräch mit Vicky und Geri vertieft.

»Also ich würde das nicht wollen, dass meine Frau mit anderen so kuschelt. Noch dazu vor meinen Augen«, sagte Christian.

»Ich glaube, ich auch nicht … also umgekehrt …«, sagte Veronika leise. »In einem Forum habe ich gelesen, dass Rohköstler keine Eifersucht kennen. Kann das möglich sein?«

»Also glücklich schaut er mir damit nicht gerade aus«, sagte Christian ebenso leise.

»Interessant, dass er das ebenfalls so sieht, er isst doch auch roh«, dachte Veronika. Vielleicht wollte aber auch Wolfgang jemanden zum Kuscheln?

Christian riss sie aus ihrer Verwirrung. »Ich gehe lieber wieder rein, ist sicher unhöflich, so lange draußen zu sein.«

Die Sitzordnung war jetzt etwas aufgelockerter. Geri verabschiedete sich gerade, weil er einen Zug erwischen wollte. Vicky musste am nächsten Tag früh aufstehen und schloss sich an.

»Ich bleibe noch ein bisschen«, sagte Veronika, und Vicky umarmte sie kurz.

Geri und Vicky schienen dieselbe Straßenbahn zu nehmen. Und Durian hatten sie offenbar auch dabei. In einem Sack sah Veronika eine runde Kugel, die kräftig mit Zeitungspapier umwickelt war. Das sollte wohl den Geruch puffern. Nachdem das Sofa auf der Seite der Wand mit dem Bild nun frei war, sah Veronika es sich jetzt näher an. Wie ein Wimmel-Buch für Erwachsene. Sie hatte sich eine Menge Wimmel-Bücher mit ihrem Neffen angeschaut. An den Winzigkeiten, die sie hier sah, hing sie wie Leon an denen seiner Kinderversion.

Christian gesellte sich wieder zu ihr. »Der linke Flügel ist das Paradies. Da steht auch Gott, der Adam und Eva zusammenführt. Aber die Hasen – sie sind das Symbol für die Fruchtbarkeit – sind ganz klein gezeichnet und abgewandt, siehst du?« Er deutete auf den unteren Teil des linken Bildflügels.

»Tatsächlich, da sind kleine Hasen. Viel zu klein eigentlich. Und die Menschen schauen so seltsam … «, sie suchte nach dem richtigen Wort, »… absichtslos.«

»Und da, oberhalb von Gott, siehst du den prächtigen Brunnen? Er ruht auf einer Kugel, die wie ein Auge aussieht, aus der wiederum eine Eule hervorschaut. Sie sieht, was den Menschen verborgen ist im Dunkeln. Seltsam ist auch, dass der Künstler eine Giraffe und einen Elefanten gezeichnet hat. Die konnte er eigentlich nur aus Skizzen kennen. Und hier links, schau, da sind lauter schöne Tiere am Wasser, wie das Einhorn.«

»Erinnert mich an *Das letzte Einhorn,* das war jahrelang mein Lieblingsfilm«, sagte Veronika. »Der einzige, den ich mir zigmal angeschaut habe«, dachte sie, dann ließ sie sich wieder von dem Wimmel-Spiel fesseln. »Warum ist da rechts alles böse? Auf dem rechten Flügel ist alles so dunkel gezeichnet. Was ist das für ein riesenhafter Hase? Und wieso ist da bitte einer in die Harfe gespannt? Grauenhafte Musik, dass alle leiden – wie ist das zu deuten?«

»Mit der Musik und den Instrumenten wird gezeigt, dass auch die Sinne getäuscht werden. Unangenehme Spannungen. Eingespannt wie in einer Harfe. Es geht dann nur noch um Besitz und Illusionen, die nicht glücklich machen. Hunde fressen die Spiritualität, Pfeile sitzen am Popo. Vielleicht schon damals eine Anspielung auf Hämorrhoiden, wie sie viele Kochköstler bekommen.«

Veronika brauchte eine Pause. »Ich glaube, das schaue ich mir in Ruhe später einmal wieder an.«

Joy hatte bemerkt, dass sie mit Christian das Bild betrachtet hatte und setzte sich leicht auf. Sie sprach nur gebrochenes Deutsch. »Ist gut für Frau, wenn sie mehrere Freunde hat«, sagte sie.

Veronika war nicht sicher, ob das ihr oder Christian gegolten hatte. »Ein Freund fürs Kochen, einer fürs Kino, ein dritter fürs Bett«, sagte sie und erinnerte sich gut an das Lied, aus dem diese Zeilen stammten, und das sie bei ihrer Mutter öfter gehört hatte. Joy kam ihr sehr selbstbewusst vor. Sie schien keine Verlustängste zu haben. Sie strahlte und lehnte sich nun wieder zu Mark hinüber. Der schien ihr allerdings weiterhin keine besondere Aufmerksamkeit zu schenken. Im Salsa-Club wäre ihr sicher schon jemand an die Wäsche gegangen.

Veronika setzte sich neben Wolfgang aufs Sofa. Christian ließ sich vis-à-vis von Wolfgang neben Marks immer noch aufgeklapptem Laptop auf dem Boden nieder. Wolfgang sah Veronika an. Er hatte dunkle, braune Augen und einen etwas steinzeitlichen, aber aufmerksamen Blick. Oder lag nur Ernst und Ruhe darin? So tiefe Augen. Veronika spürte einen Schlag, wie ein Blitz. Wolfgang hatte schöne Korkenzieherlocken und trug seine Haare etwas länger. »Was sag ich jetzt bloß?«, dachte Veronika. Sie fühlte sich unsicher und anders. Die Situation war neu für sie. Sonst war das Ziel eines Mannes häufig, eine Frau ins Bett zu kriegen. Eine Frau kennenzulernen für eine Beziehung, vielleicht gar Kinder zu bekommen. Das Gefühl hatte sie hier nicht. Veronika fühlte, dass da etwas anders war. Etwas Heiliges? »Bin ich jetzt schon ganz verrückt?«, dachte sie. Aber die Augen. So lang hatte sie noch nie einem Mann in die Augen schauen können. Wieder kamen ihr wenige Sekunden wie Minuten vor.

»Das ist ein toller Strand gewesen«, hörte sie Christian sagen. Er hatte sich vorher offenbar zu Mark gesetzt, weil er auf dem Laptop Fotos gesehen hatte.

»Mark war kürzlich beim Treffen in Westfrankreich am Strand. Dort haben sie mit den Gästen auch viele Workshops und Spiele gemacht«, erklärte Wolfgang Veronika.

»Wurde von Edenkost organisiert, aber ich glaube, das war eines der letzten«, sagte Mark.

»Wieso denn das?«, fragte Veronika. Es war, als würde sie die Leute hier schon ewig kennen. Sie wurde nicht als Fremdkörper wahrgenommen, fühlte sich aufgenommen. Als wäre sie einfach willkommen.

»Der Ort war dann doch zu weit weg für die deutschen Rohköstler und es kamen letztlich nicht so viele. Das Meer dort ist kühler als an der Adria. Da lohnt sich wohl der Aufwand nicht«, sagte Mark.

»Schade«, sagte Veronika. »Ein Treffen, das nicht allzu weit weg ist, käme mir aber auch gelegen«, überlegte sie.

»Hast du nicht noch Hunger?«, fragte Veronika Wolfgang etwas unvermittelt. »Viel hast du von der Meeresspinne ja nicht gegessen.«

»Naja, ich hatte sie auch erst zum zweiten Mal. Aber man soll nicht so sehr mischen, also lass ich es für heute«, meinte Wolfgang.

»Bei seiner Frau stört ihn das Mischen seltsamerweise nicht, wie es aussieht«, dachte Veronika. Sie konnte den Blick kaum von Joy losreißen, die nun halb auf Mark lag und sein Genick kraulte. Daneben war Christian, gemeinsam mit den beiden in die Fotos vertieft. Veronika war leicht hin- und hergerissen. Eigentlich war sie auch neugierig auf diese Fotos, wollte sich aber noch nicht von ihrem Sofaplatz wegbewegen. Ihr Herz pochte.

So gesehen war es praktisch, dass die anderen etwas abseits und abgelenkt waren.

Wolfgangs Hand lag auf dem Sofa ganz in der Nähe von Veronikas. Und plötzlich fühlte sie sich wie magisch angezogen und berührte seinen kleinen Finger mit ihrem kleinen Finger. Ganz zart. So, als wäre es unabsichtlich gewesen. Wolfgang sah sie an und sagte nichts, ließ aber seine Hand wo sie war. Veronika fühlte die Wärme seines Fingers und ihr Körper vibrierte. Ihr Herz klopfte, als würde sie gleich mit dem ganzen Körper nackt neben ihm liegen. »Ob ich gerade rot werde?«, fragte sie sich. Wolfgang gab ein kaum hörbares *Hmmm* von sich. Es klang mehr wie ein angenehmes Seufzen.

»Was machst du denn so?«, fragte Veronika. »Ich meine, womit verdienst du dir dein Geld?«

»Ich arbeite im Büro. Aber mein Leben ist Parkour«, antwortete Wolfgang. Seine Antwort war etwas leiser als vorher.

»Davon habe ich schon gehört. Machen das nicht nur Stuntmen?«

»Klar, das ist die klassische Variante. Im Kino wird oft mit Effekten gearbeitet, und die machen natürlich Profis«, erklärte Wolfgang. »Aber ich bin trotzdem ziemlich stolz auf meine Fortschritte. Man versucht, auf dem effizientesten Weg von Punkt A zu Punkt B zu gelangen.«

»Angeber ist er keiner«, dachte Veronika. War ja nicht ungefährlich, das Vergnügen. »Machst du das alleine?«, wollte sie wissen.

»Alleine oder in der Gruppe, wie's gerade passt. Wir treffen uns jeden Samstagnachmittag um drei an einem Bahnhof und fahren dann zu einem Park in der Stadt. Magst du einmal mitkommen?«

Offensichtlich hatte er keine – oder noch keine – Kinder. Wie schwer war es oft, eine Verabredung mit Erwachsenen zustande zu bringen, die ein Kind oder mehrere hatten. Ihre Schwester und ihr Mann Paul hatten, seit Leon auf der Welt war, kaum Zeit für eigenständige Fitnessprogramme.

»Gerne«, sagte Veronika. Und in dem Moment bewegte Wolfgang seinen kleinen Finger auf ihren. Sie fuhr langsam und vorsichtig mit ihren Fingerspitzen unter seinen Zeigefinger. Dabei drückte sie den Stoff des Sofas etwas nach unten, damit sie seine Haut bei der Bewegung nur sanft streifte. Sein Handteller fühlte sich weich und etwas kühl an, war nicht so heiß und leicht feuchtklebrig wie Alfis Hände. »Warum fällt mir jetzt dieser Vergleich ein?«, ärgerte sich Veronika. Wolfgangs Haut fühlte sich zart wie Seide an. Ihr Herz schlug stark. »Nur nicht schwach werden«, dachte sie.

Die beiden tauschten noch einen langen Blick aus und Veronika kam erst wieder wirklich zu sich, als sie bald darauf wieder zu Hause war. Spät war es geworden. Fast Mitternacht.

Simone

Die junge Frau am Telefon seufzte. Sie saß im Büro des Schlosses, vor Marcels Zimmer. Anfang zwanzig, lange dunkelbraune Haare, zu einem Knoten zusammengebunden – eine junge Frau, die man gerne ansah. In ihrem Elternhaus hatte sie es nicht mehr ausgehalten. Ihre Mutter war unausstehlich geworden, seit sie vom Vater weggezogen waren. »Nur weg von hier«, hatte Simone gedacht und war vor ein paar Jahren zur Gruppe im Schloss gezogen. Sie hatte in der Zeitung von Marcel erfahren und war neugierig geworden. An vegetarischer Ernährung war sie schon länger interessiert gewesen. Rohkost schien ihr ein guter Weg für ihre Flucht zu sein. Hauptsache weg von ihrer Mutter, ihrer Vergangenheit. Es hatte sich für sie angefühlt, als wäre sie eine Last für sie gewesen. Ungeliebt von der Mutter, unerwünscht vom Vater. Alles hatte so wehgetan. Hier konnte sie vergessen und ein neues Leben anfangen. Eine neue Familie. Ja, sie wollte in einer neuen Familie sein.

Und sie hatte Glück. Alle kamen ihr so herzlich entgegen. Auch die anderen Frauen hier. Marcel hatte sie aufgenommen wie eine Prinzessin, jeden Wunsch hatte er ihr erfüllt. Sie fühlte sich angenommen. Alles hatte er ihr gezeigt und liebevoll erklärt. Auch intim waren sie gewesen. Sie hatte gespürt, dass das hier etwas Besonderes war. Aber dann hatte sie herausgefunden, dass Marcels Interesse nur für kurze Zeit bestanden hatte. Denn eigentlich hatte er einen Freund. Und er hatte erwartet, dass sie sich später mit einer Frau aus der Gruppe zusammentat. Oder mit mehreren. Im Schock war sie in die Provence geflohen, um am Samstagabend in einer Disco mit dem nächstbesten Kerl im Bett zu landen. Das war ihr eine Lehre gewesen. Als sie Marcel davon erzählt hatte, war er beinahe schadenfroh gewesen. Trotzdem war sie erst einmal hier geblieben. Die Liebe zu ihren neuen Freundinnen und Freunden war ihr doch mehr wert als jedes Schlamassel im Bett.

In ihrem letzten Schuljahr, das sie schließlich abgebrochen hatte, hatte sie auch kaufmännischen Unterricht gehabt. Also hatte sie sich darauf spezialisiert. Der Versand hier war gut. Bessere Lebensmittel hätte sie nicht finden können. Auch wenn der Lohn außer Kost und Logis bloß ein Taschengeld war. Aber wo hätte sie sonst hin sollen? Seit ein paar Wochen war sie nun für die Organisation der Importfrüchte aus Thailand zuständig. So saß Simone vor ihrem Computer und versuchte, per Skype im Ausland etwas zu erreichen.

Fünf Sprachen konnte Simone, weil sie in der Nähe der Schweiz aufgewachsen war: Deutsch, Schwyzerdütsch, Französisch und Englisch. Und etwas Thai, das hatte sie sich bei einem Auslandsaufenthalt mit ihren Eltern angeeignet. Damals war noch alles schön gewesen, Mama und Papa hatten sich verstanden. Irgendwie musste sich ihr Vater dann aber in eine Thailänderin verliebt haben. Ihrer Mutter blieb nichts anderes übrig, als auszuziehen.

Zumindest halfen die geringen Thai-Kenntnisse Simone bei der Kommunikation. Die Englischkenntnisse der Thailänder waren fast immer nur gebrochen. Es war nicht leicht, ihnen die Regeln, die Marcel vorgegeben hatte, zu erklären. Keine Spritzmittel. Das ging noch. Insekten vor dem Verpacken säuberlich entfernen. Keine üblichen Düngemittel. Selbstverständlich beschatteter Kompost. Das konnte sie nicht einmal ins Englische übersetzen. Geschweige denn, dass der Kompost auch nicht zu hoch angehäuft werden durfte, weil sonst die Temperatur zu sehr anstieg. Maillard-Moleküle schon aus dem Kompost, das ging gar nicht. Marcel war hier sehr pingelig.

Das Land der Freien, nannte sich Thailand. Es war öfter einmal besiegt, aber nie unterworfen worden. Deshalb konnten die meisten kaum Englisch, Französisch oder Spanisch. Ob sich der neue Kontakt an die Regeln halten würde? Der Markt war größer geworden. Der Zoll machte es auch nicht leichter. Manchmal wurde die Ware beschlagnahmt, nur weil ein Insekt gefunden wurde. Erst vorige Woche war eine ganze Ladung Durian einfach entsorgt worden – und das nur, weil ein Käfer mitgeflogen war. Es war schwierig für die Bauern, darauf zu achten, wo sie keine Insektenvernichtungsmittel verwenden durften. Der Bauer war sauer, weil Edenkost nicht zahlen wollte. Er meinte, das hätten sie so gewollt. Allerdings hätte er einfach aufpassen müssen. Simone seufzte. Das Problem gab es mit mehreren Bauern und in mehreren Ländern. Doch wie sollten sie die Lieferanten bezahlen, wenn die Ware wegen deren Unachtsamkeit nie bei ihnen ankam?

Simone seufzte. Andererseits war sie mit diesen Problemen gut abgelenkt von ihrer Familie und ihrer vergangenen Liebesbeziehung zu Marcel. Was hasste sie diese jungen Hasen, die glaubten, bei Marcel landen zu können. Wenn die wüssten. »Dumme Puten«, dachte sie. Und dass sie selbst so eine gewesen war.

Marcel

Marcel stand in seinem Zimmer vor dem Fenster und sah in den Hof. Er schob den Vorhang etwas zur Seite. Die Sonne schien auf den gepflegten Rasen, der von kleinen alten Einfassungen umrahmt war. Darin waren auch Rosmarin, Lavendel und andere Kräuter angebaut. Etwa fünfzehn Gäste tummelten sich in Grüppchen im Hof. Sie waren vertieft in Gespräche über ihre

Ausnahmen oder Entgiftungserscheinungen. Er war sich sicher, dass sein Vortrag gestern alle Gäste beeindruckt hatte. Die Angestellten hatten große Tische mit exotischen Früchten aufgestellt. Er hatte viel zu sagen. Zum Beispiel darüber, dass Tiere nicht kochten. Diese Stelle in seinen Ausführungen mochte er besonders: »Nicht nur die Tierwelt, auch wir haben automatische Programme, die unsere Impulse leiten. Schon wenn wir auf die Welt kommen. Stellen Sie sich vor, ein Lamm würde sich von der Herde entfernen. Es wäre großer Gefahr ausgesetzt. Ein Wolf könnte es reißen. Aber normalerweise bleibt das Lamm bei der Herde. Alle Schafe bleiben zusammen. Und sie essen alle roh. Haben Sie schon einmal ein Schaf gesehen, das kocht?« Er hatte inne gehalten und in die Runde geschaut. Einige hatten laut gelacht, fast alle genickt und gegrinst.

»Jeder muss atmen. Eine Mutter weiß, was sie zu tun hat. Ein Baby weiß sofort, wie es an der Brust saugt. Und denken Sie an die sexuellen Impulse«, hatte er gesagt. Wie gebannt hatten alle zugehört.

Hans hatte ihm schon öfter gesagt: »So gut wie du würde ich auch gerne reden können. Ich bin fast neidisch, denn ich würde gerne mehr Argumente für Veganismus bringen können.« Hans war eher der Naturbursche. Aber es schien ihm auf die Seele zu drücken, dass er nicht so gewandt war wie Marcel. Er passte damit trotzdem sehr gut ins Konzept. Auch bei ihm hatten die Gäste zuerst die ungläubigen Augen. Dann wurden sie hoffnungsvoll, später enthusiastisch.

Marcel genoss es, im Mittelpunkt zu stehen. Er hatte es nicht leicht gehabt in seiner Kindheit. Seine Mutter war so streng gewesen, dass er irgendwann begonnen hatte, sich eher zu Männern hingezogen zu fühlen. Eigentlich hatte er einen Hass auf Frauen. Homosexualität war die bessere Verbindung. Einem Mann konnte er sich besser hingeben. Nebenbei konnte es natürlich eine Beziehung zu einer Frau geben, mit der man ein Kind hatte. Aber mehrere? Marcels Frau war vor Kurzem gestorben. Sie war so familiär und religiös gewesen. Manche hatten das als sehr gut empfunden. Doch für ihn war es ein widernatürliches Verhalten gewesen. Seine Impulse führten ihn immer nur kurz zu Frauen. Das griechische Vorbild der älteren Männer, die Beziehungen zu jüngeren Männern hatten – was sie *vertikale Beziehung* nannten – gefiel ihm. Familie war Beiwerk. Er wusste, dass seine Frau unter seiner Einstellung gelitten hatte. Viel zu viel Fleisch hatte sie gegessen. Deshalb hatte sie den Krebs bekommen, da war er sicher. Sie war nicht reif gewesen für homosexuelle Beziehungen.

Marcel sah weiter gedankenverloren in den Hof. So viele Teilnehmer waren hier, manche schon zum zweiten Mal. Nach diesem Wochenseminar würden ein paar gleich etwas länger auf Kur bleiben. Betuchte Leute, denn die Krankenkasse zahlte hier gar nichts. Hier bekamen die Gäste, abgeschottet von der Außenwelt, ausschließlich Rohkost. Es kam immer wieder gut an. Es hatte fast etwas Erotisches, wenn jemandem die Augen verbunden wurden und er sein Essen über den Geruch auswählen sollte.

Unten führte Clemens, ein Tischbegleiter des Geruchsseminars, eine Avocado unter Laras Nase vorbei. Der Teenager war das erste Mal hier, ihre Mutter Vanessa hatte sie mitgenommen. »Wie riecht das für dich?«, fragte Clemens.

»Hm, ich rieche kaum etwas«, sagte Lara.

Clemens legte die Schale mit der aufgeschnittenen Avocado zur Seite und zog ein Schüsselchen mit Walnüssen unter Laras Nase vorbei. »Und jetzt?«, fragte er.

»Ein bisschen besser als der Sellerie davor«, sagte Lara. Bei dem hatte es sie geschüttelt. Sie mochte keinen Sellerie. Nicht immer erkannte sie mit geschlossenen Augen, was sie da roch. Das machte es immer wieder spannend.

Clemens war zum Obst weitergegangen. »Und das?«, fragte er.

»DAS mag ich!«, rief Lara.

Clemens hatte ihr eine aufgeschnittene Mango hingehalten. Er hatte schon oft bemerkt, dass viele Gäste voll auf Obst abfuhren, besonders am Anfang.

»Mama, das ist so super hier«, sagte Lara mit vollem Mund. »Ich will hierbleiben.«

Vanessa seufzte. Deswegen waren sie hergekommen. Aber obwohl sie davon überzeugt war, dass es keinen besseren Platz für ihre Tochter gab, wirkte sie doch fast traurig. »Und die Schule?«, fragte sie. Die Schulpflicht hatte Lara zwar erledigt, aber diese Entscheidung war doch ein großer Schritt.

»Ich weiß, hier ist mein Leben», sagte Lara. »Hier gibt es alles, was ich möchte.« Ihre Augen leuchteten.

Einen Augenblick lang schien Vanessa hin- und hergerissen. Konnte sie ihrer Tochter das verweigern? Sie würde selbst gerne hierbleiben, wenn sie nicht noch einen kleinen Nachzügler hätte, um den sie sich kümmern musste. Und sie hatte so einiges hinter sich mit ihm.

Bei Laras kleinem Bruder hatte sich eine verzögerte Entwicklung gezeigt, weil Vanessa zuerst gedacht hatte, dass es ausreichen würde, ihn roh-vegan zu ernähren. Vitamin-B12-Mangel, hatten die Ärzte ihr im Krankenhaus gesagt. Das Baby ihrer ebenfalls roh-veganen Freundin war damals gestorben. Und alles nur deshalb, weil sie die Auswahl eingeschränkt hatte, war sich Vanessa sicher. Auch Lara wusste inzwischen, dass sie Tierisches essen sollte. Hier würde sie alles bekommen, was sie brauchte. Vanessa sah ihre Tochter an und nickte.

Lara stand auf, begann zu tanzen und schrie, sodass es alle hörten: »Hurra, ich darf bleiben!«

Die anderen Gäste lachten. Manche der Älteren wären auch gerne geblieben. Aber wer so jung war, der konnte leichter ganz anders anfangen. Lara würde nun zur Elite gehören. Sie war nicht der erste Gast, der vom Seminar weg hierblieb.

Marcel wusste, dass sein Fokus auf aromatische Früchte eine starke Anziehungskraft ausübte. Nach dem Fasten waren viele wie ausgehungert, und einfach alles roch nach einem Himmelreich. Besonders, wenn alles frisch und exotisch war. Das Essen und – nicht weniger intensiv – auch die Liebe. Marcel erklärte in seinen Seminaren, dass es keine Eifersucht gab, wenn man richtig roh aß. Kleine Pannen, wie einzelne Eifersuchtsszenen dazwischen, kamen zwar schon vor. Aber sie waren leicht zu argumentieren: Da hatte man eben nicht ganz nach seinen wahren Impulsen gegessen. Oder noch nicht lange genug und litt an Entgiftung.

Für Marcel war das ganz einfach. Und er gab die Regeln vor. Wer sich nicht unterordnen und akzeptieren wollte, kam ohnehin nicht in die innere Gruppe. So einfach war das. Wenn jemand das Schloss mit einem Swinger-Club verwechselte, war er ebenfalls falsch. Marcel dachte an die intimen Abende mit seinen Freunden. Wie fein war hier doch die Liebe, fand er. Selbst wenn jemand die Gruppe vorzeitig verließ, kam er nicht ganz los und wollte später doch wieder etwas Ähnliches erleben.

Marcel dachte spontan an Felix. Der Österreicher war bei allen Seminaren Gast gewesen und hatte seine Freundin dazu bewegen wollen, bei dem Projekt *Together* mitzumachen. Dazu war es erforderlich gewesen, ihr eine weibliche Partnerin zu vermitteln. Marcel hatte ihr den Kontakt zu einer Rohköstlerin aus Frankreich beschafft. Aber die Gute hatte nicht gewollt. Naja, es war wie bei der Modeschau gewesen, die seine Frau früher einmal organisiert hatte: so schöne Kleider, so dämliche Frauen.

Marcels Gedanken wanderten zurück zum Geschäft. »Wer beißt schon in einen Apfel, wenn Cherimoya oder Durian oder Mangos duften«, dachte er. Aber ohne die Seminare, die das Liebesleben betrafen, wäre der Ansturm nur halb so groß gewesen. Rohkost und Freiheit. Marcel lebte diese Freiheit.

Die Gäste waren eher schlank. Man sah ihnen an, dass sie keinesfalls zu dick werden wollten. Einige waren sogar magersüchtig. Nur ein paar waren dick, andere schwer krank. Jacqueline zum Beispiel, sie wollte unbedingt hier bleiben, obwohl sie Krebs im Endstadium hatte. Marcel hatte ihr gesagt, er könne ihr nichts mehr versprechen, denn ab einem gewissen Stadium helfe auch die Rohkost nicht mehr. Aber die Frau hatte unbedingt bleiben wollen. Und bald darauf war sie gestorben. Manche meinten, ob ihr die Avocados nicht sogar geschadet hätten. Die, die sie sich selbst ausgesucht hatte. Marcel schüttelte den Kopf. Die dumme Pute mit ihren Tierrechten. Dabei ging es den Schweinen hier super. Oder den Pferden. Er dachte an die große Koppel auf der Insel, wo er den Bauern damals entdeckt hatte. Nichts davon hatte Jacqueline gegessen. Und jetzt war sie tot. Jacquelines Kinder hatten Marcel einen Strick daraus gedreht. Resultat war eine Verwarnung der Ärztekammer gewesen. Er war sicher, schon damals Opfer einer Verschwörung gewesen zu sein.

Aber seine Jünger gaben ihm Recht, das war das Wichtigste. So viele waren begeistert. Sie alle kamen in der Hoffnung, mit dem hier erworbenen Wissen länger gesund zu bleiben oder wieder gesund zu werden. Und was noch wichtiger war, zeitgleich waren viele auf der Suche nach neuen Partnern. Junge, interessierte Frauen waren besonders gerne gesehen. Marcel hatte schon vor ein paar Jahren bemerkt, dass die Zeit reif war, eine Gruppe mit einer neuen Generation zu gründen. Die ersten Kinder waren schon geboren. Keines davon wusste, wer der Vater war. So sollte es sein. Marcel war zufrieden mit sich.

Zu den Seminaren wurden auch andere Vortragende ins Schloss eingeladen. Zum Beispiel der alte Haudegen Hans. »Der weiß zu leben«, dachte Marcel. Bei einem Rohkost-Treffen hatten sie sich kennengelernt und schnell herausgefunden, dass sie beide Autoren waren. Damals war noch ein vegan-orientierter Autor da, der für seine Schriften vorzugsweise aus dem Amerikanischen übersetzte. Rückimport aus den USA, nachdem die Rohkostbewegung wegen der Weltkriege vorerst aus Europa geflüchtet war. Die Texte passten Marcel auch gut ins Geschäft. Doch der vegane Schreiber verkaufte selbst Obst und Gemüse. Wie Hans hielt Marcel allerdings nicht viel von der Qualität, die dort geboten wurde. Dieser Importeur legte ja noch nicht einmal Wert auf ungespritzte Ware. Dabei empfahl er fast ausschließlich Obst. Das konnte bestenfalls für kurze Zeit gutgehen. Sogar der Autor selbst war wegen Eiweißmangels schon im Krankenhaus gewesen und hatte bei seinen neueren Auflagen im Vorwort ergänzen lassen, dass er seither auch Fleisch in kleinen Mengen empfahl. Den Ausdruck *kleine Mengen* hielt Marcel für zu schwammig und im Zweifelsfall für zu wenig. Die drei Autoren waren sich also nicht einig.

Hans und Marcel hatten dennoch grundsätzlich mehr gemeinsame Interessen. Hans hatte guten Erfolg mit seinen Büchern, seine *Steinzeitliche Kost* und der dazugehörige Verein verschafften ihm ein zusätzliches Einkommen. Deshalb hatte er auch Edenkost unterstützen können, als die Firma fürchtete, zusperren zu müssen. Trotzdem gab es Unterschiede in den Überzeugungen. Während Marcel hochqualitative tierische Lebensmittel gut fand, verteufelte Hans sie zwar nicht, propagierte aber besonders Wildpflanzen. Und Bewegung. Die fand Marcel eindeutig entbehrlich.

So wie Horsts Programm, das er diesbezüglich als amüsant betrachtete. Wenn er und seine Gäste im Hof des Schlosses ihren Sportsgeist auslebten, war immer was los. Horst machte seinen Gästen vor, wie ein Affe brüllte, und schlug sich mit den Fäusten auf die Brust. Alle hopsten und schrien kurz danach begeistert mit. Endlich eine Möglichkeit, herumzuschreien. Sich auszulassen. Sich gehen zu lassen. Wo ging das heute noch. Gut, dass das Schloss keine unmittelbaren Nachbarn hatte. Nach einigen großen Sprüngen und Schreien ging es weiter zum imaginären Obsternten. Hände strecken und Früchte von den Bäumen pflücken. Alles nur gedacht, es war ja ein Sportkonzept.

Horst hatte ein Faible für junge asiatische Frauen, die in Evas Kleidung für die Bewegungsübungen posierten. Auf diese Art hatte jeder, der sein Buch besaß, anregende und anspornende Fotos. Und nicht nur für Bewegungsübungen, dachte Marcel. Horst konnte die sexuellen Impulse durchaus gut motivieren, fand er. Ein bisschen anders halt. Für alle, die es ihm gerne nachmachen würden, denen aber das nötige Kleingeld dazu fehlte. Hans war für seinen Verschleiß an Frauen berüchtigt. Man war sich allerdings nicht sicher, woran das lag. An fehlender sexueller Energie angeblich nicht. Mit seinen kurzen weißen Haaren riet Hans seinen Jüngern, täglich Wildpflanzen zu essen, damit einem die Frauen nicht abhanden kamen. Damit wollte er wohl klarstellen, dass seine Frauen nicht *ihn* verließen. Zumindest nicht wegen zu wenig Sex. Wie auch immer. Man nahm ihm jedenfalls ab, dass sein bestes Stück trotz fortgeschrittenen Alters noch Standkraft besaß.

Früchte gehörten bei Hans genauso zum Konzept. Vor allem, weil die meisten seiner Jünger dann doch zu faul waren, die vielen Blätter zu kauen. Oder sie kannten sich damit nicht gut genug aus. So kauften die meisten Früchte und Gemüse und aßen dazu ein paar Blätter, die sie gut kannten. Löwenzahn zum Beispiel. Augenauswischerei, fand Marcel. Da waren die Blätter-Obst-Mixer noch eine Spur konsequenter. Obwohl auch da meistens nur ein paar Blätter, die pur ungenießbar waren, ein wenig schmackhaftes, aufgegossenes Getränk hergaben – am Ende sogar noch welche wie Brennnesseln. Er schüttelte sich in Gedanken, wenn er daran dachte. Weit weg von paradiesisch.

War da das große Bild des alten Meisters Hieronymus Bosch nicht genau richtig? Marcel hatte es im großen Stiegenhaus aufhängen lassen. Es hatte fast dieselbe Größe wie das Original und zeigte links das Paradies. Marcel schätzte die Interpretation von Wilhelm Fraenger. Sie schien im weitaus stimmiger als die anderer, die davon ausgingen, dass es ein Geschenk für eine Hochzeit gewesen sei. Augenscheinlich war in der Mitte des Altarbildes, das wohl nie über einem Altar gehangen hatte, das offene Leben der Menschen dargestellt. Wie es wäre, wenn Adam und Eva nie aus dem Paradies vertrieben worden wären. Wehe denen, die den Weg des Kain gingen. Das schlechte Getreide, was hatte es aus den Menschen gemacht. Wie Scheuklappenpferde würden sie arbeiten, die Umgebung wie falsch gespielte Musik wahrnehmen und schließlich krank werden. Alles durch das Brot. Auf dem Bild in der Mitte waren nur Beeren und Früchte zu sehen. Liebe und Erkenntnis. Nein, da war kein Brot, kein Milchkrug. Und Alkohol gehörte zur Hölle. Wie Spielsucht. Marcel versank in seinen Gedanken. Auch das Eindringen selbst wurde als sehr sensible, kritische Angelegenheit gezeigt. Sexualität bot so viele andere Möglichkeiten. Im Paradies waren alle Menschen gleich. Dort ragte ein fünfter Fuß heraus, woanders sah man ein drittes Gesicht. Kinder erlebten in den Zweierbeziehungen ihrer

Eltern Schmerzen, Zurückweisung. Wurden von Panzerungen und Eifersucht geprägt. Aber wenn Kinder gleich mitbekamen, dass es auch anders ging, es gleich anders vorgelebt bekamen – wie es war, wenn sie mehr Menschen um sich hatten … Kinder orientierten sich an den Mustern der Eltern. In einer Gruppe war immer jemand für sie da. Marcel fand das sehr praktisch, schließlich musste sich deshalb auch er als Vater nicht allein um seine Kinder kümmern. Wobei, seine Frau hatte gewusst, dass ihre Kinder von ihm waren. Die Kinder wussten es auch. Und denen gefiel der Gedanke einer klassischen Familie. »So ein Schwachsinn«, dachte er.

Das Genie wurde in der Familie nicht erkannt. Zulauf bekam er von neuen Rohköstlern und Rohköstlerinnen. Manche waren ohnehin homosexuell. Sie brachten eine gewisse Ruhe hinein. Heterosexuelle Gäste, die auf Kost und Logis mitarbeiteten, brachten dagegen Unruhe hinein.

Erst unlängst hatte sich so ein neunmalkluger Jungzwanziger aufgeregt, er würde ausgebeutet werden und dürfe nicht einmal Sex mit einer Frau haben.

»Haha«, lachte Marcel in sich hinein. Damit hatte der wohl nicht gerechnet, dass die Frauen, die hier wohnten, unterschreiben hatten müssen, dass sie keine heterosexuellen Beziehungen eingehen würden. Noch keine paar Jahre roh, und schon wollten sie rohe Frauen vernaschen. Und am Ende würden sie dann wegziehen von hier. Nein, nicht mit ihm. Marcel wusste, wie er eine Gruppe zusammenhalten konnte. Das Bild war eine gute Erinnerung. Wenn man dann auf die Zimmer ging, war es eben nicht mehr so selbstverständlich, nur zu zweit zu kuscheln. Marcel wusste, wie manche Menschen nach dieser Art der Liebe dürsteten. Streicheln, kuscheln, massieren. Auch an den empfindsamen Stellen. Er selbst liebte diese Stunden, aber er wusste auch, wie ausgehungert manche Rohköstler danach waren.

Welcher Rohköstler konnte danach noch eine Kochköstlerin lieben? Die stank doch. Marcel schüttelte sich. Den Frauen ging es da umgekehrt wohl nicht besser. Simone fiel ihm ein. Bildhübsches Mädel, wenn auch irgendwann uninteressant. Nach ihrer Romanze hatte sie ihm von einem Ausflug in die Provence berichtet. Sie hatte ihm später gestanden, dass sie einem Discobesucher einen geblasen hätte. Einem Kochköstler.

»Getanzt hat er super, er zog mich richtig an«, hatte sie ihm erzählt. «Aber als ich ihn mit dem Mund befriedigte, und sein weißer Schwall in meinem Mund landete, musste ich mich stark zurückhalten, dass ich nicht gleich erbrach.«

»Was war denn anders?«, hatte Marcel gefragt. Er hatte schon lange keine Erfahrungen mehr mit Kochkost-Männern gemacht. Viel zu notgeil.

»Es schmeckte bitter und wie voller Keime. So grauslich, dass ich mich fast übergeben musste. Aber vor ihm wollte ich das trotzdem nicht zeigen. Ich versuchte, gute Miene zu machen und habe das meiste dann heimlich in ein Taschentuch gespuckt.«

»War es denn so viel?«

»Ich glaube, viermal so viel«, sagte Simone. »Nachher fühlte ich mich krank. Ich glaube, ich habe seine Maillard-Produkte der letzten Tage samt Keimen abgekriegt.«

Marcel schmunzelte. Da hatte sie wohl den Unterschied gemerkt. Was bei den Frauen starke Menstruationsblutungen waren, war bei Männern die größere Spermienbegleitmasse. Vermutlich würde sie die nächste Zeit gerne unter Frauen bleiben. Und das erreichte er alles nur, weil er mehr als eine Diätanleitung präsentierte. Heinrich, der Psychiater, hatte gesagt, dass das Leben mehr als nur Essen sei. Wie recht er hatte. Mit fünfzig konnte er sich auf viel Erfahrung verlassen. Sein Haar war oben schon recht schütter geworden. Aber die hohe Stirn stand ihm gut.

Heinrich war eines Tages als Gast bei ihm gewesen. Als Psychiater war ihm aufgefallen, dass die meisten Rohköstler mit ihrer Vergangenheit nicht klarkamen. Einige landeten mit ihren Problemen aus der Pubertät im Schloss. Die meisten lebten natürlich außerhalb. Und viele davon waren nie ihrer Pubertät entwachsen. So sah es zumindest Heinrich. Denn als nächstes projizierten die Rohköstler ihre Probleme auf ihre Umgebung. Wenn die elterliche Beziehung zerrüttet gewesen war, entwickelten sie nicht selten ein starkes Misstrauen. Reflektierten Rohköstler ihre Traumata durch eine schwere Kindheit auf ihre Umwelt, konnten sie unausstehlich werden. Sie mussten sich damit auseinandersetzen und es überwinden. Nur war da keine Kochkost, die ihre Ängste dämpfte. Heinrich pflegte zu sagen, dass das Zeug wahrlich wie eine Droge wirke. Um die Häschen da herauszuholen, half nur gezielter Drogeneinsatz. Verzeihen lernen. Leider nicht ganz legal, das wusste auch Heinrich. An LSD kam er schwer heran, auch als Psychiater. So sammelte er immer wieder *magische Pilze*. Auch wenn deren Dosierung nicht so exakt war. Marcel hatte da seine Bedenken. Er fand Heinrich etwas zerstreut. Damit würde er noch die Gruppe in Gefahr bringen. Was, wenn die Behörde dahinterkam? »Naja, mich wird das nicht jucken«, dachte Marcel, »Heinrich ist nur ab und zu, bloß als Gast hier und zieht sein eigenes Ding ab.«

Jacques

Jacques dachte an den Swinger-Club. In Paris waren keine Bordelle erlaubt und so sah man sich ab und zu in den Clubs um, ob da auch entsprechend gearbeitet wurde. »Augenauswischerei«, dachte er, »keine Bordelle in der Stadt der Liebe.« Verdeckte Ermittlungen, was für ein Zeitvertreib. Er ging also ohne Uniform vor das Gebäude und versuchte, ganz zufällig mit Passanten, die aus dem Haus herauskamen, ins Gespräch zu kommen. Tom hieß ein sympathischer junger Mann, er mochte um die fünfunddreißig sein.

»Hallo. Haben Sie vielleicht ein Feuer für mich?«, fragte Jacques.

»Tut mir leid, bin Nichtraucher«, sagte Tom.

»Verzeihen Sie. Eigentlich wollte ich Sie fragen, wie es Ihnen da in dem Club gefällt. Ich bin ein bisschen zurückhaltend, wissen Sie. Da erkundige ich mich lieber vorher, wie es anderen gefallen hat«, sagte Jacques. Dabei spielte er den Verschreckten, Zögerlichen, was ihm nicht einmal schwer fiel.

»Verstehe«, sagte Tom und lächelte.

»Kann ich da auch ohne Freundin hinein? Und sind da auch Frauen? Und muss man was zahlen?« Jacques mimte den Ahnungslosen.

»Ich muss gestehen, ich bin eher schwul, deshalb interessieren mich die Frauen nicht so. Aber gezahlt habe ich, glaube ich, bisher nur meine Getränke«, sagte Tom.

»Danke. Das hilft mir schon weiter.« Jacques hatte gehört, was er wissen wollte. Es schien zumindest kein verstecktes Bordell zu sein. Aber er nahm die Gelegenheit beim Schopf und fragte weiter. Vielleicht wusste dieser Tom ja auch was über das Schloss. »Welches Angebot ist hier für Sie besonders interessant?«, fragte er deshalb.

»Ach, wissen Sie, das ist eine längere Geschichte. Bis vor Kurzem machte ich mir noch gar nichts aus Männern oder gar Sex mit vielen. Aber seit ich für eine Zeit in einer Gruppe in einem Schloss hier in Paris lebte, ist alles anders.«

»Bingo«, dachte Jacques. Sein Freund, der empörte Pfarrer, würde begeistert sein. Er hätte gern an seinen Instinkt geglaubt. Aber so ein Glück war vermutlich doch nur Zufall. »Wie anders?«, fragte er. »Ich habe mich total verändert.«

»Wie das?«, fragte Jacques. Der Mann war ja ausgesprochen offen. An so etwas war man als Polizist wirklich nicht gewöhnt. »Ich werde ihm doch nicht gefallen«, fürchtete Jacques.

»Eigentlich war ich dort, um meine Ernährungsgewohnheiten zu optimieren«, erzählte Tom weiter. »Aber dann überzeugten sie mich, gelinde gesagt, dass ich mich der Gruppe, bei der ich wohnte, nackt präsentieren sollte. Ich wollte zuerst gar nicht – ich bin eher schüchtern, wissen Sie.«

»Nein, weiß ich nicht«, dachte Jacques. Dann dachte er wieder an seinen Schulfreund. Da hatte er wohl zufällig ein Gruppenmitglied von dort vor sich. Oder ein ehemaliges, wie es aussah. Noch besser. »Das mit dem schüchtern, das kenne ich nur allzu gut … deshalb fragte ich Sie ja auch hier … «, sagte er.

»Ich konnte mich dann allerdings überwinden. Und es war unerwartet schön. Es erfüllte mich mit großer Liebe, die ich davor noch nie erlebt hatte. Gar nicht zu vergleichen. Davor hatte ich Sex nur mit einer Frau gehabt. Das war ganz anders gewesen.« Tom schaute Jacques etwas scheu an.

»Und leben Sie jetzt nicht mehr dort?«, fragte Jacques.

»Es passte leider nicht. Oder ich passte nicht. Ich bin dann gegangen. Aber seither vermisse ich dieses Gefühl, mit anderen intim sein zu können, zu kuscheln. Das Gefühl, mit einer Gruppe so eins zu sein.«

»Klingt nach Liebeskummer«, sagte Jacques.

»Ja, ein bisschen. Aber inzwischen bin ich froh, dass ich Abstand habe. Vor wenigen Wochen habe ich einen neuen, älteren Freund gefunden. Es ist noch alles ganz frisch …« Toms Blick wurde träumerisch. »Er ist noch drin. Wenn Sie wollen, führe ich Sie in das Lokal ein«, bot er an.

»Oh … danke … sehr zuvorkommend. Mir ist nur leider gerade eingefallen, dass ich heute … äh … noch einen Termin habe mit äh … Sie wissen schon.«

»Was auch immer«, dachte Jacques, nur weg von zwei Schwulen, die vielleicht noch einen Dritten gebrauchen konnten.

»Verstehe«, sagte Tom wieder, lächelte und zwinkerte ihm zu. »Dann sehen wir uns vielleicht ein anderes Mal.«

»Bestimmt«, sagte Jacques und tippte sich mit der flachen Hand an die Stirn zum Zeichen, dass er sich beeilen müsse.

Sie verabschiedeten sich und gingen ihre Wege, jeder in eine andere Richtung.

Veronika

Veronika war sauer. Sie kam eben von ihrem Arzt, den sie darüber informiert hatte, dass ihre Hautprobleme sich in Luft aufgelöst hatten, und er hatte sie nur ungläubig angeschaut. Seit Jahren hatte sie auf seine Anweisungen hin allerlei Diäten probiert, aber nie hatte etwas so funktioniert, dass sie ohne Medikamente ausgekommen wäre. Ständig diskutierten sie, ob sie wieder ein stärkeres Cortison bräuchte, oder ob die Dosis doch eher gesenkt werden könnte. Und nun: alles weg. Das nagte offenbar an seiner Doktorehre. Und völlig entgeistert war er, als sie erklärte, dass sie nun auch rohes Fleisch wie Tartar oder Sashimi essen würde, um keine Mangelerscheinungen zu bekommen. Sie habe gemerkt, dass ihr besonders etwas Fisch gut tat, und die Haut danke es ihr. »Man darf kein rohes Fleisch oder Fisch essen«, hatte der Arzt sich empört.

Dabei war sie so stolz, nun auch das Problem mit dem möglichen Mangel aus der Welt geschafft zu haben. Aus ihrer Welt. Die Welt ihres Arztes war es ja nicht. Der lebte offensichtlich ganz woanders. Erst neulich hatte sie mitbekommen, dass er zwei Bücher herausgebracht hatte. Eines mit Kritik zur alternativen Medizin und eines über progressives Judentum. Und da klingelte etwas bei Veronika. Als sie auf Kur am Toten Meer war, wurde nur Fleisch serviert, das so hart war wie Schuhsohlen. Das hieß, in seiner Religion wurde kein rohes Fleisch und kein roher Fisch gegessen. Daran hatte sie nicht gedacht. Sie wusste eher wenig darüber. Nur soviel, dass die Speisevorschriften auf der Tora fußten – vereinfacht gesagt, auf der jüdischen Bibel – und dass sie auch hygienische Gründe hatten, die in warmen Ländern sinnvoll waren. Ihre Schwester hatte ihr erklärt, dass aufgrund von Fleischbeschau, Kühlketten, Kühlschränken und der strengen Richtlinien heute kein hygienisches Problem mehr auftreten sollte. Und dass sie Fisch in Sushi-Qualität kaufen solle. Natürlich nur frisch. Aus ernährungswissenschaftlicher Sicht sei roher, frischer Fisch durchaus empfehlenswert. Beim Wildschwein dagegen hatte sie ihr geraten, weiterhin zurückhaltend zu bleiben. Selbst wenn sie Wurmmittel in Betracht ziehen würde. Es enthielte viel entzündungsfördernde Arachidonsäure – was immer das auch war.

Dass Veronikas Arzt die Dinge anders sah, lag vielleicht auch daran, dass er von der alten Schule war und gerade in Pension ging. Es war sogar der letzte Ordinationstag gewesen, an dem sie bei ihm gewesen war. Ab morgen würde er nicht mehr praktizieren. Veronika war über Jahre hinweg mindestens zweimal im Monat zu ihm gepilgert, weil die Salben, die die Kasse zahlte, von der Menge nie länger ausgereicht hatten. »Größere Tiegel darf ich leider nicht verschreiben, sonst bekomme ich Probleme mit der Kasse«, war einer seiner Standardsätze gewesen. Dasselbe galt für andere Medikamente, die nicht in Tiegeln abgegeben wurden. Oft genug war sie sogar dreimal in der Woche in der Praxis gewesen, weil der Arzt ein spezielles therapeutisches UV-Bestrahlungsgerät in der Ordination hatte, das ihre Haut stärken sollte.

»Eigentlich habe ich geglaubt, er freut sich mit mir«, dachte Veronika trotzig. Sie tröstete sich damit, dass ihre Schwester schon während des Studiums gemeint hatte, dass neben jedem Mediziner ein Ernährungswissenschaftler sitzen sollte. Aber das zahlten die Kassen nicht. Sophie war damals überhaupt ziemlich desillusioniert gewesen. Sie hatte mit Chemie ein doch sehr schwieriges Studium absolviert, doch die Gehälter fielen danach eher gering aus. Mediziner lernten von dem, was sie wusste, nur einen Teil – und der war fokussiert auf Krankheiten und mögliche Eingriffe in biochemische Prozesse. Veronika war stolz auf ihre Schwester. Sie hatte ihr viel geholfen.

Veronika hatte sich von ihrem Arzt verabschiedet und ihm einen schönen Ruhestand gewünscht. Er hatte ihr noch eine letzte Probepackung Borretschöl-Kapseln geschenkt. Solche Proben hatte der Doktor regelmäßig an Stammkunden weitergegeben, und Veronika hatte sich immer darüber gefreut. Ein bisschen – das hatte sie gemerkt – halfen sie ihr immer. Außerdem waren die Kapseln sehr teuer in der Apotheke. Jedenfalls für sie. Sie schaute sich die Packung an. Ein Foto mit kleinen blauen Blüten war darauf abgebildet. Die Blätter waren spitz zulaufend, wodurch die Blüten wie kleine blaue Sterne aussahen. Stängel und Blätter waren von feinen Härchen gesäumt. »Wär schön, wenn ich diese Kapseln auch nicht mehr bräuchte«, dachte Veronika. Vorige Woche hatte sie in einem Supermarkt Borretsch in einem Töpfchen gesehen, gekauft und im kleinen Garten bei ihrer Wohnung eingesetzt. »Vielleicht kann ich aus den Samen selbst so ein Öl herausholen«, überlegte sie. Veronika hatte auch ein Rezept für eine Salbe bekommen, mit dem sie jetzt in die Apotheke ging. Wenn sie sich eine Sünde geleistet hatte, wie zuletzt mit dem Schokoriegel, half die Creme gegen die aufflackernden roten Flecken. Vielleicht würde auch das einmal Geschichte sein. Jetzt, da sie wusste, was die Ursache war, hoffte sie vor allem, dass sie endlich die Disziplin aufbringen konnte, sich generell zu halten.

Veronika musste warten, bis sie dran war. Sie stand neben einem Aufsteller mit Teeblättern in Apothekenqualität. Von Käsepappel bis Salbei waren sicher zwanzig verschiedene Sorten eingeordnet. Als sie das Rezept vorlegte, las die Apothekerin es laut vor, schaute kaum auf und sagte: »Da müssen Sie warten, das muss angerührt werden. Sie können es morgen Vormittag abholen. Ab zehn.«

»Morgen muss ich arbeiten, ich kann erst am Abend«, sagte Veronika.

»Auch gut«, sagte die Apothekerin.

»Sehr freundlich«, dachte Veronika und ärgerte sich ein bisschen über die Teilnahmslosigkeit. Was, wenn sie die Salbe dringender gebraucht hätte? Wie oft hatte sie hier schon bitten und betteln müssen, wenn sie einen akuten Schub hatte. Dann lächelte sie. Heute war es ja anders. Heute hatte sie keinen Schub und wollte die Salbe nur, um sie für den Fall der Fälle daheim zu haben. So ganz sattelfest war sie mit ihren Gewohnheiten schließlich noch nicht. »Das dauert wohl seine Zeit«, dachte Veronika, »so eine Rohkostgemeinschaft, das wäre schon was. Da würde ich nicht dauernd Schokolade und Pizza, und was es da sonst noch alles gibt, vor die Nase geführt bekommen. Zumindest würde ich mich gestärkt fühlen durch die anderen.« Wenn Sophie bei ihr war, nahm sie zwar Rücksicht, aber natürlich tranken alle in der Familie Kaffee und aßen Strudel oder sonstige Backwaren.

»Zahlen Sie gleich, oder bei der Abholung?«, fragte die Apothekerin.

»Gleich«, sagte Veronika, dann fiel ihr Blick wieder auf den Aufsteller mit den Teeblättern. »Sagen Sie, kann ich die Blätter, die Sie hier als Tee anbieten, nicht auch einfach so essen, ich meine frisch?«

Die Apothekerin sah sie etwas verstört durch ihre kleine Brille an. »Was möchten Sie essen?«

»Ich weiß nicht, vielleicht Käsepappel. Was ist denn das eigentlich? Malve, nicht? Oder was wäre mit Melisse oder Lindenblüten?«

Veronika wusste, dass ihre Großmutter gerne Käsepappeltee trank, und Melisse kannte sie als etwas Beruhigendes. Und da hingen auch Salbei, Kamille und Brennnesseltee. Hinter Veronika wurden schon einige Kunden, die mit ihren Rezepten warteten, ungeduldig.

»Sollten Sie nicht tun, das ist gefährlich«, sagte die Apothekerin, und nach einer kurzen Gedankenpause: »War´s das?« Nachdem Veronika nichts weiter sagte, nahm die Apothekerin Blickkontakt mit der Dame hinter ihr auf.

»Danke«, sagte Veronika, dachte aber insgeheim: »Ja, ja, ich geh eh schon. Seltsam, zuerst der Arzt und jetzt gleich noch jemand, der mir Angst machen will.«

Daheim setzte sich Veronika sofort hinter den Computer, klinkte sich ins Forum ein und schrieb: *Hat hier wer Erfahrungen mit Käsepappel oder Melisse? Oder Borretsch? Kann man die Blätter auch frisch essen?*

Jemand antwortete ihr: *Das kann man. Phytotherapie nennt man das. In dem Nachbarforum Steinzeitkost wird da mehr darüber geschrieben.*

Na, das war ja wieder schnell gegangen. »So ein Forum ist schon praktisch«, dachte Veronika. »Steinzeitkost, da frage ich doch gleich einmal an.« Sie fand das Forum über die Suchmaschine und meldete sich mit ihrem Namen an: *Huhu, ich bin neu hier und würde gerne wissen, ob man Käsepappel, Melisse und andere Kräuter auch frisch essen kann. Hat da wer Erfahrungen?*

Auch hier kam prompt Antwort: *Hallo Veronika! Die kann man essen. Bist du nicht die vom Treffen letztes Wochenende, wo Meeresspinne gegessen wurde? Die Administration wird dich gleich sperren, weil hier schreiben nur Veganer. Gruß, Phil.*

Wamm, das saß. »Was ist das heute nur für ein Tag?«, wunderte sich Veronika. »Die sind doch nicht alle so nett in den Foren.« Sie schrieb: *Du weißt ja gar nicht, wie ich jetzt esse. Ich bin doch erst ganz neu dabei.*

Phil: *Du hast auch schon im Rohkost-Forum drüben geschrieben. Wer dort schreibt und bei dem Treffen da war, der isst sicher nicht vegan.*

Und warum war er dann dort gewesen? Veronika wollte schon fragen, aber da war ihr Account prompt gesperrt. Die waren ja fix. Veronika fiel ein, dass sie schon am Samstag den Eindruck gehabt hatte, dass Phil schon länger nicht mehr bei einem Rohkost-Treffen gewesen sein musste und ihr eher wie ein etwas in sich gekehrter Außenseiter vorgekommen war. Irgendwie auch nicht so ganz sattelfest. Mist. Dabei wollte sie nur mehr über die Blätter wissen. Sie öffnete wieder das Rohkost-Forum, in dem sie zuerst geschrieben hatte, und sah, dass jemand im Chat war.

Es war nach acht Uhr abends, Plauschzeit.

Veronika stieg ein. *Veronika stürmt in den Raum Lagerfeuer*, war die automatische Meldung des Chats.

Niklas: Hallo!

Arthur: Hi!

Veronika: Hallo!

Joya: Hallo!

Es war eine ähnliche Runde wie zuletzt, als Veronika online gewesen war. Sie platzte gleich mit ihrem Ärger heraus.

Veronika: Jetzt hab ich mich in dem Steinzeitkost-Forum angemeldet und dort wegen der Kräuter gefragt, aber die haben mich gleich gesperrt. Hab ich was falsch gemacht?

Niklas: Ich hab's gelesen. Mach dir nix draus. Wenn die Forenadministration dort merkt, dass jemand Tierisches isst, wird er blockiert. Die waren früher auch hier im Forum und haben regelmäßig so stark missioniert, dass wir sie rausschmeißen mussten.

Veronika: Ach so, dann ist das die Retourkutsche?

Niklas: Nicht wirklich. Sie hätten damals hier die meisten Schreiber rausgeschmissen. Dabei beziehen alle wirklich langjährigen Rohis auch tierische Lebensmittel mit ein.

Veronika: Klein ist die Welt. Dieser Phil hatte mir gar nichts erzählt von seiner Steinzeitkost.

Niklas: Kein Wunder, dass er bei eurem Treffen nicht mit dem Thema ankam. So haben die Menschen sicher nicht gegessen in der Steinzeit. Die Rohkost-Community ist eher klein und überschaubar. So wie im Web.

»Das wär was, eine Rohkost-Community, eine Gemeinschaft«, dachte Veronika wieder. »Aber wenn da auch so ein Schubladendenken herrscht, fühle ich mich gleich ausgeschlossen und abgewiesen. Der Arzt und die Apothekerin haben mir heute gereicht.«

Veronika: Ich fühle mich abgewiesen.

Arthur: Die haben Aggressionen, weil sie in Wirklichkeit Hunger auf Fleisch haben.

Veronika: Echt? Ich war aber jetzt auch nicht aggressiv, als ich zuerst eher Obst gegessen hatte.

Joya: Das kommt mit der Zeit.

Veronika: Vicky aus Wien ist auch nicht so.

Joya: Isst sie ganz roh?

Veronika: Nein, ich glaube, sie nimmt es nicht ganz so streng. Weil sie keine gesundheitlichen Probleme hat.

Arthur: Das ist bei den meisten so. Die bleiben hinter ihren Möglichkeiten.

Veronika: Aber sie hat mir schon gesagt, dass das Sperma bei veganen Rohköstlern besser schmecken würde.

Niklas: Soso. :-)

»Super, da ist mir wieder was rausgerutscht«, dachte Veronika. «Na egal, nicht mehr zu ändern.«

Joya: Schon, aber pflanzlich reicht einen oder zwei Tage davor auch schon. Rohis essen kein Grilled Chicken, Kebab oder Schweinebraten.

Veronika: Ah sooo!

Niklas: Bei mir gibt es gerade tolle Eier.

Arthur: Von Edenkost?

Niklas: Ja, von letzter Woche.

Veronika: Kann man die auch roh essen?

Im Forum schrieb inzwischen ein gewisser Timo eine Einladung für sein Rohkost-Treffen bei sich aus. *Nehmt eure Zelte mit, in meinem Garten kann auch draußen übernachtet werden*, stand da. Das Treffen sollte in wenigen Wochen in der Nähe von München stattfinden.

Niklas: Klar. Soll ich dir einmal welche schicken? Man bekommt sie sehr selten.

Veronika: Das wäre aber nett!

Veronika flüsterte Niklas noch ihre Adresse zu und verabschiedete sich dann aus dem Chat. Morgen musste sie früh aufstehen. Im Forum antwortete sie Timo schnell, dass sie auch gerne kommen würde. Es hatten sich schon einige Personen angemeldet. »Doch noch ein netter Tagesabschluss«, dachte Veronika. Wie die wohl alle aussehen würden, und ob da vielleicht einer dabei sein würde, der ihr gefallen könnte? Und dem sie gefallen würde. Veronika träumte noch etwas vor sich hin, bevor sie erschöpft einschlief.

Wolfgang

Veronika kniete vor ihrer Borretsch-Pflanze in ihrem kleinen Garten. Es war Abend geworden, aber jetzt – mitten im Sommer – immer noch hell. Die kleine Pflanze brauchte ganz schön Wasser, ansonsten wuchs sie gut an dem sonnigen Platz. Zum Glück wohnte sie nicht im eng verbauten Gebiet. Die Häuser hier waren nicht allzu hoch. In den Nachbargärten waren nur kleinere Bäume und Sträucher gepflanzt worden. Sie berührte eines der Blätter mit Daumen und Zeigefinger. Es war ganz haarig. Gurkenkraut nannte man das früher, hatte ihre Mutter am Telefon gesagt. Inzwischen wurde das Kraut wegen der Alkaloide nicht mehr beim Kochen verwendet, um sich nicht zu überlasten, hatte Sophie ergänzt und sie beruhigt, dass ein bisschen roh okay sei. Ob es tatsächlich nach Gurke schmeckte?

Veronika riss die Hälfte des Blattes ab. Eine Brennnessel war auch haarig, aber die brannte. Das Borretsch-Blatt brannte nicht. Sie roch daran, nahm allerdings nur ganz wenig Gurke wahr. Sie tupfte das Blatt auf ihre Zunge und spürte die vielen kleinen Härchen. Sie waren nur ein bisschen stachelig und bogen sich. Veronika biss ab. Fast ein knuspriges Geräusch, trotzdem war das Blatt weich. Sie kaute an dem Stückchen, das überraschend saftig schmeckte und leicht an Gurke erinnerte. Als sie es weiter zerbiss, hielt sich der Geschmack gut im Mund. »Scheint jedenfalls nicht giftig zu sein«, dachte sie und schluckte es hinunter. Veronika aß noch zwei weitere Blätter. Die Nacktschnecken zeigten kein Interesse an den Blättern. »Vermutlich schrecken die Härchen sie ab«, dachte Veronika. »Gut, bleibt mir mehr. «

Wagemutig geworden, schaute sie sich die Kapuzinerpflänzchen an, die die Hausbesorgerin in einem Gefäß gepflanzt hatte. Ob sie auch essbar waren? Veronika zupfte sich ein kleines Blattstück ab. Wieder roch sie etwas, es erinnerte zart an Kapern. Sie tupfte auch dieses Blatt mit der abgerissenen Stelle auf ihre Zunge. Ganz leicht scharf, wie Kresse, und im Vergleich zum Borretsch ganz glatt. Sie zerbiss es. Das Blatt war dünner als das vom Borretsch und hatte keine Härchen, aber nun entwickelte sich ein etwas schärferer Geschmack in ihrem Mund. »Ein bisschen wie scharfe Kapern«, dachte sie, »oder wie Wasabi oder Senf oder Kren. Viel kann ich davon nicht essen.« Veronika fand das spannend. Ob die Blätter alle etwas gemeinsam hatten?

In der Wohnung blätterte sie in ihren Kräuterbüchern nach. Eines hatte sie vom Kräuterpfarrer Weidinger, ein anderes von Hildegard von Bingen und noch ein anderes war ein Pflanzenbestimmungsbuch. Leider stand nicht immer dabei, um welche

Pflanzenfamilie es sich handelte. War Wasabi überhaupt eine Pflanze? Veronika suchte mit ihrem Smartphone im Internet. Japanischer Meerrettich. Unser Meerrettich schmecke ähnlich scharf. Alles Kreuzblütler. Dann wären sie sämtlich Geschwister oder Cousins. Veronikas Smartphone vibrierte, eine SMS war eingetrudelt.

Morgen 17:00 auf der Donauinsel Parkour-Treffen. Willst du kommen? LG Wolfgang

Ja, gern. Wo genau?

U-Bahnstation Donauinsel

Okay!

Wow, so easy konnte das gehen mit einem Date. Naja, es war nicht gerade ein wirkliches Date. Obwohl, irgendwie schon. Veronika hatte in den vergangenen Wochen an Gewicht ab- und an Selbstbewusstsein zugelegt. Sie beschloss, am selben Abend noch in die Sauna zu gehen. »Tut der Haut auch gut«, dachte sie und machte sich auf den Weg.

Sie besuchte die Sauna öfter, weil sie in fünf Minuten auch mit dem Rad erreichbar war. *Erlebnissauna* stand in großen Buchstaben auf dem Eingang. Alles war modern und hell hergerichtet und neu verfliest. Es gab Dampfbad, Bio-Sauna, Sole-Dampfbad, Tepidarium und auch eine Sauna im zugehörigen Garten. Es war Dienstagabend, aber trotzdem einiges los. Viele Gesichter kannte sie, es waren Stammgäste, aber immer wieder kamen auch Gäste von weiter her zu Besuch. Manchmal auch Paare, die sich offensichtlich gern in einiger Entfernung von ihrem Wohnort hier trafen, um unerkannt gemeinsam zu saunieren. Veronika legte sich wie üblich in die Bio-Sauna. Sie war mild auf fünfzig Grad eingestellt, sodass sie es auf der untersten Stufe bis zu einer Stunde aushielt. Sie schloss die Augen und hörte den Gesprächen der Saunagäste zu. Ein paar schwiegen, viele plauderten drauf los, als hätten sie den Hinweis an der Saunatüre nicht gelesen. *Bitte leise.* Andere wisperten in einer Art, dass das Zischen fast unangenehmer war als normale Lautstärke. Die meisten blieben nicht lange. Ein Mann und zwei Frauen waren schließlich noch übrig. Er saß auf der zweiten Stufe, eine der beiden Frauen etwas versetzt unter ihm auf der ersten Ebene und die zweite Frau vis-à-vis in der obersten Etage. Die drei kannten sich offensichtlich gut, auch wenn Veronika sie noch nie gesehen hatte. Die meiste Zeit sprachen sie so leise, dass Veronika nichts verstand außer Wispern. Das Trio hatte offenbar nicht auffallen wollen, solange mehr Personen im Raum gewesen waren. Nun sprachen sie lauter.

»Nein, da bin ich nicht deiner Meinung. Gehen wir nachher noch in unsere Bar?«, fragte die blonde Frau auf der ersten Stufe.

»Gute Idee, was meinst du?«, fragte der Mann in Richtung der Braunhaarigen auf der dritten Ebene.

Veronika hob leicht die Wimpern, um das Ganze unauffällig zu verfolgen. Die Blondine war sichtlich verärgert, setzte sich auf und wickelte sich das Handtuch um. Sie ging alleine hinaus.

»Das macht sie immer, wenn ihr was nicht passt«, sagte der Mann entschuldigend zum Braunschopf.

»Das verstehe ich schon«, meinte sie. Nach wenigen Minuten verließ auch sie die Saunakabine.

Der Mann blieb sitzen und machte nicht den Eindruck, als ob ihn etwas störte.

»Entschuldigen Sie, dass ich frage«, hörte Veronika sich sagen, »aber ist die nette blonde Dame Ihre Freundin?« Kaum war es ihr entschlüpft, hätte sich Veronika die Zunge abbeißen können. Sie war einfach zu neugierig.

»Das wär sie gern«, antwortete der Mann bereitwillig.

»Sie scheint Sie zu lieben«, sagte Veronika.

»Ja. Sie will Kinder mit mir. Aber ich nicht mit ihr.«

Das klang hart. »Und die andere Dame?« Veronika deutete mit dem Kinn auf den jetzt leeren Sitzplatz der Braunhaarigen.

»Eine gemeinsame Freundin. Ich bin auch mit ihr zusammen.«

»Interessant«, entfuhr es Veronika. »Ich beschäftige mich gerade mit dem Thema.« Es kam ihr vor wie eine Fügung.

»Carola ist leider sehr eifersüchtig, sie will mich ganz für sich allein«, sagte der Mann, »aber das bekommt sie nicht.«

»Voll hart«, dachte Veronika. »Ob er einmal eine Frau erwischt, die *er* will, und die *ihn* eiskalt behandelt?« Ihre Gedanken kreisten. Warum blieb diese Frau bei ihm? Vielleicht hatte sie eben ihren Abgang miterlebt.

Die Zeit verging schnell, auch in der Bio-Sauna. Die meisten Gäste blieben nur eine Viertelstunde. Auch Veronika hatte die heiße Luft früher nicht länger ausgehalten, ohne Herzklopfen zu bekommen. Erst seitdem sie roh aß, konnte sie bis zu einer Stunde hier liegen. Der Mann hatte nun auch genug, er stand auf und wickelte sich sein Saunatuch um die Lenden. »Tolle Figur, das muss man ihm lassen«, dachte Veronika. »Der kann sich die Frauen aussuchen.«

Er lächelte zu Veronika. »Bis später.«

»Tschüss«, sagte Veronika. »Aus dem Später wird nichts werden«, dachte sie. Der Mann hatte vermutlich auf die Bar in der Saunaanlage angespielt, aber weder das Bier noch die Snacks interessierten sie dort.

Nach einiger Zeit ging sie duschen und legte sich in einen Liegestuhl in der Nähe der Wasser- und Teebar zur Selbstbedienung. Das war recht praktisch, weil zentral. Einschlafen wollte sie nicht, aber sie genoss mit geschlossenen Augen die Betriebsamkeit, die vorbeigehenden Menschen und die Wortfetzen, die sie dabei aufschnappte. Sie fühlte sich entspannt und doch nicht alleine. So lag sie mit ihrem Bademantel im Liegestuhl, als ihr jemand sachte die Zehen drückte.

»Hallo Süße, kommst du mit mir unter die Dusche?«

Der Mann von vorhin. Veronika war perplex. So unverschämt war hier noch niemand gewesen. Und dieses aufdringliche Zehenkneifen. Oder verstand sie etwas falsch? Vielleicht wollte er nur, dass sie sich irgendwas anschaute. Glaubte er vielleicht, sie wäre hier angestellt und für irgendwas zuständig? Technische Gebrechen oder was? Man hatte mit so vielen Menschen im Beruf zu tun, da konnte man schon einmal wen verwechseln. »Bevor ich ihm unrecht tue, gehe ich mit«, dachte Veronika, lächelte dem Mann zu und folgte ihm in die Schneckendusche. Ohne Umschweife versuchte der Typ, sein Glied an sie zu drücken. »Uuups, das ist kein technisches Gebrechen, und meine fruchtbaren Tage habe ich auch«, dachte Veronika und stürmte aus der Dusche.

So was war ihr auch noch nie passiert. Offensichtlich war sie inzwischen anziehend geworden für Männer. Sie schnappte sich ihr Handtuch und ging in die Umkleide, für heute hatte sie genug sauniert. Was der Blonden an dem so gefiel? Er hätte doch glatt auch mit ihr … Veronika … in der Dusche! Sie war fast beleidigt. Der wollte ja nur seinen Drang loswerden. Wie da eine Frau zu einem Orgasmus kommen sollte, wäre ihm egal gewesen. Die drei hätten besser in einen Swinger-Club gepasst. Zumindest er. Während Veronika ihre Sachen in die Tasche packte und sich anzog, fühlte sie sich dann doch auch geschmeichelt. Immerhin war das ein Mann gewesen, der mit ihr Sex haben wollte. »Vor ein paar Wochen wäre mir das nicht passiert«, dachte sie.

Nach der Sauna war Veronika meistens müde. Und auch wenn es heute nicht so spät geworden war, ging sie bald schlafen.

Es war Mittwochmittag und Veronika hatte Hunger. Nichts Außergewöhnliches eigentlich. Aber heute hatte sie Durian mit. Am Naschmarkt hatte sie noch am Montag eine Frucht gekauft und sich drei Stücke davon in einer Tupper-Schüssel für die Firma eingepackt. Ein Glückskauf, fand Veronika. Und nun gehörte er schleunigst gegessen. Weil die Frucht sehr intensiv und für sie unwiderstehlich roch, hatte sie eine Jausenbox mit abgerundeten Ecken genommen, die den Geruch besser versteckte. Das hatte ihr einmal ihre Mutter erklärt, Tupper-Dosen mit eckigen Kanten ,konnten ihre Arbeitskollegen nicht auch Rohköstler sein?

Die U-Bahnstation bei der Donauinsel war groß. Blöderweise hatte Veronika nicht nach dem Ausgang gefragt, an dem der Treffpunkt vereinbart war. Sie ging aus dem Bahnbereich heraus und schaute von der Brücke hinunter. Sie sah einige junge Männer und Frauen, die ihre Muskeln dehnten oder sich streckten. »Wird schon richtig sein hier«, entschied Veronika und hopste die nächstgelegenen Stiegen hinunter. Sicherheitshalber rief sie bei Wolfgang an. »Hi, ich bin bei der U-Bahnstation gelandet. Wo bist du?«

»Eh schon da. Schau einfach geradeaus, ich winke dir.«

»Ah ja.« Veronika hatte Wolfgang entdeckt und ging auf ihn zu.

»Hi«, sagte er.

»Hi«, sagte Veronika.

Sie schauten sich in die Augen und gaben sich kurze Begrüßungsbussis, links und rechts auf die Wange. Vor ihnen wärmten sich gerade ein paar Sportliche auf, einige machten Liegestütze, andere hüpften am Stand. Einer war schon voll bei der Sache, lief auf eine zwei Meter hohe Wand zu und sprang, ohne davor anzuhalten, einfach hinauf.

»Wie eine große Katze«, sagte Veronika, »voll elegant.«

»Stimmt, guter Vergleich«, sagte Wolfgang.

»Das kann ich, glaube ich, nie«, sagte Veronika.

»Das kommt mit der Übung. Ich dachte mir auch anfangs, das schaffe ich nicht.«

Einer aus der Gruppe machte einen Salto.

»Kannst du das auch?«, fragte Veronika.

»Nein, aber das ist auch nicht Parkour, sondern eine Kunstform. Manche kombinieren das.« Wolfgang klang irgendwie cool.

Veronika war beruhigt. Ihr kamen die Bewegungen absolut übermenschlich vor. Eine Gruppe übte Sprünge von einer Stufe auf die andere.

»Anfänger«, sagte Wolfgang. »Willst du mitmachen?«

»Ist sicher besser.« Veronika stellte sich dazu.

Wolfgang ging zu den höheren Betonmauern und sprang von einer zur anderen. Veronika war froh, mit kleineren Aufgaben beginnen zu dürfen. Die Sprünge von einer Linie zur anderen waren vorerst noch einfach. Das Ziel war, stabil und ohne Wackeln zu landen. Rasch vergrößerte man die Abstände. »Puh, noch vor ein paar Wochen wäre so eine Herumspringerei total unangenehm gewesen«, dachte Veronika. Vor einigen Wochen hatte sie in der Aerobic-Stunde gar nicht einmal mehr hüpfen können, weil sie einen entzündeten Zahn gehabt hatte. Ihr Zahnarzt hatte ihr bei der Kontrolle ein Panoramaröntgen verpasst, eine Krone war zu erneuern gewesen. Er hatte gemeint, da wäre ein Entzündungsherd. Als die Krone fertig gewesen war, hatte sie gerade zwei Wochen auf Rohkost umgestellt und wie von Zauberhand war die Entzündung weg gewesen, nicht einmal mehr am Röntgenbild sichtbar. Ohne Entzündungsherd im Kiefer machte das Springen wieder Spaß. Obwohl, richtig Spaß hatte sie an den Sprungübungen trotzdem nur, solange sie auf ebener Erde stattfanden. Nach dem Workout kam Wolfgang zu ihr.

»Da braucht es ganz schön Mut, von so weit oben zu springen, oder?«, fragte sie.

»Der kommt mit der Zeit«, sagte er.

Ein paar Leute machten Pause und auch die beiden setzten sich in den Schatten eines Baumes, um ordentlich Wasser zu trinken und den anderen zuzuschauen, die weiter die Mauern hinaufsprangen oder an einer Betonwand hochrannten, um oben nach einer Rolle aufzustehen, als wäre das die menschenübliche Art der Fortbewegung. Veronika erinnerte das an Stuntman-Szenen in großen Kinofilmen. Unlängst hatte sie eine Verfolgungsjagd über orientalische Dächer hinweg gesehen, bei der ähnlich gesprungen und abgerollt worden war. Die T-Shirts waren feucht und klebten an den muskulösen Oberkörpern. Es war ein warmer Tag heute. Wolfgang saß neben ihr, trank sein Wasser und schwitzte nach Kräften. Dabei roch er aber nicht unangenehm. Im Gegenteil, Veronika fühlte sich fast angezogen.

»Muss mich dann duschen, bin total verschwitzt«, sagte Wolfgang, der ihren Blick auf sein T-Shirt bemerkt hatte.

Veronika kam mit ihrer Nase ganz nah an Wolfgangs Schulter. Sie atmete an dem Stoff tief ein. »Riecht gut. Ehrlich.«

Wolfgang lächelte. Ihre beiden Hände waren einander wieder sehr nahe, die Finger berührten sich. Veronika merkte, dass sich seine Hände nicht verschwitzt anfühlten, sie waren genauso seidig weich wie zuletzt.

»Apropos«, sagte sie, »ich hatte heute Durian in der Firma mit, und ein Arbeitskollege von mir glaubte tatsächlich, wir hätten ein Gasgebrechen.«

Wolfgang lachte. »Durian in der Firma, das geht nicht zusammen. Überhaupt wenn Leute dabei sind, die Milchprodukte essen.«

»Glaubst du? Milch mag er, der Kollege, da wette ich«, sagte Veronika.

»Dann war er mit Sicherheit überfordert.«

»Du meinst, es gibt so etwas wie eine Sperre durch Kochkost?«

»So in der Art. Überlastung durch Kochkost. Roh würde er vermutlich weder so viel, noch so regelmäßig essen.« Wolfgang grinste.

Veronika leuchtete das ein. »Ich glaube, ich hätte eine Sperre, wenn ich von so hohen Betonmauern auf andere springen müsste. Hier sind so viele Teenager, ist das jugendlicher Wagemut?«

»Ich bin stolz drauf, als eines der älteren Semester da noch mitzukönnen«, sagte Wolfgang, »auch wenn ich erst ein paar Jahre dabei bin. Hier fühle ich mich unter meinesgleichen. Andere in meinem Alter klagen über Unbeweglichkeit und Ängste.«

»Dann besteht bei mir noch Hoffnung«, sagte sie und dachte an ihre wiedergewonnene Gelenkigkeit, die sie gerade heute bei den Übungen wieder bemerkt hatte.

»Grundsätzlich ja. Manche bleiben aber unsportlich.« Wolfgang zuckte die Schultern.

»Ich habe in einem veganen Forum gelesen, dass viele regelmäßig laufen.«

»Wäre mir zu langweilig. Ich trainiere auch meine Bauchmuskeln und erspare mir die Fitnesscenterkosten.«

Veronika nickte. »Von den Kosten her habe ich das noch gar nicht betrachtet.«

»Ich hatte vor wenigen Jahren ein Restaurant, in dem auch Rohkost bestellt werden konnte. Leider habe ich seither noch Schulden abzubauen.«

»Und warum ging es nicht?«

»Ich vermute, vor allem wegen der Lage. Aber schwierig waren auch Kunden wie Vicky. Wenn man etwas bestellt und die Kunden kaufen es dann nicht, bleibt man auf der Ware sitzen und geht schnell zugrunde. Wenn es echte, frische Rohkost ist. Die kann man nicht einlagern.«

»So schwierig?«

Wolfgang nickte. »Oder andere haben wieder so wenig gegessen, dass sich der Aufwand gar nicht lohnte. Meine Frau hat auch Kochkost zubereitet, aber insgesamt war zu wenig Laufkundschaft da. In besseren Vierteln und an gut frequentierten Einkaufsstraßen hat die Rohkost eher eine Chance. Als Gourmet-Rohkost. Aber ich mag die gar nicht.« Wolfgang rümpfte die Nase.

»Gourmet-Rohkost«, wiederholte Veronika. »Ich weiß eh nicht, was ich davon halten soll. Ist nicht Fisch und nicht Fleisch. Roh ist sie meistens auch nicht wirklich, bei dem, was da alles beigemengt wird.«

»In Wahrheit ist es gar nicht wirklich Rohkost. Ich springe hier ja auch nicht mit einem Netz unter mir. Das wäre irgendwie schal, kein Gaumenkitzel, kein Nervenkitzel. Nicht echt. Kein echtes Aroma.« Seine Augen glühten jetzt.

»Ein anderes Lebensgefühl?«, fragte Veronika.

»Rohkost macht frei. Schau, die Blätter da oben kann man essen. Das weiß aber kaum wer. Solange hier Sommer ist, habe ich nicht das Gefühl, verhungern zu müssen.« Er zeigte auf die Blätter des Lindenbaumes über ihnen.

»Nur, dass hier keine Mangos wachsen«, sagte sie.

»Stimmt. Aber die sind auch nicht die Welt.«

»Du bestellst sie trotzdem regelmäßig. Hast du einmal überlegt, auszuwandern? Ich meine, du hast eine asiatische Frau«, sagte Veronika. Sie erinnerte sich an das, was Christian ihr erzählt hatte. Dass Wolfgang oft beim Versand bestellte.

»Ohne Tropenfrüchte würde mir etwas fehlen. Aber als ich mit Joy länger in Thailand war, war mir dann doch langweilig. Wir sind hier eben mehr Kommunikation gewohnt, tiefe Gespräche. Es ist eben eine ganz andere Kultur.«

Eine Zeitlang schwiegen sie.

»Ich gehe derzeit noch in einen Salsa-Kurs, morgen ist die letzte Stunde«, sagte sie, um wieder auf sportliche Betätigung umzulenken.

»Ich kann gar nicht tanzen«, sagte Wolfgang.

»Schade«, dachte Veronika. Mit Wolfgang zu tanzen stellte sie sich sehr erotisch vor. Seine Frau würde das vermutlich nicht gern sehen. Vermutlich wäre ihm das alles auch zu teuer. Veronika dachte an ihre letzte Salsa-Stunde morgen. Vielleicht war es Zeit für einen Wechsel. Zeit, etwas Neues anzufangen.

»In den Sommerferien treffen wir uns hier seltener, weil viele auf Urlaub sind. Ich mache mir lieber einzeln was mit Freunden aus, um zu trainieren«, sagte Wolfgang.

»Ich fahre demnächst zu einem Rohkost-Treffen«, sagte Veronika etwas unvermittelt.

»Wo ist denn eines?«

»In Deutschland. Bin schon neugierig.«

»Ach, so weit weg.«

»Magst du mitfahren?«, fragte Veronika.

»Nein, aber erzähl mir dann davon«, sagte er.

»Vermutlich ist ihm auch das zu teuer«, dachte sie. »Es ist ohnehin besser, ich fahre alleine. «

Sophie

Endlich wieder Salsa. Oder endlich der letzte Salsa-Kurs? Veronika war unschlüssig. Anfangs hatte ihr der Kurs wirklich Spaß gemacht. Aber heute, als sie wieder mit Alfi tanzte, fiel ihr so richtig auf, wie klebrig nass er beim Tanzen wurde und wie wenig anziehend er roch im Vergleich zu Wolfgang. Vielleicht hatte er auch viel Knoblauch gegessen. Sie ertappte sich dabei, sich nicht auf die Schritte zu konzentrieren. Aber gleich darauf schweiften ihre Gedanken wieder ab. Heute Mittag, als sie von der Firma heimgekommen war, hatte sie die Briefträgerin getroffen, die sich bei ihr beschwert hatte: »Welcher Spaßvogel hat Ihnen denn zerbrochene, rohe Eier geschickt?«

»Zerbrochene, rohe Eier?«, wiederholte Veronika.

»Vor ein paar Tagen kam ein völlig durchnässtes Paket aus Deutschland an. Aber wir haben's nicht aufgemacht, weil das war eine Zumutung.«

»Keine Ahnung«, sagte Veronika und überlegte, ob das die von Niklas angekündigten Eier sein konnten.

In der Wohnung angekommen, setzte sie sich vor den PC und sah zufällig Niklas online im Chat. Und ja – er hatte ihr die Eier geschickt.

Niklas: Dass die solche Pakete nicht sanft behandeln können.

Veronika: Naja, die werden halt geworfen. Hattest du sie in Eierkartons verpackt?

Niklas: Nein, ich hatte sie einfach in festem Papier eingewickelt.

Veronika: Das haben sie wohl nicht ausgehalten.

Niklas: Unfähige Post!

Veronika musste schmunzeln. Es gab wohl auch in der Rohkostszene Menschen, die sich ihren eigenen Schuldanteil an einer Sache nicht eingestehen wollten. Dabei erklärte Niklas gerne im Forum, dass sich jeder seine Welt selbst erschaffe. Aber es war trotzdem ein netter Zug von ihm gewesen, ihr etwas zu schicken, um ihr eine Freude zu machen.

Niklas: Was anderes. Ich werde auch auf das Treffen bei Timo kommen.

Veronika: Fein!

Veronika verließ den Chat. Ein baldiges reales Treffen, sie freute sich. Sie spürte, wie alles in ihrem Leben sich zum Besseren veränderte. Ihr Asthma und ihre Hautprobleme, ihr Gewicht und ihre Beweglichkeit. Und dann waren da noch die interessanten Menschen, die sie auf einmal kennenlernte.

Ups, jetzt war ihr Alfi auf die Zehen gestiegen. Sie hatte nicht aufgepasst, beim Tanzen war immer der schuld, der drunter war. »Reiß dich zusammen, Mädel«, dachte sie. »Du wirst schon früh genug die anderen Rohköstler kennenlernen.«

»Seltsam, wie schnell sich die Dinge ändern können«, dachte Veronika ein paar Tage später. Sie stand in der Küche und knetete einen Teig. Ihre Schwester Sophie und ihr Neffe Leon waren zu Besuch. Eigentlich alles wie immer, aber diesmal war Veronika etwas unruhig. Obwohl ihre Schwester ihr so nah war, fühlte sie sich doch in letzter Zeit fremd an. Veronika hatte das Gefühl, in einer Parallelwelt zu leben. Ihre, in der alles roh gegessen wurde und dadurch Liebe und Harmonie entstand. Und die der anderen. In der gekocht und gebacken wurde, in der Hass und Krieg herrschten. Feuer im Körper machte Feuer in der Welt.

»Backst du einen Kuchen?«, fragte Leon. Er stand mit seinem blonden Schopf, dessen Haare hinten etwas länger geschnitten waren als am Ansatz, neben Veronika. Pilzkopf-Frisur nannte man das, dachte Veronika und knetete weiter. Ihre Küche war klein, aber gemütlich. Ihre Schwester saß beim Tisch und sah den beiden zu.

»Nein, ich forme einen Kuchen«, sagte Veronika und presste eine braune Nussfruchtmasse in einen kleinen Tortenring, den sie auf einen großen Teller gestellt hatte.

»Muss man den nicht backen?«, fragte Leon, stellte sich ungeduldig auf die Zehenspitzen, hüpfte und wollte mehr sehen.

»Magst du rauf?«, fragte Veronika.

Leon nickte und sie hob ihn hoch, um ihn auf die Arbeitsfläche neben den Tortenteller zu setzen.

»Den essen wir gleich so, der muss nicht ins Rohr«, sagte sie. »Schau, da sind Kokosraspeln drin, Datteln und Kakao.«

Die Zutaten standen hinter Leon, die weichen Datteln kannte er schon. Er schaute in den Tortenring und sah die schokoladebraune Masse mit einigen weißen Raspeln oben drauf. Es roch nach Kokosriegel mit Schokolade.

»Darf ich kosten?«, fragte Leon.

»Natürlich«, sagte Veronika, formte mit den Fingern eine Kugel und gab sie ihm.

»Danke.« Er nahm sie mit seinen kleinen Fingern und kostete. »Bäh!«, sagte er gleich darauf und beförderte das Stück wieder aus dem Mund. »Meckt nicht.«

Veronika riss rasch ein Blatt von der Küchenrolle ab, um den Rest der Kugel aufzufangen. »Kinder sind so spontan«, dachte sie. Leons Mund war zu einer Schnute geformt. Das kannte Veronika, auf die Art wollte auch sie immer einen Geschmack loswerden.

»Hast du eine Kokosnuss?«, fragte Leon. Er meinte natürlich eine frische Trinkkokosnuss. Die hatte er gern, wenn er bei seiner Tante war.

Veronika seufzte. Wie machten das bloß die Mamas im Internet, die immer behaupteten, ihre Kinder stünden so auf ihre Kreationen.

»Leon ist das nicht gewohnt, mach dir nix draus«, sagte Sophie, die am Tisch saß und sich ein Kichern nicht verkneifen konnte. »Außerdem ist er heute etwas quengelig.«

Veronika hatte einen Verdacht. »Was hatte er denn zu essen?«

»Nuss-Palatschinken bei der Oma«, sagte Sophie.

»Ah, diese fetten Dinger, die sie in Tonnen von Öl herausbackt. Klar, dass ihm dann das hier nicht schmeckt, und er nicht gut drauf ist.«

»Du beziehst das aufs Essen?«, fragte Sophie.

»Logisch. Schau sie dir an, die ganzen Depressiven und Irren, die essen alle irgendwelchen Mist.«

»Na ja, Mist kannst du das nicht nennen.« Omas Palatschinken waren Familienheiligtum.

»Aber stark erhitztes Fett, das geht ins Gehirn. Transfette, braun bis ins freundliche Schwarz gehend. Maillard-Produkte.« Veronika wachelte mit den klebrigen Händen in der Luft, als flögen die Transfette und Maillard-Produkte wirr in der Küche herum und sie müsste sie vertreiben.

»Hm, du übertreibst. Du kannst doch nicht sagen, dass das

Mist war«, sagte Sophie. Sie verzog ihre Lippen und legte die Augenbrauen in Wellen. Sie ärgerte sich. War ihre Schwester jetzt ganz gehirngewaschen?

»Ganz sicher ist sie sich auch nicht«, fand Veronika. Sonst hätte sie ihr gleich irgendwas aus ihrem Ernährungswissenschaftsstudium zitiert. Sie wandte sich wieder ihrem Teig zu. »Anderen Kindern schmeckt so was«, sagte sie und hob Leon sanft von der Küchenfläche herunter.

»Andere schauen es gar nicht an«, sagte Sophie. Jetzt war sie sauer. Ihr Mutterinstinkt ließ nicht zu, dass ihrem Sohn da etwas untergeschoben wurde. So, wie er war, war er genau richtig.

Veronika drehte sich zum Kühlschrank um und holte eine Trinkkokosnuss heraus. Sie war hellbeige und rund, so groß wie eine Sellerieknolle, roch allerdings sehr süß. Ein bisschen feucht fühlte sie sich an. Leon musterte sie neugierig.

»Dann wären neunundneunzig Prozent der Menschheit irre«, sagte Sophie, die noch ihren Gedanken von vorhin nachhing.

Veronika sagte nichts. Vielleicht würde Sophie ab jetzt auch mehr roh essen. Wie schön wäre das, eine weitere Verbündete in der Familie zu haben. »Warte, ich steche sie noch auf«, sagte sie zu Leon, holte ein spitzes Messer und setzte es an dem nicht verholzten, weichen Auge der Kokosnuss an, das das Keimloch der Kokosnuss ist. Krrk, war es leise zu hören. Das Messer durchbrach die dünne Haut. Kein Pfeifen. Nur ein süßer Duft. »Sehr gut«, dachte Veronika. Sie ließ etwas Saft auf ihre Handinnenfläche tropfen und tupfte mit der Zunge darauf. »Hmmm, herrlich«, sagte sie. Es beeindruckte sie immer wieder, wie gut allen diese frischen Trinkkokosnüsse schmeckten. Die aus den Asia-Läden mochte Leon nicht. Sie steckte einen Strohhalm ins Loch und gab die Nuss an den Buben weiter.

Der saugte gleich vertrauensvoll stark an, ging zum Küchentisch und setzte sich zu seiner Mama. »Ahh«, sagte er fast demonstrativ um zu zeigen, wie sehr er die mochte.

»Diese Kokosnüsse essen die Kinder der Rohkostmütter auch total gern«, sagte Veronika.

»Das glaub ich dir schon. Aber die musst du dir auch einmal leisten«, sagte Sophie.

»Am besten wäre auswandern. Irgendwohin, wo Kokosnüsse herumliegen«, sagte Veronika.

»Und Mangos«, sagte Leon.

»Jaaaa, das wäre gut«, sagte Veronika und lächelte. Sie streckte ihre Hände nach oben, als würde sie sich räkeln. Strand, Sonne, Meerwasser. Und das, ohne sich unter einem Badetuch verstecken zu müssen. Sie hatte inzwischen schon eine weit schlankere Figur. Ihre Jeans saßen locker an der Hüfte. Was für ein Gefühl. So am Strand liegen mit anderen Rohköstlern. Oder alleine mit Wolfgang?

»Warum machst du überhaupt so einen Kuchen?«, fragte Sophie.

»Ich muss es einfach einmal ausprobieren. Vor ein paar Tagen habe ich eine Dose Bohnen und ein Tiramisu gegessen. Und dann ging es mir gar nicht gut. Ich glaube, mir geht was ab.«

»Was denn?«

»Weiß ich nicht. Nach dem letzten Salsa-Kurs hatte ich plötzlich Lust. Auf Fett, Zucker, Eiweiß, alles Sündige. Ich glaube, ich war frustriert.« Veronika überlegte und setzte sich an den Tisch zu den beiden. »Oder liegt es daran, dass ich in der letzten Zeit nicht einmal Käse gegessen habe?«

»Und dann?«

»Gleich darauf hatte ich das Gefühl, dass meine Finger angeschwollen sind, ich bekam Herzklopfen und Juckreiz. Als Draufgabe hatte ich noch einen Albtraum.«

Sophie riss überrascht die Augen auf. »Hast du Liebeskummer?«

»Nein. Woher denn auch?«

»Wobei, so genau weiß ich das gar nicht«, überlegte Veronika. »Vielleicht ist es Liebeskummer, wenn ich beim Salsa-Kurs lieber mit Wolfgang tanzen würde. Der allerdings nicht tanzt, dafür aber verheiratet ist? Und Alfi, der sein Bestes beim Tanzen gab und dabei schwitzte, zieht mich gerade gar nicht an. Irgendwie war ich ganz woanders an dem Abend und näheren Kontakt mit Alfi konnte ich mir gar nicht mehr vorstellen. Eine Kombination aus beiden, das wär's. Immerhin hat sich Alfi sogar für meine neue Ernährungsform interessiert. Vermutlich laufe ich überhaupt einem Gespenst nach.«

»Da hätte ich doch eher heiße Träume«, sagte Veronika und lachte kurz auf. »Ich glaube, die Bohnen bekommen mir einfach nicht.«

»Du bist nicht die einzige, die von Bohnen Blähungen kriegt. Und mit dem Tiramisu als Draufgabe hast du dir sicher nichts Gutes getan.«

»Naja, Fertigprodukt halt. Deswegen will ich auf Vorrat einen Rohkostkuchen machen. Mit den fertigen Kokosraspeln wäre der auch länger haltbar.«

»Aber?«

»Ist zu süß, zu fest und nicht so fluffig«, sagte Veronika.

Die beiden Schwestern lachten.

»Du bist aber auch anspruchsvoll«, sagte Sophie. »Mein Sohn mag ihn allerdings auch nicht. Da hat er wohl recht« Sophie war beruhigt. Da musste sogar für Veronika klar sein, dass seine Reaktion richtig gewesen war.

Veronika schüttelte unzufrieden den Kopf. »Das hier ist einfach nicht das richtige Umfeld für mich.«

»Wieso? Du hast doch eine klasse Wohnung mit kleinem Garten. Mitten in Wien«, sagte Sophie.

»Eben. Außer ein paar Blättern wachsen hier keine tollen Früchte oder Kokosnüsse«, sagte Veronika. Im Gespräch merkte sie erst richtig, wie sehr sie von hier weg wollte. Alles anders machen. Raus aus diesem Ghetto, wo alles Gute erst eingeflogen werden musste. Sie wollte Wien nicht unrecht tun, aber das Klima war viel zu weit weg von den Tropen.

Leon war inzwischen ins Wohnzimmer gegangen, seine Lieblingssendung lief gerade im Fernsehen. Die leer getrunkene Kokosnuss hatte er bei den Schwestern auf dem Tisch stehen gelassen.

»Ich hab es vorgestern mit frisch geriebenen Kokosraspeln probiert, das war saftig und gut. Aber der Rest war heute schon ranzig. Den kann ich nicht auf Vorrat für solche Situationen vorbereiten.« Veronika stand auf, holte eine Machete aus der Küchenlade und kam zurück zum Tisch. Sie klopfte mit dem Rücken des riesigen Messers rundum auf die leere Trinkkokosnuss, bis sie aufsprang. Leon mochte immer nur den Saft, die Schwestern löffelten dann das meistens weiche Kokosnussfleisch heraus.

»Ging es dir am Tag nach den Bohnen besser?«, wollte Sophie wissen.

»Nach dem Albtraum? Nicht wirklich. In der Früh bekam ich schwer Luft. Asthmaspray war wieder fällig. In der Kniekehle hatte ich eine offene Stelle. Und einen riesigen entzündeten Eiterpickel mitten auf der Nase. Da war sicher Konservierungsmittel in dem Tiramisu.«

»Besser ein Pickel auf der Nase als Salmonellen, oder?« Sophie kratzte fester in der Kokosnuss, um die Reste des Fruchtfleisches herauszuholen.

Veronika lachte. »Salmonellen – na und? Selbst giftige Schwammerl sind kein Problem bei Rohköstlern.«

»Du meinst narrische Schwammerl«, sagte Sophie. »Ich finde, du übertreibst. Du wirst doch nicht wegen ein bisschen Konservierungsmittel umkippen?«

»Rob, ein wagemutiger Rohköstler aus dem Forum, hat geschrieben, dass er mehrmals grüne Knollenblätterpilze mit Mariendistel zum Schutz gegessen hat.« Veronika lehnte sich zurück, um die Reaktion der Ernährungswissenschaftlerin zu beobachten.

Sophie schaute sie ernst und ungläubig an. »Ein einziger Pilz kann einen erwachsenen Menschen töten. Das schafft er? Aber Konservierungsmittel geht nicht? Du spinnst.«

»Sie kann nicht verstehen, dass Rohkost etwas Besonderes ist«, dachte Veronika. »Wer es noch nie probiert hat, kann das nicht nachvollziehen.« Sie spürte Kälte, eine Distanz war zwischen ihnen eingezogen. Oder bildete sie sich das nur ein?

Sophie räusperte sich. »Wenn du nächstes Wochenende zu dem Rohkost-Treffen fährst, versprich mir, so was nicht zu probieren«, sagte sie zu ihrer Schwester.

»Ich verspreche es. Kein Giftpilz«, versicherte Veronika. Sonst hätte sie ihr das Treffen noch ausgeredet.

Marcel

Simone saß in ihrem Büro neben Marcels Zimmer. Er war gerade zu ihr herausgekommen.

»Hast du den Kunden in der Stammkundenliste *Omnivore* die

zweite Preisliste mit besonderen Lebensmitteln vom Metzger geschickt?«, fragte er.

Sie hatte es vergessen.

»Bist wohl noch am Entgiften«, warf ihr Marcel hin.

Sie versuchte stets, an alles zu denken. Aber es war viel Arbeit. Simone war verärgert. Hatte sie solche Sager verdient? Marcel reagierte einfach nicht auf Widerworte. Überhaupt galt nur, was er sagte.

Allein die Texte in den Prospekten durften keinen Millimeter von seinen Aussagen und seinen Ideen abweichen. Gehobene Posten gab es nur für wenige. Alle im Schloss, die zur Firma gehörten, arbeiteten weit über ein normales Pensum hinaus, meistens waren es Hilfsdienste. Das wurde in Kauf genommen, denn sie wussten, dass es einen Ort wie diesen nicht noch einmal gab. Manche Gäste wollten helfen, damit sie gratis hier wohnen konnten. Eine Hilfe waren sie nicht immer. Lagen lieber zum Entgiften auf ihren Zimmern. Ob es ihnen wegen des Kaffeeentzugs so miserabel ging? Manche machten ein Gesicht wie drei Tage Regenwetter, hatten Kopfweh und schmissen dann, wenn sie grantig waren, auch noch ihre Zimmertüren zu.

Vorige Woche war einer so auf Entzug gewesen, dass er mit Clemens, der die Tischbegleitung an dem Tag gemacht hatte, einen heftigen Streit vom Zaun gebrochen hatte. Dann hatte er seinen Teller samt Essen auf den Boden geschmissen. Zum Glück waren gerade nur wenige Gäste im Raum gewesen. Unvorstellbar, wenn es hier Kaffeegeruch von Nachbargebäuden gäbe. Die einen würden verkümmern, die anderen ausrasten. Manche verkrafteten es schlecht, ohne ihre gewohnten Drogen zu sein. Eine Frau hatte eines Tages vor ihr von Keksen fantasiert. »Nur eine Packung, haben Sie nicht eine kleine Packung Butterkekse für mich? Sind Sie sicher, dass Sie nicht welche in ihrer Bürolade haben? Ich habe da immer welche in meinem Büro«, hatte sie gesagt.

Fast hätte die Frau Simones Schreibtisch durchsucht. Zur Aufmunterung hatte sie ihr ein paar von ihren Cashewkernen gegeben. Und dann pöbelte Marcel sie an, *sie* würde entgiften. Sollte er einmal die Arbeit hier tun. Heinrich, der Psychiater, war da auch keine Hilfe. Klar, bei der Aufarbeitung ihrer Vergangenheit hatte er ihr geholfen. Wie hatte sie unter dem Gefühl gelitten, dass sie nur eine Last für ihre Familie sei, dass ihre Eltern sie nicht lieben würden. Und wie eifersüchtig war sie gewesen, als sie bemerkt hatte, dass sie mit denen, die sie hier liebte, keine exklusive Beziehung hatte. Heinrich hatte ihr ein paar Sitzungen angeboten. Sie hatte den Eindruck gehabt, dass diese Sessions so nicht ganz üblich waren. Die Pilze, die sie da bekommen hatte, hatten sie in eine andere Welt gebracht. In ihr Inneres. Sie hatte sich gefühlt, als sähe und redete sie mit sich selbst als Kind. Irgendwie hatten ihr die Sitzungen das Gefühl vermittelt, entspannt zu sein. Bis sie den Zustand schließlich selbst und bewusst fördern konnte. Schließlich hatte sie Frieden gefunden und sich mit der Situation arrangiert. Es gefiel ihr nun, dass sie auch mit anderen schöne Stunden verbringen konnte. Darüber, ob sie das draußen auch so sehen würde, war sie allerdings unsicher. Zumindest war sie ihre Ängste und Eifersuchtsgefühle wenigstens hier los.

So sehr sie Heinrich schätzte weil er ihr geholfen hatte, sie fand dass er nicht genug aufpasste. Vorige Woche hatte sich ein Gast um die neue Lieferung Kokosnüsse gekümmert. Ein Riesen-Kerl von fast eins neunzig. Nicht besonders stark, aber er hatte einen Vorteil bei den Regalen. Heinrich bewahrte seine Pilze im selben Lager auf. Es hatte nicht lange gedauert, und der Gast war bei Simone vorbeigekommen, weil es ihm nicht gut ging.

»Hey Simone, mir ist so komisch und es fröstelt mich«, sagte Lukas. Er sah wirklich etwas blass aus und rieb sich mit den Händen die Oberarme.

»Geh auf dein Zimmer«, sagte Simone und sah kaum auf. Diesen Anfängern war immer schnell kalt. Und krank waren sie auch oft anfangs. Entgiftung. Kopfweh. Sonst was. Nichts Besonderes. Simone wollte sich wieder in ihre Arbeit vertiefen.

Da rief der Gast bei ihr an. »Simone, da laufen am Gang lauter Hobbits herum«, sagte er.

»Geh auf dein Zimmer und leg dich hin«, sagte sie und legte auf. Hobbits, was für ein Blödsinn.

Da rief er nochmal an. »Du musst unbedingt kommen, da laufen Hobbits herum!« schrie Lukas eindringlich ins Telefon. Er war außer sich.

Simone legte auf. »Warum manche Gäste nur so spinnen«, dachte sie. Und sie dachte an Thailand. Sie wollte sich auf ihre Arbeit konzentrieren. Wie konnte sie die Durian-Früchte unbeschadet nach Paris bekommen. Das waren ihre Sorgen.

Da rief der Gast nochmal an. »Ich habe einen Hobbit gepackt und auf mein Zimmer gezerrt. Damit er nicht wegläuft, halte ich ihn fest. Du musst unbedingt kommen!« hatte Lukas geschrien.

Simone hörte eine Kinderstimme. Ob sie freudig klang oder nicht, war ihr nicht klar. Vermutlich nicht, dachte sie spontan. Dann sah sie doch nach, was los war.

Lukas' Zimmer war einfach – typisch für alle, die für Kost und Logis hier lebten. Fünfzehn Quadratmeter, Einzelbett, ein Tisch, ein Schrank, ein Nachtkästchen, oben ein leichtes Gewölbe, beiger Wandputz. Das Bett war ein schlichtes Holzgestell mit Matratze, vis-à-vis von der Zimmertüre. Simone fegte herein und sah, dass der Gast ein Kind festhielt und mit ihm beim

Telefon am Bett saß. Der etwa fünfjährige Bub war wohl mit anderen Kindern am Gang gelaufen und hatte Fangen gespielt. Zum Glück hatte er noch nicht verstanden, dass Lukas jetzt eigentlich nicht zum Spiel gehörte.

»Lukas hat mich gefangen, jetzt darf ich der Fänger sein!«, rief der Kleine und zappelte, weil er sich losreißen wollte.

Wirr sagte der große Mann, während er mit der freien Hand auf das Kind deutete: »Da ein Hobbit, schau!«

Simone befreite das Kind und sagte: »Los, jetzt bist du der Fänger! Ab mit dir.« Sie hoffte, damit die Situation zu retten.

Der Bub lief hinaus. »Hurra! Achtung, jetzt komme ich!«

Die anderen Kinder, die inzwischen näher gekommen waren, liefen brüllend weg. Die Mutter des Buben stand an der Türe und hatte die Situation mitbekommen.

»Sie werden uns doch keine Probleme machen?«, fragte Simone.

»Nein. Ist nichts passiert«, sagte sie und ging.

Simone machte die Türe zu und schob Lukas zum Bett. »Bleib jetzt hier liegen. Ich rufe Heinrich.«

»Der soll schauen, was mit ihm ist«, dachte Simone. Lukas hatte wohl etwas von Heinrichs speziellen Schwammerln erwischt. Dass Gäste auch immer wieder naschen mussten, ohne zu fragen. Simone hatte die Wirkung der Pilze schon während der Aufarbeitung ihrer Vergangenheit erlebt. Ohne Begleitung konnte das kritisch sein. Ihr eigenes Spiegelbild hatte sie damals an die *Rocky Horror Picture Show* erinnert.

Jacques

Sous-Brigadier de Police Jacques Lumière sortierte die Akten. Sein Büro war modern, aber nicht neu. Ein altes Gebäude in der Pariser Innenstadt. Eine Stadt mit Geschichte. Jacques liebte Paris mit seinen historischen Gebäuden. Und die Ordnung, Regelmäßigkeit, Sicherheit. Und so sollte es auch für alle bleiben. Gestern Abend hatte er mit François wieder einmal Poker gespielt. In einer ruhigen Minute, als sie alleine gewesen waren, hatte ihm sein alter Schulkollege einen Brief gegeben, den er zugespielt bekommen hatte.

»Woher hast du den?«, fragte Jacques.

»Geheimnis eines Pfarrers«, sagte François nur und hüllte sich in Schweigen.

»Schon wieder«, sagte Jacques.

War der Brief nun echt? Keine Frage, François hatte ihn sicher nicht selbst geschrieben. Über solche Zweifel war er erhaben. So richtig durchlesen konnte er das Schreiben aber erst im Büro. Und er war entsetzt. Er hatte das Gefühl, sein Blutdruck würde gerade wieder in die Höhe schnellen. Dabei war er ohnehin generell zu hoch. Sein Arzt hatte ihm schon Medikamente dagegen verschrieben. Auch jüngere Menschen bekamen neuerdings Schlaganfälle, hatte er gesagt. »So weit kommt es noch«, dachte Jacques. Neben ihm auf seinem Schreibtisch lagen übriggebliebene Reste seines Frühstücks: Croissant mit Speckfüllung und Milchkaffee. Er versuchte, es zu ignorieren. Sein Gesicht war rot, das fühlte er. Hätte ihn sein Arzt gesehen, er hätte ihm gleich einen Bomber verabreicht. Gut, dass er alleine in seinem Büro war. Er las den anonymen Brief, den er erhalten hatte, noch einmal durch.

Lieber Herr Pfarrer François Pudique,

hilfesuchend wende ich mich an Sie. Ich bin eine junge Mutter aus dem Schloss, in dem ich Sie kürzlich sah. Sie sind mein Hoffnungsfunke. Man hat mir hier den Reisepass abgenommen und ich weiß nicht, wie ich hinaus kann. Geld kann ich zwar verdienen, ich arbeite hier, aber ich bekomme es nicht ausbezahlt. Seitdem die innere Gruppe weiß, dass ich gehen will, bekomme ich nur noch Kost und Logis als Gegenwert.

Vor einiger Zeit, im Alter von fünfzehn Jahren, bin ich bei Edenkost gelandet. Die Firma Edenkost vertreibt tolle Früchte und Lebensmittel. Das fand ich sehr praktisch, weil ich mich auch so ernähren wollte, aber mir das sonst nicht leisten hätte können. Ich wurde sofort aufgenommen. Es war gleich viel zu tun und es lenkte mich von den Problemen ab, die ich mit meiner Familie hatte. Aber ich geriet vom Regen in die Traufe, wie man so sagt. Liebe wird hier zwar körperlich gelebt, aber Verständnis und liebevoller Umgang wird nur jenen zuteil, die voll auf der Linie sind. Zuerst ging es mir gut, auch wenn ich viel arbeiten musste. Arbeit und Privatleben werden hier nicht getrennt. Im Endeffekt arbeitete ich Tag und Nacht, manchmal bekam ich nur wenig Schlaf. Die Produkte, die wir verkaufen, sind einmalig. Aber was dahinter steckt … Manche Personen in der Chefetage nützen ihre Macht einseitig auf verschiedenen Ebenen aus. Nach einiger Zeit bekam ich ein Baby. Blind war ich, denn man sagte mir, dass ich nur hier das wahre Leben lernen könne. Geblendet worden war ich bei einem Kurs, den ich damals besucht hatte.

Jacques hielt kurz inne. Kleine Fehler deuteten darauf hin, dass die Verfasserin ursprünglich aus Deutschland kam. Er las weiter.

Ich war nicht die einzige. Bevorzugt werden junge Menschen hereingeholt, die gut formbar sind nach den Vorstellungen des Obersten. Kritische Menschen werden erst gar nicht in die innere Gruppe aufgenommen. Man vergibt sich körperlich und seelisch komplett an die

Gruppe. Kurse dienen zur Gehirnwäsche. Zuerst einfach über offene Liebe. Aber dann auch über Argumente, dass Kinder in die Sexualität eingeführt werden sollen von Erwachsenen. Als würde dies magische Kräfte eröffnen gegenüber anderen. Durch spätere Recherchen im Internet kam ich darauf, dass nicht alles so sein kann, wie es hier erklärt wird. Die Argumente werden verwendet, um eigene Neigungen zu verschleiern. Wer nicht zustimmt und alles bejaht, wird schlecht behandelt.

Trotzdem muss ich den Anweisungen genau folgen. Mache ich das nicht, wird extrem starker, psychologischer Druck ausgeübt. Sexueller Missbrauch. Das Alter ist dabei egal. Ich habe den Verdacht, dass sogar mein Kind schon etwas abbekommen hat. Eines Abends wurde mein kleiner Sohn in die geheime Kammer des Obersten im Keller gerufen. Er kam total verstört zurück. Ich versuchte, auf ihn einzureden, dass er mir erzählen sollte, was war. Aber er war über Wochen blockiert, und noch immer weiß ich nicht alles. Ich mache mir größte Sorgen. Das ist auch der Hauptgrund, warum ich Ihnen schreibe. Meine eigene Identität habe ich schon aufgegeben, aber ich möchte nicht, dass mein Sohn Schaden leidet. Ich habe den Glauben an mich verloren, bin voller Schuldgefühle, aber vielleicht gibt es doch einen Weg heraus. Ich möchte meinen Sohn nicht an die verlieren, ihn aus ihren Fängen holen.

Wenn ich gehe, stehe ich mit nichts da. Ich weiß nicht einmal, ob ich mit meinem Kind gehen kann. Die französische Rechtsprechung gesteht dem Vater mehr Rechte zu als in der Schweiz oder in Deutschland. Die können sich darauf berufen, dass mein Kind hier bleiben muss, weil sein Vater hier ist. Davor habe ich die größte Angst. Sie sagen, im Grunde sei alles meine Schuld, ich müsse mehr an mir arbeiten. Draußen seien nur kranke, bescheuerte Menschen. Gewalt sei an der Tagesordnung. Wahrscheinlich bin ich dumm, und Sie als Pfarrer sehen die viele Gewalt in der Gesellschaft genauso überbor-

dend. Vielleicht wäre es doch besser, ich bliebe hier. Aber ich kann hier nicht mehr, fühle mich vollkommen kontrolliert. Jetzt bin ich über zehn Jahre lang hier. Aber das kann so nicht weitergehen. Es entstanden noch weitere Kinder, von anderen Müttern. Wir leben hier sonst homosexuell, somit sind alle Kinder vom selben Vater. Wir vermuten, vom Obersten. Von wem sonst. Die älteren Kinder möchten mit einem Test erfahren, wer ihr Vater ist. Die Kontrolle über die Beziehungen geschieht von oben. Wenn sich Paare finden, die nicht gewünscht werden, wird die Beziehung gewaltsam mit Druck zerstört. Nach außen ist alles glatt, es gibt auch offiziell angestellte Mitarbeiter. Gefestigte Gruppenmitglieder können im Ausland arbeiten. Aber davon kann ich nur träumen. Bitte helfen Sie mir und meinem Kind hier heraus. Eine Mutter.

Jacques ließ den Bogen Papier sinken. Alle Befürchtungen seines Schulfreundes François um die Gruppe im Schloss schienen berechtigt. Nur, wie konnte er das beweisen? So ein Brief war nichts. Er konnte von irgendwem geschrieben worden sein. Wie war er überhaupt nach draußen gelangt? Mit Sicherheit wurde die Post in so einem Fall kontrolliert. »Bleibt mir nichts anderes übrig, als selbst zu ermitteln«, dachte Jacques. Er setzte sich auf und atmete tief durch. »Wenn ein Kind in Gefahr ist, ist Feuer am Dach.«

Marcel

Marcel saß in seinem Zimmer vor dem PC. Neben ihm stand Simone. Sie hatte sich die Ein- und Verkäufe durchgesehen.

»Die neuen Vorsichtsmaßnahmen machen sich bezahlt«, sagte sie.

Marcel nickte. Neue Kunden wurden nur noch durch Empfehlung mit Rechnung beliefert. Sonst gegen Vorauskasse. Wie oft hatten sie ihre Ware versandt und die Lebensmittel waren dann angeblich zu reif gewesen.

»Diese Querulanten sind nur Supermarktware gewohnt. Zahlen einfach nicht. Die glauben, sie können es wie bei den Pulverversendern machen.« Simone schnaubte. Natürlich hatten sie auf ihren Rechnungen den Vermerk, *Ware bleibt bis zur Bezahlung Eigentum des Versenders*, gedruckt. Aber welchen Effekt hatte das schon bei Lebensmitteln. Vor Kurzem hatte eine Kundin tatsächlich braun-matschig gewordene Cherimoyas und puddingweiche schwarze Bananen zurückgeschickt. Genau für die richtige Reife bei der Ankunft waren sie vor einer Woche versandt worden. Ein anderer Kunde hatte sich sogar beschwert, dass er Honig aus dem Glas nicht seinen Impulsen folgend verzehren könne. In der Natur gebe es Honig nur in der Wabe. Er hatte ihnen glatt den Vorwurf gemacht, ungeeignete Ware zu liefern.

»Man musste es ihnen erklären. Auch, dass sie die Reife bei der Bestellung vorgeben können«, sagte Marcel.

»Keine Ahnung, was ich dem Honig-Querulanten erklären soll.«

»Der hat seine Sperre nicht beachtet und will uns die Schuld geben«, sagte Marcel.

»Die Städter können sich kein Bild davon machen, wie aufwändig die Beschaffung von unbehandelten und reifen Lebensmitteln ist«, sagte Simone.

Teilweise fehlten fundamentale Kenntnisse, außerdem beschwerten sich manche auch noch lauthals im Internet. Solchen Kunden sollte man tatsächlich lieber harte und unreife Früchte zukommen lassen. Simone war verärgert. Da schichteten sie täglich die empfindlichen reifen Ananas um, und dann so was.

»Kein Tier isst in der Natur unreife Früchte. Aber manche Kunden verdienen nichts Besseres.« Marcel wusste, dass alle, die bei ihm im Seminar gewesen waren, besser informiert waren. Zumindest hatten sie mehr Einblick bekommen. Und dann waren da noch die geistigen Fähigkeiten, die sich entwickelten. Die Visionen, die entstanden. Und doch war alles nur ein Versuch. Wie weit würden sie kommen?

Simone ging hinaus. Marcel sah ihr nach. »Frauen machen auch nur Schwierigkeiten«, dachte er, »sind alle gleich.« Die Mütter legten sich quer, wenn es um die Einbeziehung der Kinder ins *Together* ging. Die letzte Vision war düster gewesen. Riccardo hatte vergitterte Fenster gesehen. War es Angst, weil sein Freund Tom, der nicht mehr im Schloss wohnte, ihm von einem überaus neugierigen Mann erzählt hatte, der ihn ausfragen wollte? Wer konnte das sein? Auch Clemens hatte eine triste Vision gehabt nach dem letzten *Together*, dem gemeinsamen Zusammensein in der Gruppe. Marcel überlegte, ob es vielleicht nur der Wunsch nach Freiheit war, oder die Angst, sie zu verlieren. Konnte Clemens damit seine Befürchtung verarbeitet haben, dass er sich außerhalb des Schlosses wie in einem Gefängnis fühlen würde? Wer verstand dort schon, was Liebe war?

Letztens hatte Hans Marcel gewarnt, die Gefahr von außen nicht zu unterschätzen. »Die warten nur, dass sie dir was anhängen können«, hatte er gesagt.

»Ich kann das alles argumentieren«, meinte Marcel.

»Was strafbar ist, kannst du auch nicht neutralisieren«, sagte Hans.

»Das werden wir sehen«, dachte Marcel.

Er schüttelte die negativen Gedanken ab. Ein neues Paar hatte sich angemeldet. Ob sie länger blieben?

Veronika

Veronika hatte sich für die Fahrt zum Rohkost-Treffen schon am Donnerstagabend alle Sachen zusammengerichtet, um am Freitagnachmittag gleich nach Arbeitsschluss losfahren zu können. Das Treffen war von Samstag bis Sonntag geplant. Sie würde fünf bis sechs Stunden unterwegs sein und um nicht abgekämpft und müde dort zu erscheinen, wollte sie auf dem Hinweg in einer Pension übernachten. Timo hatte angeboten, dass die Teilnehmer auch am Dachboden in seinem Haus schlafen könnten. Viele nahmen ihr Zelt mit, um im Garten zu campieren.

Veronika hatte sich extra ein Iglu-Zelt besorgt. »Hoffentlich ist es so leicht aufzustellen, wie der Verkäufer gesagt hat«, dachte sie. Im Auto hörte sie Oldies aus den Sechzigerjahren. »Ein bisschen Privatsphäre brauche ich schon«, dachte sie, »und wenn es nur ein durch eine Zelthaut abgetrennter Bereich ist.« Der Himmel war blau, die Sonne schien und die Wettervorhersage war gut. Trotzdem hatte ihr der Verkäufer erklärt, dass das Zelt gut gespannt werden müsse. Bei Regen würde es sonst an den Nähten hereintropfen.

Eine selbstaufblasbare, vier Zentimeter dicke Matte und einen Schlafsack hatte sie neben ihrer Reisetasche im Kofferraum. Und natürlich Lebensmittel. »Bin neugierig, was die anderen Rohköstler alles mitnehmen«, überlegte Veronika. Sie hatte extra bei Edenkost bestellt und auch Bioprodukte von Bernis Laden mitgenommen. Damit ihr nicht jemand damit kommen konnte, sie mache keine Rohkost, nur weil ihre Früchte gespritzt sein könnten. Im Chat hatte sie einmal einen Eintrag eines Rohköstlers gelesen, den sie sich gemerkt hatte: *Meine Ex hat einmal gespritzte Früchte gegessen, und so g'spritzt war sie dann auch.*

Ob das Niklas gewesen war? Sie konnte sich nicht mehr erinnern. Ein warmes Gefühl der Vertrautheit kam in ihr auf. Inzwischen war sie öfter abends im Chat gewesen. Jeder konnte dort nicht mithalten. Wer Kochkost aß, oder sonstige minderwertige Kost, wurde schnell hinausgeekelt. Oder war es ein Auswahlverfahren? Einmal hatte Arthur einen Mann vertrieben, der beruflich viel mit dem Rad fuhr. Kurz davor hatte er geschrieben, dass er täglich einen Müsliriegel aß.

Du notgeiler Kochsack brauchst hier nicht unsere Mädels anbaggern, kam es postwendend von Arthur. Als Rausschmeißer hatte Veronika ihn noch nicht gekannt. Vielleicht flüsterte er seine Vertreibungstaktik sonst, damit keiner mitlesen konnte.

Veronika fühlte sich beschützt. Tägliche Müsliriegel gehörten bei ihr schon lange nicht mehr in den Ernährungsplan. Gut, dass so einer nicht ihre Motivation zerstreuen konnte. Der Schutz tat ihr gut. Schutz, obwohl sie die Leute bisher nur aus dem Internet kannte. Da wollte sie alles meiden, was nicht passend war. Brot zum Beispiel, dass musste ganz schlimm sein.

Was hast du heute gegessen?, hatte Niklas sie unlängst im Chat gefragt. Kurz davor hatten sie über Beziehungen geschrieben. Veronika hatte sich nicht weiter dazu geäußert. »Lieber einmal ruhig halten«, dachte sie. Wer wusste, was er meinte. Konnte es sein, dass er eine kleine Sünde tatsächlich sofort merkte? »Das kann doch nicht sein«, dachte sie. Doch die beiden im Chat waren hartnäckig.

Brot macht ängstlich und eifersüchtig, schrieb Arthur.

Sie erinnerte sich an das große Bild bei Christian. Das Konzept des freien Geistes hinge an der Ernährung, hatte er gesagt. Vicky meinte wiederum, die Angsthormone der Tiere im Schlachthof seien das Problem.

Veronika: Ich hab gelesen, Fleisch aus Massentierhaltung würde ängstlich machen.

Arthur: Na da haben wir's. Hast du so was gegessen?

Niklas: Die Tiere werden mit Getreide gefüttert.

Arthur: Im Paradies konnten sie auch kein Getreide fressen.

Veronika: Und das wirkt sich auf mich aus?

Niklas: Ich hab's gewusst.

»Mist«, dachte Veronika. Tatsächlich hatte sie ein kleines Stück belegtes Brot in der Firma gegessen. Schlechter Einfluss.

Veronika: Woher willst du das gewusst haben?

Niklas: Du bist ängstlich. Das nervt.

Veronika hatte es einen Stich gegeben. So eine Frechheit. Sie nervte? Sie scrollte den Chat hinauf, um noch einmal nachzulesen, wie die Kommunikation verlaufen war. Als die Rede auf Niklas' Ex gekommen war, hatte sie herausfinden wollen, ob da noch was lief. Niklas war sehr nett gewesen bei den vorigen Chats und hatte ihr virtuelle Küsschen geschickt. Geflüstert, es sollte keiner sonst lesen. Wollte er mehr? Warum eigentlich nicht? Vielleicht wollte er seine Liebschaften nur geheim halten? Hatte er noch was mit einer anderen? »Würde ich das jetzt nicht denken, wenn ich ganz roh gegessen hätte? Wäre es mir egal, mit wem ein Kerl sonst noch turtelt?« Veronika hatte die Wogen in sich gespürt. Auf ihre geflüsterte Frage, ob er sich noch mit seiner Ex traf, hatte er nach ihrem Essen gefragt. Vielleicht hätte sie eher erzählen sollen, mit wem sie noch Kontakt hatte. Vielleicht von Wolfgang. Auch wenn da nichts lief. Kleine Teufelchen rieben sich die Hände über Veronikas Kopf. Waren die auch aus dem Kochtopf? Eigentlich Zeit, zu gehen. Aber irgendwie gefiel es ihr, dass die Leute sich so gaben, als wüssten sie sicher, was sie taten. Veronika scrollte vor zum aktuellen Gesprächsverlauf.

Arthur: Besorg dir Wildschwein. Ich hab hier einen Jäger aus dem

Nachbarort.

Niklas: Du mit deinen zweifelhaften Quellen. Kauf dir was Gescheites, von Edenkost. Die haben eigene Gehege, wo die Wildschweine kein Getreide bekommen. Du kannst davon ausgehen, dass überall sonst auch mit Getreide gefüttert wird.

Veronika: Wildschweine werden auch gefüttert?

Niklas: Was glaubst du denn?!

Veronika: Wenn ich so ein Fleisch kaufe, welches Stück soll ich denn nehmen?

Arthur: Na das, was du auch sonst am liebsten isst.

Veronika dachte spontan an Kümmelbraten. Der war vom Schweinebauch, voll fett und mit knuspriger Haut. Etwas, das sie gar nicht vertrug und schon längst bestenfalls zweimal im Jahr aß.

»Schweinefleisch hat viel Histamin«, hatte ihr die Ärztin gesagt, bei der sie sich zuletzt austesten hatte lassen. Sie hatte ihr eine lange Liste mit rot markierten Lebensmitteln mitgegeben.

Sophie fand das Histamin nicht so schlimm. Es gebe viel davon in gereiften Lebensmitteln: in gereiftem festeren Käse, Salami, Tomatensauce, Hefe, älterem Sauerkraut. In normalen Bananen, anders als in Gemüsebananen. Oder in Rohschinken wie Prosciutto, der eben gereiftes, also älteres Fleisch war. Also musste frisches Fleisch besser verträglich sein. Am nächsten Markttag hatte Veronika ein kleineres Stück Schweinebauch gekauft. Zum Probieren. Aber kaum hatte sie es zu Hause gerochen, hatte es sie geekelt. Es hatte so chemisch gerochen. Bloß eine kleine Kostprobe hatte sie aus Neugierde essen können. Vielleicht hätte sie doch lieber Steakfleisch nehmen sollen.

Mila und Gerald meldeten sich im Chat an.

Mila: Mich lässt der gekochte Mist meiner Kollegen nicht kalt.

»Als ob sie Gedanken lesen könnte«, dachte Veronika und erinnerte sich an das Brötchen beim Geburtstag ihres Kollegen. Oder war es Zufall?

Gerald: Das dauert halt ein bisserl, bis es dir egal ist. Schau dir mal die Leute in den Öffis an. Mit der Zeit ist das ein Gruselkabinett für dich. Die Hälfte der Leute dort sind wie Zombies.

»Ganz schön herablassend«, dachte Veronika. Ob da ein George Clooney vor dem PC saß?

Arthur: In der Stadt ist das echt krass. Am Land ist noch der Natursinn vorhanden.

Gerald: Wie bei Matrix, da kriegen die nicht mal mit, dass sie mitten drin sind. Im Kochkostleben braucht es Drogen, damit man es nicht mehr mitbekommt.

Niklas: Ja. Brot, Kaffee, Zigaretten oder gar Drogen – das ist für die, die nichts anderes kennen.

Mila: Brot als Droge?

Niklas: Brot, Milch, Käse, Kaffee, Kochkost … wirkt voll wie ne Droge. Exorphine. Direkt aufs Gehirn. Machen das Gehirn müde und schläfrig. Oder aggressiv. Schau dir doch mal die Welt an.

Gerald: Denen fehlt die Liebe. Und vor lauter Angst brauchen sie Drogen. Um sich zu beruhigen.

Veronika richtete ihre Gedanken wieder auf die Straße. Sie fühlte die Liebe, die Freiheit. So lebendig hatte sie sich noch nie gefühlt. Nicht einmal ihre Medikamente brauchte sie mehr.

»Ups!« Veronika schrak zusammen, als sie fast in das Auto vor ihr hineingeknallt wäre. »Auf die Art brauche ich auch bald keine Medikamente mehr«, dachte sie.

Bei aller Vorfreude war Veronika irgendwie nervös. Was würde bei Timo auf sie zukommen? Ihr Herz schwebte auf einer Duftwolke aus aromatischen, gelb-roten Mangos, intensiv-deftig riechenden Durians und würzigen Selleriestangen, die am Rücksitz in einer Kiste lagen. Während der vergangenen Tage hatte sie weniger gegessen. Abnehmen fiel ihr plötzlich leicht. Sie hatte kein Hungergefühl. Ob das Liebe war, Nahrung vom Himmel?

Sie war gespannt auf Niklas. Er hatte geschrieben, dass er sich sehr freute, sie auf dem Treffen zu sehen. Und das zuletzt sogar vor allen anderen. Veronika kam sich vor, als hätte er ihr die Schlüssel zu seiner Wohnung überreicht. In ihrem Brustkorb prickelte es, und die Vorfreude wuchs mit jedem Kilometer, den sie Timos Haus näher kam.

Samstagfrüh legte Veronika den Rest der Strecke zurück. Vorbei an einer Unmenge übergroßer Jesuskreuze. Ein Marterl nach dem anderen. Mahnend erschien ihr jede dieser Abbildungen des Leidens. »Fast schon patriarchalisch«, dachte sie. Bildnisse von Maria fand sie friedlicher. Sie dachte an das Gemälde bei Christian.

Dank Navi fand Veronika Timos Haus auf Anhieb. Es stand am Ende einer Sackgasse und hatte davor Platz genug zum Parken. Veronika wählte Timos Nummer, er hob gleich ab. »Hallo? Hier ist Veronika. Ich bin schon da«, sagte sie.

»Hallo, Veronika. Ich komme gleich raus.«

Veronika hörte an seiner Stimme, dass er sich freute. Er riss die Haustür auf, als wäre er dahinter auf der Lauer gelegen, und kam mit großen Schritten auf sie zu. »Toll, du bist die Erste, die angekommen ist.«

Die beiden umarmten sich innig, als wären sie schon ewig Freunde. Sie roch das Aroma des Waschmittels intensiv an seinem frisch gebügelten Hemd. »Na so was«, dachte Veronika. Sie hatte in Wien von Waschnüssen gehört. Da roch niemand nach Weichspüler. Sie erinnerte sich an Wolfgangs vanille-kokosartigen Geruch. Irgendwie hatte sie das Gefühl, sie hatte einen Menschen in einem Käfig vor sich. Passte so ein Persil-Hemd mit Weichspüler zu einem Rohköstler? »Egal«, dachte Veronika, sie fühlte sich trotzdem sofort willkommen. Wie ein lang ersehnter Gast.

Auf einmal verdunkelten sich Timos leuchtende Augen, er schaute bedrückt. »Ich habe das Treffen leider gestern absagen müssen, weil meine Frau plötzlich keine Leute im Haus haben wollte.«

In Veronika kam ein herbes Gefühl der Enttäuschung hoch. Sie hob die Augenbrauen. »Abgesagt?« Oh nein.

»Ich habe es gestern Abend im Forum geschrieben, aber da waren viele schon unterwegs, so wie du«, sagte Timo.

»Wieso abgesagt?«

»Ich habe gestern versucht, meiner Frau die offene Liebe nahezubringen. Dass sie auch etwas davon hat, wenn ich mit anderen Frauen zusammen bin.«

»Du meinst, beim Sex?«, fragte Veronika.

»Bibel lesen jedenfalls nicht. Sie ist sehr katholisch und gestern ist sie ausgerastet. Sie fuhr zu ihren Eltern im Nachbarort. Die sind auch sehr katholisch.«

Veronika dachte an die vielen Kreuze in der Umgebung, die sie bei der Herfahrt gesehen hatte. »Und was machst du jetzt?«

»Ich hab mit dem Bürgermeister gesprochen, wir können unweit von hier beim Fluss campen. Da steht sogar eine Baustellentoilette, die wir benützen dürfen.«

Veronika atmete auf. Ob Timo seiner Frau überhaupt etwas von dem Treffen erzählt hatte? Womöglich hatte sie erst gestern davon erfahren. Veronika dachte an seine spirituellen Texte im Forum. Wie Niklas schrieb er, dass wir unsere Welt selbst erschaffen würden. Niklas lebte alleine und hatte kaum mehr Kontakt zu seiner Familie. Timo war auf dem besten Weg dorthin. Er hatte wohl gehofft, seine Frau würde sich mit dem Treffen arrangieren und sich die Sache zumindest einmal ansehen. Veronika erinnerte sich da an ein Chatgespräch.

Veronika: Warum sammelst du so viele Informationen von Rohköstlern?

Niklas: Für eine Rohkost-Gemeinschaft. Da ist es gut zu wissen, wer sich dafür eignet.

Veronika: Hast du schon viele?

Niklas: Nur wenige kommen wirklich in Frage. Die meisten sind noch stark am Entgiften. Da ist der Akt dann lang.

Veronika: Ist mein Akt auch schon lang?

Niklas: Ja, er füllt sich. ☺ Aber mit guten Fortschritten.

Niklas flüstert an Veronika: Küsschen

Veronika flüstert an Niklas: Küsschen

Das war nett gewesen an dem Abend, erinnerte sich Veronika. Ob sie einmal zu den Auserwählten gehören würde?

Wie viele sehnten sich nach einer guten Gruppe?

Weg von dem Leistungsdruck in Kochkost-Firmen, weg von beengenden Familienverhältnissen. So ging es wohl auch Timo. Zwei ankommende Autos rissen Veronika aus ihren Überlegungen.

»Bis Mittag müssen wir zum Fluss gefahren sein, dann kommt meine Frau zurück. Sie ist jetzt bei ihrer Mutter mit den Kindern«, sagte Timo. »Ich glaube, sie hat Angst.«

»Isst sie nicht roh?«

»Nein, leider. Sie hält gar nichts von Rohkost. Inzwischen glaubt sie, wir sind eine Sekte. Brot gehört eben zur Kirche wie das

Kreuz.« Er zog ein Foto aus seiner Brieftasche. Darauf waren seine Frau und seine Kinder am Frühstückstisch zu sehen. Er zeigte es Veronika.

Sie lächelte. Was für eine liebe Familie. »Mit dem Brot am Tisch ist Angst wohl Programm«, sagte sie.

»Ich glaube, sie hat Angst wegen der Kinder«, sagte Timo.

»Meinst du, deine Freundin würde auch für eure Familie da sein?«, fragte Veronika.

»Vielleicht. Jedenfalls braucht sie keine Angst zu haben. Ich liebe sie, egal, wen ich noch liebe.«

Timo machte nicht den Eindruck, als wäre er ein Breitband-Casanova. Vielleicht suchte er etwas, das ihm seine Frau nicht geben konnte. Veronika sah sich das Foto an. Sie war wohl mit der Zeit etwas in die Breite gegangen. Ob Timo auch gut damit leben könnte, wenn sie abnehmen würde und umgekehrt einen Freund hätte? Was wäre, wenn ihre Angst plötzlich wie weggeblasen wäre?

Der Gedanke an das Campen bei einem Fluss begann ihr immer besser zu gefallen. Dort würde es keinen Gartenzaun und keine Grenzen geben. Sie setzte sich wieder ins Auto und fuhr Timo mit den ersten Gästen im Konvoi zum Platz beim Fluss nach.

Nachdem Timo sämtlichen Gästen den Platz beim Fluss gezeigt hatte, machten sich alle an die Arbeit. Die meisten hatten ihre Zelte mit, nur wenige hatten die Programmänderung nicht mitbekommen. Jeder der kam wurde herzlich begrüßt, wie ein Familienmitglied. Als würde man sich aus der Sandkiste kennen, wurde man umarmt und auf die Wange geküsst. Manche kannten sich tatsächlich von früheren Treffen. Aber auch wenn nicht, die Freude war ansteckend und man fühlte sich als Familie.

Niklas

Niklas war sogar von Berlin hergeflogen und mit dem Mietwagen gekommen. Speziell wegen Veronika? Arthur, mit dem sie öfter im Chat geschrieben hatte, war auch schon hier. Er sprach mit einer Rohköstlerin, die kein Zelt mit hatte. »Ein nettes Paar könnte das sein«, überlegte Veronika. Mit seinem trainierten Körper hatte er sicher gute Chancen bei ihr. Nachdem er bald fertig war mit seinem Studium, wollte er sicher in absehbarer Zeit eine Familie gründen. Sie war etwas jünger, hatte lange dunkelblonde Haare und sah zart, aber nicht zu dünn aus. Veronika überlegte, ob ihr Arthur gerade sein Zelt als Übernachtungsmöglichkeit anbot. Im Hintergrund hörte sie zwei Kinder toben, die zu dem Ehepaar aus Frankreich gehörten. Wie weit manche extra zu diesem Treffen gefahren waren. Es war ein idyllisches Bild. Die alten Bäume am Fluss, der große Platz, dahinter der Wald. Blauer Himmel und Sonne.

»Na?«, fragte Niklas. Er hatte inzwischen sein Zelt aufgestellt, direkt neben dem von Veronika.

Sie sah ihn kokett an.

»Ist doch praktisch«, sagte Niklas. Er grinste.

»Stimmt.« Veronika fühlte sich geschmeichelt. Ob Niklas' Zielstrebigkeit daran lag, dass sie Interesse an dem Text *Together* gezeigt hatte?

»Wir hatten bisher einiges zu plaudern«, sagte Niklas.

Veronika wusste genau, was er meinte. All die Gespräche über Naturvölker und wie sie lebten. Sie hatten angeregt darüber diskutiert. Er lächelte. Hatte es mehr zu bedeuten? Niklas war etwa einen Meter achtzig groß und hatte lange, braune Rastazöpfe. Veronika hatte zuvor schon ein Foto von ihm bekommen. Unter dem Versprechen, es nicht weiterzugeben. »Warum hast du eigentlich nicht gewollt, dass man ein Foto von dir weitergibt?«, fragte sie.

»Das will ich auch weiterhin nicht. Kannst du dich an das Steinzeitkost-Forum erinnern? Dort hat doch glatt einmal jemand ein Foto von mir hochgeladen, mit *Fleischfresser* tituliert und sich darüber ausgelassen, wie alt ich aussehen würde.«

»Oh. An das Forum kann ich mich nur zu gut erinnern«, sagte Veronika. Mit Unbehagen dachte sie an die Sache mit Phil, der sie dort ausgeschlossen hatte.

»Dabei siehst du gar nicht alt aus, im Gegenteil«, sagte sie.

»Danke. Außerdem braucht nicht jeder alles von mir wissen.«

Veronika dachte kurz über die Informationen nach, die Niklas selbst von Rohköstlern sammelte. Vielleicht gab es schon im Geheimen eine Rohkost-Gruppe.

Gerald gesellte sich zu ihnen, er war mit einem weiteren Rohköstler im Gespräch. »... und dann sagte mir der Doc: Essen Sie, was Ihnen schmeckt. Das musst du dir vorstellen, mitten auf der Krankenstation bei lauter Menschen mit irgendwelchen Leiden. Das ist doch beeindruckend.« Gerald war fast außer Atem vor Aufregung.

»Beeindruckend?«, fragte Niklas, der die letzten Sätze auch gehört hatte. Dann lachte er.

»Ja, beeindruckend. Weil ich erstens genau dieselbe Einstellung habe. Schließlich habe ich sogar die sogenannte Stinkfrucht reinschmuggeln lassen, mein Vater hat sie mir aufs Zimmer gebracht. War eine Erfüllung.

Den Krankenhausfraß kriegt man ja kaum runter. Natürlich habe ich die Durian bei offenem Fenster gegessen, und mein Zimmerkollege war grade nicht da. Und zweitens weil er keine

Ahnung hat von den Ursachen der Krankheiten der Patienten auf seiner Station.«

»Warum warst du überhaupt dort?«, fragte Veronika.

»Ich hatte Untergewicht und Schmerzen. Aber die anderen in der Abteilung hatten krasse Organleiden. Einer trug sogar seinen Darmausgang als Tasche vor dem Bauch her. Das letzte Stück hinten war ihm wegoperiert worden.«

Mila, die auch dazu gekommen war, kniete sich nieder und pflückte etwas Beifuß, während sie interessiert zuhörte.

»Das ist wie mit der Kirche. Ich meine, was ist das für ein Verein? Wo geht es da um Liebe?«, sagte Pascal, ein Rohköstler aus Frankreich. »Da gehen die Pfaffen mit dem Weihrauch herum, den sie verbrennen – und dabei kann man den kauen. Spirituelle Erfahrung. Ha! Das merkt man, wenn die katholischen Pfarrer im Nebendorf Kinder haben.«

»Die furchtbare Fruchtbarkeit«, sagte Niklas und schmunzelte.

»Wenn die wirklich spirituell wären, dann würden Kinder nur kommen, wenn sie sie wirklich wollen«, sagte Pascal.

»Echt?«, fragte Veronika und sah, wie auch Mila aufhorchte.

Pascal nickte. »Ja, da gab es mal so eine Geschichte mit einem Schiff, das auf einer Insel strandete. Die Leute lebten dort mit der Natur und Kinder kamen nur, wenn die Eingeborenen es wollten. Dann hatten die Frauen Sex mit den Matrosen vom ersten Schiff der neuen Welt und wurden schlagartig reihenweise schwanger. Und wunderten sich.«

»Haben sie denn keine verhütenden Pflanzen genommen?«, fragte Veronika. »Davon wurde nichts berichtet«, sagte Pascal.

Veronika überlegte, ob das daran lag, dass die männlichen Ethnologen nur die Männer und nicht auch die Frauen wegen der Kinder gefragt hatten.

Nachdem sie mit Niklas über die Naturvölker diskutiert hatte, hatte sie ein Buch über Ethnologie gelesen. Erst als Ethnologinnen persönlich bei den Frauen der Naturvölker gewesen waren und sich in ihre Familien aufnehmen hatten lassen, kamen sie an diese heiklen Informationen heran. Zu sensibel war das Wissen. Deshalb wurden Pflanzen, die verhütend wirken, nur Frauen des Stammes und der Familie gezeigt. Nicht immer gestaltete sich die Geburtenregelung so, dass beide Partner entsprechende Pflanzen aßen. In früheren Berichten, die nur von männlichen Ethnologen geschrieben worden waren, fanden sich deshalb esoterisch wirkende Informationen, als ob die Kinder eben *nach Wunsch* gekommen wären. Die Frauen im Busch waren gute Beobachterinnen, deswegen wussten sie auch, was selbst Raubkatzen und andere Tiere aßen oder für sich nützten. Auf diese Weise hatten sie viele medizinisch wirksame Pflanzen entdeckt. Und für Männer waren Kinder seit eh und je auch ein Statussymbol. Sie kamen eben *nach Wunsch*.

Sie hatte noch weiter recherchiert, denn auch in Europa gab es dazu viel Wissen. Nach der Pest im Mittelalter war es kriminalisiert worden. Vermutlich kein Wunder, nachdem ganze Gegenden entvölkert worden waren. Später waren wieder genug Menschen da, aber das Wissen war weg. Inzwischen bemühten sich sogar schon längst die WHO und andere internationale Organisationen, weitere wirksame Methoden der Familienplanung mit Pflanzen wiederzuentdecken und zu verbreiten. Was die Pille in der westlichen Welt war, konnte man sich im Busch nicht besorgen, geschweige denn leisten. Wozu auch, wenn das Wissen ohnehin aus dem Urwald kam. Veronika war sich sicher. Vor der Einführung von Brot und Reis kamen nur so viele Kinder auf die Welt, wie im Urwald regional versorgt werden konnten. Inzwischen wurde fast jeder Zipfel der Erde von einem weltweiten Netz versorgt. Und in jedem Dorf, da war sie ebenso sicher, versuchten Religionsvertreter aller Richtungen, den Frauen einzureden, dass Familienplanung im Sinne von Verhütung Sünde sei. Veronika krampfte es etwas zusammen. Ihr kam es vor wie ein Krieg der Religionen, bei dem es darum ging, wer mit der Zeit mehr Kinder und damit mehr Anhänger zusammenbrachte. Vielleicht bis die Nahrung auf der Erde endgültig zur Neige gehen würde. Vielleicht sollte es so sein, dass diese Informationen auch weiterhin unter Frauen weitergegeben wurden, sofern sie konnten.

Veronika hatte nicht das Gefühl, dass die Rohköstler ein Problem mit zu vielen Schwangerschaften hatten. Manche der veganen Rohköstlerinnen hatten Fehlgeburten, manche Männer nicht so fruchtbare Spermien. Ob es an bestimmten Lebensmitteln lag? Sie erinnerte sich an die vielen Informationen, die sie in der Firma immer wieder über Pflanzen und Pflanzenfamilien online gestellt hatte. Wie mächtig sie doch waren. Im weißen Reis fanden sich dagegen sicher keine Wirkstoffe mehr, die verhüten konnten. Veronika wurde bewusst, dass Naturvölker immer mehr versucht hatten, Lebensmittel zu reinigen. Wollten sie Wirkstoffe gezielter, ohne Zwangsbeglückung im Essen, nützen?

Andere nahmen die Kinder, wie sie kamen, und freuten sich einfach. Wie schön, wenn man in einer Gruppen leben konnte, wo für die Kinder gesorgt wurde und nicht nur die Eltern auf ihre eigenen Kinder aufpassten. Wo die Versorgung nicht nur von einer oder zwei Personen abhing. Möglicherweise gab es so eine Gruppe. Veronika war kurz in ihren Überlegungen versunken gewesen.

»Hast du schon von den Bonobos gehört?«, fragte Pascal Veronika.

»Nein …?« Veronika machte eine Frage aus ihrer Antwort. Sie fuhr sich durch die Haare.

»Das sind Zwergschimpansen, leben im Urwald. Und sie lieben sich die ganze Zeit. Also körperlich. Mehrmals am Tag. Jeder mit jedem, sogar Weibchen mit Weibchen, Männchen mit Männchen, auch die Jüngsten tun mit Begeisterung mit. Und keiner weiß, von welchem Vater die Kinder sind«, erklärte Pascal.

Heinrich kam dazu. Der Psychiater hatte mitbekommen, worum es gerade ging. »Die guten Affen sind nicht komplett beladen von den Konflikten ihrer Eltern«, sagte er.

»… und wenn ein Weibchen ein begehrtes Stück Fleisch haben will, dann macht sie das Männchen einfach mit Sex verrückt und haut nachher mit dem Stück ab«, sagte Niklas. Er schmunzelte. Veronika spürte ein Ziehen in der Hüfte. Das konnte doch jetzt nicht sein.

»Klingt nach einem Deal«, sagte Mila.

Veronika dachte an Wolfgangs Frau. Dort, wo Joy herkam, war es vielleicht sogar noch heute so, dass Frauen nicht nur einen Mann hatten und Geschenke bekamen. »Das wäre einmal was anderes als ein paar läppische Drinks vor einem One-Night-Stand. Davon habe ich nicht wirklich was. Außer einen Kater am nächsten Tag«, dachte Veronika. Sie stellte sich vor, wie sie kurz ihr Kleidchen hob, um Pascal oder Niklas von einer Durian abzulenken, und anschließend mit der begehrten Frucht ums Eck verschwand. Sie kicherte.

»Gehen wir eine kleine Runde?«, fragte Mila. »Ich würde gerne ein paar Wildpflanzen essen. Und da gibt es sicher auch Pilze.«

»Hi, Rob«, sagte Niklas und winkte einem Mann mit langen schwarzen, glatten Haaren, er war sicher einen Meter neunzig groß.

»Schön, dich zu sehen. Ich bin gerade erst gekommen«, sagte Rob.

»Ich bin Mila.« Sie begrüßte Rob herzlich.

Auch Arthur gesellte sich zu ihnen.

»Wir wollten gerade eine Runde gehen, kommt ihr mit?«, fragte Veronika.

»Gerne«, sagte Rob, »ich wollte ohnehin schauen, ob ich hier Tollkirschen finde.«

»Aber die sind doch giftig«, sagte Veronika.

Die Gruppe setzte sich vom Uferplatz Richtung Wald in Bewegung.

»Ja«, sagte Rob, »sie sind giftig, aber wenn ich die Dosis langsam steigere, sollte sich mein Körper gewöhnen, und ich kann mehr davon essen.«

»Hast du es schon probiert?«

»Nur in kleinen Mengen«, sagte Rob. Er trug etwas zu große Jeans, ein Hemd und einen langen Bart. Mit seiner Größe sah er imposant und gleichzeitig wild aus. Hilfsbereit bot er einer Mutter, die mit von der Partie war, an, ihr Kind auf seine Schultern zu nehmen.

Niklas hatte eine dünne Klarsichtpackung in der Hand und löffelte daraus während des Gehens einen Rest schwarzer Plättchen.

Ein süßlicher Duft strömte in Veronikas Nase. »Was ist das?«, fragte sie Niklas.

»Cassia Fistula«, sagte Niklas. »Damit kannst du alles entgiften. Giftstoffe werden ausgeschleust. Anfangs solltest du weniger essen, sonst hast du neben Durchfall auch noch ordentlich Bauchschneiden. Ich bin schon mehr gewohnt.«

»Ah, so schaut das also aus«, sagte Veronika.

»Niklas isst das immer noch täglich, obwohl er schon über zehn Jahre Rohköstler ist«, sagte Arthur. Es hörte sich fast spöttisch an.

»Ein Bekannter erzählte mir, dass sich sein Vater das immer reinzieht, wenn er gesündigt hat«, sagte Veronika.

»Ich habe noch viele Altgifte im Körper«, sagte Niklas.

»Und dann hast du jeden Nachmittag Durchfall. Was behältst du da von deiner teuren Edenkost-Nahrung im Körper?«, fragte Arthur.

»Solange mir die Cassia gut riecht und schmeckt, werde ich sie essen. Und mein Bedarf scheint noch immer groß zu sein«, sagte Niklas. Er ließ sich nicht beirren.

Niklas und Veronika gingen nebeneinander. Niklas roch selbst nach süßer Cassia, fand Veronika. Sie atmete tief ein, um seinen Geruch intensiver wahrzunehmen. Er zwinkerte ihr zu. Kein Vergleich zu Männern, die täglich Knoblauch aßen. »Mir gefällt, wie du riechst.« sagte Veronika.

Als die anderen weiter vorne waren, nahm Niklas Veronikas Hand.

»Hmmm«, sagte Veronika und sah zu ihm auf. Er lächelte unsicher, aber er verstand ihre Zustimmung und freute sich.

»Warum wurde es eigentlich dann doch nichts mit deiner Ex-Freundin?«, fragte Veronika.

»Ihr Mann war sehr eifersüchtig.«

»Wieso?«

»Er hat einen Sessel nach mir geschmissen, dass die Lehne abbrach«, sagte Niklas.

Veronika musste schmunzeln. »Dann liebt er sie wohl sehr.«

»Das sind fehlgesteuerte Impulse. Ein Dritter befruchtet die bestehende Beziehung«, sagte Niklas. Dabei klang er verärgert. Nicht über Veronika. Sondern darüber, dass der Mann seiner Ex-Freundin das nicht sehen hatte wollen.

Veronika überlegte kurz, ob er das mit der Befruchtung wörtlich meinte. Möglicherweise hatte er in Wirklichkeit eine neue Beziehung mit Kindern, ohne den Mann, anfangen wollen. Aber nach dem Text *Together*, den sie von ihm bekommen hatte, konnte nur die Beziehung selbst gemeint sein. »Aber wenn nicht sicher ist, ob der Partner bei einem bleibt, ist es nur anfangs prickelnd«, sagte sie.

»Was soll sich dann ändern?«, fragte Niklas.

»Vielleicht ändert sich das Gefühl, und es ist nicht mehr befruchtend, wenn der Nebenbuhler dauerhaft dabei ist. Vielleicht wurde er deshalb sauer.«

»Das ist nur eine fixierte Gier mit unbewussten Fortpflanzungsimpulsen. Wenn die Partner nicht alle roh sind, funktioniert das nicht.«

»Du meinst, wenn er roh gegessen hätte, wäre deine intime Freundschaft zu seiner Freundin kein Problem gewesen?«

Niklas nickte. »*Seine* Freundin, da hast du es schon. Klingt nach Besitz. Im Patriarchat besitzen Männer Frauen. Ich mag keine Patriarchate.« Er beugte sich zu Veronika. »Komm her«, sagte er und strich ihr über die Haare. Eine Strähne fiel ihr ins Gesicht. Er lächelte. Seine Stimme bekam ein anderes Timbre, etwas Tieferes.

»Als Kind habe ich mich ausgiebig mit Regenwürmern und Matchboxautos beschäftigt. Hanni, meine Schwester, liebte ihre Katze und Puppen. Zwei Welten. Weißt du, was ich meine?«, sagte Niklas.

»Nicht so ganz.« Irgendwie kamen Veronika die Leute komisch vor. Sie waren so nett, aber eigentümlich auf ihre ganz besondere Art. Und doch gaben sie ihr etwas, das ihr bisher im Leben gefehlt hatte: Aufmerksamkeit. Es war der Reiz des Besonderen.

»Macht nichts«, sagte Niklas, »du wirst alles erfahren. Lass dich aufs Leben ein. Hier bei uns bist du alles, was du sein willst. Die Prinzessin des Kosmos. Alles ist roh. Rein und roh. Willkommen im Abenteuer.«

Genau das war es, dachte sie. Ihr Leben war ein Abenteuer. Ihre Schwester verstand das nicht. Egal. Rein und roh, so fühlte sich alles an. Rein und roh, so war auch die Liebe. Sie lächelte. Weil sie wusste, dass alles, was sie tat, richtig war.

Sie fühlte sich magisch von Niklas angezogen, lehnte sich im Gehen jetzt an ihn. Sie wollte seine Wärme spüren, ganz um sich herum. Niklas legte seinen Arm um sie und sie gingen einige Minuten schweigend durch den Wald.

So musste sich sündlose Vollkommenheit anfühlen. Platonische Liebe, die den Menschen in der Seele wie auch im Aussehen liebt. Und schließlich auch die körperliche Liebe einbezieht, um zumindest für wenige Momente wieder ganz zu werden, wie es in Aristophanes' Mythos um die Kugelmenschen geschildert wurde.

Ihr wurde klar, es ging nicht um Liebeskommunismus, schon gar nicht um zuchtvergessene Polygamie. Sie fühlte wie Niklas. Liebte seine Persönlichkeit. Sie spürte, dass er sie liebte, eins sein wollte mit ihr. Diese Energie war mehr, als nur einen Orgasmus zum Ziel zu haben. Seelische Anziehungskraft. So was hatte sie noch nie gefühlt. Ihr Unterleib begann zu beben. Brauchte sie überhaupt intensiveren Körperkontakt? Sie spürte, wie Energie aus dem Becken hochkroch, wie sie ihren Rücken entlang hinaufschoss. Würde sie es bis zur Nacht aushalten? Was konnte es

Schöneres geben, als sich hier im Wald auf dickem Moos zu lieben? Wie fahl fand sie plötzlich die heißen Rhythmen im Salsa Club zuletzt. Billig. Nur Make-Up.

»Ich fühle mich wie für dich bestimmt«, flüsterte Veronika.

»Komm zu mir«, flüsterte Niklas. Wollte er auch?

Die beiden blieben stehen und umarmten sich mit ihren Blicken. Seine braunen Augen schauten zärtlich zu ihr hinunter, er legte seine rechte Hand um ihren Nacken und zog ihren Kopf zu sich heran. Seine und ihre Lippen kamen langsam zusammen. Veronikas weicher Mund ersehnte die Berührung. Leicht geöffnet setzten die beiden Lippenpaare auf, und vom Becken ausgehend wanderte das Prickeln im Rücken bis nach oben. »Möge dieser Moment nie enden«, dachte Veronika.

Ihr wurde heiß, und sie atmete tiefer.

Niklas hatte inzwischen die andere Hand an ihren Rücken gelegt, ließ sie an ihm nach unten gleiten und drückte ihre Hüfte an sich. »Oh Gott, wie gut er riecht«, dachte Veronika.

»Das ist Einswerdung im Fleisch, wie es Gott will«, sagte Niklas nach einiger Zeit.

»Ja …« Veronika wollte nicht mehr sagen. Einfach nur zuhören, was er ihr erzählte. Seine Stimme im Ohr haben. Keine Wahllosigkeit geschlechtlicher Begierden.

»Männer haben bei Kochkost einen starken Drang nach Sex. Ihr geschlechtliches Begehren sucht wahllos nach irgendeinem Zielobjekt. Mit Rohkost geht das Verlangen danach in den ersten Wochen zurück. Frauen bekommen meistens mehr Lust«, sagte er leise.

»Vielleicht liegt das auch an den gut duftenden Männern?«, sagte Veronika und meinte das nicht nur als Kompliment. Manche Liebkosung konnte sie sich so viel besser vorstellen. Aber sie hatte nicht das Gefühl, als wäre das die richtige Liebesform mit ihm.

»Liebe hat bei Rohkost nichts Schweinisches mehr, sie ist wie eine Weihe, die zu mehr führt«, sagte er.

»Er hat meine Gedanken gelesen«, dachte Veronika. Sie musste an Christian denken. Hatte er ihr nicht unlängst etwas dazu erzählt? »Das erinnert mich an einen Wiener, den ich getroffen habe«, sagte sie.

»Was war mit ihm?«, fragte Niklas.

»Er erzählte mir, dass er nach wenigen Wochen Obstrohkost keinen mehr hochbrachte.« Veronika nahm an, dass Niklas schon verstehen würde, was sie meinte.

Niklas lachte auf. »Naja, bei Obstrohkost kann das noch ganz andere Gründe haben. Da geht mitunter noch viel mehr verloren, weil es einfach an Nährstoffen fehlt. An Eiweiß.«

»Als er wieder mehr Fett und zumindest Eier aß, ging es wieder, sagte er mir. Christian hat überhaupt eine Vorliebe für fette Lebensmittel.«

Niklas wurde aufmerksam. Der Bekannte hatte nun einen Namen. »Isst er roh?«, fragte er.

»Meist schon. Nicht immer.«

Veronika merkte, wie Niklas' Aufmerksamkeit wieder schwand. Er ging nicht näher darauf ein. Sah in ihm wohl keinen Grund zur Beunruhigung.

»Wenn alle Partner roh essen, verschwinden Reizungen, die von der Kochkost her kommen – genauso wie Rückkoppelungen«, sagte Niklas.

»Es ist sicher schwierig, ein Paar zu finden, bei dem das klappt und alle Beteiligten roh essen.«

»Ja. Bisher kenne ich keine größere Gruppe, bei der das funktioniert. Nur die in Frankreich«, sagte Niklas. Er schien nachzudenken, schaute in den Wald hinein, der wie ein stummer Zuhörer neben ihnen lag. Friedlich. Nur ab und zu knackte etwas im Unterholz. Ob es Eichkätzchen waren?

»Es ist einfach eine andere Qualität der Beziehung. Genussvoller, tiefer und freier.« Niklas drückte sanft Veronikas Hand.

»Warst du schon einmal dort?«

»Wo?«, fragte Niklas.

»In Frankreich, bei dieser Gruppe.«

»Nein. Dort will ich nicht hin.«

»Warum nicht?«

»Ich bin nicht homosexuell. Und überhaupt, da habe ich schon seltsame Sachen gehört«, sagte Niklas.

»Ach so.« Veronika gab sich als Kennerin der Materie. »Du meinst, dann müsstest du auch Sex mit dem Mann der Frau haben?«

»Es muss auch reichen, wenn man den Mann sympathisch findet«, sagte Niklas.

»Hm …« Veronika überlegte, ob sie einen homosexuellen Mann attraktiv finden würde. Ob so eine Beziehung überhaupt zustande käme? Der Besitzer eines kleinen Kinos am Rande von Wien, den sie kannte, war ein total lieber Kerl. Sehr sympathisch, und er sprach auch sehr angenehm. Fast zuckersüß. Aber er gehörte eindeutig zu den Männern, deren Auftreten gar nicht anziehend auf sie wirkte. Das war auch sicher nicht sein Ziel. Und würde sie mit einer Frau ins Bett gehen können? Veronika dachte an Vicky. Sie war so spontan.

Vor Kurzem hatte sie sich in einem Lokal über einen Typen aufgeregt. »Nach ein paar Minuten war er fertig«, hatte Vicky gesagt. Dabei hatte sie die Augen verdreht und den Kopf geschüttelt.

»Hat er sich zumindest nachher um dich bemüht, oder ist er eingeschlafen?«, fragte Veronika.

»Na, was glaubst du …«, sagte Vicky.

Sie hatte einige Erfahrung mit Männern. Weit mehr als Veronika. Sicher lag das daran, dass Vicky seit jeher schlank war.

»Aber ich habe ihm gesagt, er soll sich umdrehen, auf den Bauch, und still halten.«

Veronika verstand nicht ganz. »Was hast du gemacht?«

»Ich bin auf seinem Po geritten, was denn? Wenn er sonst schon zu nichts mehr fähig war!«

Veronika hatte damals einen Lachanfall bekommen. Beide waren sehr ausgelassen gewesen. Funktionierte so lesbische Liebe? Veronika merkte, dass sie hier noch weniger Erfahrung hatte. Männern ging es umgekehrt vielleicht nicht anders.

»Im besten Fall sind die beteiligten Personen dann wohl bi«, sagte Veronika.

»Muss nicht sein. Es können noch mehr Leute beteiligt sein, und jeder hat seine Freiheit«, sagte Niklas.

»Das wird unübersichtlich«, sagte Veronika.

Aber vielleicht würden sich dann zumindest mehr Männer zuständig fühlen, wenn ein Kind kam. Würde ja das eigene sein können, die eigenen Gene. Und die würden unterstützt werden beim Wachsen. Gefüttert, begleitet, geschult – wie es so lief im Leben. Sie dachte an die Bonobos. Wie einfach ihr Leben war. Essen, Lust, Wärme.

Inzwischen hatten sie wieder zur Gruppe aufgeschlossen, Heinrich ging neben ihnen. »Oft will ohnehin nur ein Partner die

Beziehung öffnen«, sagte er, wieder einmal ganz der Psychiater.

»Ist das dann nicht ungerecht?«, fragte Veronika.

»Wieso? Der andere hat doch auch etwas davon«, sagte Niklas.

»Was denn?«, fragte Veronika.

»Dass sein Partner glücklich ist und ihn ansteckt.«

»Aha«, dachte Veronika. »Klingt theoretisch gut«, sagte sie vorsichtig. Aber so glücklich dürfte der Partner seiner Ex-Freundin nicht gewesen sein, wenn er ihm einen Stuhl nachgeworfen hatte.

»Alte Minderwertigkeitskomplexe, Konflikte mit der eigenen Mutter – das sind die Hemmschuhe vieler glücklicher Beziehungen«, sagte Heinrich.

Veronika dachte an ihre Familie. Ihr Vater hatte eine sehr problematische Beziehung zu seiner Mutter. Überhaupt fielen ihr plötzlich viele Konflikte ein. Liebte ihre Mutter sie wirklich? Oder mochte sie ihre Schwester, die studiert hatte, mehr? »Was macht man denn da?«, fragte sie und kratzte sich an der Schläfe, während sie seitlich zu Heinrich sah.

»Therapien. Familienaufstellungen. Wir sind mehr als nur Essen«, sagte Heinrich und stockte. »Isst du roh?« fragte er Veronika.

»Ja, schon länger«, sagte sie.

»Trinkst du Alkohol?«, fragte er.

»Nein.« Was für eine Frage, dachte Veronika. Oder gab es rohen Wein?

»Gut«, sagte Heinrich. Er schien kurz nachzudenken.

»Ich mache morgen eine Therapie hier, willst du auch dazu kommen?«, fragte er.

»Ja, gerne.« Veronika sah, dass er einige kleine Pilze im Wald gesammelt hatte. Ob er die zum Abendessen aß? Nun meldete sich doch auch bei ihr der Hunger.

»Okay. Punkt drei beim Lagerfeuer. Nimm deine Matte und eine Decke, oder deinen Schlafsack dann mit« sagte Heinrich.

Nach und nach waren alle wieder beim Zeltplatz eingetrudelt. Wer nicht spazieren gegangen war, hatte in der Zwischenzeit mitgeholfen, mit großen Steinen vom Flussufer eine Feuerstelle zu bauen. Timo hatte das Lagerfeuer bei der Feuerwehr angemeldet, und jetzt saßen alle auf ihren Decken in kleinen Grüppchen darum herum. Es war Abend geworden.

Arthur saß neben Marlene und lobte die guten deutschen Äpfel. »Die alten Sorten sind die besten«, sagte er. Er hatte eine große Kiste mitgenommen, bei der jeder zugreifen konnte.

»Am Abend isst man eher Proteine. Außerdem, Exotenfrüchte sind immer noch die besten Früchte«, sagte Niklas.

Veronika wurde das Gefühl nicht los, dass Niklas nicht nur etwas gegen Äpfel hatte. War da ein kleiner Hahnenstreit zwischen ihm und Arthur?

»Die sind aber meistens auch schon voll überzüchtet«, meinte Rob.

»Was Besseres als Edenkost gibt es nicht«, sagte Niklas und zuckte die Schultern zum Zeichen, dass sich daran nichts ändern ließ.

Arthur sah ihn ein bisschen überlegen an. »Außer du hast einen eigenen Garten.«

»Wir sind alle viel zu verwöhnt«, sagte Rob. »Die Bitterstoffe in den Wildpflanzen haben viele Funktionen, von denen wir noch gar nichts wissen.«

Das war das Stichwort für Niklas. Er packte ein drei viertel Kilo schweres, fettes Wildschweinstück aus. Ein Raunen ging durch die Runde. Auf einem Holzbrett begann er, es mit einem Keramikmesser zu schneiden.

»Ah, endlich sehe ich einmal, welches Fleisch gut ist«, dachte Veronika. »Das schaut sehr dunkel aus«, sagte sie.

»Weil es Wild ist. Und bei Edenkost wird mehr Blut im Fleisch gelassen. Das Fett ist das Beste.« Niklas kostete das erste Stück und reichte ihr das zweite.

Veronika nahm es in die Hand. Es war sehr weich und roch aromatisch. Gar nicht zu vergleichen mit dem Hausschweinbauch, den sie neulich am Markt gekauft hatte. Der war im Gegensatz dazu hellrosa-blass und geschmacklos gewesen.

»Das ist ja Fleisch!«, rief eine Dame weiter entfernt.

Es klang etwas entsetzt, als hätte sie erwartet, dass Rohköstler ausnahmslos vegan essen würden. Veronika dachte an das Steinzeitkost-Forum. Vielleicht hätte die vegan gesinnte Frau Niklas gar vertrieben deswegen, wenn sie Gastgeberin gewesen wäre.

Viele hatten Schüsselchen mit Salaten, Nüssen oder einfach nur Gemüsesticks mitgebracht. Die beiden Kinder des Ehepaares stellten sich bei Niklas um ein Stück Wildschwein an. Er hatte allerdings nicht vor, sein Wildschwein mit allen zu teilen. Inzwischen hatte auch Arthur angetrocknetes Fleisch ausgepackt. Es roch so intensiv, dass es drei Meter weit intensiv wahrnehmbar war. Der Geruch erinnerte an Speck. Wie magisch angezogen, liefen die Kinder zu Arthur. Er schien großzügiger zu sein und freute sich, dass die Kids so zugriffen.

»Ob das Berechnung ist?«, ging es Veronika durch den Kopf. »Oder unbewusst?« Bei den Bonobos, diesen Zwergschimpansen, bekamen die Weibchen mitunter etwas von den Männchen, wenn sie Sex wollten. Und wenn ein Männchen Kinder mochte, bekamen die auch mehr ab. Niklas ließ keine Ambitionen erkennen, dass er Kinder wollte. Ihr fiel sein Spruch von der *furchtbaren* Fruchtbarkeit ein. Er war mindestens zehn Jahre älter als Arthur. Würde sie Kinder wollen von einem der beiden, wäre Arthur wohl der bessere Versorger. Vielleicht. »Das ist fast wie ein Bonobo-Studium«, dachte Veronika. Kinder kamen ihr sonst eigentlich noch nicht in den Sinn. War da nicht etwas viel Höheres, das sie erwartete? Kinder kämen, wenn es passte.

»Noch ein Stück?«, fragte Niklas.

Veronika war nicht sicher, ob sie gleich mehr essen sollte.

»Nein, danke«, sagte sie. Ob Niklas das gesamte Fleischstück essen würde, weil es hier keinen Kühlschrank gab oder weil er Hunger hatte, überlegte sie.

Ersteres schied aus, weil Timo für die Gäste manches in seinem Kühlschrank aufbewahrte. Er war ohnehin täglich hier, im Haus bei seiner Familie schlief er nur. Ob seine Frau dafür sorgte, dass er abends brav nach Hause fuhr? Schade, dass er nicht mehr beim Lagerfeuer dabei war heute.

Niklas säbelte mit seinem Taschenmesser an seinem Fleischstück und nahm selbstverständlich Brocken davon in die Hand, um direkt abzubeißen. Es sah irgendwie wild aus. Aber auch die Kinder aßen mit Begeisterung vom getrockneten Fleisch. Andere Rohköstler knackten Nüsse und steckten sie gedankenverloren in den Mund. Oder waren dabei in Gespräche vertieft.

Veronika hatte noch Erdnüsse dabei, die ihr als Protein am Abend geeignet schienen. »Ich hole mir Erdnüsse aus dem Auto«, sagte sie und wollte aufstehen.

Niklas hob die Hand, um sie aufzuhalten. »Du solltest keine unterschiedlichen Proteine mischen.«

»Schade, auf die hatte ich mich direkt gefreut.«

»Macht nichts«, dachte sie, »dann esse ich eben nichts zu Abend, schadet mir auch nicht.«

»Ich hatte einmal mit Cashewnüssen nach Wildschwein übelstes Bauchweh«, sagte Niklas.

»Du hast immer irgendwas«, ätzte Arthur. »Die haben zusätzlich viel Zucker drin. Ist doch logo.«

Veronika hatte das Gefühl, Niklas in Schutz nehmen zu müssen. Aber dem war der Kommentar offensichtlich egal. »Wär jetzt interessant, ob in Erdnüssen auch viel Zucker drin ist«, dachte sie. Aber Niklas hielt von diesen Analysen nicht viel. So viel hatte Veronika schon im Forum mitbekommen. Wenn ihm etwas schmeckte, dann reichte ihm das. Er war sicher, dass sein Bedarf durch seine Impulse gelenkt wurde und nicht durch Nachdenken – zumindest bei einer guten Quelle. Dann blieb er meistens bei einem Lebensmittel. Und das waren abends entweder Nüsse *oder* Fleisch. »Er wird schon einen Grund dafür haben«, dachte Veronika. Manche sahen in Niklas ein Vorbild. Sie hatte auch beobachtet, dass ihm manche Frauen regelrecht nachliefen. Eine Dame aus dem Süden hatte sie im Chat sogar einmal angepflaumt. Sie hatte Veronika zugeflüstert, ob sie glaube, Niklas gehöre nur ihr. Veronika hatte gar nicht begriffen, was sie gemeint hatte, Niklas hatte mit der Frau damals gar nicht schreiben wollen. *Zu irre!*, hatte er Veronika zugeflüstert. Ob er ängstlich war? Nein, das konnte nicht sein. Die Frau hatte jedenfalls gewusst, was sie wollte. War sie nicht roh genug gewesen? Wer wusste. Gott, war das alles verwirrend.

Es war spät geworden. Einige der Rohköstler saßen eng beisammen, um nicht zu sagen aufeinander. Sie kuschelten. Arthur hatte Marlene offenbar überzeugen können, bei ihm im Zelt zu schlafen. Die beiden waren jedenfalls nicht mehr zu sehen.

»Kommst du noch zu mir?«, fragte Niklas.

Veronika dachte an sein Zelt, das kleiner war als ihres. Aber das würde wohl kaum stören. »Ja«, sagte sie.

»Ich gehe schon mal vor.«

»Mit Duschen ist hier offenbar nichts«, überlegte Veronika. Zum Glück hatte sie ein paar Wasserflaschen mitgebracht, wie die meisten. Sie lagen im Auto. »Morgen lockt ein Bad im Fluss«, dachte sie, holte ihre Taschenlampe und schlich leise zu Niklas.

In seinem Zelt war es dunkel. Niklas lag auf seinem Schlafsack, hatte eine lange Hose und ein T-Shirt an. »Licht ausschalten wäre eine gute Idee«, dachte Veronika. Sonst würden neben Stechmücken auch noch Schattenkinozuschauer angelockt. Sie knipste die Taschenlampe aus und legte sie neben den Ausgang.

»Na?«, fragte Niklas. Er rutschte demonstrativ auf die Seite, um Veronika Platz auf seiner Matte zu machen.

Sie krabbelte auf allen vieren hinein, legte sich neben ihn und zog sich ihr kurzes knitterfreies Sommerkleid zurecht. Hier im Zelt war sein typischer Geruch noch viel intensiver.

Niklas umarmte sie. »Nach dem Essen kommt nun dein Innenleben.«

»Inwiefern?«

»Manche nennen es Geschlechtsverkehr«, flüsterte er. »Das finde ich aber nicht gut, weil das Wort *schlecht* drinsteckt. Ich nenne es lieber *die Lust speisen*.«

»Ist das anders?«, flüsterte sie.

Wieder stützte Niklas Veronikas Kopf und führte ihn näher zu sich. Wieder pochte es in ihrem Becken. Es wollte sich aufbäumen.

»Es ist ganz einfach.« Niklas küsste sie.

Veronika strich seinen Oberarm entlang unter den Ärmel seines T-Shirts, ganz sachte, sodass die Fingerkuppen seine Härchen berührten. »Wie ein zarter Pfirsich«, dachte sie. Ihr Becken war wie magnetisch angezogen von Niklas' Körper. Sie umarmte ihn, zog ihn zu sich.

»Wir müssen ganz nackt sein«, sagte er. Er schob ihr Kleid hinauf, die Kleidungsstücke flogen in die Ecken des Zeltes. Ihre Körper waren keinen Millimeter mehr entfernt, die Härchen kitzelten einander bis Haut an Haut lag. Wie eine magische Hochzeit durchfuhr es Veronika. Mit voller Wucht brachen die Gefühle über sie herein, bis alles in ihr explodierte. Sie war sicher, dass über dem Zelt ein Explosionspilz zu sehen sein müsste. Das hatte sie noch nie erlebt.

Die Sonne stand schon hoch am Himmel, als Veronika aus ihrem Zelt herauskrabbelte. Sie war noch lange neben Niklas gelegen und es war spät gewesen, als sie in ihr Zelt gewechselt war. Es mussten ja nicht gleich alle wissen, was hier passiert war. Sie ging zum Fluss. Ihr Sommerkleidchen war auch ein Badekleidchen. Eigentlich wollte sie sich nicht waschen. Wollte die Energie der Nacht noch gerne auf der Haut behalten. Sie griff ins Wasser. »Brrrrr … «, sagte sie.

Eine junge Frau war auch beim Fluss. »Ist etwas kalt«, sagte sie.

»Den Kindern scheint es nichts auszumachen«, sagte Veronika.

Das Geschwisterpaar von gestern tollte am Ufer und lief immer wieder ins Wasser. Auch die anderen hatten sich am Fluss gewaschen. Veronika hielt kurz die Luft an und setzte sich mit einem Ruck ins Wasser. Wie das pure Leben fuhr die Kälte in sie hinein. »Ahhhh«, entfuhr es ihr unwillkürlich. Gleich darauf fiel ihr ein, dass sie ihr Handtuch im Auto vergessen hatte. Sie stand wieder auf. Im Wasser war ihr nicht so kalt gewesen wie draußen. Auf dem Weg zum Auto kamen ihr andere Gäste entgegen.

»Auch schon munter?«, fragte Arthur und lachte.

Da fiel ihr erst auf, dass ihr Badekleid nun ganz an ihr klebte und sich ihre Konturen genau abzeichneten.

»Brrrrr!!!!«, sagte Veronika noch einmal und holte sich schnell ihr Badetuch.

Elf Uhr war es geworden, inzwischen saßen wieder alle beim Essen. Sie schienen es zu genießen, hier gemeinsam mit vielen anderen roh zu essen. Ganz selbstverständlich. Sonst kamen sie sich oft wie Außenseiter vor. Veronika setzte sich mit ihrer Durian dazu. Neben ihr ein großer Mann, muskulös, kaum Haare auf dem Kopf. »Sicher rasiert«, dachte sie.

»Hm, lecker. Durian«, sagte ihr Sitznachbar. Er hieß Rüdiger.

»Ja. Und was hast du da?«, fragte Veronika.

Die Masse in Rüdigers Schüssel sah aus wie gelber Vanillepudding. »Überreife Mango mit weicher Butter gemischt. Schmeckt wie Sahnepudding. Willst du kosten?«, fragte Rüdiger.

Von so einer Mischung hatte Veronika noch nie gehört. »Butter? Ich dachte, Milchprodukte werden nicht gegessen?«

»Da gibt es verschiedene Ansichten. Ich meine, man sollte so viel Fett wie möglich essen. Butter ist super.«

»Wird man da nicht fett?«

»Nein, gar nicht. Schau mich an«, sagte Rüdiger. In der einen Hand seine Schüssel, den Löffel in der anderen, streckte er zum Beweis beide Arme hoch und richtete sich auf. An seinem Bauch zeichnete sich ein Sixpack ab, der sich gewaschen hatte. Von zu viel Fett konnte nicht die Rede sein.

»Wow!«, sagte Veronika.

»Du musst nur den Kohlenhydratanteil niedrig halten. Ich habe auch Ketosticks zur Kontrolle dabei«, sagte er.

»Was für Sticks?«

»Mit denen kannst du prüfen, ob du in der Ketose bist. Das heißt, ob du Fett statt Kohlenhydrate verbrennst«, erklärte Rüdiger.

»Ketosticks«, dachte Veronika, »klingt kompliziert. Aber warum nicht?« Sie nahm jetzt deutlich Rüdigers Körpergeruch wahr, auch er war ganz eigen. Wie Almbutter. Sie überlegte, ob sie das anziehend fand.

»Rüdiger, hallööö!«, flötete ein junger Mann und riss Veronika aus ihren Gedanken.

Der junge Mann war ihr gestern gar nicht aufgefallen. Er hatte etwas längere braune Haare und sein Pyjama, den er noch anhatte, war strahlend weiß. Wenn er auch noch blonde Haare gehabt hätte, wäre ein Engel vor ihnen gestanden – auch ohne Heiligenschein.

»Morgen, Luis«, antwortete Rüdiger.

»War schön gestern Abend …«, sagte Luis mit einem Augenaufschlag und lächelte zurückhaltend.

»Uups«, dachte Veronika, »ich glaube, da haben sich zwei gefunden.« Aber die beiden Männer machten keine Anstalten, für sich sein zu wollen, also blieb sie sitzen. Sie lugte in Luis' Schüssel. Darin waren ausgewachsene Keimlinge, so lang wie Gras. »Was hast du denn da?«, fragte sie trotzdem noch einmal nach. Es schien hier nichts zu sein, wie es zuerst aussah.

»Oh, das ist Weizengras«, sagte Luis. Er hielt seine Nase über die Schüssel. »Riech mal, es ist sooo lecker.«

»Weizen?«, fragte Veronika. »Ich dachte, der wirkt wie Drogen«, dachte sie. Aber auch hier gab es wohl verschiedene Ansätze.

»Ja, Weizen. Ich habe eine Handvoll davon befeuchtet, damit der Engel des Wassers hineinwandert. Dann habe ich ihn nach einem Tag abgeseiht, damit der Engel der Luft ihn umarmt. Und nach drei Tagen hat das Licht Sprösslinge und Wurzeln aus dem

Weizen gelockt. Nach vier Tagen ist Gras daraus geworden. Das habe ich jetzt mit. Der heilige Strom des Lebens geht nun vom Gras auf mich über.« Luis strahlte und nahm mit seinen Fingern ein Büschel der Graskeimlinge in den Mund. »Schmeckt süß!«, sagte er aufmunternd.

Luis war etwas kleiner als der kahlköpfige Rüdiger. Veronika sah jetzt erst, dass er sich die Kopfhaut mit Fett poliert hatte. Sah sehr gepflegt aus. Rüdiger saß da mit seiner Mangobutter-Schüssel und schaute zu Luis mit seiner Weizengras-Schüssel hinunter. Er lächelte. »Der Strom des Lebens hat auch bei ihm seine Wellen geschlagen«, dachte Veronika.

Sie kam sich mit ihrer Stachelfrucht direkt derb vor. Die Durian hatte einen kleinen Riss, der anzeigte, dass sie nun reif zum Öffnen war. Aber Veronika wollte sich ihre Fingernägel nicht abbrechen, die Frucht war sehr stachelig. Sie verabschiedete sich von den beiden Turteltauben und ging zu Eli hinüber. Sie hatte ein Messer in der Hand und würde es ihr sicher zum Öffnen borgen.

Eli

Veronika ging über den verwaisten Lagerfeuerplatz. Alle waren entweder beim Essen oder sonst wo verstreut bei ihren Zelten, am Fluss oder bei den Autos. Eli hatte es gemütlich. Vor ihrem Zelt hatte sie einen praktischen Rollklapptisch und zwei Campingsessel aufgestellt, um mit anderen bei Tisch plaudern zu können. Am Abend war sie auch beim Lagerfeuer gewesen, aber jetzt genoss sie den kleinen Luxus, auf einem bequemen Sessel mitten in der Natur zu sitzen.

Eli war etwa zwanzig Jahre älter als Veronika. Im Forum hatte sie geschrieben, dass sie zwei Kinder hatte. Sie waren inzwischen fast erwachsen, die Jüngere für dieses Wochenende bei ihrem Vater. Zum Treffen war sie alleine gekommen.

»Hi, borgst du mir kurz dein Messer?«, fragte Veronika.

»Klar», sagte Eli und reichte es ihr.

»Darf ich dich etwas fragen?«

»Nur zu.«

Einen Moment lang holte Veronika Luft, als wüsste sie jetzt doch nicht genau, ob sie die Frage stellen sollte. Immerhin würde sie eine Antwort bekommen. »Du hast doch zwei, inzwischen erwachsene, Kinder. Wie hast du das mit den Beziehungen gemacht?«

»Spannendes Thema«, sagte Eli und schaute sich um. Sie waren alleine, jedenfalls außer Reichweite von Zuhörern. Aber mehr kam vorerst noch nicht von ihr.

Veronika schnitt ihre Durian auf. Der Duft strömte ihr in die Nase und sie merkte, dass sie inzwischen wirklich Hunger hatte. »Magst du auch etwas?«, fragte sie Eli.

»Ja, gerne.«

Veronika hielt ihr ein aufgebrochenes Schalenteil mit Durianfleisch hin.

Eli nahm es und kostete. »Köstlich, die ist sehr gut«, lobte sie.

Inzwischen war es sehr warm geworden und die meisten Gäste saßen im Schatten der Bäume. Ein paar lagen in der Sonne. Sie praktizierten mittags Lichtnahrung.

»Als die Kids noch klein waren, lernte ich neben meinem Mann einen Rohkost-Freund näher kennen und wollte ihn in die Familie integrieren«, sagte Eli schließlich.

»Und? Was hat dein Mann gesagt?«

»Er arrangierte sich damit. Ich glaube, er hatte Angst, dass ich sonst mit den Kindern gegangen wäre.«

»Hat er sich auch eine Freundin genommen?«

»Nein, er hatte da keine Ambitionen. Er aß nur ab und zu, phasenweise roh. Du hast sicher schon gemerkt, dass Rohköstler sich ganz schön einschränken können. Er wollte auf sein Essen in der Firma nicht verzichten, und überhaupt hatte er viele Geschäftsessen. Manchmal aß er mit mir zu Hause roh, nur auswärts so gut wie gar nicht. Aber er wusste auch, dass Rohköstler meistens schlanker waren und gewisse andere körperliche Eigenschaften hatten, wie einen veränderten Körpergeruch … Du weißt schon … Deshalb befürchtete er, dass ich gehen könnte. Aber wir arrangierten uns gut. Wir hatten sehr viel zu tun. Mein Freund half immer wieder mit den Kindern. Dadurch waren auch wir beide freier.«

»Dann war es doch eine Win-Win-Situation«, sagte Veronika. Sie fand es toll, dass das so funktioniert hatte.

»Zuerst schon. Aber als die Kinder größer wurden, kam mein Mann auf den Geschmack und lernte selbst eine Freundin kennen, mit der er intimen Kontakt hatte.«

»Und wie war das dann für dich?«

»Ich hatte nichts dagegen. Nur gestaltete sich die Beziehung bei ihm ganz anders.«

»Wie, anders?«

»Seine Freundin wollte selbst noch ein Kind haben. Er zog aus und kam uns schließlich nur noch besuchen.«

»Oh«, sagte Veronika. Mehr fiel ihr im Moment nicht ein.

»Ja, jetzt ist nur noch die Neue wichtig für ihn. Ich und meine Kids wurden zweitrangig. Dabei hätten wir ihn schon noch mehr gebraucht.«

»Hm, und warum kam die neue Freundin nicht auch zu euch?«

»Die wollte das nicht. Außerdem hatte sie noch ein Kind aus ihrer vorherigen Beziehung.«

»Ich frage jetzt lieber nicht, ob die neue Freundin roh gegessen hat«, dachte Veronika. Sie merkte, dass das Kapitel für Eli kein so angenehmes war.

»Und wie geht es deinen Kindern?«, fragte Veronika.

Elis Augen fingen an zu leuchten. »Die sind inzwischen flügge geworden, Jessica ist selbst begeisterte Rohköstlerin. Dabei wollte sie zuerst gar nichts davon wissen. Sie lebt derzeit in Frankreich.«

Arthur kam auf die beiden zu. »Hallo«, sagte er und setzte sich dazu.

Die Frauen nickten ihm zu, ließen sich aber in ihrem Gespräch nicht stören.

»Frankreich«, schwärmte Veronika, »da möchte ich auch gerne einmal hin, glaube ich. Leider kann ich kein Französisch.«

»Ach, das geht auch so. Das kannst du auch dort lernen«, sagte Eli. »Wenn du dich unterhalten willst, bist du einfach dazu gezwungen – so lernt man eine fremde Sprache am schnellsten.«

»Dort kann man Rohkost richtig praktizieren. Ohne Wenn und Aber. Viele machen eine Kur dort«, mischte sich Arthur ein. Die junge Dame von gestern war nicht mehr bei ihm.

»Wo ist Marlene?«, fragte Veronika.

»Musste leider heute Vormittag nach Hause«, sagte Arthur.

»Schade«, sagte Veronika. Sie fühlte sich unendlich wohl hier. Plötzlich erinnerte sie sich an ein Lied. *Over the rainbow.* Sie summte es vor sich hin. Wie schön wäre eine Welt, in der alle so wären wie Rohköstler. Oder in der alle Rohköstler wären. Wenn alle so frei sein könnten. Oder sie in so einer Gruppe leben dürfte.

Heinrich gesellte sich zu ihnen. Er trug einen schamanischen Umhang und strahlte in seiner Ruhe Mütterlichkeit und Überlegenheit aus. In der rechten Hand hielt er einen großen CD-Player mit Batteriebetrieb, in der anderen die gesammelten Pilze von gestern, die Veronika schon gesehen hatte. Er hielt ihr einige Pilze hin. »Magst du welche?«

»Was ich heute schon alles probiert habe, da kommt es darauf auch nicht mehr an«, dachte Veronika. Sie nickte.

Er sah ihr eindringlich in die Augen. »So ein Pilz darf nur mit reinem Herzen gegessen werden. Bist du reinen Herzens?«

»Komische Frage«, dachte Veronika. Sie fühlte sich so rein wie noch nie. »Ja«, sagte sie.

»Der Wahnsinn holt alle, die den Pilz respektlos essen. Dann wird er zur Scheiße des Teufels«, sagte der Psychiater und ließ Veronika zugreifen.

Schräger Humor. Veronika dachte an den wilden Rob mit seinen Experimenten. Sie roch den Pilz. Er war schon leicht angetrocknet. Der Kopf war klein und rund, der Stängel lang und dünn. Bitter. So bitter, dass es in den Kopf fuhr. Veronika dachte an den Hopfen, den sie schon gekostet hatte. Das hier war noch bitterer. War diese Geschmacksrichtung gut? Manche sagten ja, dass bitter gut wäre. Im Steinzeitkost-Forum hatten sie von bitterem Löwenzahn geschwärmt. Den mochte Veronika gar nicht. *Wenn dich zuerst etwas abstößt, probiere es trotzdem*, hatte Niklas einmal im Forum geschrieben, als einer Frau vor Leber ekelte. Der Körper müsse erst Erfahrung sammeln, hatte er erklärt.

Veronika schluckte den Pilz. Er kratzte und brannte in der Kehle. Sie schnappte sich die Wasserflasche, spülte den Mund aus und trank ordentlich. »Der Pilz wird mir wohl nie schmecken«, dachte sie.

»Honig lässt den bitteren Geschmack verschwinden«, rief Heinrich. »Ich beginne gleich, komm mit deiner Matte und Decke zum Lagerfeuer rüber.«

»Na super«, dachte Veronika, »der hat genau gewusst, dass das Zeug so bitter ist. Lässt mich da voll einfahren. Hätte mich wenigstens vorwarnen können.« Sie überlegte, ob sie es anderen sagen sollte. Plötzlich gluckste sie. Heinrich kam ihr mit seinem schütteren Hinterhaar und seinem Handy, das er wie eine Taschenuhr in der Hand hielt, nun wie der Hase in *Alice im Wunderland* vor, der ihr ein Ei gelegt hatte. Vielleicht gab es doch noch eine nette Überraschung drin. Er hoppelte Richtung Lagerfeuerplatz. Oder bildete sie sich das nur ein?

Veronika

Veronika zählte fünf Personen. Johanna, eine junge Frau, ein Paar und einen älteren Mann namens Emil. Die anderen hatten sich nicht angeschlossen, sie waren spazieren gegangen oder hatten überhaupt schon fahren müssen und sich vorher verabschiedet. Die Matten waren in einem Kreis neben dem Lagerfeuerplatz aufgereiht. Heinrich legte rhythmische Tanzmusik auf. Die Teilnehmer begannen, leicht mit dem Rhythmus zu schwingen. Veronika machte es den anderen nach, die zuerst noch recht steif herumtaumelten. Nach einigen Minuten wurden alle lockerer. Veronika fühlte den Beat wie ihren Herzschlag. Alle wurden immer ausgelassener und lachten. Sie begann zu hopsen, sprang, streckte ihre Hände nach oben, drehte sich. Manche schüttelten sich einfach nur. Heinrichs Hosenbeine wallten im Takt, Johannas Brüste bebten, Emils Bauch wackelte und alle, die lange Haare hatten, schwangen sie in wilden Kopfbewegungen wie Rockmusiker auf der Bühne. Sie tanzten einige Lieder, bis ruhige Meditationsmusik einsetzte. Alles war irgendwie verzerrt. Sie begannen, langsam zu schaukeln und schließlich forderte Heinrich jeden einzeln auf, sich hinzulegen. Die Musik war jetzt eine Art sphärische Klassik.

»Wir erleben nun, wie wir Kontakt aufnehmen«, sagte Heinrich.

Die Musik wurde mitreißend dramatisch, dann wieder ruhig. Veronika hörte eine Frau schluchzen. Ob es Johanna war? Andere atmeten laut.

Plötzlich sah Veronika ihre Mutter vor sich. Sie war übergroß und tadelte sie. »Schon wieder von der Schokolade gegessen«, schimpfte sie.

»Aber ich habe doch gar nicht …«, schluchzte ein kleines Mädchen, das sie neben der übergroßen Mutter sah. Sie sah sich selbst. Als Siebenjährige. Wieder einmal war sie für etwas beschuldigt worden, das ihre Schwester getan hatte.

»Du weißt doch, dass du die nicht essen sollst«, brüllte die übergroße Mutter.

Der Ausschlag wurde immer heftiger bei dem Kind, es bekam schwer Luft. »Was darf ich denn …«, sagte das Mädchen verzweifelt.

Sie sah ihre Schwester etwas Süßes essen. »Das darfst du nicht!«, hörte sie Sophie rufen.

»Da, siehst du nicht, Mama? Sie isst die Schoko! Nicht ich!«, rief die kleine Veronika.

Ihre Mutter hörte sie nicht. Ein junger Mann erschien. Würde er sie verteidigen? Aber er sagte nur: »Wie siehst du denn aus, Mädel?«

Binnen Sekunden wurde er älter und löste sich auf. Stattdessen erschien ein Wald mit alten Bäumen und riesigen Früchten. Ein Riesenkeimling lag im Weg, wie ein alter morscher Baum. Darunter krochen Maden hervor, die ein Zwerg aß. »Lecker!«, rief er dem Mädchen zu.

Ein Einhorn lief vorbei. Sie schaute ihm nach. Sie sah ein riesiges Schloss, das sich über dem Wald erhob. Das kleine Mädchen, das Veronika selbst war, drehte sich zu ihr. »Du musst nach Frankreich.«

Nebel stieg auf und verschwand, das Bild löste sich auf.

Veronika hatte die Musik zuerst gar nicht mehr wahrgenommen. War sie mitgerissen worden von den Emotionen der heftigen und dann ruhigeren Musik? Jetzt hörte sie friedliche Klänge von Mozart, kam langsam zu sich.

»Geht es dir gut?«, fragte Heinrich. Er hatte sich neben sie gehockt.

»Ich hatte einen Traum«, sagte Veronika.

»Das ist gut«, sagte Heinrich mit einer tiefen, beruhigenden Stimme. Er strich ihr über die Haare, stand auf und ging weiter zu Johanna. Es dauerte etwas, bis alle wieder da waren und sich aufgesetzt hatten. Heinrich wies die Teilnehmer an, sich gegenseitig von ihren Träumen zu berichten.

Emil hatte sich Veronikas Traum angehört. »Du musst tatsächlich nach Frankreich«, sagte er.

Es war Abend geworden und alle restlichen Teilnehmer fanden sich vor dem großen Zusammenpacken wieder beim Zeltplatz ein, auch die Spaziergänger. Veronika saß neben Arthur. Er knabberte an einer Sellerieknolle. Und wieder hatte sie den Eindruck, *du bist was du isst*. Aus Arthurs Haut strömte der würzige Geruch des Selleries. Auch angenehm, fand sie. In dem Moment kam Niklas auf sie zu. Er musste rechtzeitig weg, zu seinem Flug.

»Ich möchte nicht, dass du mit Arthur zusammenkommst«, flüsterte er.

»Warum nicht?«, flüsterte sie zurück.

»Weil ich es nicht möchte.«

Veronika war irritiert. Wieso auf einmal ein Verbot? Was hatte sie mit dem Hahnenkampf der beiden zu tun? Und hatte Niklas nicht selbst auch schon mit anderen Frauen geturtelt und sie per Chat getadelt, sie wäre eifersüchtig? Möglicherweise wegen Kochkost? Sehr einseitige Regel, fand sie. Es konnte jeder daherkommen und ihr Kochkost unterstellen, aber umgekehrt durfte sie das nicht. Für so was wollte sie sich nicht einspannen lassen. Sie war wie vor den Kopf gestoßen.

»Emil hatte recht«, dachte Veronika. Sie musste nach Frankreich, unbedingt. Dort war sicher alles so, wie Christian es ihr von dem Bild erzählt hatte. Ihr Traum war eindeutig gewesen. Damit würden sich alle Nebel lichten. Alte Ängste lösen. Frei von Eifersucht. Erlösung, Heilung und Glück. Christian konnte Französisch. Wenn sie wieder in Wien wäre, würde sie ihn unbedingt fragen müssen, ob er mitkommt.

Hans

Paris lag in der Morgensonne. Im Speisesaal des Schlosses tanzten die Lichtstrahlen ein Menuett.

»Morgen, Marcel«, sagte Hans. Seine Stimme hatte etwas Anschuldigendes.

Marcel sah Hans die Treppe herunter in den Speisesaal kommen. Er grüßte ihn mit einer Handbewegung. »Morgen, Hans«, sagte er, ganz der Unschuldsengel.

»Was ist los? Hast du gut geschlafen?«, fragte Marcel.

Hans war etwas kleiner als Marcel. Er versuchte trotzdem, sich vor ihm aufzubauen.

»Ich weiß, dass du kein Veganer bist. Aber muss das sein, dass du die Bande Gesundheitsapostel auf ein totes Wildschwein stürmen lässt – noch dazu ein ganzes?«

»Aber ja, das gehört zum Programm«, sagte Marcel und lächelte.

»Ich dachte, ich kippe um, als ich das gestern gleich beim Ankommen sah.« Hans riss die Augen auf, um das Entsetzen von gestern zu untermauern.

»Tut mir leid, ich wollte deine Gefühle nicht verletzen«, sagte Marcel. Natürlich hatte er das nicht absichtlich gemacht. Aber so eine Gelegenheit hatte man nicht jeden Tag. Wie oft bekam er schon ein frisches Wildschwein, das sogar etwas abgelegen war? Marcel überlegte, ob er vielleicht doch wieder vom Metzger Stücke hacken lassen sollte.

»Hast du mitgekriegt, dass die Zeitung davon Wind bekommen hat?«, fragte Hans.

»Ja, hab ich«, brummte Marcel. Eigentlich war ihm das sogar recht. Der gute Hans, er verstand nichts vom Geschäft. Steaks konnte jeder servieren. Aber die inneren Impulse wecken, Aufsehen erregen, zum Nachdenken bringen – das war etwas anderes. Medien brauchten Futter. Ausbruch aus der Zivilisation.

»Ich fand das Aufstöbern des Ameisenhaufens zuletzt besser«, sagte Hans.

»Ameisenhaufen gibt es nicht regelmäßig. Die Ameiseneier haben wir zuletzt alle mit den Stecken herausgeholt. Jetzt muss sich der Haufen erst einmal wieder regenerieren.«

Marcel erinnerte sich. Manche hatten die Ameisen probiert. Schmeckten leicht säuerlich. Pissten wohl Ameisensäure aus, die kleinen Dinger. Die Leute standen auf solche Erlebnisse. Allein würden sie so was ja nie tun. Und die, die es partout nicht wollten, aßen buttrige Avocados. So wie die Frau aus Süddeutschland mit ihrem Krebs. Die Avocados hatten sie leider nicht heilen können. Lieber war sie gestorben – und das, obwohl die Avocados für sie gar nicht einmal so besonders anziehend gerochen hatten. Sie hatte sich sogar dabei ertappt, dass sie Fleisch oder Fisch angenehmer wahrnahm, das hatte sie Marcel selbst erzählt. Aber das abgelegene blutgetränkte Fleisch, hatte sie gewettert, käme ihr trotzdem nicht zwischen die Lippen. »Ums Verrecken nicht«, dachte Marcel und grinste zynisch. Vielleicht hätte es ihr geholfen. Ausgewogener wäre es sicher gewesen, als das, was sie da verkopft und ohne auf ihre Impulse zu achten, praktiziert hatte. »Selber schuld», dachte Marcel, »und jetzt auch egal.« Wer noch mehr wollte, besuchte weitere Seminare. *Together* war ein gutes Konzept. Das erste Seminar vermittelte die Grundlagen der Ernährung – und damit somatische Intelligenz. Dazu kam automatisch, dass durch die Umstellung der Ernährung nicht nur die Körpergerüche angenehmer wurden, sondern auch, dass sich die Teilnehmer gegenseitig anziehend fanden. Im zweiten Seminar ging es im Sinne von *Together* um die Öffnung der Beziehungen. Und dann gab es noch ein paar wenige, die zum dritten Seminar kamen. Einweihung der Kinder in *Together*. Dieses bewarb Marcel aufgrund des empfindlichen Themas nicht besonders.

»Falls du Aufmerksamkeit gesucht hast, da hast du sie jetzt«, sagte Hans und knallte eine Zeitung auf den Tisch. Er war in der Früh beim Kiosk gewesen, um sich seine tägliche Lektüre zu holen. Und da war ihm auch schon das Foto mit dem Wildschwein von gestern entgegen gesprungen. »Wenn du das gute Publicity nennst … Na, ich weiß nicht!«, sagte er.

Marcel warf kaum einen Blick auf die Zeitung. Seine Gedanken liefen durch sein Hirn wie die Ameisen, von denen sie vorher gesprochen hatten. Während er die Insekten im fleischliebenden Frankreich eher als geschäftsschädigend ansah, galt Hans geradezu als Insektenliebhaber. Wobei auch er kaum welche davon aß – außer sie waren nicht rechtzeitig von den Blättern gehüpft, die er sich in den Mund steckte. Marcel war auch das recht. Avocados passten für Hans sehr gut ins Konzept, und Edenkost konnte sie in Massen in guter Qualität importieren.

Marcel lächelte in sich hinein, um sich nichts anmerken zu lassen. Aber er amüsierte sich heute noch, weil ihm Hans' Freundin gestern in einer stillen Minute erzählt hatte, dass Hans tatsächlich jeden Tag roh aß – bis zum Abend. Dann durfte es auch einmal Leberkäse mit Spiegelei sein. Und danach manchmal der Finger. Alles wieder raus aus dem Körper. Das war auch ein Grund, warum er regionale Blätter und Früchte empfahl, die waren billig genug, um sie später einfach rauskotzen zu können. »Selbst dafür wäre mir das Geld zu schade«, dachte Marcel. Gut, dass seine Leute das nicht wussten. Die würden ganz schön schauen und sich andere Vorbilder suchen, wenn Hans' Geheimnis rauskäme. Wasser predigen und Wein trinken. Naja, ihm konnte es egal sein. Solange Hans' Seminare neue Kundschaft für Edenkost brachten. Marcel wusste, dass auch er selbst seine Ideale nicht ganz so penibel lebte.

In dem Moment kam Simone herein. »Guten Morgen, ihr beiden.«

»Morgen«, antworteten Marcel und Hans. Simone wirkte etwas außer sich. »Gibt's was Neues? Du siehst besorgt aus«, sagte Marcel.

»Setz dich zu mir«, sagte Hans väterlich. Er hatte inzwischen an einem Tisch Platz genommen, um seine Zeitung zu lesen.

Da platzte Simone heraus: »Ihr sagt doch beide, dass es kein Aids gibt.«

»Also meine Überlegung dazu ist, dass es ein Programm ist, das nur eingeschaltet wird, wenn man sich nicht entsprechend ernährt, und das zur Entgiftung aktiv wird«, sagte Marcel.

»Das ist doch nur von der Pharmaindustrie erfunden. Die wollen ihre Medikamente verkaufen. Es gibt viele, die trotzdem länger leben«, sagte Hans.

«Aber wie erklärt ihr euch das?« Simone atmete tief durch und erzählte. »Gestern habe ich einmal wieder mit einem Rohköstler, den ich bei einem einschlägigen Treffen kennengelernt habe, gechattet. Er hat mich damals fasziniert, weil er schon mit einem halben Jahr auf Rohkost umgestellt wurde.«

»Interessant. Davon gibt es wirklich nicht so viele. Wie heißt er?«, fragte Marcel.

»Andreas. Sein Vater war damals wegen einer Übersetzung eines amerikanischen Buches zur Obstrohkost konvertiert«, sagte Simone.

»*Konvertiert*, das klingt wie Religion«, sagte Hans und lachte. Marcel grinste.

»Naja, er missionierte jedenfalls recht heftig. Er sagte, Andreas wäre über Nacht zu einem Engel geworden und stritt mit der ganzen Verwandtschaft. Bis Andreas neun war, hatte er das Sorgerecht«, sagte Simone.

»Warum nur bis neun?«, fragte Marcel.

»Sein Vater wollte immer, dass er viel Sport treibt. Er machte ihm tägliche Gemüsejausen, so nannte er das. Blumen, Obst, Löwenzahnblätter. Aber dann fing Andreas mit sieben mit

Absence-Epilepsie an, und da kam er dann alleine zur Mutter, weil sie sich von dem extremen Mann getrennt hatte. Sie hielt ihn für nicht zurechnungsfähig.«

»Da war's dann wohl aus mit der Rohkost«, brummte Marcel. »Immer diese Frauen«, dachte er.

»Ja. Später stellte sich heraus, dass er viel zu wenig Fett bekommen hatte«, sagte Simone.

Marcel schlug mit der flachen Hand auf den Tisch. »Ich sage es ja immer, man braucht auch ein ordentliches Stück Wildschweinfett.«

»Du mit deinem Wildschwein«, sagte Hans. »Das arme Kind hat zu wenig Avocados und Kokosnüsse bekommen.«

»Als ob das reichen würde«, herrschte Marcel ihn an. Er überlegte, ob er Hans auf seine nächtlichen Eskapaden mit Leberkäse und Ei ansprechen sollte, ließ es dann aber. »Was war dann?«, fragte Marcel, damit Hans erst gar nicht zu einer Antwort kam.

Simone fuhr fort: »Sein Vater war über viele Jahre fast immer in Thailand, und Andreas hatte als Teenager ein schlechtes Gewissen, dass er nicht bei ihm war. Seit er nach der Trennung seiner Eltern mit seiner Mutter mitgegangen war, hatte er das Gefühl, seinen Vater im Stich gelassen zu haben. Sein Vater war überzeugt, dass er mit dieser Ernährung unsterblich wäre.«

»Ja, und? Mach's nicht so spannend«, drängte Hans.

»Also, kurz gesagt, Andreas besuchte seinen Vater zweimal in Thailand und wollte es beim zweiten Besuch zunächst nicht wahrhaben. Bis fünfundvierzig hatte sein Vater jünger ausgesehen als andere, aber dann bekam er Aids.«

»Das gibt es doch nicht«, sagte Hans.

»Doch. HIV-positiv. Er hatte einen Befund dazu. Andreas holte seinen Vater schließlich als fast blinden Mann vom Flughafen ab. Zu seinen anderen Verwandten konnte er nicht, weil die sagten, er solle bleiben, wo der Pfeffer wächst. Muss es sich ganz schön verscherzt haben«, sagte Simone.

»Da muss doch noch was gewesen sein«, sagte Hans. »Der hat sicher mit Nicht-Rohköstlerinnen Sex gehabt – und überhaupt, wer weiß was noch alles.«

»Wer weiß. Ein Breitband-Casanova soll er nicht gewesen sein. Ist auch gar nicht notwendig. Reicht doch, wenn man einmal ungeschützten Verkehr hat«, sagte Simone.

»Blödsinn«, sagte Marcel. »Hat er überhaupt hundertprozentig roh gegessen? Solche Leute ruinieren den ganzen guten Ruf der Rohkost.«

»Andreas meinte, zu neunundneunzig Prozent. War allerdings auch Gespritztes dabei, weil es früher nicht so viel Bioangebot gab«, sagte Simone.

»Da hast du es. Das ist so wie bei den Krebskranken, die dann nicht die volle Auswahl essen und sich wundern, dass der Krebs doch fortschreitet«, sagte Marcel.

»Oder zu spät umstellen«, sagte Hans. »Umgebracht haben ihn aber sicher erst die Medikamente.«

Simone schüttelte den Kopf. »Nein, er wollte keine. Nachdem er sich nicht mehr selbst im Spiegel sah, glaubte er, dass er sich wieder zum Jüngling entwickeln würde, weil sein Bartwuchs aussetzte und sein Kinn ganz glatt war.«

»Und war's so?«, fragte Marcel.

»Andreas zeigte mir Fotos und Aufnahmen, die eher an Gollum erinnern. Er hatte sehr viele Hautekzeme. Aber er erklärte seinem Sohn bei jedem Besuch, dass er keine Medikamente nehmen dürfe, und dass die Ärzte alle Handlanger der Pharmalobby seien.«

»Also war er – so, wie ich es immer allen empfehle – nicht beim Arzt?«, fragte Hans.

»Nie«, sagte Simone. »Erst am Schluss. Wenige Tage vor seinem Tod konnte ihn Andreas überreden, in ein Krankenhaus zu gehen. Es war schon sehr schwierig für ihn geworden, ihm zu helfen. Eine Raumtemperatur unter dreißig Grad war ihm zu kalt.«

»Und dann?«, fragte Marcel.

»Die Ärzte bestätigten Andreas' Verdacht. Sein Vater soll sich noch wegen der Reinigungsmittel beschwert haben, die ihm in die Nase stiegen. Erst kurz vor seinem Tod konnte er von Schlaf- und leichten Schmerzmitteln überzeugt werden. Andreas sagte, die Schmerzen mussten entsetzlich gewesen sein. Bei einem Besuch musste er seinem Vater dreißig Mal helfen, sich umzulegen. Und er stank schon wie eine Leiche. Einen Tag vor seinem Tod fragte er seinen Sohn, und seine Stimme war kaum zu hören: *Wie konnte das nur passieren?* Da wusste er offenbar, dass es zu Ende war.«

Simone hörte auf zu reden. Betretenes Schweigen füllte den Raum für einige Sekunden.

Hans schüttelte den Kopf. »Aids gibt es nicht. Er hat einfach zu wenige Wildkräuter gegessen. Oder er hatte früher schon zu viele Gifte angesammelt. Ich sage nur *Zahnfüllungen*. Und außerdem, wenn er da länger in Thailand war …«

Simone wusste, worauf Hans hinaus wollte. Thailand war auch als Land für Sextourismus bekannt, gerade für Männer. Aber Hans holte sich lieber eine Gespielin her, anstatt dort die große Abwechslung zu haben, das wusste Simone.

»Ach was, *Zahnfüllungen*. Hier haben auch Leute was in den Zähnen und leben gut damit«, sagte Marcel. Er hielt auch nicht viel von der Theorie, mehr Sport zu machen. Wenn einer schon krank war, wozu sollte dann Bewegung noch gut sein, dachte er. Wer krank war, hatte einfach nicht genügend Kräfte. Er selbst hatte sich rein durch die Ernährungsumstellung von einer schweren Krankheit verabschiedet.

»Mach dir nicht so viele Gedanken«, beruhigte Marcel Simone. »Wir wissen alle nicht, wie der Vater gelebt hat. So eine Umgebung wie hier hatte er allemal nicht. Er hätte besser zu uns kommen sollen, als in Thailand gespritztes Obst zu essen. Und überhaupt, nur Obst – das funktioniert nicht. Auch Affen essen Fleisch. Oder sie haben einen Blinddarm, der so lang ist, dass alles fermentiert wird.«

Marcel verstand es, Simone die Bedenken zu nehmen. Er strahlte eine Selbstverständlichkeit aus und – auch wenn er sehr harsch werden konnte – eine gewisse Art von Sicherheit. Oder war es gerade das? Simone war kurz irritiert über diesen Kontrast. Aber ohne manchmal durchzugreifen ging es wohl nicht. Sie hielt nichts von spirituellen Gurus, die predigten, dass es nur auf die Gedanken ankäme. Dann würden sie auch den größten Mist ohne negative Folgen essen können. Klar, alle, die sich an Bettelmönchen orientierten, durften nicht so denken. Sie mussten nehmen, was sie kostenlos angeboten bekamen. Und wenn es frittierte Falafeln waren. *Wehe denen, die den Weg Kains gehen*, kam es ihr aus der Bibel in den Sinn. Sie dachte an das Altarbild von Hieronymus Bosch, die musikalische Hölle. Da waren mehrere kirchlich gekleidete Gestalten zu sehen. Die Musik machte sie trotz allem glauben, alles wäre in Ordnung. Wie eine Droge. Doch es war die Hölle.

Andreas' Vater musste einfach viel falsch gemacht haben. Deshalb hatte der Junge seinen Schaden mit der Epilepsie abbekommen. Auch von einem anderen Jungen, der mit zwanzig Jahren an Epilepsie gestorben war, hatte sie gehört.

Die armen Menschen da draußen, die keine gute Versorgung hatten. Keine Umgebung wie hier. Angeblich hatten sich die Eltern des Buben wegen ihres schlechten Gewissens allem Möglichen gegenüber nicht zu einer ausgewogeneren Ernährung überwinden können. Nicht einmal für ihren Sohn. Nie hatten sie wahrhaben wollen, dass er andere Bedürfnisse hatte. Und dann war es geschehen. Ein Freund hatte den jungen Mann eines Morgens aufwecken wollen, da lag er mit überstrecktem Kopf im Bett, tot. Simone war überzeugt, dass auch in dem Fall Fett das Thema gewesen war. Hier zu leben war besser, gemeinsam mit anderen.

Vielleicht war es auch gar nicht gut für Männer, wenn sie mit Kochköstlerinnen intimen Kontakt hatten. Wenn Sperma von Kochis im Vergleich schon so ekelig schmeckte … wer wusste, wie das umgekehrt war. Der eine aß seine Aminosäuren so denaturiert, und in zu großen Mengen, dass sein Überschuss an Maillard-Molekülen beim Samenerguss mit herauskam. Und der nächste glaubte, zu wenig Sperma zu haben, weil ihm wiederum solch zusätzliches Füllmaterial fehlte. Simone schüttelte sich. Auch wenn sich Marcel und Hans noch so uneinig waren, sie war froh, hier zu sein.

Mittlerweile war es später Vormittag geworden. Es sah aus, als balle die Sonne ihre Strahlen zu einem dichten Bündel und dränge sich durch die Fensterscheiben des Speisesaales.

»Kommt nicht gleich die Lastwagenlieferung aus Spanien?«, fragte Marcel, der wieder ganz den Chef raushängen ließ, obwohl es eigentlich keinen Chef gab. Aber egal, wie man es nannte – er bestimmte.

»Doch, ich glaube, der ist schon seit zehn Minuten da. Clemens hilft und lädt gerade aus«, sagte Simone.

»Dann schaue ich lieber nach dem Rechten«, sagte Marcel und ging hinaus.

Hans vertiefte sich wieder in seine Zeitung und Simone wollte in die Küche, um nach den Vorbereitungen für die Gäste zu sehen. Durchs Fenster sah sie draußen Marcel, der mit den Händen wild vor Clemens herumfuchtelte.

»Bist du des Wahnsinns?«, schrie er ihn an. »Du kannst doch hier nicht die Mangos in der Sonne stehen lassen. Die werden denaturiert, so kann man sie nicht mehr essen und schon gar nicht verkaufen!« Marcel brüllte so laut, dass man ihn bis in die Küche hörte.

Simone sah einen verschreckten Clemens, dem offensichtlich keiner gesagt hatte, dass er die Steigen mit der Ware gleich hineinbringen oder wenigstens in den Schatten stellen musste. Kein Wunder, es war das erste Mal, dass er bei der Anlieferung aushalf. Sie ärgerte sich, dass keiner der anderen das Maul aufgemacht hatte. Edenkost war doch dafür bekannt, dass die Lebensmittel keinesfalls über zweiundvierzig Grad abbekamen. Und in der Sonne wurde es schnell noch viel heißer.

Clemens brachte die Kisten herein. »Alles mache ich falsch!«, sagte er zu Simone.

»Ach was, ich bin am Anfang auch zusammengeschissen worden«, tröstete sie ihn.

»Ja?«, fragte Clemens hoffnungsvoll.

»Ja. Ich habe zum Beispiel mitgebrachte Orangen gegessen und wollte die Schalen auf den Kompost hier geben.«

»Und? Ist doch okay«, sagte er.

»Hast du eine Ahnung! Kannst du dir gleich merken, Big-No-Go. Nachdem nicht sicher war, ob sie nicht gespritzt worden waren, musste ich jede einzelne Schale wieder herausfischen.

Eine länger hier lebende Rohköstlerin hat mich total beschimpft deswegen – keine Angst, sie lebt jetzt im Ausland. Ich hab mich richtig gemobbt gefühlt. Und dabei hatte mich Marcel auch noch mit der verkuppeln wollen.«

»Oh«, sagte Clemens und wusste selber nicht, ob das dem Verkuppeln galt oder weil er in Simone eine Leidensgenossin hatte.

Wie auch immer, so ganz war der Aufenthalt hier jedenfalls nicht, wie er es sich anfangs vorgestellt hatte. Und wenn Simone lesbisch war, brauchte er sich bei ihr auch keine Hoffnungen machen, überlegte er. Waren hier alle Frauen vom anderen Ufer? Dabei hatte Clemens noch nicht mitbekommen, dass die Frauen, die im Schloss lebten, keine Beziehungen eingehen durften, die vorwiegend hetero waren. Er hatte auch so schon das Gefühl, ausgegrenzt zu sein.

Die Mitglieder hielten stark zusammen und waren freundlich zu ihm. Aber er spürte, dass er noch nicht wirklich aufgenommen wurde. Lag es daran, dass er erst vor Kurzem auf roh umgestellt hatte? Er würde schon noch zeigen, was in ihm steckte, dachte er.

Kurz vor dem Mittagessen trafen schon einige Rohköstler im Hof des Schlosses ein. Die Mutter eines vierjährigen Buben unterhielt sich mit einer schwangeren Frau.

»Ich freue mich schon so, wenn mein Baby da ist«, sagte die Schwangere, die Ruth hieß, und strich sich zärtlich über ihren Bauch.

»Das kann ich mir vorstellen. Ich wünschte, ich hätte auch schon in der Schwangerschaft auf Rohkost umgeschwenkt«, sagte Silke. Ihr Bub war gerade im Kindergartenalter.

»Schau Mama, Vogelmiere«, sagte der kleine Flori.

Silke kniete sich nieder und riss ein paar Stängel ab. Sie waren saftig. Silke roch daran. »Ja. Hmmm, wie frischer Mais.«

»Na ja, ich habe erst vor ein paar Monaten umgestellt. Eine Freundin hat mich dazu gebracht«, sagte Ruth.

»Da hast du Glück. Meine Freundin hält gar nichts davon. Und die Mutter eines Mädchens im Kindergarten petzte sogar bei meiner Schwiegermutter, dass mein Flori ihrer Tochter nicht solche Wildpflanzen zeigen soll. Sie kenne sich da nicht aus und wisse nicht, ob nicht was Giftiges dabei sei.«

»Immer diese Angst«, sagte Ruth.

Silke nickte. »Ja, wirklich lästig. Mit Rohkost sieht man das alles gelassener. Ich meine, das ist schon klar: Wenn man alles kocht, kann man nichts mehr rausschmecken mit seinen Sinnen, schon gar kein Gift.«

»Das kannst du oft in der Zeitung lesen. Ein Skandal da, einer dort. Seit ich schwanger bin, schmecke ich noch mehr heraus, was gut für mich ist und was nicht. Manchmal muss ich erbrechen. Ich glaube, ich habe sogar Visionen, die ich vorher nie hatte.«

»Hast du Angst im Hinblick auf deinen Partner?«, fragte Silke.

»Warum?«

»Na wegen Eifersucht und so.«

»Daniel ist voll lieb, ich glaube nicht, dass er eine andere anschaut. Klar wäre ich eifersüchtig, wenn er eine andere hätte«, gab Ruth zu.

»Glaube ich dir«, sagte Silke, »ich denke schon, dass man weniger Lebensängste hat mit Rohkost, aber wenn der Partner nicht liebevoll ist, sind sie auch berechtigt.«

»Da sagst du was Wahres. Hast du davon gehört, dass … ich will den Namen nicht nennen … seiner Frau Rippenbrüche zugefügt hat? Oder von dem Rohköstler, der seine Freundin gewürgt hat, weil sie nicht roh genug aß?«, fragte Ruth.

Silke schüttelte den Kopf. »Krass. Den Charakter ändert aber auch die Rohkost nicht. Wenn einer einen Klopfer hat, hat er den so oder so.«

»Mein Daniel ist ein ganz Lieber. Und da ist es mir auch egal, dass er es mit der Rohkost nicht so streng sieht«, sagte Ruth.

»Da hast du wirklich Glück. Komm, gehen wir rein. Ich freue mich schon so aufs Riechen, was es gibt und was mir heute wohl schmecken wird. Komm, Flori. Bist du auch schon gespannt?«, fragte Silke.

»Jaaaa!«, sagte Flori und lief durch die inzwischen geöffnete, große Türe zum Speisesaal.

Der Saal war im Erdgeschoss und direkt vom Hof aus zugänglich. Silke und Ruth gingen dem Kleinen nach. Das Aroma von Durian wehte ihnen schon in die Nasen. Die Vorfreude erfüllte sie, nachdem sie in der Früh nur Cassia und Wasser gehabt hatten. Sie wussten, jetzt würden die aromatischen Früchte nicht nur gut riechen, sie würden auch gut schmecken. Da konnten sogar Erbsen zur Erfüllung des Tages werden.

Veronika

Veronika sah sich in ihrer Wohnung um, als sähe sie alles zum letzten Mal. Und auf eine seltsame Art war das nicht einmal falsch. Vorige Woche hatte sie sich beim Arbeitsamt über Kündigung und Arbeitssuche im Ausland informiert und erstaunliche Antworten bekommen. Man sagte ihr, dass sie drei Monate lang Anspruch auf Arbeitslosengeld hätte, wenn sie im Ausland einen neuen Job suchte. Das war die Lösung für sie. Sie wollte nicht mehr in ihrer bisherigen Firma arbeiten. Schon den Gestank von Gulasch oder Ragout, das in der Mikrowelle aufgewärmt wurde, hielt sie kaum aus. Der Ventilator dieses Gerätes verteilte den Kochgeruch täglich im ganzen Bereich um die Küche. Oder diese angerührten Instant-Suppen. Sie roch das Natriumglutamat heraus. Geschmacksverstärker, der vortäuschte, dass hier reifes Gemüse verwendet worden wäre. Mag schon sein, dass er nicht giftig war, aber wirklich reifes Gemüse konnte er nie ersetzen. Und dann noch als Pulver mit Aromen und Füllmitteln. Veronika dachte kurz an Alfi und seine Firma, die Konzentrate und Aromen herstellte. »Make-Up für Essen«, dachte Veronika. Aber eine makellose Haut brauchte kein Make-Up. Das würde Pickel ohnehin nicht verdecken.

Als sie nach dem Rohkost-Treffen in Deutschland wieder im Büro gewesen war, hatte sie schon fast Aggressionen bekommen. Natürlich hatte sie nie etwas gesagt. Aber diese Arglosigkeit dem Fertigessen gegenüber und das dauernde Gejammer über Migräne oder sonstige Wehwehchen konnte sie kaum ertragen. Weicheier. »Nur weg von hier, sonst werde ich auch wieder so«, dachte sie. Sie hatte sich schon dabei ertappt, wieder fertigen gefrorenen Spinat aufzutauen und zu essen. Oder Ofenkartoffel. Sogar Krustenbrot mit Butter hatte sie getestet. Kurz darauf war ihr brühheiß geworden, als wäre sie in der Sauna gesessen. Und am nächsten Tag hatte sie den Asthmaspray gebraucht. »Wie froh bin ich, dass ich solche Probleme nicht mehr habe seit der Umstellung«, dachte sie. Warum merkten die anderen nichts? Nicht einmal probieren wollten die meisten. Aber über ihre Erfahrungen erzählen konnte sie auch nicht in der Firma. Die Kollegen wollten nicht wahrhaben, dass Ernährung so mächtig sein konnte. Außerdem dachten sie, ohnehin so gesund zu leben. Vollkornbrot, täglich Milch und Nahrungsergänzungsmittel.

Manch einer sah die perfekte Ernährung darin. Veronika schüttelte sich.

Nun war es vorbei. Gestern hatte sie ihrem Chef ihre Kündigung gegeben. Drei Wochen nach dem Rohkost-Treffen. Sie hatte ihm gesagt, dass sie in Frankreich eine neue Stelle suchen wollte. Ihr Chef hatte seine Stirn in Falten gelegt, aber akzeptiert. Was sollte er machen.

»Weißt du schon, wohin du gehen wirst?«, fragte er.

Veronika wollte nichts Genaues sagen. Sie war zwar sicher, dass sie hier nicht bleiben wollte, aber ein gutes Zeugnis wollte sie trotzdem bekommen.

»Nein«, sagte sie, »ich werde vom Arbeitsamt noch Arbeitslosengeld für die Dauer der Suche bekommen. Praxis im Ausland kommt, glaube ich, immer gut an.«

»Ich werde mir Ersatz suchen müssen«, sagte der Chef.

Veronika nickte. »Soll er doch«, dachte sie. »Nur weg von hier, von diesen engstirnigen Leuten.« Sicher war sie noch nicht, ob sie wirklich in Frankreich bleiben würde. Andererseits kannte sie im Moment keine bessere Alternative. Nur nicht weiter hier arbeiten. Auf keinen Fall. Mit Christian hatte Veronika auch schon telefoniert. Er war begeistert von der Idee, gemeinsam nach Paris zu fahren.

»Wohin sonst«, dachte Veronika. Dort war die Elite, zumindest stellte sie sich das vor. Dort gab es alles, was sie brauchte, und vor allem die richtigen Methoden. Sie spürte, dass sie dort weiterkommen konnte. Arbeit würde sie dort auch sicher bekommen, schließlich war sie ambitioniert und kein fauler Sack. Sie wusste, dass im Schloss arbeitswillige Helfer gesucht wurden. Ideal. Niemand würde sie mehr wegen Durian-Geruchs anpöbeln. Im Schloss in Paris war das normal.

Veronika hatte nun wirklich alles probiert, was ihr sinnvoll erschienen war. Vielleicht mussten es nicht immer Tropenfrüchte sein. Vielleicht taten es doch auch die hier üblicherweise erhältlichen Früchte. Kurzerhand hatte sie einen Obsttag nach dem Treffen eingelegt. Einen Kilo Birnen und eine halbe Wassermelone. Beides war gut reif und voll süß. „Ich mache es wie die Obst-Rohköstler«, dachte sie. »Die trinken zusätzlich kein Wasser, weil diese Früchte so schön saftig sind.« Manche sahen zusätzliches Wasser gar als schädlich an. Doch noch am selben Tag bekam Veronika am Nachmittag beeindruckenden Durchfall, in dem Ausmaß hatte sie das noch nie erlebt. Damit aber nicht genug, anscheinend war auch ihre Leber beleidigt.

Nach einer Woche war sie mittags so müde, dass sie sich hinlegen musste. Sie besuchte ihren Hausarzt, der sie für einen Ultraschall zur Kontrolle ins Spital schickte. Doch die Ambulanz war schon zu, und sie kam auf die Station. Der Oberarzt ließ routinemäßig Blut abnehmen. Als er mit den Ergebnissen wiederkam, neigte er seinen Kopf und sah sie über die Lesebrille hinweg an. Streng sagte er: »Entweder sind Sie eine Säuferin, oder Sie essen zu viel Fett. Dass Sie zu viel Sport machen, und deshalb so schlechte Leberwerte haben, glaube ich nicht.«

»Frechheit«, dachte Veronika. Der Oberarzt hatte eine Strenge in der Stimme, die ihm ihrer Meinung nach nicht zustand – weißer Kittel hin oder her. »Was erlaubt der sich?«, dachte sie. Wo sie derzeit fast täglich über eine Stunde lief und so fettarm aß wie noch nie. Doch alles Verteidigen half nichts.

»Ich lasse Sie hier nur auf Revers raus«, sagte der Arzt.

Veronika dachte nichts Böses. Ein bisschen Ruhe tat auch gut. Ein paar Tage musste sie im Spital bleiben, bis sich die Leberwerte normalisierten. Nulldiät mit Ernährungssonde. »Nie wieder mache ich das«, war Veronika sicher. Sie fühlte sich wie ausgelaugt. Der Oberarzt hatte ihr außerdem erzählt, dass er schon einen Fall gehabt hatte, bei dem jemand laufend rohen Spinat gegessen und schließlich eine Lebertransplantation gebraucht hatte. Sie solle in Zukunft mehr aufpassen, hatte er ihr geraten.

Sophie schimpfte mit ihr, als sie ihre Schwester im Krankenhaus besuchte. »Wie kannst du nur solche Fruchtzucker-Bomben in der großen Menge essen? Da sind manche asiatischen Früchte noch besser. Die haben weniger Fruchtzucker oder Sorbit und mehr Traubenzuckeranteil, also Glukose. Aber auch nicht in der Menge! Das war einfach viel zu viel süßer Kram.« Trotzdem hatte Sophie Rohkost von Bernis Laden, ein paar Löwenzahnblumen von Leon aus dem Kindergarten und Wildpflanzenblätter für ihre Schwester mitgebracht.

Ausschließlich solches Obst war also nichts für sie. Und in Wildpflanzen hatte sie derzeit noch kein so großes Vertrauen. Wer wusste, womöglich pflückte sie einen giftigen Schierling statt einem Giersch. Sie traute ihren Sinnen noch nicht zu, Wildpflanzen richtig auszuwählen. Manche aßen Brennnesseln in Smoothies. Könnte sie nie. Sie beschloss, sich hier lieber noch schlauer zu machen. Sie nahm sich vor, bei ihren Streifzügen in der Natur ein Blüten-Erkennungsbuch mitzunehmen. Aber bis sie so sattelfest wäre, würde es wohl ein, oder eher zwei Jahre dauern.

Im Forum meinte jemand wie zuvor Sophie, dass zu viel Fruchtzucker die Leberwerte erhöhen würde. Wie bei einem Säufer würde die Leber mit ihren Enzymen zu viel arbeiten müssen, um den Fruchtzucker in Traubenzucker, also Glukose, zu verwandeln. Wenn jemand nicht ausschließlich Obst aß, wie Vicky – also auch Kochkost samt Brot und Nudeln, die voll mit Glukose und Glukoseketten wie Stärke waren – mochte das funktionieren zum Ausgleich. Aber Veronika war inzwischen überzeugt, dass nur die hundertprozentig rohe Praxis richtig für sie war. Und die musste ohne den Leberwerten eines Alkoholikers umsetzbar sein.

Im Chat des Forums hatte sie erfahren, dass der wilde Rob vom Treffen in Deutschland doch etwas zu viel von den Tollkirschen erwischt hatte. Auf der Heimfahrt war er im Zug zusammengebrochen und in ein Krankenhaus eingeliefert worden. Inzwischen ging es ihm wieder gut. Veronika fragte sich, wie sich das angefühlt haben mochte. Ob da nicht ohnehin geschmacklich eine Sperre eingetreten war? Sicher hätte ihr das auf der Zunge oder am Gaumen gebrannt. Aber Rob hatte versuchen wollen, ob er mehr von den Wildpflanzen essen konnte, auch wenn sie ihm nicht schmeckten. Ein vollkommen anderer Ansatz. Nein, das kam für sie nicht infrage. Puh, kein Wunder, dass der Mann keine Freundin hatte. Die müsste täglich in Sorge sein, ob er heil nach Hause kommen würde.

Wolfgang war da immer noch interessanter. Letztens hatte er ihr eine selbst gefüllte Rohwurst gezeigt. Wie die ausgesehen hatte, richtig verschimmelt außen. Veronika schüttelte es jetzt noch. Davon hatte sie auch keinen Impuls bekommen, der sie zum Essen animiert hätte. Die Wurst roch zwar nicht verdorben, aber Kochwurst roch auch nicht verdorben und tat ihr dennoch nicht gut. Jedenfalls war sie zu unsicher gewesen, was sie sich da einverleiben würde. Vielleicht auch zu viel. Veronika war überzeugt: Würden die Menschen Fleisch und Fisch wenigstens hauptsächlich roh und ungewürzt essen, würde viel weniger davon gegessen und regionaler sowie auch tierfreundlicher gezüchtet werden.

Veronika riss sich selbst aus ihren Gedanken. Auch das würde bald anders werden. Sie würde nicht mehr allein über alles nachgrübeln müssen. In Paris erwartete sie ein neues Leben und vor allem: Antworten. Hier hatte sie bloß Sophie, mit der sie ein bisschen reden konnte. Und selbst die verstand sie nicht.

»Liebes Schwesterherz, das kannst du mir doch nicht antun«, sagte Sophie, als sie das nächste Mal zu Besuch kam. Diesmal alleine, ihr Sohn Leon war bei Oma. Sie wollte Veronika ins Gewissen reden. Beide saßen in der kleinen Küche nebeneinander beim Tisch. Veronika schaute bedrückt. Sie umarmte ihre Schwester. Sie hatte ihr von dem Treffen in Deutschland berichtet, und von ihrem Traum.

»Nur weil der Komiker dir offensichtlich Drogen gegeben hat, glaubst du jetzt, du musst weg von hier«, sagte Sophie. Sie hörte sich in dem Moment nicht traurig, sondern empört an. Sie stand auf, weil sie im Gehen ihrem Unmut besser Ausdruck geben konnte. »Was sind das nur für seltsame Typen? Die haben doch eine Schraube locker. Ach, was sage ich, *eine* Schraube? Mehrere! Was du mir erzählt hast, was die essen. Und bitte, der eine isst Fleisch, das er roh eingefroren hat. Nach dem Auftauen roh! Hat der noch nie was von problematischen Bakterien gehört, die sich in Windeseile vermehren? Und dann beißt er auch noch direkt von dem Stück ab, in Anwesenheit seiner Familie und Schwiegereltern.« Sophie schnappte nach Luft.

»Bisher hatte er wohl einen geeigneten Saumagen dafür. Und er meint, dass nur seine Familie ein Problem damit hat, er hat keines«, sagte Veronika.

»Na bitte, da hast du's. Diese egozentrische Sichtweise. Mir stellt's die Nackenhaare auf. Und da wundert er sich, wenn seine Frau dann doch nicht will, dass das Treffen bei ihm veranstaltet wird. Wie kann man überhaupt so viel Aufmerksamkeit auf das Essen richten?«

»Du musst doch auch essen, täglich, mehrmals«, sagte Veronika.

»Nur mache ich keine Wissenschaft daraus«, sagte Sophie.

»Irgendwie schon, schließlich studierst du Ernährungswissenschaften.«

»Damit ich weiß, wie es geht. Außerdem geht es da auch darum, wie man Massen in einem Staat möglichst regional unabhängig versorgt. Allgemeine Richtlinien, an die sich auch die Ärmsten im Staat halten können. Wer es besser kann, macht es besser. Aber diese Leute, mit denen du da Kontakt hast, die kennen nicht einmal die Hintergründe für bessere Ernährung. Denk an deinen Krankenhausaufenthalt.«

»Da hast du mich aufgeklärt«, sagte Veronika.

»Eben.« Sophie redete sich immer mehr in Rage. »Weil ich mich nicht an irgendwelche Pseudoliteratur vom Jahre Schnee halte. In dem einen Buch, das du mir gezeigt hast, war dem Autor noch nicht einmal die Bedeutung der Ausgewogenheit der essentiellen Aminosäuren bekannt. Nur, dass damals zu viel Eiweiß und zu wenig Vitamine gegessen wurden.«

Veronika versuchte, ruhig zu bleiben und ihre Schwester nicht noch mehr gegen die Rohkost und ihre Pläne aufzubringen. »Ich bin wirklich froh, dass du mich dahingehend aufklärst. Aber diese Leute und ich wollen eben noch weiter gehen und gar nichts mehr kochen.«

»*Diese Leute und du*, wie das klingt. Gehen mehr von dem Treffen nach Paris?«, fragte Sophie.

»Darüber habe ich gar nicht so viel gesprochen. Keine Ahnung. Aber wenn, sicher nicht alle.«

»Tolles Argument«, dachte Veronika, »das wird sie jetzt besänftigen.«

Sophie wusste sichtlich nicht mehr recht, wie sie ihrer Schwester noch erklären sollte, dass sie da in eine gefährliche Richtung lief. »Schau, ich finde das alles sehr bedenklich. Ich habe Schutzimpulse dir gegenüber. Was, wenn du in etwas hineingerätst, wo du nicht mehr so leicht rauskommst? Ich glaube nicht, dass mich mein Gefühl täuscht. Da steckt mehr dahinter.«

»Wie, *mehr*?«, fragte Veronika.

»Kann ich nicht sagen. Es ist nur ein Gefühl.« Sophie regte sich wieder etwas ab und setzte sich neben Veronika.

»Aber schau doch«, sagte Veronika und ihre Stimme wurde ganz weich. »Wenn ich dort leben kann, dann brauche ich mir gar keine Gedanken mehr machen, ob ich das oder jenes jetzt darf oder nicht. Da gibt es einfach nur Lebensmittel, die okay für mich sind. Und nicht dauernd diese Versuchungen.«

Sophie merkte, dass Argumente gerade sinnlos waren. »Ist es so hart für dich?«, fragte sie.

Veronika sah zu Boden. »Weißt du, ich will mich halten. Aber allein, wenn da wer meint, dass eine kleine Sünde doch nichts machen würde und mir dies und das anbietet, schaffe ich es schon nicht. Dann die ganzen Geschäfte voll mit Sachen …«

»Was für Sachen?«

»Ach bitte, du weißt schon. Ich vertrage kein Nougat. Und da gibt es doch diese Waffel-Nougat-Röllchen mit Schokoladenüberzug …«

»Kenne ich. Aber die isst du doch nie«, sagte Sophie.

»Ja, weil mich die immer so böse jucken nachher. Aber vor Kurzem kamen welche mit Milchcreme- statt mit Nougat-Füllung auf den Markt. So was hatte ich mir schon als Kind gewünscht … du weißt doch, wie krass ich auf Nougat reagiere … wie es juckt … entsetzlich. Und die würde ich sicher besser vertragen, dachte ich.«

»Und? «, fragte Sophie.

»Na ja, ich habe mir eine Packung gekauft, weil ich neugierig war. Und dann noch mal. Und natürlich hatte ich wieder diesen inneren Juckreiz, dieses Scheiß-Unruhegefühl, Quaddeln, Ausschlag – das ganze Programm. Und den Asthmaspray habe ich tags darauf auch wieder gebraucht, wo das Asthma schon so gut auf der Reihe war. Und dann dachte ich mir, ich kaufe mir gleich zwanzig Packungen und esse ganz viel. Brachialmethode, wenn du so willst. Habe ich auch gemacht, und dann war mir schlecht und am Abend kam alles wieder raus. Supersession am Klo. Dabei war das noch ein Glück.« Veronika holte Luft. Solche Beichten nahmen sie immer wieder mit.

»Du wirst mir doch nicht magersüchtig werden?«, fragte Sophie mit besorgtem Blick.

Veronika verdrehte die Augen. »Ach, geh. Nein, ich wollte nur erreichen, dass ich die Dinger nicht mehr anschauen kann. Dass ich mich überesse an ihnen …«

»…Glückwunsch«, unterbrach sie Sophie, »super gelungen.«

»Genau«, sagte Veronika. »Hat geklappt, jetzt könntest du mich jagen mit den Dingern.«

Sophie klatschte Beifall.

»Ja, ja«, winkte Veronika ab, »mach dich nur lustig. Ein Tag in meiner Haut, und dann reden wir weiter.«

Sophie schaute betreten. »Entschuldige«, sagte sie.

»Herzlichen Dank«, sagte Veronika. »Jedenfalls: So kann ich das doch nicht mit allem machen. Entweder ich lebe ein Leben zwischen Rückschlägen, oder ich gehe gleich dorthin, wo es keine Versuchung gibt, weil ohnehin so gegessen wird, wie es mir körperlich gut tut. Leider ist das nicht ums Eck. Aber dafür gibt es dort wirklich gute Lebensmittel, die ich hier gar nicht so einfach bekomme – und wenn, dann nur mit hohen Portokosten.«

»Aber auch noch kündigen ...« Sophie gab nicht auf.

»Das war nichts mehr in der Firma. Die haben mich alle nur blöd angeschaut mit meinem Essen«, sagte Veronika.

»Das bildest du dir nur ein«, sagte Sophie.

»Ach, du hast ja keine Ahnung. Es war schon mühsam genug, wenn ich von meinen Allergien erzählt habe. Aber jetzt, wo ich meinen Weg gefunden habe und diese mitleidigen Blicke nicht mehr brauche, ziehen die mich nur noch runter. Sie wollen mir dauernd suggerieren, dass ich überempfindlich bin und nur weniger von allem essen müsste. Bla, bla, bla ... Ich kann das nicht mehr hören. Und weißt du, was passiert, wenn ich erst exotische Früchte mitnehme? Als würde ich Aas fressen.«

»Riecht ja auch so«, murmelte Sophie in sich hinein.

»Wie bitte?«

»Nichts.«

Veronika stand auf und drehte eine Runde in der Wohnung, wie um ihrem Grant zu entkommen. »So eine Stelle als Sachbearbeiterin bekomme ich jederzeit wieder, wenn ich zurückkomme. Ich bin doch arbeitswillig. Und ein Auslandsaufenthalt kommt gut an. Vielleicht bekäme ich sogar eine bessere Stelle. Wenn ich mir etwas Französisch aneigne ...« Sie schien mehr zu sich zu sprechen, als mit Sophie.

»Das ist gleich das Nächste. Du kannst keine Silbe Französisch.«

»Christian kommt für ein paar Wochen mit. Und einen CD-Kurs mit Lehr- und Wörterbuch habe ich mir auch schon besorgt«, sagte Veronika.

»Na, dann ...«, sagte Sophie und hob die rechte Hand, Daumen nach oben. Dann dachte sie kurz nach. »Christian? Ist das der, den du in diesem Bioladen kennengelernt hast? Was ist eigentlich mit Alfi? Der hat mich unlängst auf Facebook kontaktiert und geaddet, weil er gesehen hat, dass ich deine Schwester bin.«

Veronika war verblüfft. Alfi hatte sie also noch nicht vergessen. »Das mit Alfi war nie wirklich was. Der könnte sich nicht vorstellen, roh zu essen, denke ich. Bei Christian war doch letzthin das Treffen in der Wohnung, von dem ich dir erzählt habe. Er war schon mal in Frankreich. Und wie du merkst, ist er lebend zurückgekommen«, sagte Veronika und lachte.

»Vielleicht bringt der sie wieder zur Vernunft«, dachte Sophie, die sich schon an jede Hoffnung klammerte. »Dann hast du wenigstens Begleitung. Ist was zwischen euch?«

»Oh nein. Ich weiß nicht mal, ob er überhaupt …«, sagte Veronika.

»Du wirst rot, Schwesterherz.« Sophie grinste.

»Nein, da ist nichts. Aber er ist nett«, sagte Veronika.

»Na gut. Wenigstens.« Sophie beließ es dabei. »Und was machst du mit deiner Wohnung?«

»Ich habe eine Untermieterin gefunden. Sie studiert in Wien, braucht eine Wohnung und zahlt die Miete, während ich nicht da bin. Einiges von meinen Sachen habe ich ins Kellerabteil gegeben, damit sie im Kasten mehr Platz hat, den Rest nehme ich mit. Geschirr und so verwendet sie von mir. Mal auf eine Zeit zur Probe, vorerst.«

Sophie sah ihr letztes Argument davonfliegen.

»Ich bin sehr froh, dass ich sie gefunden habe. Sie scheint mir sehr ordentlich zu sein. Wenn es doch nicht passt in Frankreich, und ich die Wohnung wieder brauche, sucht sie sich was anderes. Die Wohnung hier ist voll möbliert und preislich für sie verlockend«, sagte Veronika.

»Und an mich denkst du gar nicht, oder? Du bist doch nicht nur meine Schwester, du bist meine Freundin.«

»Ich bin doch nicht aus der Welt, Schwesterherz«, sagte Veronika. Sophie war da nicht so sicher.

Christian

Veronikas Koffer war schnell gepackt, viel wollte sie nicht mitnehmen. Die Zugtickets hatte Christian gekauft. Er war immer mit der Bahn zu Edenkost nach Paris gefahren, sie würden nur einmal umsteigen müssen. Weil Christian in der Nähe des Westbahnhofs wohnte, trafen sie sich bei ihm. Veronika fand Christian sehr sympathisch. Er war irgendwie so rührig und geschäftig, wenn er Besuch hatte. Außerdem war er immer gut angezogen und gestylt. Und er hatte treuherzige Augen, die ihr gut gefielen. »Nur nicht verlieben«, dachte Veronika, »er ist ein guter Freund.«

Christian stand in der Küche und entsaftete noch schnell restliches Obst und Gemüse, bevor es losging. Quasi, um auf eine gute Reise anzustoßen.

»Hast du gewusst, dass Urin gegen Schuppen hilft? « fragte er.

Veronika schluckte. Die Frage war komplett ansatzlos gekommen. »Seltsame Art von Smalltalk«, dachte sie und musste lachen. »Guten Morgen, ich habe da eine neue Idee anstatt des Kräutertees in der Früh. Bitte, koste nur, habe ich vor ein paar Stunden erst gemacht. Morgenurin, ganz frisch – es gibt nichts Besseres gegen Schuppen.« Obwohl sie wusste, dass er es gut meinte, fuhr ihr dann doch der Ekel in die Glieder. Sie versuchte, es zu verbergen.

Christian las gerne über Ernährung und ferne Reisen. Das Buch, das er gerade gelesen hatte, führte die positiven Effekte von Urin vor. Er hatte es in der Küche liegen und zeigte es Veronika.

»Vorgestern habe ich mir meinen Urin in die Kopfhaut gerieben und seither habe ich wirklich keine Schuppen mehr«, sagte er stolz. Er fuhr mit der Hand durch seine wuscheligen gewellten Haare, um es zu demonstrieren.

»Stimmt«, bestätigte Veronika. »Typisch Christian«, dachte sie, »jetzt rückt er mit der Erklärung heraus, dass er es nur äußerlich anwendet.« Hätte er ihr das als Erstes gesagt, hätte sie sich das Ganze nicht als Frühstück vorstellen müssen. So besonders interessierte sie das Thema ohnehin nicht. Sie hatte ja keine Schuppen.

»Ich weiß nur, dass eine meiner Omas Urin als Gesichtstonikum verwendet hat. Allerdings nur am Abend und eigentlich geheim«, sagte Veronika.

»Urin ist der goldene Saft. Steril. Und man kann ihn auch zur Wundheilung verwenden, stand schon in uralten Schriften«, sagte Christian eifrig. Er war ganz Feuer und Flamme.

»Apropos Urin, darf ich kurz deine Toilette benutzen?«, fragte Veronika.

»Klar. Du weißt, wo sie ist. Aber halt!«

Veronika blieb stehen.

Christian holte einen frischen, sauberen Becher aus dem Schrank und hielt ihn ihr hin. »Mach bitte das Glas halb voll«, sagte er.

Veronika schaute skeptisch, nahm den Becher aber dann. Sie war Christians Experimentierlust schon gewöhnt. Wahrscheinlich würde er den pH-Wert ihres Urins messen wollen. Das hatte sie schon einmal testhalber gemacht. »Meinetwegen«, dachte sie und ging Richtung Toilette.

Christian war in der Zwischenzeit mit seinen Säften beschäftigt. »Das wird urlecker. Die Ananas und Mangos und ein paar

Karotten habe ich noch von der Edenkost-Bestellung von voriger Woche«, sagte er fröhlich, als Veronika mit dem vollen Glas zurückkam. »Stell es einfach hierher.« Er deutete auf den Platz neben seinem Entsafter und schob ein paar große Ananasstücke in die Maschine. »Da kann ich neben dem Strunk auch die ungespritzte Schale entsaften und damit alles, was gut ist, herausholen«, erklärte er ihr begeistert.

»Super. Ich schau einmal schnell, ob ich meinen Reisepass eh in der Handtasche habe«, sagte Veronika und flüchtete vor dem Lärm ins Wohnzimmer.

Christian kam ihr nach und stellte zwei Saftgläser mit oranger Farbe auf den Tisch. Sie setzten sich. Christian strahlte Veronika an, als hätte er ihr güldenen Saft gebracht. Veronika hatte sich auf den guten Geschmack von Ananas, Mango und Karotten gefreut, aber irgendwas schmeckte da reichlich bitter. »Was …«, begann Veronika, dann begriff sie, woher die Bitternote kam und knallte das Glas entsetzt auf den Tisch.

»Christian!«, sagte sie laut.

»Da staunst du, was?«, sagte Christian, der sie immer noch anstrahlte, als hätte er ihr einen Schluck Jahrgangschampagner serviert. »Ich habe etwas von deinem Urin zu deinem Saft dazugegeben. Das stärkt die eigene Kraft und den Charakter. Hab ich mit meinem Saft auch gemacht.«

»Da bin ich aber froh, dass ich meinen eigenen Urin im Glas habe«, sagte Veronika und verzog das Gesicht. »Das hättest du mir echt sagen können«, beschwerte sie sich. »Du weißt doch, dass Urin nach Fleischverzehr grauslich schmeckt. Ich habe gestern den Rest von einem Stück Wildschweinfleisch gegessen. Das schmeckt doch voll bitter.«

Veronika dachte kurz an den alt bewährten Trick für besseres Sperma, nämlich dem Liebsten Ananassaft zu kredenzen. Weil, wenn er davor Fleisch gegessen hatte, konnte die Konzentration an Harnstoff den ganzen weißen Saft bitter machen. Und so war das auch mit dem Harn. Möglicherweise wollte er aus ihr eine Veganerin machen, durchfuhr es sie. »Blödsinn ...«

Christian ließ sich die Laune nicht verderben. »Das macht doch nichts. Trink, das macht stark«, sagte er und trank sein Glas leer. Er schien wohl gerade kein Fleisch gegessen zu haben.

»Christian und seine Versuche«, dachte Veronika. Dann riss sie sich zusammen. »Wird mich jetzt auch nicht umbringen«, dachte sie, »lieber nicht streiten, wenn wir gerade wegfahren.« Sie war ungemein froh, dass sie Begleitung hatte. Sie trank den Saft auf ex hinunter. Zumindest tat sie vor Christian so. In Wahrheit ging sie dabei zur Abwasch, als würde sie das Glas dort abstellen, drehte sich so, dass er es nicht sehen konnte und leerte den Rest ihres Urin-Saftes bei laufendem Wasser in den Abfluss. »Hat er nicht mitbekommen«, dachte Veronika. »Scherzkeks, der Christian.«

Die Fahrt im Zug war abwechslungsreich. Christian wusste viel zu erzählen und Veronika hörte ihm gerne zu. Ölziehen, Kaffeeeinläufe ... lauter für Veronika skurrile Themen. «Langweilig wird es mit ihm nie«, dachte sie. Auch wenn sie auf den Stärkungstrunk am Vormittag gerne verzichtet hätte. An der Grenze zwischen Deutschland und Frankreich stiegen sie in einen Nachtzug um. Die Pritschen im Schlafwagen waren direkt übereinander, es gab so wenig Platz, dass man sich kaum umdrehen konnte. Dick durfte man hier nicht sein, dachte Veronika. Um schlafen zu können, hatte sie sich Wachs-Ohrenstöpsel mitgenommen.

Christian und Veronika hatten sich im Schloss in Paris angekündigt und ausgemacht, dass sie am nächsten Morgen jemand am Bahnhof in Paris abholen würde.

Sicherheitshalber rief Christian kurz vor der Ankunft schon an.

»Als ich das erste Mal hierher kam, hatten die voll auf mich vergessen – und ich hatte nicht einmal ein Handy bei mir. Dann bin ich mit meinem Gepäck zu Fuß losgegangen, bis mir endlich doch das Auto entgegengekommen ist. Der Fahrer entschuldigte sich für seine Verspätung, aber ich kam mir schon verloren vor«, sagte Christian. »Das brauch ich nicht noch einmal. Wo wir auch noch mehr Gepäck dabei haben. Damals hatte ich nur einen kleinen Rucksack dabei.«

Diesmal klappte die Organisation tadellos. Clemens, ein Rohköstler aus dem Schloss, stand pünktlich bereit und holte sie ab. »Toll, da brauchen wir uns kein Taxi nehmen«, dachte Veronika. Clemens konnte gut Deutsch und begrüßte die beiden herzlich. Im Auto gab es keine Klimaanlage, aber trotz Hochsommertemperaturen hätte die Fahrt nicht angenehmer sein können. Kurz darauf landeten sie im Schloss.

Simone

Veronika war beeindruckt. Das Schloss war wie ein Fort angelegt, mit einem großen Tor. Die Gemäuer waren ganz typisch für Frankreich. Rundherum etwas flaches Land und ein kleiner Wald, jedenfalls keine Berge. Bei der Rezeption saß Simone, auch sie sprach gut Deutsch. »Wie lange bleibt ihr?«, fragte sie.

»Ich würde gerne länger bleiben. Und, wenn ich darf, auch hier arbeiten«, sagte Veronika.

Simone war solche Wünsche gewöhnt, sie ließ sich nicht aus der Ruhe bringen. »Und du?«, fragte sie Christian.

»Ich würde auch gern länger bleiben, habe jetzt allerdings erst einmal nur drei Wochen Urlaub bekommen. Und ich würde auch hier arbeiten, wenn das ginge. Zuletzt war ich als Gast hier.«

»Ah, dann kennst du dich hier schon etwas aus«, sagte Simone und lächelte. »Ihr habt getrennte Zimmer gebucht, stimmt das?«

Eine Spur zu freundlich zu Christian, fand Veronika.

»Ja, stimmt«, sagte sie.

Simone gab den beiden jeweils einen Zimmerschlüssel.

»Kennst du den Weg, oder soll ich ihn euch zeigen?«, fragte Simone und sah Christian an.

»Lass nur. Ich weiß schon, wo die Zimmer sind«, sagte er.

Veronika war sich nicht sicher, ob Simone ihr freundlich gesinnt war. Sie schien ihr kühl und nicht so herzlich wie die anderen Rohköstlerinnen, die sie bisher persönlich kennengelernt hatte. Vielleicht kam ihr das auch nur so vor.

Im Schloss war viel los. Eine Gruppe von Gästen kam gerade an, einige standen gleich hinter ihnen an der Rezeption und wollten einchecken. Auch vorige Woche hatte Marcel einen Kurs geleitet. »Vielleicht ist Simone deshalb etwas angespannt«, dachte Veronika. Sie freute sich darauf, endlich die Menschen hier kennenzulernen. Nicht zuletzt auch den Mann, von dem sie bisher nur gehört hatte, dass er die Maßstäbe für die Qualität der Lebensmittel festlegte und sich für offene Beziehungen aussprach. Sie fragte sich, ob und wie er mit Eifersucht klarkam. Oder war das vielleicht für einen Mann in dieser Position gar kein Thema, und nur seine Partner hatten Grund, eifersüchtig zu werden?

Veronikas Zimmer lag neben dem von Christian im ersten Stock des Hauses, in dem sich im Erdgeschoss auch der große Speisesaal befand. Beim Hinaufgehen sah sie auch das große Altarbild. Sie erinnerte sich an ihren ersten Besuch bei Christian, als sie das Bild zum ersten Mal gesehen und näher betrachtet hatte.

Was hier hing, war um ein Vielfaches größer. Sie war so beeindruckt, dass sie kurz stehen blieb. So groß konnte man die Details viel besser erkennen. Es war allerdings noch immer viel los. Einige Gäste drängten an ihr vorbei hinunter. Sie versuchte, Christian einzuholen. Nachdem Veronika ihren kleinen Koffer ausgepackt hatte, schaute sie sich im Schloss um. Sie ging die Treppe wieder hinunter, durch den Speisesaal hinaus in den großen, hellen Hof. Die Gebäude waren nur bis zu drei Geschosse hoch, zwei Türme ragten darüber hinaus. Sie schienen über den Hof und das Umfeld des Schlosses zu wachen.

Sie ging um das Gebäude, in dem sie untergebracht war, herum und sah hinten einen Swimmingpool. »Cool«, dachte sie. Allerdings schien er nicht besonders gepflegt – entweder war er gar nicht in Betrieb, oder es war ihnen das Chlor ausgegangen. Sie inspizierte das Becken genauer. So wie es aussah, war das nur für die hausinternen Bewohner gedacht. Veronika beschloss, es lieber nicht zu benutzen. Gleich darauf hörte sie ein Gackern. Etwas weiter weg, eingezäunt, sah sie Hühner. »Wie praktisch«, dachte sie. Ihre Großeltern hatten früher Hühner gehabt. »Wie die wohl gefüttert werden?« Weizen war nicht erlaubt. Sie erinnerte sich, dass Niklas aus dem Forum ihr erzählt hatte, dass diese Hühner nur im Frühjahr Eier legen würden. Das konnte nur mit dem Futter zusammenhängen, dachte sie. Besonders fett sahen sie jedenfalls nicht aus. Sie ging weiter und kam wieder zur Hofseite.

Diagonal gegenüber stand ein Haus mit großen Fenstertüren zum Hof hin, durch die sie ein Kaminzimmer und ein Klavier sah. Der Kamin wurde jetzt im Sommer nicht benutzt, aber das Klavier war gestimmt. Sie hörte einen Mann darauf ein leicht beschwingtes, klassisches Stück spielen. Eine Türe in den Nebenraum war offen. Sie ging hinein, setzte sich auf eines der Sofas im Kaminzimmer und hörte zu. Die Musik war angenehm und Veronika entspannte sich.

»Hallo. Sind Sie die Neue, die hier bleiben möchte?« Eine milde, tiefe männliche Stimme riss sie aus ihrer Ruhe.

»Oh … Ja. Stimmt … Ich bin eben erst angekommen … Hallo!«, stotterte Veronika etwas verdattert und versuchte, sich aus ihrem Dösen aufzurappeln.

Ein etwas älterer Mann stand vor ihr. »Ich bin Marcel. Darf ich mich zu Ihnen setzen?«, fragte er.

»Natürlich«, sagte Veronika und setzte sich gerader hin.

Marcel sah sie an.

»Ich habe das Gefühl, dass ich Sie schon irgendwoher kenne«, sagte er.

»Ich glaube eher, Sie wollen mich gerne kennenlernen«, sagte Veronika und lachte etwas unsicher.

Marcel lächelte zurück. »Im Paradies gibt es keine Sünde«, sagte er und sah ihr in die Augen.

»Kann er Gedanken lesen?«, fragte sich Veronika.

»Morgen halte ich einen Vortrag. Kommen Sie auch?«, fragte Marcel.

»Natürlich«, sagte Veronika.

Marcel nickte ihr zu und verließ den Raum. Ein paar Minuten später hörte der Klavierspieler auf zu spielen. Es war spät geworden. Veronika stand auf und ging in Richtung ihres Zimmers. Im Nebenraum des Salons traf sie Simone.

»Bilde dir nur nicht zu viel ein wegen Marcel«, sagte Simone.

Ah, da war sie, die weibliche Attacke. Sie hatte recht gehabt, Simone war ihr nicht freundlich gesinnt. »Wie meinst du das?«, fragte Veronika.

»Wir leben hier homosexuell. Wenn du hier bleiben willst, musst auch du unterschreiben, dass du keine vorwiegend heterosexuelle Beziehung – mit einem Mann – eingehst«, schnappte Simone auf sie hin.

»Wirklich?«, fragte Veronika. »Und wenn schon«, dachte sie. Sie erwartete ohnehin nicht, hier einen Ehemann zu finden. Oder doch? Eigentlich wusste sie noch gar nicht, was sie suchte. Im Moment war ihr das alles egal. Sie hatte in den vergangenen Tagen wenig gegessen und weiter abgenommen. Für Essen war es wohl zu spät. Irgendwie hatte sie gar keine Lust, nachzufragen. Es waren schon zu viele neue Eindrücke gewesen.

»Du wirst schon noch sehen«, sagte Simone versöhnlicher. Zumindest kam es Veronika vor, als wäre sie jetzt nicht mehr so griesgrämig. Vielleicht war es gut, dass sie sich nicht gleich empörter gezeigt hatte.

»Gute Nacht«, sagte Simone.

»Gute Nacht«, sagte Veronika.

Marcel

Ein warmer Sommertag mit einer ganz leichten Brise. So angenehm, dachte Veronika. Im Hof des Schlosses hatten sich die Teilnehmer des Seminars eingefunden. Es war etwa zehn Uhr und die meisten hatten, wie es hier üblich war, ihre Cassia Fistula gelutscht. Manchen half die Cassia darüber hinweg, dass sie hier sonst kein Frühstück bekamen. Geschweige denn Kaffee. Entsprechend griesgrämig saßen manche Gäste an den Tischen – obwohl sie natürlich versuchten, das zu verbergen. Andere wieder waren ganz vergnügt.

Veronika hatte sich vorgenommen, für die ersten Tage ganz normal zu bezahlen, um beim Seminar dabei sein zu können. In der Früh hatte der Tischbegleiter – der gut und gepflegt gekleidete Typ, der sie vom Bahnhof abgeholt hatte – schon erwähnt, dass es hier immer viel zu tun gab, bis vor Kurzem hatten sie Lagerräumlichkeiten aufgebaut. Es wurde immer noch verputzt und eingerichtet, Kühlräume installiert und die Infrastruktur optimiert.

Christian saß beim Frühstück am selben Tisch, Veronika schräg vis à vis.

»Gut geschlafen?«, fragte er.

»Wie ein Stein«, sagte Veronika.

»Und hast du etwas geträumt? Der Traum, den man in der ersten Nacht in einem neuen Bett hat, erfüllt sich …«, sagte Christian. Er schaute sie hoffnungsvoll an.

»Nein. Ich glaube, ich war noch viel zu erledigt von der Zugfahrt«, sagte Veronika. Sie bedauerte insgeheim, dass ihr keine nette Geschichte für ihn einfiel.

Christian schaute etwas enttäuscht. »Was hätte er wohl gerne hören wollen?«, überlegte sie.

»Hast du etwas geträumt?«, fragte Veronika Christian.

Christian wollte gerade erzählen. »Du wirst es nicht glauben, aber ich träumte von …« Bevor er *von dir* sagen konnte, wurde er von Clemens unterbrochen.

»Guten Morgen, ich bin Clemens, euer Tischbetreuer. Habt ihr euch schon gut eingelebt?«, sagte Clemens, der sich an ihren Tisch gewandt hatte.

»Guten Morgen! Danke nochmal, dass du uns abgeholt hast vom Bahnhof. Ich finde das voll angenehm, dass hier so viele Deutschsprachige sind«, sagte Veronika.

»Guten Morgen«, sagte Christian, nicht ganz so erfreut über Clemens' plötzlichen Morgengruß.

»Gern geschehen. Das stimmt. Rohköstler aus Deutschland kommen besonders gerne hierher«, sagte Clemens.

»Französische Rohköstler nicht?«, fragte Veronika.

»Schon. Aber nicht so viele. Wir hatten unlängst unangenehme Schlagzeilen«, sagte Clemens.

»Ach«, sagte Veronika, der nichts Besseres einfiel.

»Gerüchte … Ich muss sagen, ich bin noch nicht so lange hier. Die Leute aus dem inneren Kreis wissen sicher mehr. Die Presse zerreißt halt schnell etwas. Und ich kann nicht besonders gut Französisch«, sagte Clemens.

»Da sind wir schon zwei«, sagte Veronika zu ihm, schaute dabei aber Christian an. »Ich bin froh, dass Christian mich begleitet. Er spricht fließend Französisch«, sagte Veronika.

Christian lächelte verlegen. »Also ausreichend, denke ich«, murmelte er.

»Cool, da kann ich dir vielleicht eine Zeitung zum Übersetzen bringen, wenn ich einmal rauskomme«, sagte Clemens. Der nächste Zeitungskiosk war etwas weiter entfernt.

»Klar«, sagte Christian.

»Ich habe gehört, du hattest keinen Traum heute Nacht?«, fragte Clemens Veronika.

»Ja, leider«, sagte Veronika, als müsse sie sich dafür entschuldigen. Sie überlegte noch einmal, aber da war einfach nichts. Außer supertiefer Schlaf.

»Das ist doch ein gutes Zeichen. Man sagt, bei Rohkost hat man keine Träume. Höchstens Visionen«, sagte Clemens.

»Deshalb bin ich so traumlos in letzter Zeit«, sagte Veronika und lachte. Tatsächlich hatte sie schon länger keinen dieser verrückten Träume gehabt, wie sie es früher gewohnt gewesen war. Ab und zu verirrte sich ein Mann, mit dem sie gerade Kontakt hatte, und den sie gerne näher kennenlernen wollte, in ihre Träume. Und die waren dann immer gleich sexuell, fast peinlich. »Aber das weiß keiner«, dachte sie.

Irgendwo im Internet hatte sie gelesen, dass Traumdeuter sagten, so ein Sex-Traum bedeute auch nicht mehr, als dass man mit jemandem näheren Kontakt haben wolle. Jedenfalls hieße das nicht, dass es gleich Sex sein müsse. Aber sicher war sie nicht. Der Unterschied erschien Veronika etwas dünn, immerhin gehörte Sex von Natur aus dazu, wenn man mit einem Mann Kontakt haben wollte. Sie dachte an die Bonobos und an das große Bild von Hieronymus Bosch. »Irgendwie schräg«, überlegte Veronika. Wenn sie mit all den Personen, von denen sie sexuell geträumt hatte, immer auch im Bett gewesen wäre … Sie entschloss sich für die harmlose Deutung: Man träumte von denen, die das Unterbewusstsein besonders mochte.

In letzter Zeit hatte sie besonders viele Synchronizitäten beobachtet. Sie hatte über nächtlich funkensprühende Kapuzinerkresse gelesen und kurz darauf in einem Comic, den sie sich zum Zeitvertreib angeschaut hatte, eine Story über leuchtendes Gemüse gefunden. Zufall? Warum sah sie in letzter Zeit gehäuft synchrone Informationen? Das konnte doch nicht nur aufgrund der gesteigerten Aufmerksamkeit sein. Wenn sie bloß an sie dachte, traf sie Menschen oder sie riefen in dem Moment an. Oder es blinkte eine Facebook-Meldung von ihnen am Handy auf. Bei der Gelegenheit merkte sie, dass sie in letzter Zeit selten auf Facebook nachgelesen hatte. Ihr Freundeskreis veränderte sich gerade rapide. Was hatte sie jetzt noch mit denen gemeinsam, die ihren Lebensinhalt in Muffins und Törtchen sahen?

»Ich glaube, ich habe auch öfter mal Visionen«, sagte Veronika. Sie war sich unsicher.

»Marcel wird diese Woche sicher etwas dazu erzählen«, sagte Clemens.

»Apropos, ich muss euch fragen, ob ihr Wasser und Cassia wollt. Soll ich welche bringen?«, fragte Clemens, wieder ganz der Tischbegleiter.

»Ja, bitte«, sagte Veronika.

»Ich auch, bitte. Danach würde ich mich gerne nützlich machen. Ich kenne die Vorträge von früher«, sagte Christian.

»Dann komm am besten mit mir nach hinten.« Clemens deutete mit dem Kopf in die Richtung, die er meinte.

»Wie werden denn Arbeitszeit und Essen abgerechnet?«, fragte Veronika.

»Wir haben dazu eine eigene Währung. Sie heißt Paradis«, sagte Clemens.

»Klingt wie Paradies«, sagte Veronika.

»Wir arbeiten für unser Paradies«, sagte Clemens und zwinkerte Veronika zu. Dann wandte er sich wieder an Christian. »Du bekommst einen Arbeitsschein und füllst selbst aus, wie viele Stunden du woran gearbeitet hast. Das wird dann mit dem Essen und den Übernachtungskosten abgerechnet.«

»Das kann man selbst eintragen?«, fragte Christian.

Clemens machte ein ernstes Gesicht. »Ja. Aber natürlich ehrlich. Also nicht dass du glaubst, du kannst schummeln. Die passen hier auf wie die Haftelmacher.«

»Kann ich mir vorstellen«, sagte Veronika. Sie dachte daran, dass Simone sie gestern richtiggehend abgepasst haben musste. So ganz locker und frei schien ihr der Umgang hier nicht zu sein.

Sicher wurde man gerade am Anfang mit Argusaugen verfolgt.

»Das Vertrauen ist nicht gleich da. Wer weiß, was die Leute hier schon so erlebt haben«, sagte Christian. »Ich schaue dann einmal, was es zu tun gibt.«

Veronika war mit den anderen Gästen im Hof und hatte sich auf einen der vielen aufgestellten Stühle in eine der vorderen Reihen gesetzt.

Gespannt schaute sie zu Marcel, der gerade mit seinem Vortrag begann. »Schönen guten Tag, meine Damen und Herren. Ich begrüße Sie auf dem Schloss, in unserem Paradies. Allein dass Sie gekommen sind, beweist mir Ihr Interesse an natürlicher Lebensführung. Natürliche Ernährung, natürliche Liebe. Ist es nicht das, was wir alle suchen?«

Ein bestätigendes Murmeln ging durch die Menge.

»Ist es nicht interessant, wie sehr sich die Kochkost in unsere Gewohnheiten eingebürgert hat? Und doch finden wir schon in der griechischen Mythologie Hinweise darauf, dass wir uns mit ihr auf einem Irrweg befinden«, sagte Marcel.

Veronika war wie gebannt. In der griechischen Mythologie? Wie konnte das sein? Offensichtlich ging es nicht nur ihr so. Links und rechts neben ihr beobachteten die Leute Marcel genauso gespannt wie sie. Er schien die Aufmerksamkeit zu genießen. Wusste er doch, dass die neuen Gäste nach solchen Geschichten dürsteten. Nach einer Gedankenpause fuhr er fort.

»Prometheus war ein Titan. Ein Gott und ein Riese in Menschengestalt. Er sah in Zeus einen eigennützigen Herrscher. Einen, der anmaßend und ohne Gesetze handelte und mit Gewalt herrschte. Auf der Erde lebten Tiere. Prometheus wollte etwas erschaffen, das den Göttern ähnlicher war als Tiere. Er formte die ersten Menschen aus Ton. Wissen Sie, inzwischen hat die heutige Wissenschaft herausgefunden, dass wir, unser Leben, tatsächlich ursprünglich aus den Stoffen, die im Ton vorkommen, entstanden sind.«

Veronika dachte an ihre Kindheit, als sie mit Plastilin Figuren geformt hatte. Was wäre wohl gewesen, wenn die lebendig geworden wären? Ihre Schwester hatte ihr im Zuge ihres Studiums auch einmal erzählt, dass Molekularbiologen im Labor Vorformen des Lebens aus Fettsäuren und Mineralstoffen aus Ton erzeugt hatten. Veronika holte sich aus der Vergangenheit zurück. »Ich muss aufpassen, der Vortrag geht weiter«, dachte sie. Sie fand es angenehm, dass Marcel bei seinen Vorträgen immer wieder rhetorische Gedankenpausen machte, aber man glitt doch leicht ab.

Marcel holte tief Luft und sprach weiter. »Alleine konnte Prometheus den Menschen zuerst nur Eigenschaften verschiedener Tiere geben. Er wollte die Menschen nicht dumm sein lassen. Er war mit Athene, der Göttin der Weisheit, der Kunst, des Kampfes und Handwerks befreundet. Als er ihr die Menschen zeigte, fragte Athene, ob Zeus davon wisse. Nein, meinte Prometheus. Aber sie, Athene, könne ihnen die Gabe des Verstandes und der Vernunft geben und damit sein Werk vervollkommnen. Er lockte sie damit, dass die Menschen Athene sicher anbeten und ihr Opfer bringen würden. Das gefiel Athene und sie beschenkte die Menschen mit ihren Gaben.

Zeus blieben die klugen Menschen nicht unbemerkt, und auch er wollte Opfer bekommen und angebetet werden. War er doch der mächtigste Gott, der die Kräfte aller Götter in sich vereinte. Prometheus hielt davon gar nichts. Warum sollte Zeus wichtige Lebensmittel erhalten, wo er doch ohnehin ein allmächtiger Gott war? Also half Prometheus den Menschen mit einer List. Auf den Opferaltar wurden zwei Berge geschlichtet. Einer aus

Fett und Fleisch sowie ein zweiter, größerer aus Knochen. Darüber legte er die Haut des geopferten Stieres, sodass Zeus nicht auf den ersten Blick sehen konnte, was sich darunter verbarg.

Prometheus bat Zeus, zu wählen. Zeus hätte die List durchschauen können, wenn er gewollt hätte. Aber er wählte absichtlich den größeren Haufen. Zeus kam das gelegen, denn nun konnte er – wie er es gerne tat – jähzornig donnern und den Menschen zur Strafe, weil er nur die Knochen bekommen hatte, das Feuer verwehren.

Auch damals wurde es kalt an manchen Tagen und Abenden. Die Menschen hatten kein Fell. Die Eiszeit war gekommen und ein Feuer hätte ihnen das Lager gewärmt. Prometheus taten die Menschen leid. Es war kalt auf der Erde und sie hätten das Feuer zum Wärmen gebraucht.

Als Prometheus auf der Erde wandelte, sah er einen Riesenfenchel vor sich. Er brach den stabilen Stängel ab und sah, dass die lange Stange innen trockenes Mark hatte, das sich gut als Zunder eignen würde. Die Rinde war stabil genug, um damit Feuer zu transportieren. Da nahm er den langen Stängel, entfernte die Dolden und hob seine Hand hinauf zum funkensprühenden Sonnenwagen des Helios. So holte er das Feuer herunter. Er entzündete einen Holzstoß, den er davor vorbereitet hatte.«

Dabei tat Marcel so, als ob er einen Riesenfenchel-Stab in der Hand halten und sich das Feuer vom Himmel holen würde. Die Sonne schien grell und die Zuschauer konnten sich gut vorstellen, wie der imaginäre brennende Riesenfenchel den neben Marcel stehenden Tisch in Flammen setzte. Marcel drehte sich zu dem Tisch, auf dem in schönen Körben exotische Früchte aufgestellt waren, und wedelte mit den Händen darüber, wie über einem Feuer.

»So lernten die Menschen, das Feuer zu nützen. Sie hüteten es gut und gebrauchten es nicht nur zum Wärmen, wie wir wissen. Bald fingen sie an, Lebensmittel zu erhitzen.«

Marcel machte eine Bewegung, als ob er das Feuer mit einem Wisch löschen würde und drehte sich wieder zu seinem Publikum um.

»Doch auch diesmal hatte Zeus alles mitbekommen. Rachegelüste kamen ihm hoch, denn Prometheus hatte sich ihm widersetzt. Und das konnte er nicht dulden. Er rief seinen Sohn Hephaistos, den Gott der Schmiedekunst, zu sich. Er sollte ihm eine schöne Jungfrau in Menschengestalt formen. Sie sollte aus besonders feinem Lehm sein, befahl er ihm. Die Jungfrau war wunderschön, aber sie hatte kein mitfühlendes Herz.

Zeus gab ihr eine Büchse, in die jeder der Götter eine unheilbringende Gabe hineinlegen musste. Zeus verschloss die Büchse darauf. Die schöne Jungfrau wurde Pandora genannt. Das bedeutete, dass sie von allen Göttern beschenkt war.

Dann bekam Pandora den Auftrag, zu den Menschen zu gehen und ihnen zu sagen, dass sie ein Geschenk der Götter für sie habe. Prometheus warnte die Menschen, die Büchse nicht zu öffnen. Doch die Menschen waren wie immer sehr neugierig und konnten sich nicht vorstellen, dass eine so schöne Frau Böses bringen konnte. Genau damit hatte Zeus gerechnet. Die Menschen gingen mit Pandora und ihrer Büchse zu Epimetheus, dem Bruder von Prometheus. Der war sofort betört von Pandoras Schönheit und öffnete die Büchse. Damit kamen all das Unheil und die Plagen über die Menschen. Nur die Hoffnung war als unterste Gabe auch darin. Zuerst hatte Pandora die Büchse zu früh verschlossen, aber dann ließ sie die Hoffnung doch noch heraus.«

Marcel machte eine Gedankenpause. Ihm gefiel das Bild der Unheil bringenden Frau ohne Herz. Er war stark beeinflusst von den patriarchalen Gedanken der griechischen Kultur. Dass es davor auch Familiengesellschaften gegeben hatte, wusste er zwar. Für ihn hatten Frauen durchaus ihre Reize und auch Sinn als Mütter. Doch brachten sie in seinen Augen auch Unfrieden. Er hatte Mühe, seine Gedanken zu verbergen, und blickte grimmig in die Runde. Dort sah er die angespannten Gesichter. Und er sah junge Frauen, die er gerne in seine Gruppe aufnehmen wollte. Er wusste wie die Griechen, dass er Frauen brauchte. Sein Gesicht entspannte sich. Er ging ein paar Schritte auf und ab und fuhr fort.

»Sehen Sie, so kam als Rache dafür, dass sie das Feuer nutzten, all das Unheil über die Menschen. All die Krankheiten der Zivilisation entstanden und entstehen nur dadurch, dass wir feuerbehandelte Kost verzehren. Zeus war so mächtig, dass er auch Prometheus bestrafen konnte. Der war zwar unsterblich, doch er wurde an den Kaukasus geschmiedet, wo der Adler Ethon jeden Tag von seiner Leber fraß. Bis er vom Helden Herakles befreit wurde.«

Marcel richtete sich auf und wurde lauter.

»Auch hier sehen Sie ein Gleichnis aus alter Zeit. Wissen wir doch heute, dass die Leber von der Kochkost stark in Mitleidenschaft gezogen wird.«

Ein Gast aus einer der hinteren Sesselreihen meldete sich. »Vielleicht war Zeus aber auch erzürnt, weil er kein Fleisch bekommen hatte, sondern nur die Knochen. Aber laut Bibel sollten die Menschen doch nur Früchte essen?«

Marcel ging näher zum Publikum und legte seine Hand an sein Ohr, um zu zeigen, dass er die Frage noch einmal hören wollte. Nach der Wiederholung ließ er sich etwas Zeit und deutete an, dass er überlegte wie er antworten solle.

»Ein sehr interessanter Einwand«, sagte Marcel, ging wieder ein paar Schritte zurück und sprach weiter. »Doch, auch in der Bibel steht eine ähnliche Geschichte geschrieben. Da war Kain, Adams ältester Sohn, ein Ackerbauer. Und sein Bruder Abel, ein Hirte. Beide brachten Opfer, aber Gott zog Abels Gaben vor. Denn er hatte nicht Getreide, sondern Fleisch dargeboten. Aus Gram darüber erschlug Kain seinen Bruder. Das war direkt nach dem Sündenfall. Daraufhin wurde er von Gott verstoßen und mit dem Kainsmal gekennzeichnet, das ihn davor schützen sollte, als Brudermörder ebenfalls erschlagen zu werden. Die ganze Geschichte wurde auch in den Koran übernommen. Gott erachtet also Fleisch als wertvoll. Aber schauen Sie sich doch die heutigen Züchtungsmethoden an. Daran ist einfach nichts mehr natürlich. Das Getreide, das den Tieren verfüttert wird, hat direkte Auswirkungen auf sie und auf ihr Gehirn. Und damit schließlich auf uns. So, wie das Getreide selbst auch direkt auf uns wirkt.«

So hatte Veronika das noch gar nicht gesehen. Sie erinnerte sich an das Abendessen gestern. Nur kurz war sie im Speisesaal gewesen, weil sie schon zu müde gewesen war. Aber sie hatte Kinder gesehen, die ganz versunken roten Paprika, und andere, die ebenso versunken angetrocknetes Fleisch gegessen hatten. Niemand hatte ihnen vorgeschrieben, was sie essen mussten, sie hatten frei wählen dürfen. Die Kinder waren ihr sehr entspannt vorgekommen, wie sie es so noch nie in einem Restaurant gesehen hatte. Marcels Stimme zog Veronika wieder in seinen Bann.

»Denken Sie daran, wie viele Menschen hier schon hergekommen sind. Zuletzt ein Mann, der seine todgeweihte Ehefrau zu uns brachte. Eigentlich war sie kurz vor dem Sterben. Durch ihre Ernährung hier stabilisierte sich ihr Zustand und ihr letztes Stück Lunge arbeitete gut. Sie aß von allem. Als sie zu Hause ankam, staunten die Leute nicht schlecht. Wegen der längeren

Abwesenheit des Paares hatte man angenommen, dass die Frau schon längst verstorben war.

Das war die gute Nachricht. Die schlechte war, dass die Frau sich zu Hause nicht weiter an die Rohkost hielt und schließlich doch starb. Allerdings Monate später. So viel Zeit hatten ihr die Ärzte gar nicht mehr gegeben.«

Marcel sah ins Publikum und hielt den Blick. Ein Raunen ging durch die Menge. Veronika drehte sich um. Sie war sicher, dass auch hier nicht alle Zuhörer ganz gesund waren. Manche waren mit Krankheiten hierher gekommen, das war nicht zu übersehen. Eingefallene Gesichtszüge, die Augen tief in den Höhlen, darunter dunkle Schatten – so sah kein blühendes Leben aus. Aber jetzt begannen die Augen vieler zu leuchten, Hoffnung blitzte auf. Und auch junge Menschen motivierte Marcels Vortrag. Ihre Augen glänzten besonders. Marcel schien mit jedem Einzelnen von ihnen verbunden.

»Sehen Sie, im Paradies gibt es keine Sünde. Ein Tier jagt das andere. Und auch die Kuh frisst Insekten mit. Erst der Mensch beurteilt, ob etwas eine Sünde ist oder nicht.«

Der Tag verging wie im Flug. Veronika war fasziniert von Marcels Rede. Und er wiederum schien das zu merken. Mit ihr hatte er öfter und länger Augenkontakt als mit anderen – zumindest kam es ihr so vor. Insgeheim hoffte sie es sogar.

Beim Abendessen saß eine Vegetarierin an Veronikas Tisch. Als Veronika bei der Auswahl dran war und ihr Clemens, der Tischbegleiter, die Augenbinde gerade wieder abnahm, wollte sie sich nach verschiedenen Riechproben für Pferdefleisch entscheiden. Da mokierte sich die Fleischverweigerin. »Das arme Pferd«, sagte sie, und es war nicht ganz klar, ob sie damit nicht vielleicht Veronika meinte.

»Dieses Pferd lebte auf einer Insel, ganz natürlich, und wurde nicht einmal geritten. Es war ein wildes Pferd«, sagte Clemens.

Veronika hatte keine Lust, sich ihr Essen von der Vegetarierin verderben zu lassen, schwenkte aber dann doch um. »Es riecht wirklich sehr gut. Aber heute nehme ich einmal Walnüsse«, sagte sie schließlich. Die Nüsse waren von einem Baum nahe dem Schloss. Sie waren klein, aber sehr aromatisch. »Allemal besser, als sich die ganze Zeit blöd anschauen zu lassen von einer pflanzenfressenden Pferdeliebhaberin«, dachte Veronika und seufzte.

Die Vegetarierin hatte in der Zwischenzeit allerdings schon andere Probleme. Beim Geruchstest mit verbundenen Augen hatte sie auf eine toll riechende, rohe Makrele getippt. »Das wäre auch was gewesen«, dachte Veronika und nahm sich vor, am nächsten Tag auch daran zu riechen, während die Vegetarierin überlegte, wie sie den Fisch essen sollte, wo für sie doch gerade noch Eier und Milch infrage kamen. Schließlich biss sie vom Makrelenfiletstück auf ihrer Gabel ab und schluckte es ohne nennenswerten Abscheu hinunter.

Christian saß diesmal neben Veronika. Er erzählte ihr, dass er heute beim Verputzen in einem der Nebenräume geholfen hatte. »Ich habe gearbeitet wie ein Pferd«, sagte er und stöhnte.

»Und? Mit Erfolg?«, fragte Veronika.

»Ja, schon. Aber das mit der Währung, diesen Paradis, ist nicht so einfach. Ausbezahlt bekomme ich sie jedenfalls nicht. Die wollen eher, dass man das Guthaben direkt verbraucht.«

»Auch gut, das wird man schon brauchen. Dann muss ich mein Erspartes weniger anrühren«, sagte Veronika.

Christian aß Gemüse und etwa acht Zentimeter lange und drei Zentimeter dicke, braune Früchte mit riesigem Kern. »Sicher, aber die Jungen hier haben halt kein Erspartes. Für sie ist es nicht so leicht, auszusteigen«, sagte er und biss in eine der braunen Früchte. »Übrigens, Salat ist hier ziemlich teuer im Vergleich.«

»Wieso aussteigen? Wollen die denn das?«, fragte Veronika, wurde aber von der braunen Frucht abgelenkt. »Was ist das?«, fragte sie Christian. Dass Salat hier teuer war, berührte sie gerade nicht so besonders, bei all den faszinierenden neuen Lebensmitteln, die sie erst so richtig kennenlernte.

»Also wegen der Jungen hier …« Christian ließ nicht locker. »Nein, ich glaube nicht, dass sie aussteigen wollen. Ich glaube, das ist eine ganz eigene Clique.« Er kaute an seinem Gemüse. »Clemens hat mir davon erzählt. Manche von ihnen sind schon hier, seit sie fünfzehn waren.« Noch ein Biss in die braune Frucht, dann hielt er Veronika eine weitere hin. »Das sind fette Safus, koste einmal.«

Veronika roch daran. Würziger Geruch strömte ihr entgegen. »Die sind ja warm«, sagte sie.

»Sie wurden extra angewärmt«, sagte Christian. »Beiß ab! Aber Achtung, in der Mitte ist ein großer Kern.«

Veronikas Lippen umschlossen die Safus und sie biss vorsichtig etwas vom Fruchtfleisch ab. Es löste sich sehr gut vom Kern. Sie ließ es im Mund zergehen und merkte, wie fett und würzig es war.

»Schmeckt fast wie Salami«, sagte sie.

»Stimmt. Magst du den Rest haben?«, fragte Christian.

Veronika nickte und nahm die Safu dankend entgegen. Langsam und mit Genuss aß sie den Rest. »Ich setze mich heute wieder ein bisschen ins Kaminzimmer«, sagte sie.

»Ich falle heute nur noch ins Bett«, sagte Christian.

»Okay«, sagte Veronika, »schlaf gut.«

»Gute Nacht«, sagte Christian.

Als Veronika diesmal ins Kaminzimmer ging, kam leise Musik aus der Anlage. Philip Aaberg am Klavier und danach Enya. Marcel tauchte auf und setzte sich zu ihr. Veronika überlegte, ob er sie wohl abgepasst hatte. »Blödsinn.« Ihr Herz beschleunigte trotzdem.

»Wie hat Ihnen mein Vortrag gefallen?«, fragte Marcel.

»Phänomenal«, sagte Veronika. »Alleine das mit Prometheus … Das habe ich gar nicht gewusst.«

»Die Geschichte ist spannend. Die Griechen nannten die Ägypter sogar Brotfresser«, sagte er.

»Nein, also das ist witzig. Da kam geschichtlich in der Folge darauf das Judentum, später das Christentum und dann der Islam mit seinem Koran.«

»Ich sehe, Sie verstehen. All diese Religionen bauen darauf auf, dass Brot ein wichtiger Bestandteil des Lebens, der Religion ist.« Marcel legte ihr die Hand auf den Arm. »Wollen wir uns nicht duzen? Ich bin Marcel.«

»Veronika.« Wie freundlich er war, dachte sie. Die seltsamen Gerüchte, die Niklas gehört haben wollte, konnten nur ein Irrtum sein.

»Weißt du, Veronika, die Griechen hatten noch mehr interessante Ansätze. Da war zum Beispiel die vertikale Beziehung«, sagte Marcel.

»Oh, was bedeutet das?« Veronika dachte spontan an den Mann aus der Sauna, der mit ihr im Stehen Sex in der Dusche haben wollte. Eindeutig vertikal.

»Nun, bei den Griechen war es üblich, dass ein älterer Mann sexuelle Beziehungen zu viel jüngeren Menschen hatte«, sagte Marcel.

»Oh, oh … der geht aber ran«, dachte Veronika. Ihr Herz fing an zu pochen. Da war dieser angegraute Charismatiker, durchaus gut beisammen, und erzählte ihr etwas von vertikalen Beziehungen.

»Ein älterer Mann kann einem jungen Menschen viel Lebenserfahrung geben, der junge Mensch dem älteren seine Jugend. Als Animus, natürlich«, sagte Marcel.

Er legte seine Hand an ihren Rücken. Dezent, dachte Veronika, und doch spürte sie, wie die Wärme seiner Hand durch den Stoff ihres Oberteils strömte. Sie spürte, wie ihr heiß wurde. Was hatte er vor?

»Waren bei den Griechen nicht häufig homosexuelle Beziehungen üblich?«, rutschte es ihr heraus. »Egal«, dachte sie. Sie erinnerte sich, darüber gelesen zu haben.

»Eine homosexuelle Beziehung ist eine gute Basis. Mit ihr kann eine heterosexuelle Beziehung getragen werden«, sagte Marcel. Er fand es gut, dass sie das kannte. »Dann wird sie wohl nicht überrascht sein wegen den homosexuellen Beziehungen hier«, dachte er.

Veronika erinnerte sich an Simones Worte. Sie hatte doch auch etwas in dieser Art erwähnt. War das die Basis funktionierender Mehrfachbeziehungen? Sie dachte an Niklas und Arthur. Wie wäre es wohl, wenn die beiden auch schwul wären? Irgendwie konnte sich Veronika das nicht vorstellen. »Unmöglich«, dachte sie, »das sind ganz andere Typen. Nicht einmal bi.« Die Menschen, die sie hier gesehen hatten, kamen ihr viel gedämpfter vor. Lag das daran, dass sie diesen Testosteron-Drang nicht hatten? Oder stimmte es, was Simone gesagt hatte, dass sie einfach nicht durften? Das war vermutlich das Seltsame, von dem Niklas erzählt hatte.

Marcel merkte, dass Veronika nachdachte. Er sah ihr in die Augen. »Ich kann dir helfen, dich weiterzuentwickeln. Wenn du an dir arbeiten willst«, sagte er.

»Ja … das will ich. Wie willst du mir helfen? Woran muss ich arbeiten?« Sie dachte an ihre Ausrutscher beim Essen. Vielleicht würde er ihr helfen können, stabil zu bleiben. Dass sie hier war, war der erste Schritt. Hier gab es keine Versuchungen mehr. Veronika kam sich vor wie im Paradies, als wäre sie endlich gelandet. Und nun offenbarte sich eine Aufnahme in den engsten Kreis.

»Ich habe ein Gerät entwickelt, das wir in unserem Institut für impulsive Lebensweise schon getestet haben«, sagte Marcel.

»Ein Gerät?«, fragte Veronika. »Was für ein Gerät?«

»Es funktioniert wie eine Feder. Du nimmst dabei einen Draht in eine Hand und ich frage dich etwas. Deine Schwingungen werden auf eine kleine Anzeige übertragen. So sehe ich, ob du aus deinem Inneren heraus die Wahrheit sagst oder dich betrügst«, erklärte Marcel.

»Ein Lügendetektor«, sagte Veronika.

»So ähnlich. Dabei kann ich dir helfen, deinen wahren Antworten auf den Grund zu gehen. Oft lügen wir uns an, selbst wenn wir mit uns selbst reden. Durch unsere Erziehung und die Gesellschaft haben wir Einstellungen übernommen, die nicht unserem inneren Ich entsprechen. Wenn ich dich darauf hinweisen kann, kann ich dir helfen, den Befragungszustand zu erreichen.«

»Klingt sehr interessant«, sagte Veronika. Sie sah Marcel in die Augen.

Er strich mit seiner zweiten Hand über ihren Unterarm und spürte, wie sich ihre Haare aufstellten. Sie hatte das Gefühl, sich bei diesem Mann vollkommen auflösen, ihm vertrauen zu können.

»Du riechst sehr gut«, sagte Marcel. Sein Kopf war nahe an

ihrem Nacken. »Hast du gewusst, dass sich der Körpergeruch mit der Rohkost stark ändert?«

»Ja, das habe ich schon gemerkt«, sagte Veronika. Hatte sich auch bei ihr schon etwas verändert? War sie nun anziehender als früher? Sie dachte daran, dass sie noch vor wenigen Monaten wie ein Küken im Bett gepfiffen hatte. Dass sie Haut- und Lungenprobleme gehabt hatte. All das war wie weggeblasen. Dass ein Mann sie begehren konnte, war neu für sie. Bisher hatte sie eher das Gefühl gehabt, stets ein Lückenfüller zu sein. Sofern eine Bekanntschaft eine Bettgeschichte wurde.

»Erzähl mir von dir. Wie bist du zur Rohkost gekommen?«, fragte Marcel.

»Oh, er interessiert sich für mich. Er will mir zuhören. Was sage ich jetzt bloß? Ich will mich nicht blamieren«, dachte Veronika. Sie überlegte kurz. »Ich hatte bisher Neurodermitis und Asthma. So stark, dass ich schon in der Volksschule ausgegrenzt wurde.«

»Das ist bitter, schon in so jungen Jahren. Was ist passiert?«

»Damals war das noch nicht so bekannt. Die Mütter meiner Klassenkollegen waren sich nicht sicher, ob meine Hautkrankheit nicht vielleicht ansteckend sein könnte. Schließlich wurde ich sogar verprügelt.«

»Das ist ja entsetzlich«, sagte Marcel.

»Es war kurz vor Ende des Schuljahres. Ich hatte eine Gehirnerschütterung und musste dann nicht mehr in diese Schule, meine Eltern suchten mir eine neue«, sagte Veronika. Bei der Erinnerung kamen ihr ein paar Tränen. Sie hatte das lange nicht ganz verarbeitet. Und lange hatte sie das Gefühl gehabt, minderwertig zu sein. Nun, seit wenigen Monaten, hatte sie erstmals den Eindruck, ein ganzer Mensch zu sein. Ein vollwertiger. Und mitspielen zu dürfen.

Marcel rutschte mit seiner Hand etwas weiter hinauf und strich ihr beruhigend über die Schulter.

»Lass es raus, es ist vorbei«, sagte er.

»Oh Gott, ich will mich nicht so gehen lassen«, dachte Veronika. Wie toll er zuhörte. Keine Belehrungen, keine Predigten. Noch ehe ihr Gesicht rot werden konnte, fasste sie sich. »Es ist vorbei. Und ich bin so glücklich, hier sein zu können«, sagte sie und sah Marcel in die Augen. »Ich darf mir nichts einbilden«, dachte sie sich, »er ist nur interessiert an mir, weil ich hier neu bin.«

»Ich bringe dir Wasser«, sagte Marcel und stand auf, um im Nebenzimmer ein Glas zu füllen. »Wie zuvorkommend«, dachte Veronika, »noch ganz die alte Schule.«

»Danke«, sagte sie.

»Hast du auch gewusst, dass sich der Körpergeruch einer Frau im Zyklus stark verändert? Mit Rohkost kann ein Mann das ganz stark wahrnehmen«, sagte Marcel.

»Tatsächlich?«, sagte Veronika. Sie erinnerte sich, dass er schon vorher über Körpergerüche gesprochen hatte.

Er schnupperte an ihr. »Wie Vanille, nur noch intensiver, voller.« Marcel kam ganz nah an Veronika heran, sie nahm nun auch seinen Geruch wahr. Sie roch Aromen wie Cassia, Cherimoya und Durian. Oder war es Sellerie? Nein, Blödsinn … So männlich und doch angenehm. Sie kannte auch männliche Noten, die sehr unangenehm waren. Als Veronika zuletzt im Gedränge der U-Bahn unbeabsichtigt näher an Männer gerochen hatte, hatte sie das eher an ungewaschene Wäsche, oder im besten Fall an überdosiertes Waschpulver erinnert.

Nun prickelte es in ihr. Es war dieses Gefühl, das sie schon kannte. Das nach Nähe suchte und immer stärker pulsierte. Veronika hatte das Gefühl, etwas Besonderes für Marcel zu sein. Da waren viele Gäste gewesen, aber mit ihr hatte er Kontakt. Marcel saß rechts neben Veronika und legte eine Hand auf ihr rechtes Knie. Er fuhr ganz langsam ihren Oberschenkel hinauf. Aber nicht in einer einfallslosen Geraden. Er machte eine Wellenbewegung.

Veronika wurde ganz wirr. Ihre Haut wusste nicht genau, wo die Hand im nächsten Moment sein würde. Aufgeregt warteten ihre aufgescheuchten Nerven, ob die Hand wohl links oder rechts die Welle schlagen würde. So was hatte sie noch nie erlebt. Eine Hand, die direkt, wenn auch langsam in Richtung Becken glitt, ja. Aber eine Hand, die Mäander zog, dass ihr die Eingeweide vibrierten. Das hatte noch keiner hingekriegt. Veronika stöhnte. Marcel wiederholte die Wellenbewegung an der Innenseite des Oberschenkels.

»Das halte ich nicht aus …«, entfuhr es Veronika. Es hörte sich wie ein Fauchen an. Sie sah sich um. Niemand war mehr im Salon. Aber konnte es nicht sein, dass jemand sie von außen durch die Fenster beobachtete? Bis jetzt war kaum etwas zu sehen gewesen. Aber es sah ganz so aus, als würde sich das gleich gewaltig ändern. Es wurde stockdunkel draußen.

Marcel schien ihre Gestik, ihre Gedanken zu verstehen. »Komm mit«, hauchte er.

Veronika folgte ihm in sein Zimmer. War es sein Zimmer? Marcel hielt ihr die Türe auf. Veronika zögerte einen Moment. Nicht aus Unsicherheit. Die Frage, ob sie sich mit Marcel einlassen sollte, hatte längst ihre Antwort. Irgendetwas anderes hielt sie zurück, eine Stimme in ihrem Innersten, die einen leisen Warnton anschlug. »Wer weiß, was noch wohnt hinter dieser Tür?«, schien ihr die Stimme sagen zu wollen. »Marcel wohnt hier«, dachte Veronika, die jetzt wirklich keinen Nerv für kryptische Andeutungen hatte. Die Pheromone hatten ihren Tanz bereits begonnen und befahlen dem Körper: »Immer der Nase nach, einfach hinter ihm her. Er Mann, du Frau – das nennt man Leidenschaft.« Aber die Stimme gab nicht so schnell auf. »Bist du sicher?«, schien sie unentwegt zu fragen. »Bist du sicher?«

»Nein, verdammt«, dachte Veronika, aber es war ihr egal. Und wenn das Böse an sich hier gewohnt hätte, sie ließ sich nicht aufhalten.

Es war angenehm warm und aufgeräumt. Da stand ein großes Bett, säuberlich gemacht. Marcel stellte das Licht stark gedämpft ein und schaltete leise Musik an, John Barry mit *Moviola* glaubte sie zu erkennen. Auf einem Tisch stand eine kleine Vase mit einer einzelnen frischen Rose. »Wie schön«, dachte sie. An einer Wand hing ein Landschaftsbild. Marcel schloss die Türe hinter sich. Sie waren alleine. Niemand würde sie stören können.

Marcel stellte sich hinter Veronika und umfasste ihre Hüfte. »Du bist perfekt«, sagte er.

Veronika ließ ihren Kopf nach hinten fallen und nahm wieder seinen Geruch wahr. Sie fühlte sich wie auf Wolken. Marcel bewegte seine Hände nun in diesen unglaublichen Wellenbewegungen über ihren ganzen Körper. Dabei zog er ihr ein Kleidungsstück nach dem anderen aus und küsste sie dort, wo ihre Haut entblößt wurde.

Veronika machte mit und zog auch ihm ein Kleidungsstück nach dem anderen aus. Schließlich stand er vor ihr, küsste ihren Mund, saugte sanft an ihrer Unterlippe. Langsam dirigierte er sie mit der Musik in Richtung Bett. Marcel zog eine Satin-Augenbinde aus der obersten Lade des Nachtkästchens hervor.

»Lass dir die Augen verbinden«, sagte er.

»Wie im Speisesaal?«, fragte Veronika. Ihre Stimme bebte. Hier war alles anders.

»Lass dich überraschen«, sagte er. Marcel legte ihr die Augenbinde an und band sie hinter ihrem Kopf mit einer Masche zu. Dabei schien die Zeit stehenzubleiben. Veronika versuchte, Marcel zu ertasten. »Bleib ruhig, setz dich. Ich komme gleich«, sagte er und drückte sie sanft auf die Matratze.

Veronika hörte, wie er etwas aus dem großen Kasten holte. »Das hat er extra vorbereitet. Warum sollte es sonst im Kasten sein?«, dachte sie. Marcel stellte ein Teller auf dem Nachttisch ab. Sie roch einen ihr bekannten Geruch.

»Riech mal, was heute geliefert wurde«, sagte er lockend und führte etwas unter ihrer Nase vorbei. Veronika erkannte es sofort. Vanillig, zwiebelig – so unwiderstehlich wie noch nie. »Die Mutter aller Durianfrüchte«, sagte sie.

»Oh ja«, sagte er.

»Das zieht immer«, dachte er. Er hätte die Fruchtstücke auch alleine gegessen, doch er wusste, wie er Frauen damit beeindrucken konnte. Marcel fütterte Veronika mit ein paar weichen, reifen Stücken. Sie schnappte danach, aber nicht immer gab er sie gleich frei. Veronika war irritiert. Ihr Becken bebte, und dann die Durian vor ihrer Nase …

»Genug«, sagte sie. Veronika wollte nicht essen, sie wollte spüren.

»Da hast du aber noch nicht viel gegessen. Hier habe ich noch etwas«, sagte Marcel.

Er führte eine kleine runde Frucht zu ihrem Mund. »Was meinst du, ist das?«, fragte er. Etwas Rundes, Feuchtes bewegte sich über ihre Lippen. Es roch süß, blumig und erinnerte sie an eine feuchte Eichel.

»Eine Litschi«, sagte sie.

Er legte ihr die Litschi in den Mund, den sie leicht geöffnet hatte. Veronika genoss die saftige Frucht. Er hatte sie vorsorglich entkernt.

»Das hast du gut gemacht. Dafür belohne ich dich jetzt.«

Marcel wusste Veronikas Körper in Aufruhr zu versetzen. Sie glaubte, nicht eine Hand zu spüren sondern viele. Finger, die sie überall und nirgendwo berührten. Veronika wollte auch seine Haut fühlen.

»Lass das. Genieße einfach«, sagte er streng.

Das fiel schwer. Sie verlor die Orientierung auf ihrer eigenen Haut. Sie wusste nicht mehr, was sie wo fühlte, wann er was an ihr zum Brennen brachte, womit er ihr den Verstand nahm. Ihr Körper wollte mehr als nur Hände.

Er liebkoste, berührte sie an Stellen, die ihr noch nie an sich aufgefallen waren. Wollte er eindringen? Veronika stöhnte, ihr Becken bäumte sich auf. Er kam an sein Ziel. Liebkoste ihre Mitte mit seinem Mund. Veronika kam in heftigen Wellenbewegungen. Als sie sich beruhigt hatte und still dalag, nahm er ihr die Augenbinde ab. Das Zimmer war immer noch gedämpft beleuchtet. Ihre Augen gewöhnten sich an das Licht. »Eindringen will er nicht«, dachte sie. Veronika fühlte sich auf eigenartige Weise geschont und gehegt. Sie wollte ihm Gutes tun.

Sie strich mit ihren Fingern zart über seine Härchen, von den Zehen bis zu seiner Hüfte. Hinauf, hinunter. Es schien ihm zu gefallen. Dann massierte sie seine Mitte mit rhythmischen Mundbewegungen, bis der Vulkan bebend ausbrach. Schließlich lagen sie erschöpft nebeneinander und schliefen, eng aneinandergeschmiegt, ein.

»Besonders vertikal war das jetzt nicht«, dachte sie noch, dann war sie auch schon im Land der Träume.

Am nächsten Morgen saß Veronika wieder am Tisch mit Christian. Einem reichlich verschnupften Christian. Und nicht etwa, weil er Schnupfen hatte. Er erzählte, dass ihm ein Mann zugeteilt worden war. Ein Mann, mit dem er ins Bett gehen hätte sollen. Noch dazu einer, der gar nicht sein Typ war. »Außerdem bin ich nicht schwul«, empörte er sich.

»Da habe ich es wohl heute Nacht besser erwischt«, dachte Veronika, sagte aber nichts über ihr Erlebnis. So intensiven Sex hatte sie noch nie gehabt. »Käme jetzt sicher nicht gut, wenn ich Christian davon erzählen würde«, dachte sie.

»Hast du gewusst, dass es hier auch ein Institut für impulsive Ernährung gibt?«, fragte sie stattdessen.

Christian nickte. »Ja, davon habe ich schon gelesen. In der *Impulsa*, dem Magazin, steht manchmal etwas darüber, von Riccardo vom Institut. Dabei geht es um Themen wie Immunität, zum Beispiel dass es Aids bei impulsiver Ernährung nicht geben soll.«

»Oh«, sagte Veronika. Sie dachte daran, dass sie gestern ungeschützten Sex gehabt hatte. Immerhin nur oral. Konnte man sich da auch anstecken? Oder stimmte die Theorie?

»Ist was?«, fragte Christian.

»Oh … nein … nichts«, sagte Veronika. Es war sicher besser, den Mund zu halten.

Am selben Tisch saß heute ein gut befreundetes Paar. Zumindest sah es so aus, als ob sich die beiden Männer schon länger kannten. Der eine hatte eben die Hand auf den Unterarm des anderen gelegt. Veronika bekam mit, was die beiden sprachen.

»Du …«, begann der eine, er hieß Gael. Er schien etwas am Herzen zu haben. »Wir sind doch glücklich zu zweit«, sagte Gael.

»Ja«, sagte der andere, der Wilfried hieß.

»Es ist mir aber gar nicht recht, dass da noch wer mit uns im Bett ist. Oder dass du mit einer Frau …«, sagte Gael.

Wilfried sah etwas mürrisch auf. Veronika hatte den Eindruck, als wolle er nicht wirklich antworten. Sie fand das in dem Moment spannend. Während Gael keine Scham hatte, sein Thema bei Tisch anzusprechen, wollte Wilfried das Gespräch lieber woanders weiterführen.

»Nicht hier«, sagte Wilfried, »gehen wir rauf.« Er holte tief Luft und stand auf. »Du weißt doch, dass Marcel sagt, nur die Dreiecksbeziehung bringt erfüllende Energien.«

»Du meinst die metaphysischen Energien?«, fragte Gael.

»Du weißt doch, kreative Phasen. Ich sollte schon längst meine nächste Skulptur fertig haben«, sagte Wilfried.

Gael bekam einen schuldbewussten Blick. Er hatte wohl das Gefühl, seinen Freund zu behindern. Das wollte er keinesfalls. Schließlich verdiente Wilfried Geld mit seinen Skulpturen.

»Durch diese metaphysischen Energien wird sich nicht nur meine Kreativität steigern, sondern auch die Telepathie. Stell dir vor, wir könnten ohne Telefon kommunizieren«, sagte Wilfried.

»Das wäre phänomenal.« Gael konnte nicht ganz glauben, was alles möglich sein würde. Und dem wollte er nicht im Wege stehen. Er folgte Wilfried. Den Veronika sagen hörte: »Du bist einfach noch nicht klar genug. Mit der Zeit kommt das von alleine. Wahrsagung, Hellsichtigkeit, Astralreisen. Stell dir vor, was ich für Eindrücke gewinnen könnte, wenn ich meinen Körper verlassen könnte.« Die Stimmen entfernten sich und wurden immer leiser.

Irgendwie kam es Veronika so vor, als würde Wilfried Druck auf seinen Freund ausüben wollen. Ihm ein schlechtes Gewissen einreden. Gael wiederum hatte Angst um seine Beziehung, wenn Wilfried mit einer Frau zusammen war. »Eifersucht ist hier offensichtlich doch auch ein Thema. Gut, dass ich derzeit keinen Partner habe«, dachte sie, »da fallen solche Diskussionen weg.« Andererseits ging das, was Wilfried da erzählte, wohl auch nur durch Beziehungen.

Sie erinnerte sich an den Telepathie-Versuch im Chat des Rohkost-Forums. Sie waren nur zu zweit gewesen, deshalb hatte es wohl nicht funktioniert, überlegte sie. Sie dachte an Marcel. War das sein normales Programm, das er hier mit Frauen abzog? Oder war der gestrige Abend doch etwas Besonderes gewesen? Sie war unsicher. Simone hatte ihr gesagt, sie solle sich nichts einbilden. Aber was wusste schon Simone. »Die ist doch offensichtlich eifersüchtig, weil Marcel mir jetzt schöne Augen macht«, dachte Veronika. Sicher hatte sie auch mal was mit ihm gehabt. Bis es nicht mehr gepasst hatte. »Das spüre ich schon, so galant wie er ist.« Es war besonders gewesen. Wie er alles vorbereitet hatte. Andererseits, ganz kannte sich Veronika bei Marcel wirklich nicht aus. Schließlich sprach er doch über offene Beziehungen. Aber, so wie er sich um sie bemühte, die Türen öffnete … Ganz die Dame des Hofes. Des Schlosses. Veronika spann die Gedanken weiter. Und doch, sprach er nicht häufig darüber, dass Homosexualität so wichtig sei? Das war natürlich Vortragsgegenstand. Das hatte nichts mit seinen eigenen Gefühlen zu tun. Das war ganz er. Sein Leuchten in den Augen. Veronika war sicher, nicht irgendeine Liebschaft für Marcel zu sein. »Nein«, dachte sie, «ich bin die erste Frau, für die er wirklich etwas empfindet.« Veronika träumte vor sich hin.

Sie hatte das Gefühl, als hätte Marcel es durchaus eilig, sie in die Gruppe zu bringen. Davor aber sollte sie eine Prüfung bestehen. Von der sie niemandem etwas sagen durfte. Es war ihr unangenehm, vor Christian etwas verheimlichen zu müssen. Würde er auch diese Einladung bekommen? Sie war gespannt, was passieren würde.

Jacques

Jacques war mitten in seinen Recherchearbeiten. Dazu gehörte auch, was es überhaupt mit Rohkost auf sich hatte. Bisher hatte er nicht einmal gewusst, dass es sich dabei um eine eigene Ernährungsform handelte. Unter den Begriffen *Rohkost* und *Arzt* fand er einige Einträge in der Suchmaschine im Internet. Er landete auf einer der Homepages und rief bei einer Ärztin an. Sie hieß Frau Doktor Vitalité.

Das Telefon klingelte.

»Praxis Doktor Vitalité, guten Tag. Wie kann ich Ihnen helfen?«, sagte da eine höfliche Damenstimme mittleren Alters.

Er überlegte, ob er sich als Polizist ausgeben sollte oder vorerst lieber als Patient, und entschied sich, seinen normalen Namen nennen.

»Jacques Lumière ist mein Name. Ich habe auf Ihrer Homepage gelesen, dass Sie unter anderem Rohkost als Therapie anbieten. Könnte ich dazu vielleicht mit Frau Doktor Vitalité persönlich sprechen?«

»Sie haben Glück, Sie haben mich direkt erreicht«, sagte Frau Doktor Vitalité.

»Das freut mich. Haben Sie vielleicht ein paar Minuten Zeit?«

»Ein paar Minuten sind in Ordnung. Die Ordination beginnt erst in einer halben Stunde und ich war erst im Begriff, mich auf meinen nächsten Patienten vorzubereiten. Was führt Sie zu mir?«

Jacques überlegte schnell. Er hatte hohen Blutdruck und beginnenden Diabetes Typ zwei, das schien ihm als Gesprächsstoff mit einer Ärztin geeignet zu sein. »Naja, also mein Hausarzt hat mir Medikamente gegen meinen hohen Blutdruck verschrieben.

Und meine Blutzuckerwerte sind leider sehr hoch. Auch dafür nehme ich ab und zu ein Medikament.«

»Hätte ich vielleicht doch gleich sagen sollen, dass ich Polizist bin«, überlegte Jacques. Lügen fielen ihm immer besonders schwer. Es kam ihm dann immer so vor, als würde sein Gegenüber ohnehin gleich merken, dass etwas nicht stimmte. Er selbst hatte ein Gespür dafür, wenn eine Geschichte, die ihm jemand auftischen wollte, nicht stimmte. Und eigentlich konnte er als Diabetiker auch gar nicht das fragen, was er eigentlich wissen wollte. Also korrigierte er sein Entree. »Wissen Sie, Madame le Docteur, das mit dem Bluthochdruck und dem Diabetes stimmt zwar, aber eigentlich rufe ich Sie an wegen eines Falles, ich bin nämlich Polizist.« Er atmete erleichtert auf. So würde sich das Gespräch für ihn gleich viel besser anfühlen.

»Oh, ich hoffe, Sie ermitteln nicht wegen mir?«, fragte die Ärztin. Ihre Stimme war sachlich, sie schien nicht besonders beunruhigt zu sein.

Angespannt war sie offenbar schon. Jacques beruhigte sie. »Aber nein, es geht um ein Schloss in Paris. Dort wird unter anderem Rohkost als Therapie angeboten. Ich habe ein paar eigentümliche Meldungen gehört, denen ich nachgehen muss. Da wollte ich die fachliche Meinung einer Ärztin, die sich mit dem Thema befasst, dazu einholen.«

Die Ärztin überlegte nur kurz.

Natürlich wollte sie sich für den Polizisten Zeit nehmen, so lange würde das Gespräch schon nicht dauern. Vielleicht würde der Polizist sogar ihr Patient werden. Außerdem fand sie es gut, dass Rohkost etwas bekannter werden würde. Warum nicht auch durch einen Polizisten?

»Ich gebe Ihnen gerne Auskunft. Was möchten Sie wissen?«, fragte Frau Doktor Vitalité.

»Wissen Sie, ich habe etwas recherchiert. Von der Rohkost wird gesagt, sie könne so gut wie alles heilen. Kann man das so sagen?«

Madame Vitalité nahm den Hörer in die linke Hand und begann mit der rechten, kleine Männchen auf ihren Rezeptblock zu zeichnen. Auf diese Art waren schon viele Blöcke draufgegangen. »Nun«, begann sie, »in der Schulmedizin wird schnell einmal ein Mittel verschrieben, das ein Symptom verstecken soll. So wie Ihre Medikamente gegen Bluthochdruck und Diabetes zum Beispiel.«

»Sie weichen ab.« Jacques lächelte. »Ist das schlecht, so ein Mittel?«, fragte er.

»Das ist in etwa so, als würden Sie mit Ihrem Auto in die Werkstätte fahren, weil ein rotes Warnlicht blinkt. Dort schraubt Ihnen jemand die rote Leuchte heraus und Sie sehen es nicht mehr rot blinken.«

»Sie meinen, wenn ich dann weiterfahre, passiert etwas«, übersetzte Jacques.

»Es könnte die Warnleuchte für zu wenig Öl gewesen sein, oder für Bremsflüssigkeit. Und Sie fahren dennoch weiter. Dann passiert ein Unfall, weil Ihre Bremsen nicht funktionieren. Oder das Auto bleibt einfach stehen.« Die Ärztin hatte einen Zettel mit Männchen gefüllt und riss ihn vom Block ab.

»Dann kommen die Einsatzkräfte«, scherzte Jacques. »Was wäre das in etwa beim Menschen?«

»Zum Beispiel Herzversagen oder ein Schlaganfall. Vielleicht sogar mit Komplikationen und Behinderung danach. Oder Epilepsie. Oder Parkinson. Oder Demenz, vielleicht muss man sogar einen Fuß abnehmen. Oder Herzstillstand. Aber ich will Sie nicht schockieren.«

»Mich schockiert so schnell nichts mehr«, sagte Jacques, dachte aber trotzdem an seine Blutdruckpulver. Ein Pflegefall wollte er nicht werden. Auf seinen scharfen Verstand war er stolz. Kurz sah er einen Mann vor seinen Augen, den er kürzlich auf der Straße gesehen hatte. Er hatte einen seltsamen Gesichtsausdruck gehabt und war von seiner Frau im Rollstuhl gefahren worden. Schlaganfall, hatte sie gesagt. Da ging nichts mehr. Warnlicht.

»Und wenn man nun das Warnlicht nicht herausdreht?«

»Da kommen wir zu Ihrer ursprünglichen Frage. Sie können Öl nachfüllen und auch Bremsflüssigkeit. Beim Menschen ist das eben eine Änderung der Ernährungsgewohnheiten. Viele Menschen ernähren sich von zu vielen raffinierten Kohlenhydraten und viel zu gut haltbaren, fetten Produkten. Die Händler freut das, weil die Produkte eine lange Regal-Lebensdauer haben, aber diese Produkte stehen im Verdacht, Zivilisationskrankheiten zu begünstigen. Anders gesagt: Zu wenig gutes Öl.«

»Heizöl statt Super getankt«, sagte Jacques. »Oder Sand im Getriebe.«

»So in der Art. Zum Beispiel zu viele Omega-sechs-Fettsäuren und zu wenige Omega-drei-Fettsäuren. Zum Thema Bremsflüssigkeit können Sie sich vorstellen, dass weniger Zucker natürlich auch günstiger ist«, sagte Doktor Vitalité.

»Ja klar, das zeigt mir mein Blutzuckermessgerät immer wieder«, sagte Jacques. Natürlich wusste er, dass weniger Zucker besser war. »Zum Glück gibt es ja Medikamente«, sagte er.

»Na ja, wenn Sie das rote Lämpchen abschalten, indem Sie ein Medikament gegen das Symptom schlucken, beheben Sie nicht die Ursache«, widersprach die Ärztin.

Doktor Vitalité wusste genau, dass die meisten Menschen ihre lieb gewonnenen Gewohnheiten selten ändern wollten. Zu ihr kamen alle, die es zumindest vorhatten. Schließlich gab sie als Therapie ganz offen unter anderem Rohkost an.

»Na gut«, sagte Jacques, »das klingt einleuchtend. Aber kann man das wirklich so leicht sagen, dass man alle Krankheiten durch Ernährungsumstellung auf Rohkost besiegen kann? Wenn Sie keine Ärztin wären, würde ich das als naiv abtun.«

Doktor Vitalité lachte. »Natürlich kann eine Umstellung nicht alles heilen. Ein beschädigtes Organ oder ein amputierter Fuß wächst natürlich nicht nach.«

»Ich habe in einer Talkshow Marcel Lamour gesehen. Sagt Ihnen der Name etwas? In meinen Recherchen habe ich herausgefunden, dass er Schwierigkeiten mit der Ärztekammer hatte«, sagte Jacques.

»Oh, ich glaube, da gab es einen Fall mit einer schwerkranken Frau – Krebs, glaube ich – die zu ihm gekommen war. Die Dame muss ihre Kinder schockiert haben, als sie im Endstadium einige Wochen auf dem Schloss leben wollte. Später starb sie dann doch. Man darf das Wort *Heilung* nicht verwenden, wenn man kein ausgebildeter Arzt ist. Heilen kann außerdem nur der Körper selbst.«

»Dann ist es ein rechtliches, oder formales Problem?«, fragte Jacques.

»Nicht nur. Da steckt natürlich auch etwas dahinter. Denken Sie, es gibt ausgebildete Ernährungswissenschaftler, Diätologen. Marcel Lamour ist weder Arzt, noch Ernährungswissenschaftler oder Diätologe. Auch wenn er sich bemüht, die Dinge zu verstehen. Nun leitet er seine Gäste an, nach dem Geruchssinn, also quasi blind auszuwählen. Was glauben Sie, wie verkopft und durch die übliche Zivilisationskost geprägt die Gäste auswählen. Das Aroma hochgezüchteter Früchte mit hohem Fruchtzuckeranteil verlockt. Doch in größeren Mengen sind sie auch dann ungesund, wenn sie roh gegessen werden. Und ebenso ist es mit einer zu großen Menge an Nüssen mit sehr hohem Omega-sechs-Anteil. Aber das ist nicht alles.

Soweit ich informiert bin, war die kranke Frau in einem zu weit fortgeschrittenen Zustand. Die Ärztegemeinschaft hat hier nur einen Ansatzpunkt gefunden, weil die Kinder der Dame sich dort beschwert hatten.

Sie wäre allerdings ohnehin gestorben. Welche Therapie das Leben schlussendlich verlängert, ist unterschiedlich. Die Forschung hat vieles entdeckt. Und es gibt noch viel zu entdecken. Vor allem aber gibt es keine Garantie. Rohkost wird durchwegs stark unterschätzt. Nur Marcel Lamour ist kein Arzt. Er darf keine Therapie empfehlen. Das bietet Angriffsfläche.«

»Die Angelegenheit wurde fallen gelassen. Allerdings bekam er eine Verwarnung«, sagte Jacques.

Doktor Vitalité riss wieder einen Zettel vom Block ab. »Soweit ich weiß, kann er sein Angebot mit den Kursen weiterhin aufrechterhalten. Aber wie ich eben sehe, hat ihn das Auge des Gesetzes im Visier.« Nun war sie doch auch neugierig geworden.

»Das stimmt. Allerdings nicht direkt wegen seines Ernährungsangebots.« Jacques räusperte sich. Über die Verdachtsmomente wollte er mit der Ärztin nicht sprechen.

»Es gibt viele Fanatiker in der Szene«, sagte die Ärztin, die gerade auf die Uhr geschaut hatte. In Kürze würde ihr nächster Patient in die Ordination kommen. »Hören Sie, ich muss jetzt leider auflegen. Sie können mich bei Bedarf gerne wieder kontaktieren«, sagte sie. Sie wollte nicht unhöflich klingen.

Jacques hatte gehört, was er wissen wollte. Jedenfalls war die Ernährung an sich kein Anklagepunkt. »Natürlich, Madame le Docteur. Vielen Dank für Ihre wertvolle Zeit. Ich werde Ihr Angebot gerne annehmen, wenn es soweit ist. Schönen Tag noch«, wünschte Jacques.

»Gerne. Auf Wiederhören«, sagte Frau Doktor Vitalité und legte auf.

Veronika

Veronika war plötzlich unsicher. Wollte sie diese Prüfung wirklich bestehen? Marcel hatte ihr gesagt, sie könne nicht auf halbem Weg umdrehen. Es könne ihr Ende bedeuten. Was immer er damit gemeint hatte. Er drückte sich reichlich geschwollen aus. Egal, zurück konnte sie ohnehin nicht mehr. Sie hatte sich ein einfaches, knielanges Sommerkleid angezogen und stand nun im Vorzimmer eines Hauses, das sie bisher für ein Lagergebäude gehalten hatte. Die wenigen kleinen Fenster, die das Gebäude hatte, waren verschlossen, die Fensterläden zu.

»Du musst allen deinen Sinnen vertrauen«, hatte Marcel noch gesagt, bevor sie ins Vorzimmer gegangen war. Jetzt war die Außentüre geschlossen und im kleinen Vorzimmer brannte nur eine Öllampe. Der Geruch des verbrannten Öls war unangenehm und sie hatte den Impuls, hier schnell hinauskommen zu wollen. Sie öffnete die Türe in den nächsten Raum. Doch da war kein Licht. Stockdunkel.

»Hallo?«, fragte sie vorsichtig in den Raum hinein.

Es kam keine Antwort. Sie schob die Türe ganz auf, damit mehr vom Licht der Öllampe in den nächsten Raum fiel. Sie sah, dass man sich dort auf einer Art Doppelboden bewegte. Ein paar der eingelegten Platten fehlten und ließen quadratische Löcher im Boden offen. »Oh Mist«, dachte sie, »da kann ich mich nur auf allen vieren vortasten.« An der gegenüberliegenden Mauer waren Vertiefungen und Kletterhilfen angebracht. Offensichtlich musste sie einen Weg dorthin finden.

Veronika ging in die Knie und setzte ihre Hände auf die ersten Bodenplatten. Sie musste vorsichtig und langsam vorgehen. Abgesehen von den Löchern waren ein paar der Elemente ziemlich wackelig. Auf der unteren Ebene schien Wasser zu stehen. Veronika wollte sich nicht ausmalen, ob da etwa auch Insekten herumkrabbelten. Platte für Platte tastete sie sich vor. Nichts war selbstverständlich an diesem Boden. Einmal fiel sie fast in ein Loch und merkte, dass es nicht Wasser war, sondern so etwas wie Schlamm. »Igitt«, dachte sie sich und wischte sich die Brühe in ihrem Kleid ab, um wieder trockene Finger zu haben und nicht zu rutschen.

Eine gefühlte Stunde verging, bis Veronika endlich an der anderen Seite, an der Wand mit den Kletterhilfen gelandet war. Zum Glück leuchtete ein schwacher Schein der Öllampe bis hierher, obwohl die Flamme immer mehr zitterte und zu erlöschen drohte. »Ich muss mich beeilen«, dachte Veronika und fing an, die Wand hinaufzusteigen. Dazu musste sie sich ihre Sandalen ausziehen, um mit den Füßen die Gruben und Hilfen zu ertasten. Schritt für Schritt, Griff für Griff kletterte sie hinauf, bis sie fast oben angelangt war. Da ging das Licht der Öllampe ganz aus.

»Oh Gott, nur keine Panik bekommen«, dachte sie. »Hinunter kann ich jetzt nicht mehr. Außerdem bin ich fast schon oben.« Sie versuchte, sich zu beruhigen. Es gelang ihr. Sie merkte, dass sie keine Angst hatte. Kurz überlegte sie, was gewesen wäre, wenn sie Kochkost gegessen hätte. Ausgerastet wäre sie! Da, endlich, die Kante zum oberen Boden. Sie griff nach Unebenheiten darin und zog sich hinauf. Endlich, fester Boden. Einfacher, fester

Boden ohne Unsicherheiten. Sie traute sich trotzdem noch nicht aufzustehen.

Da sah sie einen Lichtschein rechts vor sich, weit vorne im Raum. Eine Türe war aufgegangen. Sie schreckte zurück. Der Türdurchgang sah aus, als stünde er in Flammen. Ein Duft durchzog den Raum. Aromatische Mangos, Ananas, Durianfrüchte. Veronika atmete tief ein. Oh, das war lecker. Seit gestern Abend hatte sie noch nichts gegessen.

In dem Moment ging eine zweite Türe auf, links hinten im Raum. Auch von dort strömte ein Duft heraus und überlagerte den anderen. »Schweinebraten«, dachte Veronika. Seit wann gab es hier am Schlossgelände Schweinebraten? Sie roch die knusprige Haut, stellte sich vor, wie fett und saftig das Fleisch schmecken würde. Verlockend. Nun war der große Raum gerade so hell, dass sie sich aufzustehen traute. Sie ging in die Mitte des Raumes. Neugierig, was es mit den beiden Türen auf sich hatte.

Flatsch, da strömte eiskaltes Wasser über sie. Gerade war es noch schön warm gewesen, jetzt war ihr bitterkalt. »Brrrr«, sagte sie und verschluckte den Fluch, den sie am liebsten losgelassen hätte. Das nasse Kleid klebte an ihr. Sie wusste, dass sie es ausziehen musste, wenn sie sich nicht verkühlen wollte. Irgendwie ging ein scharfer Luftzug durch den Raum. Schnell streifte sie das Kleid ab, wrang es aus und behielt es in der Hand. »Hoffentlich kommt jetzt nicht noch eine kalte Dusche«, dachte sie. Nun stand sie genau zwischen den beiden Türen. Aus der einen zog kalte Luft, aber auch der Geruch des Schweinebratens heraus. Sie hörte das Knistern eines Feuers. Sie schaute genauer in den linken Raum und sah ein niedriges Lagerfeuer, über dem sich ein Braten drehte. Der Raum schien kalt zu sein, aber das Feuer versprach Wärme. »Das scheint eine Art Eiszeitraum zu sein«, überlegte Veronika. Sie schaute in den rechten Raum hinein. Dort standen viele große Pflanzen in großen Bottichen, die unter den sich rankenden und auch den Boden bedeckenden Ausläufern versteckt waren. Es roch noch immer nach Mangos, Ananas und Durian. Sie schwankte zwischen Schwein und Nicht-Schwein, denn inzwischen hatte sie mächtigen Hunger. Ihr Körper wusste, dass sie das Schweinefleisch außerdem schnell wärmen würde. Nicht zu reden vom Lagerfeuer. Früchte taten das nicht. Aber im rechten Raum war es um einiges wärmer als hier. Es zog noch immer furchtbar, sie musste sich entscheiden. In der rechten Türe schien ein Feuer ihr den Weg zu versperren. Sie hörte aber kein Knistern. Als sie näher hinging, merkte sie, dass es sich nur um eine Spiegelung handelte. Ein Lichtspiel, um sie in die Irre zu führen. Dann war das Lagerfeuer im linken Raum sicher auch nur eine optische Täuschung. Schnell ging sie durch die rechte Türe, durch das Lichtspiel-Feuer.

Veronika atmete auf. Hier war es wirklich wärmer. Der Raum war voller Pflanzen, und nun gingen auch Lichter an. Da stand ein einfacher Tisch aus Ästen und auf ihm waren die Früchte, die sie gerochen hatte. Einige davon lagen aufgeschnitten auf einem Teller. »Vielleicht noch eine Falle«, überlegte Veronika. Sie sah ein Kanapee neben dem Tisch, drückte vorsichtig darauf, ob es auch nicht einbrechen würde, wenn sie sich darauf setzte, und nahm von den Früchten. Sicherheitshalber roch sie vorher daran. Es hätte ja sein können, dass die Frucht nicht in Ordnung war. Eine Geschmacksexplosion machte sich auf ihrer Zunge breit. »Ein Mundorgasmus«, dachte Veronika. Auch direkt in der Nase roch es gut. »Wie im Urwald«, dachte sie. Veronika saß auf dem Kanapee, ihr nasses Kleid immer noch in der Hand, und genoss das dritte Fruchtstück, als ein Mann hereinkam. Ein Bild von einem Mann. Er war ebenfalls nackt und setzte sich neben sie. Genau ihr Typ.

Und er sagte: »Du hast bestanden. Und ich bin dein Geschenk.«

»Geschenk?«, fragte Veronika.

»Ja. Ich gehöre nun dir und du gehörst mir.«

Veronika schaute verdutzt. Ein Mann? Nur für sie? War das nicht genau das, was sie schon immer haben wollte? Jetzt fehlte nur noch Gottes Stimme, die ihr erklärte, dass sie wie Adam und Eva ab nun ein Paar sein würden. Auf einmal kam ihr der linke Flügel des Altarbildes in den Sinn. Und das große mittlere Bild. Was sollte denn das jetzt? Das passte gar nicht zusammen. Den Mann kannte sie nicht einmal. Noch nie gesehen. Sie fühlte einen tiefen Zorn in sich aufsteigen. »*Geschenk*», dachte sie wütend. »Was heißt *Geschenk*?« Und laut sagte sie: »Das kann aber jetzt nicht sein. Ich gehöre doch niemandem, und ich will auch niemanden besitzen.« Veronika klang empört.

Da stand der Mann auf, fluchte etwas vor sich hin und ging durch eine Türe hinaus. Veronika war kurz irritiert. Doch aus der Türe, durch die er eben hinausgegangen war, kamen auf einmal Männer und Frauen, allesamt ebenso nackt, und riefen: »Hurra, du hast bestanden!«

Alle kamen auf sie zu und umarmten sie. Veronika war glücklich. Jetzt fühlte es sich richtig an. »Es ist wie auf dem Bild von Hieronymus Bosch«, kam es ihr plötzlich. Kein Besitzergreifen und damit auch keine Vertreibung aus dem Paradies. Sie umarmte jeden, der auf sie zukam, und sie sah, wie sich auch andere umarmten, streichelten. Sich hinsetzten oder hinlegten.

»Lass uns den Gottesdienst der Liebe leben«, flüsterte ihr eine Frau zu. Sie spürte Fingerspitzen, die sachte von ihrer linken Schulter an ihrer Hand hinabglitten. Veronika bekam Gänsehaut. Es war Simone. Veronika sah, dass der Raum einen weichen Teppich hatte. Die meisten hatten sich in Decken einfach auf den Boden gelegt und kuschelten in Gruppen darunter. Sie folgte Simone zu den anderen unter eine Decke. »Was für ein Gefühl der Geborgenheit«, dachte Veronika.

Und während die einen und anderen Zärtlichkeiten genossen, zum Teil auch sehr intim wurden, merkte sie, dass diese Art der Liebe hier nichts mit einem Swinger-Club zu tun hatte. Solange die Beziehungen bestehen würden, so lange würde die Gruppe aufrecht bleiben, da war Veronika sicher. Aber vor allem war sie eines: glücklich. Sie hatte die Prüfung bestanden. Sie war durch alle Elemente geprüft worden: Erde, Wasser, Feuer, Luft. Sie hatte alle ihre Sinne nützen müssen: die Augen, den Tastsinn, den Geruchssinn, den Geschmackssinn, ihr Gehör. Und sie hatte ihre Ängste und sich selbst überwunden.

Der Abend dauerte noch länger, bis sich schließlich einer nach dem anderen verabschiedete. Simone zeigte Veronika den Ausgang, der über eine Treppe führte. »Zum Glück«, dachte Veronika. Sie wäre ungerne denselben Weg zurückgekrochen.

Luis

»Hey, bist du noch ganz dicht? Du kannst doch nicht die Mango-Lieferung hier in der Sonne stehen lassen!« Riccardo war der Assistent von Marcel und von ihm zum Lieferbereich geschickt worden, wo Christian gerade mit einer Anlieferung neuer Tropenfrüchte beschäftigt war. Er half ausladen, schob die Paletten aber nicht gleich ins Lager.

»Die Mangos werden doch zu heiß, wie gekocht. Das ist dann keine einwandfreie Ware mehr und früher kaputt werden sie auch«, sagte Riccardo.

»Immer dasselbe mit den Neuen«, dachte er.

Christian verstand, war allerdings doch betroffen, so zusammengeschissen zu werden. So einen derben Ton war er nicht gewohnt. Er verzog den Mund und beeilte sich, die Kisten schnell ins Lager zu bringen.

Aber auch Veronika ging es an diesem Tag nicht besser. Sie hatte noch Trockenfrüchte am Zimmer gehabt und wollte die Reste auf den Kompost am Gelände werfen.

»Was machst du da?«, fragte Simone sie. Sie stand auf einmal vor ihr und zeigte auf die Trockenfrüchte, die Veronika in der Hand hielt.

Es waren Soft-Pflaumen von Bernis Rohkost-Laden in Wien. Ware, die es bei Edenkost nicht zu kaufen gab. Waren sie vielleicht nicht roh?

»Ich hatte am Zimmer noch Reste von Trockenfrüchten, die will ich auf den Kompost geben. Wäre schade drum«, sagte Veronika.

»Das darfst du auf keinen Fall. Wir haben hier strenge Vorschriften, was auf den Kompost darf, und was nicht. Das hier sind hitzebehandelte Pflaumen. Wenn da anormale Moleküle reinkommen, ist der Kompost nicht mehr für unsere Beete geeignet. Wenn das Marcel sehen würde!«, sagte Simone und sah sie strafend an.

»Oh, das wusste ich nicht. Entschuldigung. Soll das dann in den Restmüll?«, fragte Veronika.

»Ja, ist besser. Das Zeug ist mit Dampf behandelt und vor dem Trocknen pasteurisiert für die Verpackung. Deshalb können die das feuchte Zeug in geschlossenen Packungen lagern und verkaufen«, erklärte Simone.

»Schon etwas übertrieben und schnippisch«, dachte Veronika, »aber gut, ich will hier nicht streiten.« Natürlich wollte sie keine Kochkost auf den heiligen Kompost werfen. Waren manche hier wirklich psychisch gestört nach dem Genuss solcher Ware? Wer wusste.

Etwas später saß Veronika gemeinsam mit anderen in der Küche. Christian, Clemens, der sich schon gut eingelebt hatte, Margit, Simone und Luis. Luis betreute hier auch ab und zu die Tische, so wie heute. Sonst war er meistens mit den Bestellungen des Versandhandels beschäftigt. Sie hatten die Arbeiten nach dem Frühstück gerade beendet. Überreste von Cassia-Stangen zurück in das Vorratslager gegeben, die Tische abgewischt, die Sessel wieder gerade gerückt. Und es waren noch ein paar Minuten, bevor die Vorbereitungen für das Mittagessen begannen.

Hier in der Küche war alles etwas anders als im Speisesaal, wo sich die zahlenden Gäste aufhielten. Wer sich in der Küche aufhielt, hatte sich schon etwas intensiver mit Rohkost befasst. Rohkost war mehr als nur eine Ernährung. Sie war eine Lebensweise. Im Gästeraum verstand das noch nicht jeder so. Hier aber war man unter sich, brauchte nicht bei Adam und Eva anzufangen. Und davon wie es wäre, wären sie nicht vom Paradies vertrieben worden.

Clemens saß an einem der Küchentische und grübelte vor sich hin. »Ohne Körperkontakte könnte ich keine Rohkost praktizieren. Ich finde es gut, dass Marcel ein Liebesprogramm dazu hat. Als er von seinen Thesen berichtet hat, von seinem Kundalini-Schauer, da kribbelte es mir auch über den Rücken. Oder ich erinnerte mich wohl …« Er lächelte kurz und fuhr fort. »Ich glaube, so hatten große Männer in der Vergangenheit auch ihre Eingebungen. Früher wunderte ich mich, wie er es schafft, so standhaft zu bleiben. Ich glaube, jetzt weiß ich es.«

Margit, die hier schon länger lebte, warf ihm einen aufmerksamen Blick zu. »Ohne Liebe geht es nicht. Mit Rohkost alleine fühlte ich mich gleich einmal irgendwie nackt. Kochkost simuliert, da spürst du dich gleich wieder, auch ohne Körperkontakt – und fühlst dich sicher. So wie Kleidung, die einen schützt. Echter Körperkontakt mit Menschen ist anders.«

Veronika horchte in sich hinein. Sie fühlte sich hier viel freier, aber auch empfindsamer. Die Menschen trugen erst seit der Vertreibung aus dem Paradies Kleidung. Es fühlte sich für sie nicht an, als ob es nur wegen der kühleren Temperatur gewesen wäre. Klar, Feuer und Kochkost hatten ihre Urahnen zuerst einmal über die Kaltzeit der Eiszeit gerettet. Nun lebte man in einer Warmzeit der Eiszeit. Aber hieß es nicht, Adam und Eva hätten sich nackt *gefühlt* nach dem Sündenfall? Jenem Ereignis, das erst die Erkenntnis gebracht hatte, dass sie nackt waren. Kochkost.

Zuletzt hatte Veronika sich in der Firma viel verletzlicher gefühlt. Vielleicht hätte sie ein Kuschelprogramm fahren müssen, aber das wäre wohl auch nicht besser gekommen als die Durian. Sie merkte, dass es die Sehnsucht nach Körperkontakt und nach anderen Gleichgesinnten war, die sie hierher gezogen hatte.

»Selbst wenn du dich halten kannst, mit Rohkost alleine wirst du nicht so richtig glücklich sein«, sagte Margit weiter.

»Kommen viele hierher, die gerade deshalb Kontakt mit anderen suchen?«, fragte Veronika.

»Aber ja. Leider bringen alle, die auch sonst keine Beziehung zusammenbringen, ihre Komplexe mit herein. Sie müssen sich erst einmal selbst lieben lernen, dann können sie auch Liebe von anderen annehmen. Dann erst werden liebevolle Beziehungen möglich«, sagte Simone. Sie lehnte sich zurück.

»Rohkost macht auch keinen besseren Menschen«, sagte Christian.

»Na ja, ein bisschen schon«, sagte Margit.

»Wieso?«, fragte Christian.

Margit kratzte sich mit der Hand am Hinterkopf. »Mit Kochkost kann man sich zudröhnen. Da lebt es sich auch ohne Liebe gut. Aber innerlich werden die Menschen unglücklich. Manche von denen, die hier arbeiten wollen, lassen sich nicht ganz auf die Sache ein. Sie wollen zwar roh essen, aber nur mit Druck. Irgendwann bricht dann der Damm, und diese Leute essen wieder ärgste Kochkost. Heinrich, der Psychiater, hat dazu schon einen sehr guten Vortrag gebracht. Manchen hilft er auch nach. Ich glaube, er hat manchmal Pilze dabei. Für die, die ganz süchtig nach Brot sind ...«

»Weizenbrot und Milchprodukte mit Exorphinen, Drogen für das Volk«, sagte Christian.

Veronika sah Christian an. »Ob das Volk das auch so sieht? Die meisten sind noch auf Kaffee, Alkohol oder Nikotin. Und ich mit meiner Schokoladensucht bin wohl auch nicht viel besser.«

Veronika dachte kurz an ihre Begegnung mit Heinrich bei dem Treffen am Zeltplatz. Hatte er ihr geholfen, ihre eigene innere Stimme besser zu hören? Vielleicht wäre sie sonst noch zu zugedröhnt gewesen. Wie oft hatte sie davor dann doch noch zur Schokolade gegriffen, überlegte sie. Gut, dass es hier erst gar keine Quelle dafür gab. Inzwischen war sie auch schon sehr zufrieden mit ihrer Figur. Endlich! Was wäre, wenn sie wieder hinausgehen würde aus dem Schloss? Nicht auszudenken.

»Wenn du so richtig roh isst und mehrere Beziehungen hast, brauchst du deine Schokolade nicht mehr«, sagte Luis.

Veronika schaute sich Luis noch einmal genau an. »Den habe ich doch schon irgendwo anders gesehen«, dachte sie. War das nicht der Luis vom Zelttreffen vor ein paar Wochen? Sie musterte ihn eingehender. »Hey, wir haben uns doch vor Kurzem bei Timo gesehen, und du hattest die Weizenkeimlinge mit. Weißt du noch?«

»Stimmt genau. Aber inzwischen wurde mir ein Vitamin-B-zwölf-Mangel diagnostiziert, und da habe ich mir gedacht, ich komme wieder einmal hierher. Ich kenne das alles schon von früher.«

»Selber Schuld, wenn er nur Getreide isst«, dachte Veronika. Sie erinnerte sich noch an seine riesige Schüssel Weizenkeime, die er damals so in den Himmel gehoben hatte. Oder war es umgekehrt gewesen? Dass er sie als Geschenk des Himmels gesehen hatte?

»Du kennst ihn?«, fragte Christian. Er nahm Luis unter die Lupe. Luis hatte lange, helle Haare und trug ein weißes T-Shirt und eine fast weiße Hose. Spontan hätte man auf ein Fleischergewand tippen können, aber mit den Sandalen, seiner sehr schlanken Figur, dem zu großen T-Shirt und seinem Bart sah er dann doch eher aus wie ein Jesus-Verschnitt. Ob das Absicht war?

»Wir haben uns bei dem Treffen in Deutschland gesehen«, sagte Veronika. »Du warst mit einem Rudi dort, nicht wahr?«

»Rüdiger heißt er. Wir sind sehr gut befreundet. Aber er wollte leider nicht mitkommen diesmal.« Luis neigte seinen Kopf und sah zur Seite, als ob er Rüdiger dort gerne sehen würde. Oder auch nur, um die Blicke der anderen umzulenken. Vielleicht war dort eine antike Vase, über die es sich zu sprechen lohnte.

Luis dachte an die Rohkost-Messe, bei der er mit Rüdiger gewesen war. »Alles voller Junkfood«, hatte Rüdiger gesagt. Er hatte gemeint, dass das ganze Pulverzeug alles, nur keine Rohkost wäre. Luis war wie vor den Kopf gestoßen gewesen. Er hatte sich so auf die Messe gefreut, hatte Rüdiger stolz alles zeigen wollen, was es hier gab – und dann das. Er war dann so frustriert gewesen, dass er nach der Messe beim nächsten Imbiss-Stand einen Kebab-Teller gegessen hatte. Vom Huhn. Er, als missionierender Veganer. Natürlich erst, nachdem er sich von Rüdiger verabschiedet hatte. Das hatte er natürlich nicht mitbekommen sollen.

Luis wusste, dass es mehrere Gründe gab, warum Rüdiger nicht mitgekommen war. Sie hatten sich zuletzt nicht so gut verstanden. Unterschiedliche Lebenseinstellungen und konträre Ansichten. Während Rüdiger fast täglich tierische Produkte aß, war Luis der Ansicht, dass er so lange kein Tier essen wollte, solange er auch keines töten konnte. Auch Marcel sagte, dass Menschen früher wohl nie selbst Tiere gerissen hatten. Menschen bekamen das, was Raubtiere übrig ließen. Aber selbst Butter und Eier waren Luis ein Gräuel. Und so wollte er nicht länger mit Rüdiger sein. Er roch für ihn nach Alm-Ochse. Andererseits war da der Blutbefund. Der Arzt hatte ihm gleich eine Vitamin-B-zwölf-Spritze verabreicht. »Immer noch besser, als Tiere zu essen«, hatte er gedacht. Hier in Paris erhoffte er sich einen Neuanfang. Hier würde er sich wieder voll versorgen und vielleicht neue Kontakte knüpfen können.

Obwohl Luis schon einmal als Gast hier gewesen war, war ihm nicht bewusst gewesen, was die Arbeit hier bedeuten würde. Nämlich nicht nur die Akkordarbeit. Er kam nicht gut damit zurecht, dass die Leute hier Fleisch von Tieren verkauften, die durch Menschenhand gestorben waren. Wenn andere am Tisch Fleisch aßen, setzte er sich, wenn möglich, gleich an einen anderen Tisch. Und Luis hatte auch sonst ein paar Schwierigkeiten hier. Die Arbeiten für den Versand der Bestellungen schlauchten ihn sehr.

Zuletzt hatte er mit Marcels rechter Hand, Riccardo diskutiert. Luis war mit einer Bestellung zu ihm gegangen, die Wildschwein und Pferdefleisch enthalten hatte. Ausgerechnet. Riccardo hatte zuerst gedacht, dass Luis nur nicht wusste, wo er die Bestandteile der Bestellung holen konnte. Doch dann hatte Luis Riccardo klargemacht, dass er das aus ethischen Gründen nicht verpacken konnte. »Lass den anderen Leuten ihre Ethik«, hatte Riccardo nur gesagt, und schien dafür kein Verständnis zu haben. Schließlich hatte Luis doch noch eine andere Bestellung zugeteilt bekommen.

»Ach so. Ja, natürlich, Rüdiger. Entschuldige, ich merke mir Namen nicht so besonders gut«, sagte Veronika.

»Macht nichts«, sagte Luis und kratzte sich kurz an der Schläfe.

Veronika warf Christian einen Blick zu. Er musterte Luis genauer. Sie beugte sich kurz, für die anderen kaum merkbar, zu ihm und flüsterte ihm zu: »Luis ist schwul, glaube ich.«

»Weil du eben sagtest, *mehrere Beziehungen*. Hattest du denn schon mehrere Beziehungen auf einmal, Luis?«, fragte Christian.

»Ja. Doch. Also Rüdiger und ich hatten das probiert. Aber draußen ist das irgendwie anders. Mit *draußen* meine ich außerhalb von hier, vom Schloss. Dort isst man doch wieder mehr. Ich habe ein bisschen Gourmet-Rohkost praktiziert. Also da gibt es derart leckere Sachen«, sagte er. Dabei machte er eine kurze Bewegung wie eine Diva und winkte mit einer Hand ab.

»Aber ich sag euch was: Dieses Mischen, das ist irgendwie auch wie Kochkost. Da stellt man sich was zusammen, gibt Sauce drüber und kann erst so viel essen, wie man will. So viel, wie ich brauchte, um das Gefühl der Leere in mir zu stopfen. Aber gestopft habe ich meinen Bauch«, sagte er und formte mit der Hand seinen Bauch zu einer Kugel.

»Eifersucht?«, fragte Christian.

Luis nickte.

»Aber du bist doch gut gebaut«, sagte Veronika.

»Das sagst du so. Aber in Schwulenkreisen ist man da ganz

streng. Wenn man da nicht beinhart auf seinen Körper schaut, ist man unten durch. Das kann richtig derb werden.«

»Das wusste ich nicht«, sagte Veronika. Ob das unter Lesben auch so war? Unlängst hatte sie ihre ersten Erfahrungen in der Richtung gemacht. Sie sah zu Simone hinüber, die auch im Raum war. Aber sie schien wie abwesend.

»Wenn du auf einem Rohkost-Treffen nur übers Essen redest, hat es was mit der Energie. Da fehlt die Liebe«, sagte Clemens.

Simone mischte sich ein. »Ja, ja, Marcel sagt immer, es brauche wichtige Energie vom dritten Partner. Aber viele würden in das Fortpflanzungsprogramm abdriften.«

»Siehst du das auch so, Simone?«, fragte Veronika.

Simone hatte schon Erfahrungen gemacht, die in diese Richtung gingen. »Na ja, ich bin mal raus aus dem Schloss. Hielt es nicht mehr aus. Mir war alles zu eng, zu begrenzt und zu hierarchisch. Aber alles hat so seine Sonnen- und Schattenseiten. Als ich dann draußen einen Mann kennenlernte, war es wieder magisch. Ich spürte, wie er mich haben wollte. Mit Haut und Haaren. Das war ein Gefühl. Ich glaube, im Vergleich zu den anderen – pardon – Landpomeranzen, sah er, dass ich anders war. Du weißt schon, Rohköstlerinnen sehen doch anders aus.«

Ein bisschen eingebildet wirkte sie jetzt schon, fand Veronika. Aber sie nickte stumm. Veronika hatte längst bemerkt, dass sich ihr Äußeres verändert hatte. Ihr Nasenrücken war schmäler geworden. Unförmige Fettpölsterchen waren verschwunden. Auf der anderen Seite sah sie Menschen, die schon in jungen Jahren richtig dicke, geschwollene Nasen hatten und sich täglich viel Brot oder auch Alkohol gaben. Dabei kam es nicht einmal auf die Figur an. Auch dickere Menschen konnten schmale Nasenrücken haben, und dünne umgekehrt angeschwollene Nasen. Manches brannte sich ein mit den Jahren. Es mussten diese

AGEs sein. Oder, wie sie auch genannt wurden, Maillard-Moleküle. Veronika stellte sich vor, wie Simone wohl wie ein Einhorn in der Kuhstallbar des nächstgelegenen Dorfes gewesen war.

Simone sprach weiter. »Wir tanzten zu aktuellen Hits, und der DJ machte echt gute Stimmung. Ich fühlte mich wie auf Händen getragen, mit den Augen ausgezogen. Schließlich ging ich mit zu ihm nach Hause. Zu meinen Eltern wollte ich ohnehin nicht. Aber nach wenigen Tagen stellte sich heraus: Der war nicht nur eifersüchtig auf jeden anderen Typen, der wollte auch gleich ein Kind haben, fixe Beziehung und mich am besten einsperren in seiner Wohnung. Dass er selber jedem Rock nachsah, war natürlich normal. Als ich ihn darauf aufmerksam machte, reagierte er mit Unverständnis. Aber das war nicht der einzige Grund, warum ich dann doch wieder hierher zurückkam. Ich glaube, er entgiftete sich von seinem Essen mit mehrfacher Produktion von Begleitmasse zu seinem Samen«, sagte Simone. Sie verzog das Gesicht und machte eine Gestik, als würde sie sich übergeben.

»Das klingt, als ob sich da einer ganz dringend fortpflanzen wollte«, sagte Clemens und lachte.

»Hier ist das anders, das ist das Schöne. Marcel meint zwar, dass Schwule mehr unterdrückt werden als Lesben ...«, sagte Simone.

»Kann ich mir glatt vorstellen«, warf Clemens ein.

Veronika merkte, dass er ein Grinsen nur schwer unterdrücken konnte. »Jetzt stellt er sich sicher einen Pornofilm vor, in dem zwei Frauen zuerst miteinander, und dann mit einem Mann Sex haben. Schlingel«, dachte sie.

»Ich hatte leider noch keine Gelegenheit für eine längere Beziehung mit mehreren Partnern. Aber hier könnte das klappen.« Clemens machte eine kurze Gedankenpause. »Einige Leute haben mir erzählt, sie hatten nach intimen gemeinsamen

Stunden Visionen. Ich schlafe in dem oberen hinteren Schlafraum, der ist ja für mehrere Personen. Das ist preislich günstiger. Aber auch geselliger. Und es schnarcht normalerweise keiner, wenn niemand Kochkost isst.« Er lachte kurz. »Im Halbstock gibt es dort eine Fläche, wo drei bis vier Personen gut Platz haben. Mit Matratze. Sehr gemütlich. Vor ein paar Nächten bin ich im kurzen Pyjama da rauf gegangen. Es waren noch zwei andere dort, und wir fingen einfach an zu kuscheln. Einer streichelte den anderen, und wir zogen uns gegenseitig aus. Einer der beiden ist ohnehin homosexuell, der war überhaupt ganz ungezwungen. Der zweite war zuerst eher zurückhaltend, fast asexuell. Aber dann holte er eine Ölflasche aus einem Eck, und wir rieben uns mit Öl ein. Alles war so rutschig und warm. Wir waren sehr zärtlich zueinander, drangen aber nicht ein. Trotzdem kam einer nach dem anderen zum Orgasmus, es war einfach … geil. Wobei, nicht so übertrieben geil wie bei Kochkost, da kam mir das Ganze immer so … ja, so zielgerichtet vor. Und nachher, das fühlte sich so offen an. Offen für Visionen und … ja … schön. Wir lagen alle einfach nur da.«

Die anderen sahen Clemens gebannt an. So viel Offenheit hatten sie nicht erwartet.

»Ich glaube, was von Merlin, dem Zauberer aus der Sage um König Artus, und seinen übersinnlichen Fähigkeiten erzählt wird, da ist viel dran. Kennt ihr den Film *Excalibur*? Da ist Artus dann als König auf einmal ganz schwach, als er merkt, dass seine Frau mit einem anderen, noch dazu mit seinem Freund Lancelot, Sex hat. Er fühlt sich ausgeschlossen und kann gar nicht mehr regieren. So etwas ist in so einer Konstellation erst gar nicht wirklich möglich«, sagte Clemens, und fügte nach einer kurzen Pause hinzu: «… glaube ich.«

»Du meinst, es fühlt sich keiner ausgeschlossen, weil alle

mitmachen?«, fragte Veronika.

Clemens sah sie an. »Ja. Wobei ich auch Fantasien hätte, mit einer Frau alleine Sex zu haben, und alle anderen schauen mir zu«, sagte Clemens und sah ihr länger in die Augen.

Veronika schluckte. Doch nicht mit ihr?

Luis empörte sich. »Also bitte, das gehört vielleicht in einen Swinger-Club, aber nicht hierher.«

Christian schloss sich an. »Sehe ich auch so. Mit so etwas schaffst du nur Begehrlichkeiten.«

»Du weißt doch inzwischen, dass Frauen hier keine Heterobeziehung eingehen dürfen«, sagte Margit.

»Ja, ja, viele männliche Gäste haben mich schon gefragt, ob hier alle Frauen lesbisch sind, weil sie so gar nicht auf ihre Flirtereien ansprechen.« Clemens lachte wieder.

Veronika atmete auf. Er schien wohl nur einen Scherz gemacht zu haben.

Clemens schaute ein paar Augenblicke versonnen vor sich hin, dann wechselte er abrupt das Thema. »Und Riccardo sagte mir, dass er öfter einmal die Preise für die Früchte im Verkauf auspendelt. Da sind sie meistens gut gelegen.«

Es dauerte kurz, bis sich auch die anderen von ihren Kopfkinos gelöst hatten und Clemens folgen konnten.

»Pendeln?«, fragte Veronika schließlich. »Ich dachte, die Preise werden kalkuliert?«

Als Marcels Büromitarbeiterin fühlte sich Simone zu einer Erklärung berufen. »Meistens haben wir Preise festgelegt, außer bei ganz neuen Lebensmitteln. Zu billig verkaufen ist nicht gut – und gar nicht nur vom geschäftlichen Standpunkt aus gesehen. Wenn etwas unter Wert verkauft wird, glauben die Kunden, es sei Ramsch. Sie wollen etwas, das was wert ist. Oder wir stehen da, wenn der Großteil der Kundschaft reklamiert. Zu hohe Nebenkosten könnten uns ruinieren. Ein Blick in unser Unterbewusstsein hilft uns. Riccardo pendelt dann ganz gerne. Oder wir befragen das I-Ging-Orakel.«

»Es ist allerdings nur Marcels Deutung gültig«, sagte Luis und lachte. »Wobei, das liegt wohl daran, dass er es zu oft in kurzer Zeit angewendet hat, dass er gar nicht mehr pendeln oder legen kann. Wenn man das zu oft selbst macht, funktioniert es nicht mehr. Aber so ist das eben hier, Marcel diktiert. Auch die Texte für die Prospekte, da darf nichts von seiner Lehre abweichen. Gäbe sicher auch anderen guten Input. Aber dafür ist kein Vertrauen da.«

Veronika konnte ein verträumtes Lächeln kaum vermeiden. »Mein Marcel«, dachte sie, »der weiß schon genau, was gut ist und was nicht.« Er hatte schon außergewöhnliche Fähigkeiten. Was er wohl noch konnte? Wo sie doch immer wieder Parallelen beobachtet und neu erfahren hatte. Dort sprach einer ein Wort und kurz darauf las sie in einem Buch etwas dazu. Oder sah ein Bild. Doppelungen. Als würde ihr Unterbewusstsein ihr sagen: »Mach da weiter, wo ich dir einen Pfad mit Doppelungen lege. Da bist du richtig.« Dass das Unterbewusstsein über ein Pendel reden könnte, kam ihr nicht weit hergeholt vor.

»Bist du deshalb da, Clemens, um deine übersinnlichen Kräfte zu verbessern?«, fragte Veronika.

»Nein, eigentlich weil ich zu dünn geworden bin seit der Umstellung. Marcel sagte, dass ich vermutlich viel entgiften muss und deshalb zu viel Gewicht verloren habe«, sagte Clemens. »Aber man weiß ohnehin nie, was sich alles ergibt.«

»Isst du denn genug?«, fragte Margit.

»Ich habe mich total auf Monomahlzeiten konzentriert, wie empfohlen«, sagte Clemens.

»Monomahlzeiten?«, fragte Veronika.

»Da isst man von einem Lebensmittel so viel, bis es unangenehm wird im Mund«, erklärte Simone.

»Diese Woche habe ich einmal mittags achtzig Passionsfrüchte gegessen, und vorgestern Abend fünfzig Austern«, sagte Clemens.

»Jetzt weiß ich, warum die Austern aus waren«, sagte Veronika.

»Tut mir leid. Aber ich glaube, das war ein therapeutischer Bedarf. So nannte Marcel das jedenfalls. Zum Glück kann ich hier meine Kosten gut abarbeiten«, sagte Clemens.

Margit versuchte, ihn aufzumuntern. »Na schau, da wirst du wenigstens nicht wegen außergewöhnlicher Bedürfnisse blöd angeschaut. Kürzlich war ich in der Apotheke, weil ich Schlämmkreide für die Zähne brauchte. Und der Apotheker fragte mich glatt, was ich für einen Hund habe. Ich wusste nicht einmal, dass man damit Hunden die Zähne putzt. Der Apotheker hat sich endlos amüsiert, weil ich mir selber die Zähne damit putze.«

Simone schaute auf die Uhr und erschrak. »So spät schon! Auf geht's, Leute. Wir müssen wieder was tun.«

Luis fühlte sich gerade gar nicht gut und verabschiedete sich in sein Zimmer. Die anderen machten sich flugs an ihre Arbeit. Bestellungen vom Tag davor waren zusammenzustellen und an die Partie zu übergeben, die die Kartons faltete und befüllte.

Sophie

Veronikas Schwester hatte sich für Samstag angekündigt. Sophie kam mit der ganzen Familie. Sie hatte einen Flug für Leon, Paul und sich nach Paris gebucht und alle für drei Nächte in der Nähe von Eurodisney einquartiert. Trotzdem ließ sie es sich nicht nehmen, Veronika mit einem Leihwagen zu besuchen. Sophie aß mit ihrer Schwester auf dem Schloss zu Mittag, und anschließend gingen sie bei sommerlichen Temperaturen und Sonnenschein am Gelände spazieren.

»Und, wie geht es dir hier?«, fragte Sophie, als sie keine Zuhörer mehr um sich hatten.

»So, wie ich es mir dachte: einfach perfekt. Denk an das tolle Auswahl-Buffet heute. Das gibt es hier jeden Tag«, sagte Veronika und strahlte.

»Ja, beeindruckend«, gab Sophie zu, »ich habe mir auch was ausgesucht. Aber auch ganz schön abgefahren, wie da alle mit ihrer Nase über dem Essen hängen. Schon seltsam, diese Riecherei.«

»Und du mittendrin«, sagte Veronika mit einem Anflug von Stolz, weil ihre Schwester ihr Essen auch mit der Nase ausgewählt hatte.

»Na ja, wenn ich schon da bin. Apropos Nase, Alfi hat mich per Facebook gefragt, ob du im Sommer nicht auch wieder in den Club tanzen gehst, um die Schritte nicht zu verlernen. Warst du so lange nicht mehr online, dass er bei mir nachfragt?«

Veronika zuckte die Schultern.

Ob sie damit Alfi oder ihre Facebook- Aktivitäten meinte, war nicht ganz klar. »Stimmt, mein Handy schalte ich nur ein, wenn ich kurz mal wo anrufen muss. Und hier gibt es nur einen Computer in der Bibliothek. Für Buchungs- und Rechnungswesen. Aber diese Arbeiten machen andere.« Veronika fragte sich, ob ihre Schwester sie mit Alfi und dem Tanzen zurück nach Wien locken wollte.

»Was machst du denn so?«, fragte Sophie.

»Am Anfang müssen hier alle eher einfache Arbeiten machen. Also hin- und herräumen und Bestellungen einpacken. Oder auch aufnehmen. Das braucht alles eine gewisse Einschulungszeit«, sagte Veronika.

»So viel zur internationalen Berufserfahrung als Sachbearbeiterin«, ätzte Sophie.

»So eng sehe ich das nicht. Ich bin schon mal froh, hier sein zu können«, sagte Veronika.

»Und da hast du dir gleich diesen Marcel angelacht? Was ist eigentlich mit Christian?«, fragte Sophie.

Christian war auch am Mittagstisch gewesen und sie hatte ihn spontan sympathisch und vertrauenserweckend gefunden, was sie sehr beruhigte. Von dem älteren Mann, diesem Marcel, konnte sie das ja nicht behaupten. »Was will der von meiner Schwester?«, dachte sie.

»*Angelacht,* du übertreibst. Aber ich glaube, er findet mich gut«, sagte Veronika.

»Gut?«, fragte Sophie. »Sag einmal, Schwesterherz, merkst du gar nicht, dass die Leute hier fast alle irgendwie komisch sind? Das ist doch so was wie eine Sekte hier.«

Veronika fuhr auf. »Blödsinn! Das ist bestenfalls eine Kommune mit Firma. Aber von irgendwas muss eine Gruppe doch leben, oder?«

»Klar muss Geld herein. Wer organisiert hier alles? Können die Angestellten auch mitsprechen? Bist du überhaupt angestellt?« Sophie kam langsam in Fahrt.

»Da gibt es so einen Mindestvertrag, damit alles offiziell ist. Ich habe also später kein Problem wegen dem Arbeitslosengeld und so«, erklärte Veronika.

»*Und so*. Aha. Dir ist schon klar, dass das nicht berauschend sein wird. Wenn du nur wenig bekommst, dann ist die Arbeitslose auch sehr gering. Aber gut, immerhin bist du angemeldet.«

»Weißt du, hier wird einem alles abgenommen«, sagte Veronika. »Ich kann mich ganz auf die Arbeit und die natürliche Lebensweise konzentrieren.«

»Abgenommen wird dir hier vor allem das Denken, wie es aussieht«, sagte Sophie.

»Sei doch nicht so negativ. Lebst *du* hier, oder ich? Du kannst mir vertrauen, das ist okay hier«, sagte Veronika.

»Das ist es ja, was mir Sorgen macht: dass du hier lebst. Und dass du mich beschwichtigen willst«, sagte Sophie.

»Ich habe das Gefühl, dass ich hier alles habe, was ich brauche. Es wird für alles gesorgt. Ich brauche nicht einmal das Gelände zu verlassen.«

»So ist es im Gefängnis auch«, sagte Sophie.

»Siehst du irgendwo Gitter oder Wächter?«, fragte Veronika. Sie wurde ärgerlich. Die Anschuldigungen ihrer Schwester fand sie unverschämt.

»Das Gefährliche ist, dass gar keine Gitter notwendig sind. Sie sorgen dafür, dass du das Gefängnis freiwillig baust. Im Hirn. Nach den Entwürfen und Plänen des Oberbaumeisters Marcel.«

Veronika lachte. »Marcel und Baumeister … Der kann keinen Stein auf den anderen setzen.«

»Glaub ich sofort. Keinen Stein auf dem anderen zu lassen ist seine Spezialität.«

»Warum musst du alles schlecht machen, was mir gut tut?«, fragte Veronika.

Sophie nahm ihre Schwester am Arm und sah ihr direkt ins Gesicht. »Weil das alles hier vielleicht für deine Haut und deine

Lunge gut ist, aber nicht für deine Seele.«

»Was kümmert dich meine Seele?« Veronika wand sich aus Sophies Griff.

»Mehr, als sie Marcel kümmert«, sagte Sophie. »Du bist gerade dabei, sie an ihn zu verkaufen.«

»Er findet mich aber super-toll. Hat er mir selbst gesagt«, sagte Veronika.

»Das sagt er sicher jeder neuen Frau hier«, sagte Sophie.

»Nein, das glaube ich nicht. Glaub mir, ich kann das erkennen«, sagte Veronika.

»Es ist doch immer die gleiche Masche. Am Anfang ist alles toll und dann wird er dich fallen lassen wie eine heiße Ofenkartoffel.«

»Warum sollte er das?«

»Weil das Neue in der Liebe nicht mehr neu für ihn ist. Das kennt man doch. Zuerst Feuer und Flamme … aber wahre Liebe gründet sich nicht auf der ersten Verliebtheit. Er wird dich fallen lassen. Gleich, wenn die nächste Neue kommt. Das ist einmal sicher, da lass ich mich hineinstechen.« Sophie deutete auf ihre Halsschlagader.

»Aber was, Marcel spricht doch selbst immer davon, dass dritte Personen die Grundbeziehung stärken und vertiefen«, sagte Veronika und stolperte fast über einen Stein, der mitten auf dem Weg lag.

Sophie fing sie auf. »Und du glaubst, du hast mit ihm die Grundbeziehung? Was ist denn mit diesem jungen Mann dort, mit dem ich ihn zuerst über den Hof gehen gesehen habe. Sag mir nicht, dass die beiden ganz zufällig händchenhaltend gegangen sind.«

Veronika winkte ab. »Ach, das ist hier so üblich. Sein Freund ist schon seit vielen Jahren hier, sagte er mir.«

»Ach ja. Und da klingelt es bei dir nicht?«, fragte Sophie.

»Was soll denn klingeln? Hochzeitsglocken gibt es hier sicher keine.«

»Schön, dass du dir da wenigstens keine Hoffnungen machst«, sagte Sophie.

»Ein Kind kann ich auch ohne Trauschein bekommen …« Veronika ließ den Rest offen.

»Ein Kind? Mit Marcel?«, fragte Sophie und schnappte nach Luft.

»Nein. Blödsinn. Ich will ja gar kein Kind«, beruhigte Veronika ihre Schwester und nutzte das Stichwort zum Themenwechsel. »Wie geht es denn Leon?«, fragte sie.

Sophie sah ein, dass sie gerade nichts mehr ausrichten konnte. Sie seufzte, setzte wieder ihr Lächeln auf und sagte: »Der ist ganz aus dem Häuschen, Disneyland bringt ihn um den Verstand. Er hat auf der ganzen Reise von nichts anderem gesprochen.«

Die Moralpredigt war beendet. Die beiden tratschten noch eine Weile. Sophie erzählte, was Leon bisher in den Ferien gemacht hatte, und schließlich fuhr sie wieder zu ihrer Familie zurück. Sie war zumindest soweit beruhigt, ihre Schwester glücklich angetroffen zu haben. Lieber hätte sie sie allerdings mitgenommen.

Jacques

Jacques konnte sich seine Autofahrten einteilen, wie er wollte. Solange er nicht für einen Fall fix eingeteilt war und die Route in seinem Gebiet lag. Kurz hatte er überlegt, ob er verdeckt mit dem Privatauto zum Schloss fahren sollte. Doch dann entschied er sich, ganz offiziell mit Polizeiwagen anzutanzen. Es war ja nur ein kleiner Besuch, sozusagen aus Nostalgie.

Alles war noch so wie früher. Zumindest äußerlich. Dass das Anwesen nun in anderen Händen war, wusste er. Wehmütig dachte er an die Zeiten, als er mit François durch den Hof gelaufen war, und sie sich hinter den Büschen und Mauern versteckt hatten. Oh, es hatte sich doch etwas geändert, merkte er, als er zum Tor kam. Viele der seit dem Krieg herumliegenden Mauerfragmente waren entfernt oder neu aufgestellt worden. Der Hof machte jetzt einen sehr ordentlichen Eindruck. Er suchte nach einer Türe, hinter der so etwas wie eine Rezeption zu vermuten war und klopfte schließlich einfach irgendwo.

Simone saß hinter dem Bedientresen vor ihrem Computer. Sie begrüßte den Polizisten freundlich. Jacques stellte sich kurz vor. Einen Moment lang wurde Simones Blick unruhig. Aber das sagte noch nichts.

»Ist es möglich, mit Marcel Lamour zu sprechen?«, fragte er.

»Ja, er sollte im Haus sein. Ich werde ihn rufen. Wollen Sie sich inzwischen in den Salon setzen?« Simones Stimme war nervös und unsicher.

»Ein bisschen zittrig, die Dame«, dachte Jacques, »aber vielleicht macht das nur meine Uniform.«

»Gerne«, sagte er und blieb ernst, aber freundlich.

Schon als Kind hatte Jacques das Schloss fasziniert. Aber er hatte kaum Räume von innen gesehen. Dass es einen Salon gab, war neu für ihn.

Während Simone ihn hinbrachte, bestaunte er, wie schön eingerichtet die Anlage inzwischen war. Die Holzfenster waren wie frisch weiß gestrichen, oder gar neu. Jedenfalls geputzt. Innen strahlten die alten, groben Mauern und die hohen Räume Ruhe aus. Jacques sah sich im Salon um. Er betrachtete den Kamin, die gemütlichen Sofas, das Klavier. Das Wetter war etwas bewölkt, die meisten Gäste nützten den Tag für Sightseeing. Da ging die Türe auf und ein gut gekleideter älterer Mann kam mit einer weit jüngeren, blonden Frau herein.

»Guten Tag, Monsieur Inspektor Lumière. Ich bin Marcel Lamour. Was verschafft uns die Ehre Ihres Besuches?« Marcel streckte dem Inspektor die Hand hin.

Die beiden Männer begrüßten einander, und Marcel lud Jacques und Veronika ein, sich in die gemütlichen Sessel um einen Tisch zu setzen.

»Sehr angenehm, danke. Oh, was führt mich her? Die reine Neugierde, Monsieur Lamour. Wissen Sie, ich habe hier einen Teil meiner Kindheit verbracht«, sagte Jacques.

»Da hat sich sicher einiges verändert seither«, sagte Marcel.

»Aber ja.« Jacques wies mit einer offenen Handgeste auf Veronika. »Bitte stellen Sie mir doch die reizende Dame an Ihrer Seite vor.«

»Gerne. Das ist Veronika«, sagte Marcel. Mehr kam nicht von ihm.

Veronika überlegte, ob es besser war, wenn keine Nachnamen genannt wurden. Aber der gute Polizist war doch nur neugierig, dachte sie.

Sie reichte ihm ihrerseits die Hand. »Guten Tag, Herr Lumière. Wir haben gerade das heutige Abendprogramm geplant.«

»Da kann man sich jetzt viel vorstellen«, dachte Jacques.

»Haben Sie hier so ein richtiges Programm für die Gäste?« Er lächelte und signalisierte Interesse.

»Oh ja! Vorträge, vor allem gutes Essen und …«, sagte Veronika, während Marcel ernst schaute und ihr das Wort abschnitt: »…

Bildungsprogramm eben, wie es heutzutage Seminarhotels anbieten.«

»Ich habe mich hier ein bisschen umgesehen. Sie haben das Anwesen gut hergerichtet. Sie verkaufen doch hier auch. Was für eine Art Firma ist das eigentlich?«

»Wir versenden exquisite Früchte und Gemüse aus dem In- und Ausland«, erklärte Marcel liebenswürdig.

»Ich sehe, Sie haben auch gewerbliche Einrichtungen und Kühlräume eingerichtet«, sagte Jacques.

»Wir tun mit eigener Kraft, was wir können. Wie Sie wissen, sind die gewerberechtlichen Auflagen relativ umfassend.« Marcel beherrschte den nichtssagenden Smalltalk perfekt.

Veronika fühlte sich auf einmal ganz in der Rolle der Assistentin der Geschäftsleitung. Sie hatte gelernt gut aufzutreten und wusste, wie man sich zu verhalten hatte. Bei ihrer vorigen Stelle war sie mit der Assistentin der Geschäftsleitung im selben Zimmer gesessen. Immer schön förmlich und korrekt. Sie wollte Marcel keine Schande machen. »Wie kann ich hervorstreichen, wie gut wir alles im Griff haben?«, überlegte sie.

»Die neuen Kühlräume sind absolut hygienisch. Wir haben sogar verschiedene Kühlräume für verschiedene Temperaturbereiche. Empfindliche Früchte benötigen individuelles Klima. Wir sind sehr stolz darauf«, sagte Veronika, lächelte und hätte fast mit den Augen geklimpert. Sie fühlte sich ganz großartig in ihrem taufrischen Job. Auf das Wir war sie besonders stolz. Sie als PR-Fachfrau. Vielleicht würde sie bald nicht mehr nur Hilfsdienste machen. »Plaudere nicht unsere Firmengeheimnisse aus«, zischte ihr da Marcel zu und wandte sich wieder an Jacques. »Bitte entschuldigen Sie, die Freude über die neuen Einrichtungen, die wir geschaffen haben, ist groß.«

»Das ist verständlich. Haben Sie hier auch viele Kinder auf dem Anwesen?«, fragte Jacques. Die Frage hatte ihm schon die ganze Zeit unter den Nägeln gebrannt.

»Die Gäste haben häufig ihre Kinder mit«, sagte Marcel. Er versuchte, neutral zu antworten, war aber jetzt noch vorsichtiger.

»Hotelgäste ... natürlich ... das ist ja klar. Aber ich meine, ob hier auch Mütter mit ihren Kindern auf dem Anwesen wohnen.« Jacques blieb hartnäckig.

»Manchen Müttern gefällt es hier so gut, dass sie gleich hier wohnen. Sie können ihre Kinder hier optimal versorgen«, sagte Marcel.

»Und wie alt sind die Kinder?«, fragte Jacques.

»Das ist sehr unterschiedlich. Von Kleinstkindern bis zu pubertierenden Jugendlichen«, sagte Marcel. »Quer durch.«

Jacques merkte, dass er aus Marcel nicht mehr herauslocken konnte. Er wandte sich an Veronika. »Den Kindern hier geht es sicher sehr gut, was meinen Sie?«

Veronika war irritiert von der Frage. »Ich habe hier nur glückliche Kinder gesehen«, sagte sie. Sie dachte an die ruhigen Kinder, die sie kaum bemerkt hatte, und deren Mütter, die meistens mit ihnen beschäftigt waren.

»Gibt es hier denn einen Kindergarten?«, fragte Jacques.

Veronika überlegte, davon hatte sie hier nichts gesehen. »Ich glaube, dafür gibt es hier zu wenige Kinder«, sagte sie.

»Die Kinder werden hier von den Müttern betreut«, sagte Marcel, dem das Thema jetzt schon sehr unangenehm wurde. Man spürte es in seinem Unterton, der jetzt nicht mehr ganz so liebenswürdig war.

Jacques ließ sich nicht beirren und wandte sich weiter an Veronika. »Und wie ist es mit der Schule?«

»Ich glaube, die Kinder werden von den Müttern geschult«, sagte Veronika. Sie erinnerte sich, dass sie eine Mutter mit einem Kind an einem Tisch lernen gesehen hatte. »Oder ist das nur, weil Ferien sind?«, stellte sie unsicher in den Raum.

»Die meisten Kinder gehen in die öffentliche Schule«, ergänzte Marcel.

»*Die meisten Kinder*, soso«, dachte Jacques. Hier schien ein großer Einfluss der Gruppe auf die Kinder zu herrschen. »Diese junge Frau weiß wirklich nichts über die Schulzeiten, das ist schon verdächtig.«

»Haben Sie selbst ein Kind?«, fragte Jacques. Vielleicht spielte sie nur die glückliche Frau, überlegte er.

»Nein, also, noch nicht. Also ich weiß noch nicht ... aber nein, ich habe keines«, stotterte Veronika. Die Frage brachte sie aus dem Konzept. »Das wäre was, ein Kind hier. Schön wäre das. Ein Kind von Marcel ...», dachte sie. Sie sah sich schon als erste Dame des Schlosses.

Jacques sah Veronikas Blick, der nichts Verdächtiges verheimlichen wollte. Aber verwirrt schien ihm die junge Dame schon zu sein. Oder hatte sie doch ein Kind und verheimlichte es?

»Was nicht ist, kann noch werden«, sagte Marcel und lächelte sie an. Die Ablenkung von dem Kinderthema in eine andere Richtung passte ihm gut.

»Aber natürlich. Wie ich sehe, ist hier alles in bester Ordnung. Ich werde mich empfehlen«, sagte Jacques.

»Schönen Tag noch«, sagte Marcel und begleitete den Inspektor hinaus zum Tor. Veronika ging mit wie eine Assistentin. Ihr Herz raste indes.

»Oje, oje«, dachte sie, da hatte sie wohl zu viel gequatscht. Hoffentlich nahm ihr Marcel das nicht übel.

»So, meine Prinzessin, gehen wir wieder und besprechen unsere Planung«, sagte Marcel.

»Äh, das habe ich nur so gesagt«, sagte Veronika.

»Ich weiß. Aber es war eine gute Erinnerung. Ich möchte dir helfen, dich zu entwickeln«, sagte Marcel.

Veronika war erleichtert. Zum Glück hatte er es ihr nicht krumm genommen. Ihr fiel ein Stein vom Herzen. »Was meinst du?«, fragte sie.

»Gehen wir ins Büro, dort kann ich dich mit dem Pendel befragen, dem Detektor, von dem ich dir schon erzählt habe.«

Veronika begleitete Marcel zu seinem Büro und merkte, dass er nicht so gesprächig war wie sonst. Irgendwie in Gedanken.

Marcel war über Jacques' Besuch stark beunruhigt. Er wusste, dass es mehrere Menschen gab, die ihn loswerden wollten. Die Ärztekammer hatte ihm vor Kurzem ein Abmahnungsschreiben geschickt, weil er nicht behaupten durfte, dass seine Ernährungs-Empfehlungen schwere Krankheiten heilen würden. Oder steckte gar die Journalistin dahinter, die von seinen Erfolgen berichtet hatte? Er erinnerte sich, dass sie den Namen eines schwerkranken Kindes veröffentlicht hatte und deshalb zu einer hohen Geldstrafe verurteilt worden war. Das Kind hätte nie erfahren dürfen, dass es Aids hatte. Das durfte man nur denjenigen sagen, die es auch wissen wollten. Hätte sie aber auch selbst wissen müssen, dachte er. Wollte ihm die was anhängen? Dann das Gewerbeamt wegen hygienischer Gründe … Aber hier war schon viel geschehen, viel verbessert worden. Das konnte es nicht sein, würde auch keinen Kriminalbeamten interessieren.

Es konnte eine der Frauen sein, mit der er nach einer intensiven Beziehung später nicht mehr viel Kontakt hatte. Da er sich nach einer Zeit wieder mehr seinem langjährigen, intimen Freund zugewandt hatte, könnten sich manche vernachlässigt fühlen. Sie verstanden nicht, dass sich seine Aufmerksamkeit änderte. Manche erwarteten sich zu viel. Oder es kam aus einer ganz anderen Ecke, zum Beispiel von der jungen Frau, die mit seinem inzwischen erwachsenen Sohn eine Beziehung eingehen wollte. Marcel spürte, dass etwas im Argen war, aber er kannte den Grund für Jacques' Besuch nicht. Das machte ihn nervös und unruhig.

Inzwischen hatten sich die beiden an einen Tisch im Büro gesetzt, und Marcel das Detektorgerät mit Metalldraht aufgestellt.

»Nimm bitte diesen Draht fest in die Hand, insbesondere wenn du antwortest«, sagte er.

Veronika nickte.

»Zuerst eine Kontrollfrage. Was ist deine Augenfarbe?«

»Blau. Blau-grau würde ich sagen«, sagte Veronika.

»Okay, damit weiß ich, wie der Draht das Pendel in Schwingung bringt, wenn du so eine einfache Frage ehrlich beantwortest«, sagte Marcel.

»Spannend«, dachte Veronika. »Ob das Gerät wirklich zeigen kann, wenn man lügt?«

»Kommen wir zur ersten richtigen Frage. Hast du noch Gelüste?«

»Nein, hab ich nicht«, sagte Veronika.

»Du sprichst nicht die Wahrheit«, sagte Marcel. »Schau, das ist ein Gerät, das zeigt, ob du dich selbst betrügst. Und das machst du gerade. Deine Nervosität bringt das Pendel zum Schwingen. Die Anzeige hat es deutlich gezeigt.«

»Noch einmal. Hast du noch Gelüste? Konzentrier dich.«

Veronika schluckte. So eine Freilegung ihres Seelenlebens war ihr eher unangenehm. Aber vielleicht half es doch? »Ja doch, ich denke noch öfter an Süßigkeiten. Schokolade. Oder Käse.«

»Na bitte, schon besser«, lobte Marcel.

Veronika schaute beruhigt auf. Die Zustimmung tat ihr gut, auch wenn es kein wirkliches Lob war. »Machen wir weiter«, sagte Marcel. »Hast du seit deiner Ankunft innerhalb oder außerhalb des Schlosses andere Lebensmittel zu dir genommen?«

»Nein.«

»Du lügst.«

»Oh Gott, das Gerät nimmt es aber genau«, dachte Veronika. Als sie letzthin bei einem Kiosk nach einer deutschsprachigen Zeitung sehen hatte wollen, hatte sie sich verleiten lassen.

»Äh, doch. Ich habe bloß ein kleines Schokoladenstück gekauft. Die Versuchung war einfach zu groß«, sagte Veronika schuldbewusst. Noch mehr allerdings, weil er sie beim Lügen ertappt hatte.

»Einmal Lügner, immer Lügner. Das Sprichwort kennst du sicher. Aber mach dir nichts daraus. Wir belügen uns alle von Zeit zu Zeit. Überhaupt am Anfang einer Umstellung. Ich helfe dir, dich nicht mehr selbst zu belügen.«

Veronika wurde langsam ruhiger. Die Ehrlichkeit schien ihr jetzt nicht mehr so gefährlich. Marcel würde sie nicht verstoßen wegen ein paar kleiner Sünden.

»Es war so stark, ich erinnerte mich, wie gut sie mir schmeckte. Und ich war alleine dort, sah die ganzen Verlockungen. Ich war so stolz, dass ich bei der Bäckerei vorbei gegangen bin, obwohl es dort so toll herausgerochen hat.« Sie sah auf das Gerät. Es schlug nicht aus.

Marcel lächelte, dieses unglaubliche Lächeln, bei dem Veronika die Knie einsanken. »Das hast du gut gemacht«, sagte er. »Einerseits.« Immer noch dieses Lächeln. »Das, was du da gerochen hast, waren veränderte, verzuckerte Aminosäuren, die dein

Körper unbedingt benötigt, aber natürlich unverzuckert. Deine Sinne haben sie wiedererkannt. Du hast dich am Schloss soweit ausgewogen ernährt – auch in Bezug auf die Aminosäuren, diese Bausteine von Eiweiß – dass du widerstehen konntest. Du musst noch entgiften. Die alten Moleküle aus deinem früheren Essen fließen noch in deinem Blut, weil sie aus deinem alten Fett abgebaut werden. Deshalb erinnerst du dich. Später wird es für dich nicht mehr verlockend riechen, sondern seltsam unangenehm. Vielleicht wird es sogar stinken.«

Veronika überlegte. Ob es wirklich die Erinnerung in ihren Zellen war?

»Ist das sicher so?«, fragte sie.

»Hier stelle ich die Fragen«, sagte Marcel. Sein Ton war harsch, das Lächeln weg.

Veronika zuckte zusammen. »Ja, okay«, sagte sie und nickte artig.

»Anders ist das mit der Schokolade«, fuhr Marcel fort. »Hast du das Gefühl, du bekommst zu wenig Liebe?« In dem Moment kam ihm eine Idee. »Die Frage werde ich noch anderen Frauen stellen«, dachte Marcel. »Vielleicht komme ich so auf eine Spur, wer vom Schloss hinterrücks Kontakt mit der Polizei hatte.« Oder war es einer der Männer? Egal, er würde es herausfinden.

»Nein«, sagte Veronika. Das Gerät schlug nicht aus.

»Gut«, dachte Marcel, »hätte mich auch gewundert, wo ich sie derzeit so zuvorkommend behandle.«

»Fein, dann liegt es wohl doch auch hier noch am Entgiftungsprozess. Ich werde dir nun etwas raten. Geh das nächste Mal, wenn du aus dem Schloss raus willst, nur mit einer Begleitperson, die schon länger hier ist und roh isst. Sie wird dich vor unüberlegten Fressattacken schützen.«

»Fressattacke ist übertrieben«, sagte Veronika kleinlaut.

Irgendwie flößte Marcel ihr immer wieder eine Art Respekt ein, die zwischen Verliebten nicht angebracht war.

Marcels Stimme war ganz Autorität. »Das war allerdings eine. Es ist eine Sucht, wenn du zu etwas greifst, dass du eigentlich nicht essen wolltest. Oder es nicht vorgehabt hast. Greif den Draht nochmal an. Hattest du vor der Versuchung vorgehabt, Schokolade zu essen?«

»Nein«, sagte sie. Das Gerät schlug nicht aus.

»Na, siehst du. Dann ist es eine Sucht. Und wenn du klein anfängst, wird es bald mehr. Nur dass du hier keine Versuchung hast.«

Veronika kam sich jetzt wie ein Alkoholkranker in der Entzugsanstalt vor. Sie fand, dass sie sich schon etwas weiterentwickelt hatte. In Wien hatte sie wirklich noch hemmungslos ab und zu Schokoladentafeln oder auch Kochgemüse gegessen. Die Schokolade war schlimm. Mit ihr kamen der Juckreiz und ein starkes Unruhegefühl im Körper auf. »Vermutlich habe ich deshalb nur so ein kleines Stück gegessen, weil ich Angst hatte, die anderen hier könnten es merken«, überlegte sie. »Entwöhnung. Scheiße, er hat recht. Nach der Schokolade wollte ich später noch eine, aber im Schloss war natürlich keine zu kaufen. Erst nach ein paar Tagen war der Sog vorbei.«

»Okay. Das nächste Mal gehe ich nur in Begleitung«, sagte Veronika.

»Gut. Ich sehe, wir machen Fortschritte. Ich muss jetzt hier noch etwas arbeiten. Am besten ist, du gehst zu den anderen oder legst dich in dein Zimmer nach dieser Arbeit an dir selbst«, sagte Marcel.

Veronika ging auf ihr Zimmer, etwas Schlaf würde ihr jetzt sicher gut tun.

Jacques

Jacques drehte mit dem Auto eine kleine Runde durch den Bezirk und fuhr dann zurück in sein Büro. Er fasste in Gedanken zusammen, was er hatte. Marcel Lamour war schon einmal ins Visier der Ärztekammer gekommen, weil er behauptet hatte, dass seine Therapie Menschen von schweren Krankheiten wie Krebs und Aids heilen würde. Heilungsversprechen durften nur Ärzte machen. Dann hatte er noch von Pilzen gehört, die ein Arzt, der hier ab und zu Gast war, verwendete. Ansonsten schien dieser Lamour einen souveränen Eindruck zu machen. Vielleicht etwas zu souverän.

Jacques seufzte. François würde nicht begeistert sein, dass er nichts wirklich Verdächtiges gefunden hatte. Alles recht unauffällig. Auch Homeschooling war an sich erlaubt. Womöglich war der Brief nur aus Rache wegen einer verschmähten Liebschaft geschrieben worden? Der Inspektor dachte an Tom, der ihm von seinen sexuellen Erlebnissen dort erzählt hatte. Die einzige neue Information war, dass diese Veronika Marcels rechte Hand sein dürfte. Auch kein Verbrechen. Alles in allem waren das ein paar Verdachtsmomente, aber nichts, was wirklich ein Thema gewesen wäre.

Und doch war Jacques nicht ganz beruhigt. Entweder hatte ihn sein Freund, der Pfarrer, mit seinem Misstrauen angesteckt, oder sein kriminalistischer Instinkt meldete sich. Jedenfalls ortete Jacques ein Gefühl, das ihn selten trog. Irgendetwas stimmte nicht mit dem feinen Herrn Lamour. Hielt sich auffällig bedeckt. Einen Rundgang hatte er auch nicht machen wollen. Jacques rieb sich das Kinn beim Nachdenken. Das Auffälligste war seine Stimme gewesen, in der bei aller Jovialität etwas mitschwang. Etwas, das nie etwas Gutes verhieß.

»Auch kein Argument für den Staatsanwalt«, sagte der Inspektor laut zu sich selbst. »Bringt niemanden hinter Gitter. Und doch ist was faul. Irgendwas faul … ganz faul …«

Eine junge Kollegin riss ihn aus seinem Selbstgespräch. »Alles in Ordnung?«

»Kann man so nicht sagen«, sagte Jacques. »Aber ich werde dran bleiben.«

Luis

Veronika saß im Kaminzimmer. Wie in einer Lobby in einem klassischen Hotel, fand sie es dort sehr gemütlich. Hier konnte sie andere Gäste treffen, die Lust auf einen Schwatz hatten. Clemens lümmelte schon am Sofa. Neben ihr in einem der großen Polstersessel saß Luis. Er hatte ein Buch auf seinem Schoß liegen und sah nur kurz zu ihr auf.

Es war ein etwas kühlerer Abend und jemand hatte Feuer gemacht. Aus der Anlage erklang leise sanfter Jazz.

Veronika kuschelte sich in das große Sofa. Sie sank tief in die weichen Polster ein. Tat das gut … Nachdem sie heute zuerst in der Küche und dann beim Zusammenstellen der Pakete geholfen hatte, war sie ziemlich geschafft. Der Tag hatte um halb sieben begonnen. Aber seit sie hier war, hatte sie kein Problem mehr mit zeitigem Aufstehen. Die Bettschwere in der Früh, als wäre Blei in ihrem Blut, war wie weggeblasen. Abends war sie nach der körperlich anstrengenden Arbeit redlich erschöpft und angenehm müde.

Clemens schälte sich aus seiner Sofaecke. »Bettzeit für mich«, sagte er und winkte den anderen einen Gute-Nacht-Gruß zu.

Veronika konnte sich jetzt am Sofa breit machen und streckte ihre Füße darauf aus.

»Geht es dir schon besser?«, fragte sie Luis. Sie hatte bei der Arbeit mitbekommen, dass Luis am Vormittag auf sein Zimmer gegangen war.

»Ja, danke. Ich bekomme immer wieder Kopfschmerzen. Riccardo meinte, wäre ist die Entgiftung und gab mir nochmal Cassia«, sagte Luis.

»Dann hast du sicher heute gut entleert«, sagte Veronika und kicherte kurz. Ganz hatte sie sich immer noch nicht an die hier gängigen Themen gewöhnt. Und an die Offenheit, mit der über sämtliche Körperfunktionen geredet wurde.

»Das kannst du laut sagen. Ich glaube, das war echt eine gute Sache.«

Man sah ihm an, dass es ihm deutlich besser ging als am Vormittag. Allein schon am Lächeln.

»Was liest du denn da?«, fragte Veronika und deutete auf sein Buch.

»Was über Yogis. Oder für Yogis. Wie man es nimmt …«

»Davon habe ich schon etwas gehört. Yogis sind Menschen, die sich bewusst auf einen traditionellen Weg ihrer eigenen Entwicklung gemacht haben. Und sie machen diese Yoga-Übungen. Manche sehen aus wie Verrenkungen. Ich habe ein paar Videos auf YouTube gesehen. Unglaublich, wie die sich verbiegen können. Manche sind wie Artisten. Ich glaube, die meisten sind in Indien daheim.«

»Stimmt. Indien ist überhaupt sehr interessant. Da gibt es sogar das dritte Geschlecht.«

»Das dritte Geschlecht?«

Luis gefiel es, dass er den Wissenden spielen konnte. »Das sind

Männer, die sich als Frauen verkleiden und bei Hochzeiten segnen.«

»Schräg. Ausgerechnet bei Hochzeiten?«

»Ja, haha«, sagte Luis und lachte. »Da hast du recht. Dass diese homosexuellen Männer heterosexuelle Ehen segnen, ist mir noch gar nicht bewusst gewesen. Na ja, andere Kultur halt.« Luis wollte schon wieder in sein Buch schauen.

Aber Veronika war es nach Gespräch. »Hier am Schloss würde das dritte Geschlecht gut dazupassen.«

»Denke schon.« Luis überlegte kurz. »So jemand wie ich ist sozusagen auch ein drittes Geschlecht.«

»Das finde ich ziemlich entspannend«, sagte Veronika. »Ich meine, mit dir kann ich ganz anders plaudern als mit anderen Männern. Das ist mir schon früher bei Schwulen aufgefallen. Ups! Ich hoffe, das Wort ist nicht schlecht für dich. Man weiß ja nie bei all den politisch korrekten Ausdrücken, gibt ja jeden Tag neue für irgendwas.«

»Nein, das ist ganz okay. Ich seh das ganz relaxed«, sagte Luis und lachte.

»Eine Freundin von mir war einmal mehrere Winter hintereinander in Asien«, sagte Veronika.

»Ich möchte auch gerne einmal hin. Wenn das nicht so umweltschädlich wäre. Was hat sie erzählt, deine Freundin?«

»Sie war nicht in Indien, sondern auf den Philippinen. Sie hat dort immer bei derselben Familie gewohnt. Mit den Jahren wurde sie fast wie eine Verwandte angesehen. Also sie war nicht in den Hotels der Touristenstädte oder so.«

»Das finde ich toll.« Luis richtete sich etwas auf in seinem Fauteuil. »Mich würde auch eher das alltägliche Leben in so einem Land interessieren.«

»Ich fand spannend, dass die Familie dort mehrere Hütten hatte und genug Betten für alle. Trotzdem schliefen die Geschwister meistens nicht alleine in einem Bett, sondern mindestens zu zweit. Meine Freundin wunderte das, und sie fragte nach, warum sie sich nicht verteilen, wenn eh genug Platz da ist.«

»Und? Warum?«, fragte Luis.

»Weil es zu zweit gemütlicher ist, und allein nicht so schön. Stell dir vor. Ich denke mir auch öfter, ich würde lieber mit jemandem das Bett teilen. Einfach nur so«, sagte Veronika.

»Du meinst, ohne Sex?«, fragte Luis.

»Genau. Die genießen einfach die Körperwärme. Auch mit den Kindern gehen die ganz anders um. Tragetuch und Stillen, Familienbett. Das Tragetuch ist hier bei uns zwar auch schon immer mehr in. Aber sonst ...« Veronika stockte. Was sollte denn Luis ein Tragetuch interessieren?

»Ich glaube, das kommt immer mehr. Kommt ja auch drauf an, wie aktiv du dein Leben gestaltest«, sagte Luis.

Veronika verstand nicht ganz, was er damit sagen wollte, und schwenkte ein bisschen um. »Meine Freundin ist Ethnologin. Hast du gewusst, dass bei manchen Völkern gar nicht geheiratet wird, sondern Männer für Liebschaften nur nachts zu Besuch kommen? Sonst leben sie in einer Familiengesellschaft mit den Geschwistern. Die Ehe ist für sie bloß neumodisches Zeug. Aber das ändert sich auch mit den Einflüssen aus der umgebenden Welt.«

»Du meinst, sie werden missioniert?«

Veronika zuckte mit den Schultern. »Das schöne weiße Brautkleid, die romantischen Lieder und Geschichten imponieren den Frauen.«

»Und du? Imponiert es dir?«, fragte Luis.

»Herrlich«, dachte Veronika. Mit jemandem, von dem man wusste, dass er kein Interesse an einem hatte, konnte man wirklich über alles reden.

»Ich weiß nicht. Ich glaube, das ist alles nur eine Illusion. Es lassen sich so viele scheiden. Und immer ist wer unglücklich. Am meisten die Kinder. In so einer Familiengesellschaft würden die Kinder gar nicht einmal richtig mitbekommen, wenn der nächtliche Freund ein anderer wird. Da zählen die Onkel und Tanten als nähere Verwandte und als Ansprechpersonen.«

»Haben die keine Angst wegen Inzest?«

»Meine Freundin sagt, entweder die Altvorderen oder sie selbst klären schon vorher hab, ob keine zu nahen verwandtschaftlichen Verhältnisse bestehen«, sagte Veronika. »Bei Rohkost müsste das egal sein, es könnten ja keine Krankheiten durch Kochkost entstehen.«

»Schwächen in der Genetik würden verstärkt werden«, sagte Luis.

Eine Zeitlang war es still zwischen den beiden.

»Weißt du, was ich interessant finde?« Luis wartete Veronikas Antwort nicht ab. »Dass die alten Yogis sehr wohl Rohkost als ursprüngliche Ernährung gesehen haben.«

»Ich dachte, Ayurveda, die traditionelle chinesische Medizin und all diese Richtungen schwören auf gekochte Nahrung, auch gekochtes Gemüse?«

»Das stimmt schon. Vermutlich, weil so viele Menschen sonst nicht ernährt werden könnten. Und weil viele rohes Gemüse gar nicht vertragen«, meinte Luis.

»Die Knallfrosch-Rate steigt erheblich bei manchem Gemüse, wie Kohl. Aber Wildformen sind ohnehin besser. Oder Malve. Da hat es mich noch nie gebläht«, sagte Veronika.

»Die Yogis haben eben vor allem wilde Pflanzen gegessen. So war das ursprünglich, bis es eben immer mehr Menschen wurden. Reis hat keine verhütende Wirkung, mangels sekundärer Pflanzenstoffe.«

»Wo du das sagst, das dachte ich mir auch schon«, sagte Veronika nachdenklich. »Ich glaube, es können echt nicht alle Menschen roh essen.«

»Wenn alle weniger essen würden, kämen viel mehr Menschen mit derselben Nahrungsmenge aus«, sagte Luis.

Veronika stellte sich vor, was wäre, wenn es all die Convenience-Produkte, die die Bequemlichkeit und Zeitnot durch Spezialisierung der Menschen in der Arbeitswelt förderten, nicht geben würde. Da würde eine ganze Wirtschaft anders aufgebaut werden müssen. Vor ihrem geistigen Auge schwebte der Anblick der vollen Supermarktregale vorbei. Gleich nach der Obst- und Gemüseabteilung nahmen die Convenience-Produkte den größten Teil ein. Das war in Bernis Bioladen so, und noch viel krasser im Megamarkt. Von verschiedensten Müsli- und Cornflakes-Packungen über fertige Backwaren, vorgefertigte Menüs, fertige Speisen in Dosen, Süßigkeiten in allen Varianten bis hin zu Babynahrung. Veronika stockte in ihren Gedanken.

Würde sie so was je brauchen?

Hier kamen die Mütter offensichtlich auch mit Stillen und rohen Lebensmitteln für ihre Kids aus. Erst heute Mittag hatte sie gesehen, wie eine Mutter ihrem einjährigen Sohn eine reife, faserlose Mango mit der Gabel zerdrückt hatte, und dieser Löffel für Löffel aß. Am Abend hatte er Eidotter bekommen. Als es uninteressant geworden war, war er vom Schoß seiner Mutter gerutscht und hatte sich wieder an seinen ersten Gehversuchen um die Sessel versucht.

Die Mutter hatte das Kind nicht dazu gezwungen, fertig zu essen. Den Rest hatte sie einfach selbst gegessen. Außerdem stillte sie ihn zusätzlich noch.

»Ich glaube, die Menschen essen deshalb so viel verarbeitete Nahrung, weil die gut haltbar ist und immer schmeckt und sie sich deshalb auf die Arbeit konzentrieren können. Die Yogis arbeiten nicht, oder?«, fragte Veronika. Als sie Luis' Blick sah, genierte sie sich für ihre Frage.

Er sah sie an, als hätte sie eine Anspielung auf ihn gemacht. »Na ja, das kann man so nicht sagen«, sagte Luis fast eingeschnappt. »Yogis legen Wert auf die innere Arbeit. Und äußere Arbeit wird nicht als besser oder schlechter bewertet. Es ist völlig egal, ob sie ein Handwerk ausüben, oder Arbeiten tun, die von anderen Menschen als minderwertig angesehen werden.«

»Ich weiß nicht«, sinnierte Veronika. »Ich glaube, dass ich mit Rohkost viel weniger Lust auf Arbeiten habe. Aber Kochkost triggert mich voll, mich anzustrengen und durchzutauchen. Bis etwas fertig ist. Bis spät nachts und ich nicht mehr kann, wenn es sein muss. Das mache ich mit Rohkost nur, wenn ich mit Herz und Seele an meiner Arbeit hänge. Man überfordert sich nicht mehr.«

»Interessanter Gedanke. Allein, wenn die bei der Packstation Techno-Musik hören, was ich gar nicht mag, kann ich mich schon gar nicht mehr aufraffen. Mit Kaffee ginge es vielleicht, aber Techno ist nicht so meine Musik-Droge.« Luis grinste und machte eine kleine Gedankenpause. »Mit Rohkost kannst du deine Meditation und Yoga noch mehr vertiefen, auf eine höhere Schwingungsebene gelangen. Deshalb bevorzugen die Yogis rohe Lebensmittel, insbesondere auch Früchte und Wildpflanzen. Sie sagen, dass innere Glückseligkeit nur in einem reinen Körper wahrgenommen werden kann.«

»Ich glaube eher, man spürt den Körper besser und hört

rechtzeitig auf, bevor es zu sehr an die eigene Substanz geht.« Es war nicht lange her, dass Veronika selber mit ihrer alten Arbeit Schluss gemacht hatte. Jegliche Idee, außer hier am Schloss zu leben, war ihr damals sinnlos vorgekommen. Und recht hatte sie gehabt.

»Manchmal habe ich so was wie Eingebungen. Kleinigkeiten, die sich wiederholen. Ich glaube dann, auf dem richtigen Weg zu sein«, sagte Veronika. Dann sah sie Luis in die Augen. »Hast du das auch schon erlebt?«

»Ja, so oder so ähnlich. Manche sagen, sie lesen aus der Akasha-Chronik, einer Art Übergedächtnis. Aber das kann nicht jeder. Marcel sagt, er könne es.«

Veronika tat unbeteiligt. »Und glaubst du das?«, fragte sie.

»Ich weiß nicht«, sagte Luis. Sein Gesichtsausdruck verriet, dass er es ganz und gar nicht glaubte. Er dachte daran, dass Marcel nicht nur Fleisch aß, sondern auch noch seine Jünger dazu ermutigte, zumindest Insekten zu essen. Zuletzt die Sache mit dem Wildschwein in der Zeitung. Er konnte sich nicht vorstellen, dass das in der Akasha-Chronik stand.

Inzwischen war das Kaminfeuer ausgegangen, das letzte glühende Holzstück schaffte kein Aufflackern mehr. Die Musik-CD war aus und keiner legte mehr eine neue ein.

»Ich glaube, es ist Zeit, schlafen zu gehen«, sagte Veronika.

»Ja. Morgen haben wir wieder viel zu tun. Ich möchte auch wieder mitarbeiten.«

Sie gingen über den kühlen Hof in Richtung des Gebäudes, in dem sich der Speisesaal und die Gästezimmer befanden. Es war noch ein bisschen kühler geworden.

Marcel

Veronika konnte kein Französisch. Das machte die Besprechung im inneren Kreis zum Teil recht angenehm, weil sie einfach nicht alles verstehen musste. Zum Teil fühlte sie sich aber auch ausgeschlossen. Sie nahm sich vor, mehr Vokabeln zu lernen, aber dann fiel ihr ein Lied einer österreichischen Musikband ein, die da sang, *man muss nicht alles, was gesagt wird, auch immer hören*. »Recht hat er, ich auch nicht«, dachte sie. Manchmal wurde Deutsch gesprochen, manchmal Französisch. »Ginge mir umgekehrt sicher auch so, dass ich immer wieder in die Muttersprache wechseln würde«, dachte sie.

Die Debatte um sie herum wurde hitziger und zog ihre Aufmerksamkeit auf sich. Luis hatte Kritik anzumelden. Veronika wunderte sich, dass auch er im inneren Kreis war, aber vermutlich hatten homosexuelle Männer leichter Zutritt als heterosexuelle. Sie dachte an Christian. Wie tapfer er sich schlug und doch nichts mitbekam vom inneren Kreis. Luis schien es allerdings nicht so gut zu gefallen. Erstens war ihm die Arbeit zu hart und zweitens hätte er gerne Wildpflanzen am Areal des Schlosses essen wollen. Aber dann hatte er auf der Suche nach Gartenwerkzeug Pestizide in einem Lagerraum entdeckt. Damit hätte er nicht gerechnet, dass hier so was verwendet werden würde. Er empörte sich.

Luis' Tonfall spiegelte seinen Ärger wider. Doch Marcel war nicht verlegen. Erstens werde die Hotelanlage touristisch genützt und wie eine Parkanlage angelegt. Und er meinte, dass Luis arrogant sei und ein Problem mit der Liebe habe. Deshalb könne er sich auch nicht so gut einfügen wie die anderen.

Luis schluckte. Er wusste, dass er in der realen Welt da draußen tatsächlich ein Problem hatte. Ein Partner oder eine Partnerin, der oder die gekocht aß? Oder gar Tierisches? Das wäre für ihn nicht infrage gekommen. Aber dieser Vorwurf hier traf ihn unvermittelt intensiv. Gerade hier. Marcel sagte ihm scharf, er müsse sich ändern. Und das war noch nicht alles. Marcel zählte ihm auf, was er in den vergangenen Tagen gegessen hatte. Genauer gesagt, er zählte ihm auf, was er auf der Liste im Abrechnungsprogramm bei ihm gesehen hatte.

»Kein Wunder, dass es dir nicht gut geht. Körper und Seele gehören zusammen«, schimpfte Marcel. Er hatte die Daten von Riccardo, seiner rechten Hand, bekommen. Mit Simone bildete er das Team des Institutes für impulsive Ernährung. Eine ihrer Aufgaben war es, Gäste und Gruppenmitglieder zu beobachten. Was sie aßen. Wie sie sich fühlten. Wie sie sich benahmen. Sie waren sicher, dass unangemessene Verhaltensweisen nur aufgrund falscher Essgewohnheiten entstanden.

»Was geht dich das an, was ich esse?«, ereiferte sich Luis. »Dafür esse ich kein Fleisch. Schaut euch doch mal die Gorillas an, die sind auch Menschenaffen, groß und stark. Und essen die Fleisch?«

»Was redest du da für ein Blech, Luis?«, sagte Marcel. »Gorillas essen zwar fast nur pflanzlich, aber sie haben auch einen langen Blinddarm, den sie zur Verdauung der Pflanzen nützen. Die Schimpansen wiederum jagen auch kleinere Affen, um sie zu essen.«

Luis holte Luft. »Du wirst dir doch daran kein Vorbild nehmen! Die Raubtiere fressen auch noch die Gedärme, denen geht es auch um die vorverdauten Pflanzen. Asiaten und viele Naturvölker fermentieren Pflanzenteile, weil sie keinen Verdauungstrakt haben wie Pflanzenfresser. So können sie größere Mengen Pflanzennahrung verdauen, verwerten und sind flexibler.«

»Die essen alle nicht mehr roh! Wenn du auf Soja anspielst,

das wird vorher gekocht. Und Kochkost ist hier tabu. Kein Tier macht sich fermentiertes Gemüse.« Marcels Stimme war vermutlich bis zum Eiffelturm hörbar.

»Wir sind Menschen!«, rief Luis empört.

Luis stand auf der Abschussliste, soviel bekam Veronika mit. Sie fand, er passte tatsächlich nicht dazu. Ein Greenhorn, noch gar nicht lange roh, und wollte den Alteingesessenen hier erklären, wie die Welt lief. Klar wurde hier hart gearbeitet, weil die Kunden ohnehin schon wegen der hohen Kosten jede Kleinigkeit reklamierten. Dafür konnte er hier arbeiten und leben. Luis' Kritik ging aber weiter. Er fand, dass Kinder nicht in die Sessions der Erwachsenen mit eingebunden werden sollten.

Veronika überlegte, was er wohl meinte. Kinder hatte sie bisher immer nur bei deren Müttern gesehen. Hatte er vielleicht etwas gegen das Familienbett? Sie fand das gut. Wenn sie einmal ein Baby bekommen würde, würde sie lange stillen und Familienbett praktizieren. Und keinen Kinderwagen verwenden. Zumindest in der ersten Zeit nicht. Das Baby direkt am Körper tragen. Nur ein T-Shirt dazwischen vielleicht. In der Stadt hatte sie in der letzten Zeit viele Babys in Tragetüchern gesehen. »Woran denke ich schon wieder?«, stoppte sich Veronika. »Ständig diese Baby-Träume. Daran ist hier gar nicht zu denken. Oder doch? Von Marcel?« Ihre Gedanken glitten schon wieder ab. »Das wäre was, hier Mama werden … Veronika!«, herrschte sie sich im Geiste an.

Inzwischen näherte sich der Schlagabtausch zwischen Luis und Marcel dem Ende. Vermutlich dem von Luis. Er wolle sich nicht anpassen. Und darauf sei er stolz. Denn er könne Gott in sich hören. Veronika zuckte zusammen. »Uff, damit hat er den Vogel voll abgeschossen«, dachte sie, »jetzt ist er Geschichte, samt seinem Jesus-Look.«

Luis stand auf und ging zur Türe. »Ich brauche frische Luft«, sagte er, öffnete die Türe und ging hinaus.

Doch damit war die Besprechung nicht zu Ende. Auch Simone hatte einen Punkt zur Diskussion und geriet mit Marcel in Streit. Es ging wieder um Kinder, merkte Veronika. Bis sie aufschnappte, wie derb Marcel vor den anderen über und mit Simone sprach.

»Du bist einfach nicht geöffnet für das Thema, mon Dieu! Wie oft muss ich dir das mit dem Ödipuskomplex noch erklären? Sigmund Freud sagte, dass das Kind durch das sexuelle Begehren, das es nicht ausleben kann, neurotisch wird. Dann kann es als Erwachsener keine Visionen sehen. Haben wir das jetzt verstanden?«

Simone ließ sich nicht einschüchtern. Im Gegenteil, sein Ton stachelte sie zusätzlich auf. »Das mit den Visionen hast aber nur du dazu interpretiert. Und wer sagt, dass Kindern deshalb strukturell zu ihrer Sexualität verholfen werden muss? Gar noch mit Erwachsenen?«

Marcel schlug sich mit der flachen Hand auf die Stirn. »Auch Bonobo-Kinder leben ihre Sexualität frei aus. Da sind auch Erwachsene und Kinder gemischt. Und dass die Visionen mancher Menschen nicht stimmen, hast du doch sicher schon mitbekommen. Das musst ja sogar du mitgekriegt haben.«

»Kunststück, damit zu prahlen. Du hast nie eigene Visionen, du deutest nur immer die von anderen«, versetzte Simone.

»Marcel hat Tarot und dann I-Ging zu intensiv genützt, das weißt du doch«, warf Riccardo ein.

Simone hielt kurz inne. »Wenn man sich für jede Kleinigkeit die Karten legt oder das Pendel befragt, kann daraus schon ein Fiasko werden. Aber das hätte Marcel vorher wissen müssen.«

»Spirituelle Erfahrungen sind ebenso ein Experiment, und bei mir ist eben herausgekommen, dass ich es nicht übertreiben kann«, sagte Marcel.

»Die Begründung, betreffend Kinder und mögliche spätere Visionen, ist an den Haaren herbeigezogen. Ich habe auch unerklärliche Parallelitäten und Eingaben erlebt und sehe keinen Zusammenhang zu meinem Sexualleben. Außer, dass ich gerne einen Orgasmus erlebe und der mein Wohlbefinden steigert«, sagte Simone.

»Na siehst du«, sagte Marcel. Simone knurrte leise, setzte sich aufrecht hin und sagte: »Affen sind Affen und Menschen sind Menschen. Es sind schon die Affen untereinander nicht gleich. Eine Mutter hat mir gesagt, dass sie gesehen hat, wie ihr Kind verstört aus deinem geheimen Zimmer herauskam.«

»Tatsächlich? Vielleicht war die Mutter gerade in einer schlechten Phase und hat hier etwas falsch interpretiert.« Marcel spießte Simone mit einem Blick auf.

»Du willst der Mutter doch nicht unterstellen, dass sie ihre mütterlichen Impulse nicht ganz beisammen hat?«, fragte sie.

»Kann sein«, sagte Marcel kühl.

»Das glaubst du doch selber nicht. Ich glaube vielmehr, du bist durch dein Alter und deine eigene Kindheit in deiner Beurteilung beeinträchtigt«, sagte Simone.

»Was fällt dir ein?«, wetterte Marcel.

»Das kann ich dir sagen. Du hast erlebt, dass die Nationalsozialisten das Ausleben der Lust für die Fortpflanzung beworben haben.« Simones Körperhaltung war reiner Angriff.

»Was ich sage, kommt von oben«, sagte Marcel und deutete zum Himmel, als wären seine Botschaften Informationen von Gott selbst.

»Na, eher hast du das bei den Psychologen von damals gelesen. Von wegen göttliche Eingebung. Vielmehr hast du mitbekommen, dass die Kirche im Gegenzug zum Regime voll auf Sexualmoral getan hat«, sagte Simone.

»Hat sie wohl auch.« Marcel war jetzt wieder ganz leise. »Schau dir einmal die vielen verklemmten Naturen an, die hier zu uns auf Seminare kommen. Das ist nur der kleine Gipfel eines Eisberges.«

Simone ließ nicht nach. »Das heißt noch lange nicht, dass Kinder ohne Einführung in die Sexualität sexuelle Krüppel werden. Oder rechtsradikal, wenn sie nur auf heterosexuelle Beziehungen stehen.«

»Schau dir doch die meisten Rohköstler an, voller Komplexe! Freie Sexualität in jede Richtung ist das, was sie sich wünschen.«

»Manche Männer, meinst du wohl. Und bei Weitem nicht alle«, fauchte Simone. Sie hatte schon länger beobachtet, dass Marcel in Wirklichkeit ein Problem mit Frauen hatte.

Die Kindheit mit seiner Mutter war schwer gewesen. Simone fand, dass er selbst zum Täter geworden war. Mehr noch, er hatte gut klingende Erklärungen für seine Neigungen. Simone meinte, dass er damit der Gruppe mehr schadete als nützte. »Mit deinen Neigungen schadest du der ganzen Rohkost-Bewegung«, setzte sie nach.

Marcel sah sie unerbittlich an. »Du bist am Entgiften und hast Rückkoppelungen. Warst du nicht erst vor zehn Tagen in der Konditorei? Da hast du sicher was gegessen.«

»Hab ich nicht! Ich habe dort Zeitung gelesen«, sagte Simone.

»Ja, ja, bei einem Glas Wasser … Willst du das sagen?«

»Nein, die haben auch frisch gepressten Orangensaft.«

»Da kannst du dich nur überlastet haben. Vermutlich waren die

Orangen nicht einmal Bio-Qualität.«

Das konnte Simone nicht beschwören. Sie schwieg.

Marcel hielt die Pause. Endlich sagte er: »Natürlich steigerst du dich jetzt in Themen hinein, wie du es sonst nicht tun würdest. Vermutlich bist du auch noch eifersüchtig. Ich schlage vor, du bleibst der nächsten Sitzung einmal fern und überlegst, was dir wichtig ist.«

Da stand Riccardo auf und trat Marcel entgegen. »So geht das nicht. Und überhaupt haben wir noch ein Thema zu besprechen.«

»Ach. Was denn?« Marcel lehnte sich zurück und sah Riccardo gelassen kühl an.

Bisher hatte Veronika noch nicht bemerkt, dass zwischen Simone, Riccardo und Marcel Spannungen herrschten. Doch für alle Anwesenden war nun zu spüren, dass da etwas gar nicht in Ordnung war.

»Es geht um das Verbot für Heterobeziehungen am Schloss«, sagte Riccardo.

»Und? Was ist damit?«

»Simone und ich«, sagte Riccardo und sah zu Simone, »wir fühlen uns magisch angezogen.«

Veronika sah es Riccardo an, dass da etwas aus ihm herausbrach, was schon lange ausgesprochen werden wollte. Da stand Marcels engster Mitarbeiter, sichtlich erleichtert, als wäre etwas von ihm abgefallen. Marcel ging von seiner zurückgelehnten Stellung im Sessel in eine aufrechte Haltung über und sah Riccardo scharf an. »Ihr wisst, dass das nicht erlaubt ist. Simone hat hierzu ihre Unterschrift gegeben.«

Riccardo nickte. »Aber wir erkennen keinen Sinn in dieser Regelung.«

»Ganz einfach. Es würde zusätzliche Spannungen schaffen.«

Marcel hob die Augenbrauen. »Kinderleicht«, sagte die Geste, »ist doch kinderleicht.«

»Zusätzliche Spannungen?«, wiederholte Riccardo. «Nur, weil es auch schon unter den Homosexuellen Eifersucht gibt?«

»Du hast doch mitbekommen, dass es sich zuspitzt, wenn ein bisexueller Partner zusätzlich zu seiner homosexuellen Beziehung eine mit einer Frau eingeht. Denk doch an den Vorschlag, den vor Kurzem so ein Perversling gemacht hat, dass er mit einer Frau von hier Sex haben wollte, nur sie und er, und die anderen sollten ihnen zuschauen.«

»Ja, das sorgte für Aufregung, und alle haben es abgelehnt. Aber Simone und ich wollen ja nur für uns alleine …« Riccardo stand Marcel gegenüber und machte eine öffnende Armbewegung, als wäre damit alles klar.

»Papperlapapp«, unterbrach ihn Marcel. Nun stand auch er auf, um Riccardo direkt in die Augen zu sehen. »Genau so fängt es an. Wenn ich das schon höre. *Wir wollen nur für uns alleine* … So gehen Gruppen auseinander, merkst du das nicht?«

»Wieso soll das die Gruppe beeinflussen, wenn wir zwei uns lieben?«, fragte Riccardo.

»Alleine schon, dass du Simone in Schutz nehmen willst, wo ich sie gerade ins Gebet genommen habe«, sagte Marcel.

»Ins Gebet. Ha! Jetzt hast du dein wahres Gesicht gezeigt. Du willst nur, dass du jedem einzelnen, und besonders den Frauen, deinen Willen aufdrücken kannst. Dein Wort ist Gebot. Andere Einflüsse gibt es nicht. Gehirnwäsche, ohne große Einsprüche.«

»Nimm dich in Acht! Du weißt nicht, was du da redest. Mit deinem derzeitigen hohen Fleischkonsum hast du Rückkoppelungen«, sagte Marcel und nahm eine Drohgebärde ein. Die beiden standen sich inzwischen sehr nah gegenüber.

»Worauf soll ich Acht geben, alter Mann? Mit der Tour brauchst du mir nicht kommen«, zischte Riccardo.

Simone zuckte zusammen. *Alter Mann*, das war ihr noch gar nicht bewusst gewesen. Tatsächlich hätte Marcel ihr Opa sein können.

Alter Mann. Bei diesen zwei Worten ging ein Riss durch Marcels gut getünchte Fassade. Er rastete aus. »Deine Liebe macht dich dumm und blind. Ihr beendet sofort euer Verhältnis!«, brüllte er.

»Machen wir nicht!«, schrie Riccardo.

»Das macht ihr doch!«, schrie Marcel, holte aus und gab Riccardo eine Ohrfeige, dass es knallte.

Riccardo taumelte. Marcel wollte es nicht zulassen, dass heterosexuelle Beziehungen Einzug ins Schloss halten würden. Dass er selbst mit neuen Frauen heterosexuelle Beziehungen anfing, sah er unter einem anderen Blickwinkel. Er, der große Lehrer, der jungen Frauen und Männern in vertikalen Beziehungen Wissen übermittelte. Frauen waren wichtig für die Gruppe, sie mussten den Obersten stützen. Wenn die Frauen gehen würden, wäre keine lebensfähige, fruchtbare Gruppe möglich. Aber wo würde das hinführen, wenn alle miteinander in heterosexuellen Beziehungen feststeckten? Die Eifersucht würde wuchern, und eindringender Sex wäre nicht mehr zu verhindern. Jeder würde Kinder zeugen und vielleicht sogar einzelne Kinder bevorzugen. Kein Vergleich zu jetzt, wo nur er oder auserwählte, langjährige Rohköstler Kinder zeugten. Schlussendlich würden die Paare ihre eigenen Familien gründen wollen, nur ihre eigenen Gene vermehren und sich abkapseln. Das durfte nicht sein. Marcel vertrat seine Position bis aufs Äußerste, ohne Grenze. Und unterbewusst war es ihm nur recht, dass er dabei seine Gene besonders verbreitete.

»Bist du verrückt geworden?«, schrie Simone Marcel an. Sie

hatte die Ohrfeige fassungslos mitangesehen und stand auf. »Du kannst doch nicht …«

»Ich werde dir zeigen, wie ich kann«, brüllte Marcel und schlug auch noch Simone mit der flachen Hand ins Gesicht.

Die anderen Anwesenden waren schockiert, wie gelähmt. Starr saßen und standen sie herum, als hätte sie jemand eingefroren. Auch Veronika rührte sich nicht. Gewalt, hier? Sie wünschte, Luis wäre noch im Raum. Irgendwie hatte sie das Gefühl, er wäre eingeschritten. Er war kein Mitglied der Gruppe, das sich mit dem Wind drehte oder dem Gruppendruck nachgab.

Veronika war hin- und hergerissen. Konnte es sein, dass Marcel hier unrecht hatte? Warum hatte er etwas gegen die Beziehung von Simone und Riccardo. War er eifersüchtig? »Aber er hat doch mich«, dachte Veronika. Vielleicht wollte er, dass Kinder nur von ihm kommen. Aber wie? Bisher hatte sich der Sex mit ihm ausschließlich auf orale Befriedigung beschränkt. Eindringen hatte es noch keines gegeben. Auch Simone hatte noch kein Kind. Wie passte dann das alles zusammen? Bisher hatte Veronika angenommen, er wolle sie noch schonen, bis es zeitlich passte, bis sie bereit war. Schließlich war sie erst vor Kurzem hierher gekommen und musste noch alte Lasten entgiften. Marcel würde schon wissen, was er tat, dachte sie. Sie fand seine Erklärungen einleuchtend. Fand sie seine Erklärungen noch einleuchtend?

Veronika erinnerte sich an eine Videodokumentation von Gorillas aus dem Urwald. In dem Film ließ das Männchen, das die Gruppe führte, kein anderes Männchen an die Weibchen heran. Silberrücken hießen diese Männchen, erinnerte sie sich. Das waren auch ältere Männchen, mit ihren grau-silbernen Rücken. Der Silberrücken führte die Gruppe auch zu Futterplätzen. Veronika sah Marcel an. »Er führt uns nicht zu Futterplätzen, er sucht sie und bringt das Futter her«, dachte sie. Sie schaute Marcel genauer an. Wie er sich da gerade wieder hinsetzte, sah er aus wie ein Silberrücken, nachdem er einen jüngeren Gorilla in die Schranken gewiesen hatte. Er schien nichts dabei zu finden, dass er Ohrfeigen ausgeteilt hatte, und saß wieder selbstzufrieden da, als wäre nichts passiert.

»Gibt es noch Themen, die wir heute besprechen sollten?«, fragte Marcel und sah in die Runde. Keiner fing seinen Blick ein, gab ein Zeichen oder sagte etwas. »Gut, dann können wir wieder zur Tagesordnung übergehen«, sagte Marcel, stand auf und ging. Auch die anderen standen auf und verließen den Raum.

Veronika hatte nicht alles verstanden, was heute hier abgegangen war. Aber unterm Strich war sie schockiert. Sie überlegte, ob das Vorbild am Schloss eine Gorilla-Gruppe war. So ein Silberrücken lebte von der Zustimmung der ihn umgebenden Weibchen. War sie so ein Weibchen? Sie fand es nicht in Ordnung, wie Simone behandelt worden war. So etwas wollte sie nicht erleben. Sie saß allein im Raum und versuchte, ihren schönen Traum festzuhalten. Das Schloss als Heim. Die Rohköstler als Familie. Marcel als große Liebe. Sie war bereits aufgewacht. Aber sie weigerte sich, die Augen aufzumachen.

Christian

»Guten Morgen, Veronika«, sagte Christian.

Wenn es etwas gab, das hier eine gewisse angenehme Regelmäßigkeit und Vertrautheit für sie hatte, war es das gemeinsame Essen am Tisch mit Christian. Sie sah ihn an. Da saß er, eher schlank mit seinen gut geschnittenen, dunklen Haaren. Er war wie immer gepflegt angezogen und frisiert und verhielt sich auch so. »Irgendwie mag ich ihn nicht missen«, dachte Veronika.

»Guten Morgen, Christian«, sagte sie.

»Schaust ganz schön groggy aus heute. Schlecht geschlafen?«, fragte er.

Uff, das konnte sie jetzt nicht auch noch brauchen. Diese Art von Ehrlichkeit machte sie nachdenklich.

Veronika hatte am Abend davor zum ersten Mal eine größere Menge rohes angetrocknetes Wildschwein gegessen. Das erste Mal, dass sie sich das getraut hatte. Ihr war nach Deftigem zumute gewesen. Seit ihrer Umstellung hatte sie keine bewussten Albträume mehr gehabt. Sie hatte das Gefühl, dass ihr Kochkost immer die Schweißausbrüche in der Nacht und damit auch die schlimmen Träume beschert hatte. Das ältere Fleisch schien dieselbe Wirkung auf sie zu haben.

Waren es Luis' Worte, die nun wahr geworden waren? Das Fleisch war sehr würzig gewesen, denn anders als übliches Fleisch hatte es auch noch mehr getrocknetes Blut enthalten. Es hatte gut geschmeckt. Und doch. Irgendwie hatte sie den Eindruck, dass ihr Albtraum etwas mit dem Wildschwein zu tun hatte. Im Traum hatte sie sich eingesperrt gefühlt und nicht heraus gekonnt. Um Hilfe geschrien.

Veronika versuchte, sich zu erinnern. Anfangs war sie auf einer schönen Wiese geschlendert. Die Sonne schien, ein laues Lüftchen wehte, keine Wolke am Himmel. Sie sah immer mehr Büsche und Bäume mit wunderbaren Früchten. Sie war begeistert. Blieb dort und da stehen, kniete sich hin zu einer Wildpflanze, pflückte eine Löwenzahnblume, die sie an Lebkuchen erinnerte. Sie roch daran und kaute die Blütenblätter. Wie angenehm und himmlisch. Dann wieder streckte sie sich und fand neben alten Apfelsorten sogar einen Mangobaum mit süßen Früchten. »Wie kann das hier in Europa sein?«, durchflog es sie kurz im

Traum. Herzförmige Blätter der Linde, süße Blüten vom Hibiskus, weich und sanft im Mund. Die Blüte zerging ihr fast auf der Zunge. Basilikum, Minze, Lavendel. Betörender Duft. Eine kleine Blüte nahm sie in den Mund. Aromatisch, ätherisch. So leicht und doch perfekt. Gute Geschmäcker. Sie dachte an die mild an Magenbitter erinnernden Beifuß-Blätter und -Blüten. An sanfte, fast schleimig werdende Malven-Blätter und -Blüten. Fette Borretsch-Blätter mit feinen Härchen, karottenartig schmeckende Giersch-Blätter, die sie in Wien im Garten hatte.

Doch dann wurde es dunkler. Die Pflanzen, die nicht so gut waren, wie das fast ätzende Schöllkraut, der stinkende Schierling und die scharfe Hundspetersilie wurden immer mehr und dichter, und es waren immer weniger von den essbaren Blättern da.

Sie versuchte, zu den guten Pflanzen zurückzugehen, doch da waren auf einmal ganz alte Pflanzenfamilien aus der Urzeit rund um sie. Kleine und große Sumpfschachtelhalme. Riesige immergrüne Thujen, deren Harz intensiv nach Terpenen roch. Die Sträucher kannte sie als Zaunhecken, in denen immer wieder Amseln ihre Nester bauten. Aber essbar waren sie nicht. Amseln waren hier auch keine zu sehen, sie sah auch keine Nahrungsmittel mehr. Bäume, wie sie anfangs auf der Erde wuchsen, von denen aber noch keine Tiere leben konnten. Die sogar zur Abtreibung oder für Medikamente verwendet wurden, durchfuhr es sie. Sie erinnerte sich wieder an Beiträge, die sie davor in der Firma auf die Website gestellt hatte. Giftpflanzen, die nur in kleinsten Mengen Symptome bekämpften. Aber all das wollte sie nicht, brauchte sie nicht. Sie irrte umher und spürte nach stundenlangem Suchen Hunger.

Sie war in einem Labyrinth, so kam es ihr vor. Hatte sich verlaufen. Sie hörte kleine Schritte. Ein Kind lief, es wollte hinaus. Es weinte. Veronika versuchte, es zu finden, doch die Büsche im jetzt richtig dichten Labyrinth waren zu hoch. Sie hörte Schritte, hörte Stimmen, doch sie konnte nicht dorthin laufen. Dornenbüsche schnitten ihr den Weg ab. Veronikas Herz pochte immer schneller und lauter. Sie wollte zu dem Kind. Plötzlich fiel ein Netz über sie und sie war gefangen. »Hilfe!«, rief sie, doch niemand schien sie zu hören. Da wachte sie auf. Verschwitzt. Es war nur ein Traum gewesen.

Veronika sah Christian an und versuchte ein Lächeln. »Ich glaube, heute hatte ich nicht so eine besonders erholsame Nacht«, sagte Veronika. Sie nahm sich wie gewohnt etwas Cassia Fistula und wollte bald den Tisch verlassen. Die Cassia würde ihre reinigende Wirkung schon tun.

»Veronika, ich habe so das Gefühl, da ist etwas. Willst du es mir nicht erzählen?«, fragte Christian.

Veronika sah auf. Obwohl sie Christian noch nicht lange kannte, war er ihr von den Leuten hier wohl am meisten vertraut. Sie waren gemeinsam hergekommen, aber seit sie hier waren, hatten sie sich voneinander entfernt. Christian arbeitete fast dauernd, sie war mit ihrem Gefühlsleben beschäftigt. Irgendwie bewegten sie sich in verschiedenen Kreisen. Aber hier beim Frühstück waren sie einander wieder vertraut. Es war ein eine Art Fixpunkt in diesen turbulenten Tagen. Trotzdem, sie sollte ihm sicher nichts aus dem inneren Kreis erzählen. Aber mit wem sollte sie sonst über die ausgeartete Diskussion von gestern sprechen, mit der sie gerade nichts anfangen konnte?

»Gehen wir eine Runde spazieren? Ich möchte gerne in den kleinen Wald, der hier angrenzt«, schlug Veronika vor.

Christian schaute nun etwas genauer. Er spürte, dass er es richtig wahrgenommen hatte. Da war etwas vorgefallen. »Klar, bis gleich. Ich sage nur in der Küche, dass ich heute einmal eine Pause einlege, damit sie nicht auf mich warten.«

Veronika und Christian gingen nebeneinander durch das große Tor des Schlosses hinaus in Richtung des kleinen Waldstückes gleich nebenan. Christians Stimme empfand sie als angenehm. Sie kniete sich hin und pflückte ein paar Blätter vom Spitzwegerich. »Kennst du die? Die Blätter schmecken echt nussig«, sagte sie, stand auf und reichte ihm auch ein Blatt.

Sie sah Christian in dem Moment länger an. »Wunderschöne Augen«, dachte sie. Er legte seine Hand auf ihre, führte die Blätter zu seinem Mund und kostete. Mit seiner freien Hand nahm er danach ihre freie Hand. Sie verschränkten die Finger und gingen weiter. Veronika überkam ein großes Glücksgefühl. Wie angenehm, wie richtig fühlte sich das an. Sie sagten beide einige Schritte lang nichts, genossen nur das Gefühl, gemeinsam zu gehen. Schweigend.

Nach einer Zeit, in der sich die beiden auch von der Seite in die Augen gesehen hatten, sagte Veronika: »Schau mal, die Pilze.«

»Glaubst du, die sind essbar?«, fragte Christian.

»Ich weiß nicht. Ich nehme einfach ein paar davon mit und schaue dann in der Bibliothek oder im Internet«, sagte Veronika. Sie sammelte ein paar der kleinen Pilze ein und steckte sie in die Tasche in ihrem Kleid.

»Gute Idee. Vielleicht weiß wer im Schloss, welche Sorte das ist.« Christian nahm ganz nebenbei ihre Hand wieder beim Gehen.

Veronika wollte Christian von den vergangenen Tagen erzählen. Sie konnte nicht länger schweigen. Sie spürte, nein, sie hatte den heftigen Drang, all das loszuwerden, was sie erlebt hatte. »Christian?«, begann sie. »Ja?«, sagte er.

»Hast du gewusst, dass es auf dem Schloss einen eigenen inneren Kreis gibt?«

»Gehört habe ich schon davon. Aber Rüdiger sagte mir einmal, dass es fast schon detektivische Fähigkeiten braucht und es für die meisten schwierig ist, da aufgenommen zu werden.«

»Ah, Rüdiger, den habe ich auch schon kennengelernt«, sagte Veronika.

»Ja. Ich kenne ihn von meinem vorigen Aufenthalt hier«, sagte Christian. Er kratzte sich kurz hinten am Hals. »Aber das war nur sehr oberflächlich. Ich hatte da kein Interesse, hier zu leben. War nur als Gast da.«

»Na ja, also, wie soll ich es sagen? Ich glaube, ich bin da drin«, sagte Veronika.

»Sag bloß. Wie das?« Christian war verblüfft.

»Ich hatte mich angemeldet, dass ich länger dableiben will. Und dann bin ich mit Marcel zusammengekommen«, sagte Veronika.

»Das habe ich bemerkt«, sagte Christian.

Christian hörte schweigend zu, während Veronika von Marcels Annäherung, der Aufnahme, den Intimitäten und möglichen Visionen erzählte. Und zuletzt auch von der internen Besprechung, die sie so nachdenklich gemacht hatte.

»Du machst Sachen«, sagte Christian.

Veronika war nicht sicher, ob er darüber erfreut war, dass er so viel Einblick durch sie bekam. Oder betrübt, weil sie sich mit Marcel eingelassen und verstrickt hatte.

»Bist du glücklich hier?«, fragte er.

Veronika hob die Schultern. Seltsame Frage. »Ich weiß nicht«, wollte sie sagen. »Mit dir schon«, entschlüpfte es ihr. Sie erschrak.

Aber es fühlte sich gut an. Sie sah Christian an. Ja. Mit ihm fühlte sie sich glücklich. Vielleicht war er der einzige Grund, warum sie hier glücklich war. Und sie hatte es noch gar nicht bewusst gemerkt, durchfuhr es sie. Christian drückte ihre Hand fester.

»Ich glaube, da läuft etwas falsch im Schloss«, sagte Veronika.

»Und ich glaube, da hast du recht …«, sagte Christian.

Jacques

Inspektor Jacques Lumière hatte einen Anruf bekommen. Eine verzweifelt klingende junge Stimme erklärte: »Ich möchte eine Anzeige machen. Marcel Lamour hat Sex mit Minderjährigen. Bitte kommen Sie.«

»Können Sie zu uns kommen?«, fragte Jacques.

»Es ist mir nicht möglich. Und ich habe kein Auto. Bitte«, sagte die junge Stimme.

Nach kurzer Rückfrage packte Jacques seine Sachen. Sein Gefühl hatte ihn nicht getrogen. Und der gute François hatte auch recht gehabt, und der Brief war nicht gefälscht gewesen. Wenn eine Frau Anzeige erstatten wollte, dann bestand dringender Handlungsbedarf. Er nahm Kollegen mit und fuhr zum Schloss.

Inzwischen waren auch Christian und Veronika zurückgekommen. Während er zur Arbeit in die Küche ging, machte sich Veronika auf den Weg zu Marcel. »Vielleicht kennt er die Pilze«, dachte sie. Sie fand ihn in seinem Büro und klopfte an die halb offene Türe.

»Komm nur herein, Veronika. Setz dich bitte kurz hin, ich muss hier erst etwas fertig machen. Dauert nur noch wenige Minuten«, sagte Marcel.

Da pochte wie wild Simone an die Türe und riss sie gleich darauf ganz auf. »Die Polizei!«, rief sie. »Inspektor Lumière möchte dich, Marcel, und dich, Veronika, sprechen.«

»Wieso mich?« Veronika schaute Simone erschrocken an.

»Das weiß ich auch nicht. Er sieht jedenfalls ernst aus. Ich glaube nicht, dass er auf ein Plauderstündchen gekommen ist.« Sie zögerte. »Ich glaube, die wollen euch festnehmen.«

»Festnehmen?«, fragte Veronika und schluckte. Ihr wurde heiß und kalt und schwindelig. »Jetzt in den Erdboden verschwinden, in Ohnmacht fallen, oder irgendwas – einfach in Luft auflösen. Scheiße!«, dachte sie. Wo war sie da nur hineingeschlittert? Also hatte es doch etwas mit der Gruppe auf sich, vielleicht mit den Kindern. »Scheiß-Französisch. Wenn ich es könnte, hätte ich vielleicht wichtige Informationen in der Vergangenheit verstanden. Wer weiß, was das jetzt heißt. Da werde ich sicher befragt und vielleicht nehmen die mir gar nicht ab, dass ich erst so kurz da bin. Der Reisepass wird nicht mehr gestempelt seit der offenen Grenzen. Ach so, ja, ich habe bis vor Kurzem in Wien gearbeitet. Das könnte als Beweis mit Augenzeugen und Lohn am Konto schon gelten.« Veronikas Gehirn arbeitete auf Hochtouren. Ein Gedanke war noch nicht fertig gedacht, als der nächste schon da war.

»Aber strafbar kann ich mich trotzdem auch hier in der kurzen Zeit gemacht haben. Vielleicht hätte ich erst gar nicht hier sein dürfen, und das ganze Schloss ist hier ein Problem. Die Gesetzeslage hier kenne ich nicht. Andere Länder, andere Sitten.« Veronika erinnerte sich, dass ihr eine Bekannte erzählt hatte, dass in Frankreich keine Kinder nackt am Campingplatz laufen durften. Was für idiotische Gedanken.

Wer wusste, was hier noch alles verboten war. Veronika fiel plötzlich auf, dass bedeutend mehr deutsche Gäste im Schloss waren als französische. Womöglich war längst bekannt, was los war, und nur die Deutschen hatten keine Ahnung. Befragung? Verhör? Verhaftung? U-Haft? Einzelkerker? Veronika war wie paralysiert und ging ferngesteuert mit Simone und Marcel zu dem Polizisten. Kriminalpolizei. Würde sie unschuldig in den Fängen der Justiz hängenbleiben? Veronika war kreidebleich, und ihr Herz pochte bis zum Hals.

»Marcel Lamour? Wir haben uns vor Kurzem schon gesehen, nicht wahr?«, sagte Jacques und stellte sich kurz vor.

»Ja, korrekt. Was kann ich für Sie tun?«, fragte Marcel. Er versuchte, sich nichts anmerken zu lassen, schaute allerdings besorgt und ernst.

»Zuerst brauche ich nur ein paar Antworten«, sagte Jacques. Er hatte sich vor Marcel aufgebaut. Die beiden Männer waren etwa gleich groß.

»Bitte, fragen Sie«, sagte Marcel.

»Sind Sie hier Chef der Firma?«, fragte Jacques.

»Nicht alleine«, sagte Marcel.

»Das stimmt«, dachte Jacques. Er wusste, dass eine Firma meistens aus mehreren Geschäftsführern bestand. In der Sache mit dem minderjährigen Kind bestand nur gegen Marcel Tatverdacht. Die Frage hatte er stellen müssen, um seine Identität eindeutig bestätigt zu bekommen.

»Leben hier Mütter mit ihren Kindern auf dem Schloss?«, fragte Jacques.

»Hier leben auch Kinder. Das Haus ist offen für alle Gäste«, sagte Marcel.

»Sind hier auch Mütter mit ihren Kindern wohnhaft?«

»Es gibt Mütter, die hier schon länger zu Gast sind.«

Jacques' Fragen kamen wie aus der Pistole geschossen, scharf und schnell nacheinander. »Haben Sie Kontakt zu diesen Kindern?«

»Ja natürlich, die Kinder laufen frei herum«, sagte Marcel.

»Gibt es auch Körperkontakt?«, fragte Jacques.

»Wie meinen Sie das? Natürlich fördern wir hier Körperkontakt.«

Na, bitte. »Monsieur Lamour, ich muss Sie und Ihre rechte Hand zum Verhör mitnehmen.«

»Meine rechte Hand?«, fragte Marcel verwirrt.

»Ja. Außerdem bitte ich Sie, mir den Weg zu Ihrem Büro zu zeigen. Wir beschlagnahmen Ihren Computer und sämtliche Unterlagen.«

Jacques wies einen Kollegen an, Marcel und Veronika Handschellen anzulegen. Die beiden wurden mit Polizeiautos getrennt aufs Kommissariat gefahren. Jacques nahm währenddessen mit anderen Kollegen Marcels Laptop und einen Stoß Schriftstücke aus seinem Büro mit. Jacques Lumière machte kurzen Prozess. Er hatte achtundvierzig Stunden Zeit, aus den beiden die Wahrheit herauszubekommen. Veronika und Marcel kamen in getrennte Zellen.

Es stellte sich auch hier als äußerst nachteilig heraus, dass Veronika inzwischen nicht intensiver Französisch gelernt hatte. Sie verstand die Polizisten nicht besonders gut, und die wollten kein Englisch verstehen. Einen Anwalt wollte sie nicht, aber ein Übersetzer wurde organisiert. Nachdem Jacques Marcel verhört hatte, ließ er Veronika holen.

Veronika kannte Verhöre nur aus Filmen. Das, woran sie sich dabei erinnerte, war nicht sonderlich ermutigend. Sie war nervös und das Licht im Raum war unangenehm. Es war ein altes Zimmer, alte Einrichtung, alte Lampen, alte Vorurteile. Jacques war alleine mit ihr. Sie sah eine Glasscheibe. Ob da wohl Kollegen von ihm mithörten? Der Staatsanwalt? Ein Richter? Der liebe Gott?

»Also, Sie sind die rechte Hand von Marcel Lamour?«, fragte Jacques.

»Oh, nein«, dachte Veronika, »wie blöd ich doch war.« Was hatte sie nur geritten, sich beim letzten Besuch des Inspektors als Assistentin der Geschäftsführung aufzuspielen? Das ließ sich kaum zurücknehmen, ohne Verdacht zu erwecken. »Ich denke schon. So, wie viele andere«, sagte Veronika vorsichtig.

»Nun, ich meine schon, dass Sie ihm mehr zur Hand gehen als andere«, sagte Jacques.

Veronikas Herz pochte so laut, als spielte jemand Schlagzeug neben ihr. Was meinte er? Dass sie intimen Kontakt gehabt hatten?

»Inwiefern *mehr zur Hand*?«, fragte Veronika.

Jacques merkte, wie unsicher sie war. Auf der Basis konnte er vielleicht mehr aus ihr herausholen. Am besten tat er, als habe Marcel ihm einiges in Bezug auf Veronika erzählt.

»Nun, Sie wissen vielleicht, dass es um eine Anschuldigung wegen Kindesmissbrauchs geht«, sagte Jacques.

»Bisher nicht …«, sagte Veronika. Sie schaute Jacques hilflos mit ihren großen Augen an.

»Mein Gott, Sie werden doch etwas mitbekommen haben«, entfuhr es Jacques.

»Was soll ich mitbekommen haben?«

Jacques setzte sich etwas mehr auf und räusperte sich. »Marcel Lamour hat bei der Befragung ausgesagt, dass Sie eine wichtige Rolle einnehmen und über alles Bescheid wissen.«

»Was? Das hat er da gesagt? Kann nicht sein«, dachte Veronika.

Nein, sie glaubte das nicht. Oder doch? So, wie er mit Simone umgesprungen war …

»Er sagte, dass Sie alle Räumlichkeiten kennen würden«, sagte Jacques.

»Ja … das schon. Aber … ich weiß nicht … ich bin erst seit ein paar Monaten im Schloss einquartiert«, stammelte Veronika.

»Das sagt nichts. Viele Gäste waren schon häufig im Schloss.«

»Aber ich nicht, ich bin zum ersten Mal dort zu Gast.«

»Ach, und schon Gespielin des Chefs. Meinen Sie nicht, dass das unglaubwürdig ist?«, fragte Jacques.

»In der Gruppe im Schloss wird sehr offen mit Liebe umgegangen«, stotterte Veronika. Sie schaute hilflos auf die Tischplatte.

»Na, sehen Sie. Da sind wir beim Thema. Marcel sagte aus, Sie haben ihm Kinder in ein Zimmer im Keller gebracht. Minderjährige«, sagte Jacques. Dabei hämmerte er mit seiner Faust auf den Tisch. Er wollte seine Lüge glaubhaft darstellen.

Nein, das konnte doch nicht sein. Veronikas Herz raste. »Waren meine Zweifel doch richtig? Hätte ich Marcel nicht vertrauen sollen? Was bin ich für eine dumme Gans!«, dachte Veronika. Sie erinnerte sich an die Lagerräume, an die Schlafräume und wo sie überall war. Sie wollte sich aber auch nicht verplappern. Wer wusste, was daraus entstehen würde. »Was für ein Zimmer im Keller?«, fragte sie.

»Sie wissen also nichts über so ein Zimmer«, sagte Jacques.

»Nein!«

»Na schön. Aber eine Hilfe waren Sie Monsieur Lamour schon, in der Zeit, als Sie am Schloss waren?«

»Ja, doch. Aber ich dachte, eher als Partnerin«, sagte Veronika.

Und in dem Moment kam es ihr hoch. Tränen liefen ihr über die Wangen. Selbstmitleid machte sich breit. Wie dumm war sie gewesen? Wie hatte sie sich nur einbilden können, seine Partnerin zu sein? Ein wichtiger Mensch, vielleicht sogar der wichtigste für ihn. Sogar ein Kind hätte sie sich ausmalen können. Veronika schluckte, während weitere Tränen über die Wangen kullerten.

Jacques legte seine Hand auf ihre Schulter. »Nehmen Sie es nicht so schwer. Beruhigen Sie sich erst einmal.« Er gab ihr ein Taschentuch.

Veronika schniefte hinein und sah Jacques mit verweintem Gesicht an. »Sie haben leicht reden«, schluchzte sie.

»Scheint ihr nahe zu gehen«, überlegte Jacques. Aber dann hatte sie wohl auch wirklich intensiven Kontakt mit ihm gehabt. Von ihr könnte er wahrscheinlich viel über diesen Lamour erfahren.

»Was wissen Sie über Marcel Lamour und seinen Kontakt zu Kindern?«, fragte Jacques.

Veronika versuchte, sich zu fassen. Noch immer war sie furchtbar aufgeregt, inzwischen zitterte sie sogar.

»Er hat Kinder sehr gerne«, sagte Veronika.

»So gerne, dass er Sex mit ihnen hat?«

»So, wie es die Bonobos machen?«, fragte Veronika.

»Wie wer?«

»Bonobos sind kleinere Schimpansen. Die haben alle Sex miteinander. Dadurch gibt es auch keinen Ödipuskomplex«, erklärte Veronika. Bonobos. Sex. Ödipuskomplex. Mein Gott, wie naiv das klang. Bei den Diskussionen im Schloss hatte sich das anders angehört. Einmal ganz abgesehen davon, dass sie gar keine Ahnung hatte, wie Bonobos genau miteinander umgingen.

»Wir sind doch keine Schimpansen«, sagte Jacques. Er hatte ja schon viel erlebt, aber das! Wie war denn die drauf? Vielleicht war sie viel abgedrehter, als sie aussah. Tat nur so, und hatte es faustdick hinter den Ohren. Zum Schluss hatte sie glatt gelogen zuerst.

»Aber wir sind nah verwandt mit ihnen. Und in Asien beruhigen die Erwachsenen die Kinder durch Stimulation in unangenehmen Situationen«, sagte Veronika eifrig. »Oje«, fuhr es ihr gleich darauf durch den Kopf. Hatte sie jetzt einen Verdacht bestätigt? Sie schaute Jacques treuherzig an.

Jacques schaute streng zurück. Was war das jetzt?

»Von mehr habe ich nie gewusst«, versicherte Veronika.

Jacques wurde nervös. War es wirklich so, dass dieser Marcel Lamour hier vor aller Augen Verbotenes auch noch rechtfertigte? Im Verhör vorhin hatte er nicht einmal versucht, abzustreiten, dass er intimen Kontakt mit Minderjährigen gehabt hatte. Ihn würde er länger festhalten. Aber was war mit dieser österreichischen Trulla?

»Das hat aber noch nichts mit Sex zu tun, da sind Sie doch sicher einer Meinung mit mir?«, fragte Jacques.

»Er sagt, der Impuls muss vom Kind aus kommen …«, Veronika stockte. »Das soll er lieber selbst sagen, was und wie er das meint. Wie kann ich wissen, was er wirklich macht? Ich war nicht dabei. Völlig absurd«, dachte sie.

Jacques sah sie unverwandt an. Glaubte er ihr nicht?

Während Veronika seinem Blick standhielt, griff ihr Verstand zu einem Trick und schweifte ab. Er ließ sie überlegen, ob sie solche Impulse für ihr Kind gut finden würde. Sie erinnerte sich, als sie als junges Mädchen von einem zudringlichen Mann geküsst worden war, und wie ekelig sie dessen stacheligen Bart und Geruch gefunden hatte. Konnte ein Mann überhaupt beurteilen, was ein Kind gut fand oder nicht? Sie erinnerte sich, dass sie als Kind so gar kein Interesse an Sexualität gehabt hatte. War das nur gewesen, weil sie es nicht vorgelebt bekommen hatte? Veronika dachte an die Gruppe aus dem Burgenland, von der sie gehört hatte. Da waren unmündige Kinder in die Sexualität eingeführt worden und dann sogar vor anderen beurteilt worden. Sexualität war zu einer Hölle geworden. Warum sollten Kinder nicht einfach unter sich ihre ersten Erfahrungen machen? Langsam kam sie wieder nach Paris zurück. Wie blöd war sie eigentlich, dass sie überhaupt nichts gemerkt hatte in letzter Zeit? Da war doch etwas gar nicht in Ordnung mit Marcel. Wie hatte sie das alles übersehen und überhören können? Hatte sie es nicht hören wollen?

Jacques beobachtete Veronika und sah ihre Unsicherheit. Ihr Gesichtsausdruck sprach Bände. Wenn er nur gewusst hätte, was da drin stand. »Hören Sie«, sagte er, »es ist heute schon spät geworden. Sie bleiben über Nacht noch unser Gast und wir reden morgen weiter.«

Veronika rührte sich nicht. Hatte sie richtig verstanden? Ließ er sie wirklich nicht gehen? In Veronika brach ein Damm. Nichts konnte die Tränen mehr aufhalten. Wirkte das nun wie ein Schuldeingeständnis? Aber was wäre das Delikt gewesen? Sie wusste nicht, wie sie sich auf die Schnelle beruhigen sollte. Sie hatte nicht damit gerechnet, in einem Pariser Gefängnis zu enden. Als sie sich wieder etwas gefangen hatte, fragte Veronika, ob sie jemanden anrufen dürfe. Sie dachte an Christian.

Veronika hatte Christians Handynummer gespeichert. Jacques bewilligte ihr einen Anruf. Ein Beamter führte sie zu einem Telefonautomaten, der in einem eigenen Zimmer an der Wand hing. Links und rechts davon zwei kurze Wände für den Schallschutz, wie riesige Ohren. Veronika kauerte sich an eine der Abtrennungen. »Da wird sicher abgehört«, dachte sie sich. »Egal.« Sie wählte Christians Nummer. Er nahm ab.

»Christian, sie haben mich festgenommen!«, stammelte Veronika, ihre ganze Verzweiflung klang durch. Sie holte kurz Luft und sprach wie ein Wasserfall. »Ich bin nach unserem Spaziergang ahnungslos zu Marcel gegangen, und dann kam Simone und sagte, die Polizei will was. Auch von mir. Die haben mich festgenommen und im Polizeiauto abgeführt. Mit Handschellen. Und ich bin verhört worden. Ich habe nur einen Anruf. Bitte hilf mir, bitte!«

»Veronika? Veronika! Langsam, ich verstehe nur die Hälfte, da ist so ein Rauschen in der Leitung. Du warst bei Marcel? Und dann?«

»So ein Mist«, dachte Veronika, »er versteht mich nicht.« Sie hörte das Rauschen auch. Sie sah sich das verdrehte Kabel am Telefonhörer an. In ihrer Aufregung hatte sie daran herumgeknetet. Sie ließ das Kabel los. Nur nicht, dass ihr das Geld ausgehen würde, bevor sie Christian alles gesagt hatte. Sie holte noch einmal Luft. »Bloß nicht wieder in Tränen ausbrechen«, dachte sie.

»Ich war bei Marcel, da kam Simone herein und sagte, die Polizei holt uns.«

»Holt euch? Wen jetzt? Sprich langsamer«, sagte Christian, der jetzt akustisch besser verstand.

»Marcel und mich, die Polizei hat uns geholt. Getrennt. Ich bin verhört worden.«

»Wo bist du?«, fragte Christian.

»Ich glaube immer noch in Paris, in einem Polizeigebäude. Sie stecken mich in eine Zelle.«

»Wie geht es dir?«, fragte Christian.

Da konnte sich Veronika nicht mehr halten. Sie schluchzte ins Telefon. »Entschuldige. Was mach ich jetzt? Ich weiß nicht einmal, warum ich hier bin. Bitte hol mich raus.«

»Die anderen haben mir schon etwas erzählt, aber ich konnte nicht glauben, dass sie dich mitgenommen haben. Das ist bloß eine Verwechslung, dachte ich.«

»Das dachte ich zuerst auch. Aber jetzt glaube ich, die wollen mir was anhängen.«

»Bleib ruhig, sie können dich nicht lange festhalten. Sicher wirst du morgen wieder entlassen«, beruhigte Christian sie.

»Der Inspektor sagte, wir reden morgen weiter.«

»Ich werde das schon irgendwie hinkriegen. Ich versuche, dich mit einem Anwalt herauszuholen«, sagte Christian.

Veronika atmete auf.

»Hast du da wo die Adresse stehen?«, fragte Christian. »Schau dich mal um.«

»Warte … da, an der Wand ist ein Aufkleber …« Veronika gab Christian die Adresse. Sie sah, dass sich das Guthaben dem Ende zuneigte, und sie hatte keine Münzen mehr. »Melde dich …«, sagte sie noch. Dann brach die Verbindung ab.

Sie nahm den Telefonhörer von ihrem Ohr und sah ihn an, bevor sie auflegte. Wie gerne hätte sie Christian jetzt gesehen. Sie drehte sich um, ein Beamter wartete schon. Er führte sie in ihre Zelle.

Riccardo

Marcel stand in seiner Zelle. Das Verhör war unangenehm gewesen. Immerhin hatte er erfahren, dass eine der Frauen am Schloss Anzeige erstattet hatte. So schnell würde er hier nicht herauskommen, das war ihm klar. »Weiber …«, dachte Marcel, »bringen immer Schwierigkeiten.« Was verstanden die schon? Wer verstand ihn überhaupt? Alles Ignoranten. Sie wussten einfach nicht, welche Kräfte freigesetzt werden konnten.

»Du bringst uns nur in Schwierigkeiten mit deinem Festhalten an diesen Gedanken zu Ödipus und Kindern«, hatte ihm Riccardo noch zugeflüstert, als Marcel abgeführt worden war. Riccardo war nicht abgeführt worden. Seine Funktion war Inspektor Lumière entgangen. Marcel musste fast lachen. Sous-Brigadier de Police Jacques Lumière dachte doch glatt, dass Veronika seine rechte Hand sei. »Ach was, rechte Hand, linke Hand, Mitarbeiter, Handlanger … In Wirklichkeit bin ich der Kopf, ich alleine. Ich bestimme. Die anderen schwimmen mit.«

Marcel hatte keinesfalls vor, sich für irgendetwas schuldig zu bekennen. Die Kinder, die er mit seiner Frau hatte, waren groß und längst weggezogen. Seine Frau war tot. Niemand war auf ihn angewiesen. Er resümierte, was ihm passieren könnte. Er sah diese Episode ebenso als Experiment wie alles andere. Keinesfalls aber wollte er in die Kochkost fallen. Edenkost würde ihm schon Lebensmittel ins Gefängnis liefern, das waren sie ihm schuldig. Irgendwie würde er sich das organisieren, mit Geld ging alles. Und ewig würde das hier auch nicht dauern.

Im Schloss ging es inzwischen zu, wie in einem aufgescheuchten Ameisenhaufen. Auch wenn der innere Kreis versuchte, den Gästen nichts von der Unruhe zu zeigen, war das kaum möglich. Besorgt tuschelten die Gäste, die zum Teil schon mehrmals hier gewesen waren, darüber, was passiert war und was das zu bedeuten hatte. Während die wenigsten Gäste an Abreise dachten, packten manche Mitglieder des inneren Kreises ihre Koffer.

Riccardo versuchte, mögliche Angriffspunkte zu entfernen. Er wollte nicht mit Marcels Theorien in Verbindung gebracht werden, vor allem nicht in Bezug auf die Kinder. Und er musste Simone schützen. Er hatte sich vorgenommen, das Schloss so bald wie möglich zu verlassen. Am besten, zu fliegen. So weit weg wie möglich. Amerika vielleicht. Dort würde er ein neues Leben beginnen können. Vielleicht seinen Namen ändern. Ein neues Institut zur Erforschung der Auswirkungen von Rohkost aufmachen, vielleicht auch einen Versand. Im Land der unbeschränkten Möglichkeiten war vieles denkbar.

Er hatte darüber noch nicht ausführlich mit Simone gesprochen, aber er glaubte, dass sie auf jeden Fall mit ihm kommen würde. Die Geheimhaltung ihrer Liebesbeziehung hatte sie schon stark belastet. Er war froh, dass er dem noch vor Marcels Verhaftung Luft gemacht hatte. Geschah Marcel recht, dass er jetzt im Gefängnis war, fand Riccardo. Er weinte Marcel keine Träne nach. Wenn er nur die Firma nicht mit in den Skandal hineingezogen hätte. Edenkost war großartig. Der Versand hatte es nicht verdient, in Marcels Sumpf hineingezogen zu werden. In keinem Fall wollte Riccardo, dass die Firma Schaden nehmen würde durch weitere Anschuldigungen. Während er die hygienischen Defizite begutachtete, die aufgrund der Baumaßnahmen noch vorhanden waren, erinnerte er sich an Heinrichs Pilze. Waren da nicht unlängst noch welche im Lager gelegen? Auch das noch. Wenn die Polizei das Schloss noch einmal filzen würde, wären sie alle dran. Riccardo wählte Heinrichs Nummer. Mobilbox.

»Wenn man ihn braucht, ist er nie da«, murmelte Riccardo und suchte zwischen den Regalen.

Heinrich hätte ihm am Telefon sofort sagen können, wo die Pilze lagen – falls noch welche da waren. Riccardo setzte sich auf einen Treppenabsatz. »Eigentlich kann mir das alles egal sein«, dachte er. »In Kürze bin ich hier weg.« Von Weitem hörte er jemanden seinen Namen rufen.

Christian war auf der Suche nach Riccardo. Nach dem Telefonat mit Veronika war ihm klar geworden, dass er zuerst ihren Reisepass wiederbekommen musste. Und seinen natürlich auch. Reisepässe wurden normalerweise bei der Rezeption aufbewahrt. Doch Simone hatte ihm gesagt, dass Riccardo sie hätte – aus Sicherheitsgründen. Endlich fand er Riccardo im Lager.

»Riccardo, Gott sei Dank! Ich brauche dringend Veronikas Reisepass, und meinen«, platzte Christian heraus.

Riccardo winkte ab. »Ich habe gerade ganz andere Sorgen.«

Christian wurde ärgerlich. Er packte Riccardo am Hemd, zog ihn hoch und sagte ganz leise: »Du holst mir jetzt die Pässe, oder du hast zwei blaue Augen, dass du nicht mehr siehst, wie ich dich an den Eiern aufhänge und …«

»Ist ja gut …«, beschwichtigte ihn Riccardo. »Die Prügelei gestern hat mir gereicht. Komm mit.«

Christian folgte Riccardo in einen Raum mit Tresor und bekam die beiden Dokumente. Christian steckte sie in eine seiner Hosentaschen.

»Danke«, sagte er und ging in sein Zimmer.

Veronika

Veronika saß alleine in ihrer Zelle auf der Bank, die gleichzeitig eine Liege war. »Weit bin ich gekommen«, dachte sie. Wenn das ihre Familie erfahren würde. Wo Sophie sie noch so gewarnt hatte. Christian hatte auch nicht mit Kritik gespart. Und sie hatte gedacht, er sei eifersüchtig. Wie war es so weit gekommen? Die Zeit verrann zäh. Veronikas Gedanken kreisten um die Ereignisse der vergangenen Tage. Sie legte sich hin. An der Wand waren Kritzeleien, die wohl von früheren Zelleninsassen stammten. Sie dachte an das große Gemälde im Stiegenhaus des Schlosses. Wie aus einem aufgekommenen Nebel erschien ihr ein älterer Mann mit feinen Gesichtszügen und mittelalterlichem Hut.

»Was machst du denn hier?«, fragte er sie mit tiefer Stimme und doch aufmunternd.

»Das weiß ich auch nicht. Irgendwie bin ich hier gelandet«, sagte Veronika schüchtern.

Das Gesicht hatte sie schon einmal gesehen. Ob das Hieronymus Bosch war, der ihr da erschien? Sie versuchte, sich an das große Bild zu erinnern. Da war ein genauer gezeichnetes Gesicht, das so ähnlich ausgesehen hatte. Sie setzte sich auf.

»Hast du was angestellt? Zu meiner Zeit wurde kurzer Prozess gemacht. Ein bisschen Folter, und alles wurde zugegeben«, sagte Hieronymus, hob sein Kinn und sah sie streng an.

»Ich glaube nicht. Und Folter gibt es nicht mehr.«

»Wer's glaubt. Was ist dann?«, fragte Hieronymus.

Veronika überlegte. »Sag mal, bei deinem Bild *Der Garten der Lüste*, da sind keine Kinder drauf, oder?«, fragte sie.

»Also ich habe keine gesehen, nicht ein einziges. Hätte ich eines malen sollen?«, fragte Hieronymus. Er legte seine Stirn in Falten und stützte sein Kinn auf die Hand. »Weißt du, das Gemälde war eigentlich ein Hochzeitsgeschenk.«

»Ein Hochzeitsgeschenk?«, sagte Veronika und setzte sich auf.

»Es soll alles Mögliche darstellen«, sagte Hieronymus. »Mit etwas Satire«, ergänzte er und hüstelte leicht.

»Das kann so oder so verstanden werden.«

»Nun, die Zweideutigkeit ist absichtlich. Auf diese Weise kann man etwas mehr unterbringen«, sagte Hieronymus.

»Ja, und was ist jetzt besser? Viele Beziehungen oder eine einzige?«, fragte Veronika.

»Das ist individuell. Wie fühlst du dich wohl?«

»Gute Frage.«

»Im Paradies stellte sich so eine Frage gar nicht. So viele Menschen wie später gab es da nicht.«

Da leuchtete eine Art grelles Licht auf und als es nicht mehr blendete, erschien ein Yogi. Oder war es Buddha? Er saß auf dem Boden und neigte kurz seinen Kopf zum Gruß. Hieronymus und Veronika taten es ihm nach. Der Yogi, der wie Buddha aussah, wirkte sehr gelassen und gütig.

»Habe ich ein schlechtes Karma, weil ich hier gelandet bin?«, fragte Veronika.

»Wie kommst du darauf?«, fragte der Yogi-Buddha.

»Hätte ich vielleicht kein Fleisch essen sollen in den letzten Wochen?« Schließlich war sie ja auch einen Weg gegangen – eben als Rohköstlerin, wie es Luis beschrieben hatte. Und sie hatte auch etwas Fleisch gegessen.

»Was spielt das für eine Rolle?«, fragte Buddha zurück.

»Ich weiß nicht«, sagte Veronika und wunderte sich über die Frage.

»Auch ich war vor meiner Erleuchtung ein Suchender, ein Yogi«, sagte Buddha. »Ich hielt mich streng daran, nur das zu nehmen, was die Natur mir bot. Ich lebte ein Leben weitab der damaligen Annehmlichkeiten.« Auch er hüstelte. Ausgiebig sah er sich in der kargen Zelle um und sein Blick blieb kurz am

Wasserbecken hängen. Es erschien ihm ausgesprochen luxuriös. »Ich versuchte, die absolute Selbstkontrolle zu erreichen. Nicht nachzugeben, wenn ich das Gefühl hatte, dass mein Körper etwas wollte. Um meinen Charakter zu festigen. Davon erhoffte ich mir Erleuchtung. Ich saß gerne unter einem Baum, bei dem ich meditierte. An dem Baum ging ein Weg vorbei. Eines Tages gingen zwei Musikanten an ihm entlang.«

»Spann die Saiten deiner Sitar nicht zu fest, sonst werden sie reißen. Und lass sie nicht zu locker hängen, sonst kannst du darauf keine Musik machen. Halte dich an den mittleren Weg«, hatte Buddha den einen Musiker zum anderen sagen hören.

Buddha hüstelte wieder. »Ich bin fest davon überzeugt, dass diese Worte für mich bestimmt waren. Das war kein Zufall. Und diese Worte veränderten meinen Weg grundlegend. Von da an setzte ich mir keine strengen Grundsätze mehr, die mich verhärmten. Es schien mir auf einmal, als wäre ich davor wie versteinert gewesen. Und ich schlug einen leichten und hellen Weg ein.« Nach einer kurzen Pause sah er Veronika geradewegs in die Augen. »Ich will nicht prahlen, aber später wurde mein Zugang zur Erleuchtung der *Mittlere Pfad* genannt.«

Hieronymus räusperte sich. »Das mit der Musik kann ich gut verstehen. Ist das Saiteninstrument schlecht gestimmt, ist das die Hölle.«

Veronika fiel ein, dass in dem Gemälde von Hieronymus nur in der Hölle auch dicke Menschen zu sehen waren. Ihr Übermaß an allem Möglichen hatte ihre Sitar, ihre Harfe oder auch ihren Bass verstimmt. Das Gegenteil, die extreme Entsagung, würde gar keine Musik erklingen lassen. So wäre Buddha die Erleuchtung wohl nicht möglich gewesen.

Veronika glaubte, in ihren Ohren den *Frühling* von Antonio Vivaldi zu hören. »In deinem Bild der Hölle hast du auch große

Saiteninstrumente gemalt«, sagte sie und sah Hieronymus an. Der fühlte sich geschmeichelt, dass Veronika sich erinnerte und lächelte.

Buddha fragte Hieronymus: »Wie bist du eigentlich auf den Elefanten und den Affen im Paradies gekommen? Du hast doch Europa nie verlassen.«

Hieronymus antwortete mit stolzer Stimme: »Die Beschreibung und Skizze habe ich von einem Reisenden erhalten. Sowie von anderen einige ausgestopfte Tiere, oder Teile davon, aus anderen Ländern.« Auf sein Kabinett mit Kuriositäten aus aller Welt, das ihm als Inspiration diente, bildete er sich durchaus etwas ein.

»Der Elefant lebt in einer Familiengemeinschaft, er ist nie alleine«, sagte Buddha.

»Ist eine Familiengemeinschaft das Beste?«, fragte Veronika hoffnungsvoll.

»Vielleicht. Ich lebe alleine. Ab dem Zeitpunkt, als ich Bettelmönch wurde, sorgte meine große, wohlhabende Familie für meine Frau und mein Kind.«

Veronika sah Hieronymus an.

»Du musst auf deine innere Musik hören. Wenn sie nicht angenehm ist, dann ist es die Hölle«, sagte er.

»In der Stille liegt die Kraft, du musst in dich hineinhören«, ergänzte Buddha.

Veronika überlegte und senkte dabei den Kopf. Alles war so wirr. Sie dachte an den Höllenteil des Gemäldes, und dann an die ruhige Musik, die sie von Yoga-Stunden kannte. »Also, wenn ich Frieden spüre, wenn ich mit jemandem zusammen bin und gute Musik in mir höre, dann ist es richtig?«, fragte sie.

Sie sah auf und erwartete eine Antwort, doch da waren die beiden verschwunden. Sie musste wohl eingenickt sein. Sie lag noch immer auf der Pritsche in der Zelle. War das eine Vision gewesen?

Zum Frühstück gab es zähes, altes Müsli. »Besser als nichts«, dachte Veronika. Statt Milch goss sie Wasser darüber. »Oder soll ich den Obstsalat aus der Dose nehmen?«, überlegte sie. »Da ist gleich auch Marinade dabei.« Veronika hatte Hunger. Verlockend stand sie da, die Schüssel mit dem Obstsalat aus der Dose. Auch Würstel hatte man serviert.

»Wofür halte ich mich eigentlich so strikt?«, überlegte Veronika. In der letzten Zeit hatte sie vor allem entsprechen wollen. Davor war es wegen des Asthmas und des Hautausschlags gewesen. Was wohl wäre, wenn sie da nun zugreifen würde? »Abgesehen davon, dass ich im Gefängnis sitze, geht es mir super«, dachte sie. »Was kann mir passieren?« Ihr Körper fühlte sich perfekt an. Alles funktionierte, sie fühlte sich wohl. Ihr Bauch sagte: »Lang zu, nun nimm doch! Endlich was mit ordentlich Zucker und Fett und Eiweiß. Her damit!«

Veronika griff zu. Sie aß das Müsli mit Obstsalat aus der Dose und Marinade. Und ein paar Würstel. Und Weißbrot.

»Na, Sie haben aber Hunger gehabt«, sagte der Beamte, als er die leer gegessene Schüssel und den Teller sah.

»Ja …«, sagte Veronika. Sie folgte dem Uniformierten in den Verhörraum.

Veronika war entschlossen, Marcels Theorien nicht mehr zu verteidigen. Hatte er nicht selbst immer gesagt, man müsse im Befragungszustand bleiben? Da war er nun, der Befragungszustand. Klassischer als auf einem Kommissariat ging es nicht.

Nach dieser Nacht war ihr, auch durch die Erinnerung an Sophies Warnungen, klar geworden, dass sie vieles gar nicht mitbekommen hatte. Zu toll war alles gewesen. Die Aussicht auf

Liebe. Das Gemeinsame mit Marcel. Er hatte so eine Überzeugungskraft gehabt. Alles hatte so plausibel geklungen. Aber Sophie hatte recht gehabt mit ihrer Beobachtung. Wo viel Licht war, war auch viel Schatten. Und der Schatten holte sie nun ein, nachdem sie geblendet gewesen war. Sie hatte in der Nacht von gleißendem Licht geträumt. Und von Schatten, die versuchten, sie zu fangen – vor denen sie weglaufen wollte. Sie konnte aber nicht laufen, und die Schatten wurden immer größer und fingen sie ein.

»Haben Sie gut geschlafen?«, fragte Jacques.

Er wies Veronika an, wie gestern vis à vis von ihm Platz zu nehmen und setzte sich ebenfalls.

»Ja, sehr intensiv«, sagte Veronika.

»Das hören wir selten«, sagte Jacques. »Sie wissen sicher, was man in der ersten Nacht in einem neuen Bett träumt wird wahr. Sagt man so …«

Veronika schluckte. Jacques hatte schon öfter mitbekommen, dass seine Gäste, wie er sie gerne nannte, nach einer Nacht in der Zelle weit gesprächiger waren. Die Träume waren meistens nicht besonders rosig.

»Auf geht's«, dachte Jacques.

»Erzählen Sie mir mehr über die Aktivitäten von Marcel Lamour. Haben Sie selbst Kontakt zu Kindern?«, sagte er.

»Ich habe nur ab und zu im Speisesaal welche gesehen, oder bei Seminaren. Ich weiß fast nichts über das, was Marcel Lamour macht«, sagte Veronika.

»Und selbst wenn ich mehr wüsste«, dachte sie, »ich sage so wenig wie möglich.« Da würde sie sich nur verplappern.

»Wie lange leben Sie denn schon am Schloss?«, fragte Jacques. Er stellte manche Fragen gerne mehrmals. Nicht selten kam es vor, dass sich sein Gegenüber dann vertat und unstimmige Aussagen machte, sich selbst widersprach.

»Erst seit ein paar Wochen«, sagte Veronika.

»Nun, aber Sie waren doch sicher schon früher einmal hier«, sagte Jacques.

»Nein, noch nie.«

»Das können wir überprüfen. Ich lasse meinen Kollegen die Tourismussteuer-Aufzeichnungen der vergangenen Jahre durchsehen. Da müssten wir Sie dann finden, wenn Sie schon einmal hier waren.«

Veronika seufzte. »Vor sieben Jahren war ich einmal mit einem Freund in Paris. Eiffelturm und Disneyland, Sie wissen schon. Aber da war ich nicht im Schloss. Ich kannte es noch nicht einmal.«

»Nun, der Kollege wird das anhand der Hoteldaten sehen. Was im Übrigen nicht bedeutet, dass Sie das Schloss nicht doch auch besucht haben können«, sagte Jacques.

»Wie gesagt, ich kannte es nicht.«

»Wie würden Sie damit umgehen, wenn etwas über Sie in der Zeitung stehen würde?«, fragte Jacques.

»Was denn zum Beispiel?«

»Haben Sie etwas erlebt, wo Sie meinen, das würden Sie lieber nicht in der Zeitung stehen sehen?«

Veronika dachte spontan an ihre erotischen Erlebnisse, auch an die Liebe in der Gruppe. Würde sie damit in der Zeitung stehen wollen?

Jacques sah, wie Veronika ihre Stirn in leichte Falten legte und offenbar nachdachte. »Schauen Sie, wenn etwas in Ordnung war, dann kann es auch in der Zeitung stehen, direkt am Titelblatt, ohne dass man ein Problem damit hätte. War etwas nicht in Ordnung, dann möchte man eher nicht, dass es in der Zeitung steht. Diese Überlegung kann einem im Alltag gut helfen, Dinge zu beurteilen.«

»Mir fällt nur ein, dass ich nicht wegen Gruppensex am Titelbild sein wollen würde. Aber dieses Thema wäre einer Zeitung wohl auch keine Titelseite wert. Nicht einmal Homosexualität löst heute noch einen Skandal aus.« Sie hielt sich gut, fand Veronika.

»Da haben Sie recht. Aber auch wenn es weiter innen in der Zeitung stünde, wäre Ihnen das für jede Situation recht? Manchmal entstehen Gruppendynamiken, bei denen sich kein Einzelner wehrt. Aber insgeheim weiß fast jeder der Anwesenden, dass da etwas falsch läuft.«

Veronika nahm ihre linke Hand zum Kinn und streichelte darüber. Sie dachte an die Besprechung der inneren Gruppe, bei der es Diskussionen gegeben hatte. Wo sie zuerst nicht alles verstanden hatte, und dann Simone von Marcel so niedergemacht worden war. Da war es um Kinder gegangen.

»Ich kann nicht gut Französisch und habe sehr viel nicht verstanden«, sagte sie und schaute Jacques nicht direkt in die Augen.

Jacques merkte, dass sie unsicher war. Er glaubte ihr, dass sie wenig verstand, aber sie tat wohl dümmer als sie war. Er stützte seine Hände auf den Tisch und erhob sich. »Da kommen Sie hierher, in eine für Sie fremde Gruppe, und bleiben gleich beim ersten Mal hier? Für wie blöd halten Sie mich? Was ist mit Ihrer Arbeitsstelle in Wien? Da kommen Sie doch her, oder?«

»Ich habe bei Treffen und in Foren von dem Schloss erfahren und dann gekündigt.«

»Das klingt sehr unglaubwürdig. Hals über Kopf lassen Sie alles stehen und liegen, werfen Ihren Job hin und fangen in Paris ein neues Leben an. Warum?«

»Alle haben so geschwärmt von dem Schloss. Ich dachte, dass ich mit meiner Krankheit dort besser leben kann«, sagte Veronika.

»Krankheit? Ich sehe nichts.«

»Neurodermitis und Asthma. Mir geht es nur so gut, wenn ich mich halte«, erklärte Veronika.

»Also eine Art psychischer Zwang. Wenn ich mir Sie so ansehe, haben Sie tatsächlich Flecken im Gesicht. Aber ich weiß natürlich nicht, ob das bloß von der Aufregung her kommt.« Jacques provozierte, aber nur ein bisschen.

Veronika merkte, dass er recht hatte. Ihre Wangen glühten. Und sie vermutete, dass das nicht nur die Aufregung war. Die Würstel in der Früh und das Müsli hatten ihrer Haut wohl doch eine Reaktion abverlangt. In dieser Stresssituation war das jetzt nicht optimal. Sie legte ihre kalten Hände auf die warmen Wangen. »Doch«, gab sie zu, »es juckt mich. Das war wohl alles zu viel für mich. Der Druck und auch das Essen.«

»Wenigstens sieht er, dass ich nicht lüge«, dachte sie.

Jacques setzte sich wieder und hob die Augenbrauen. »Schauen Sie, wie kommt es, dass Sie in so kurzer Zeit die rechte Hand von Marcel Lamour wurden? Das müssen Sie mir schon plausibel erklären.«

»Ich glaube …«, Veronika stotterte, als würden sich die Worte aus ihrem Mund herausquälen, »Monsieur Lamour lässt sich gerne mit neu angekommenen, jüngeren Frauen ein.«

Gleich darauf erschrak sie über ihre eigenen Worte. Das war es wohl. Sie war nur eine dumme junge Pute gewesen, die gefügig gewesen war. Und sich eingebildet hatte, die neue Dame des Hofes geworden zu sein.

Hatte Simone sie nicht gewarnt? Und sie hatte noch gedacht, sie wäre bloß eifersüchtig.

»Da kommen wir einer plausiblen Erklärung schon näher«, sagte Jacques. Er sah, wie Veronika mit sich kämpfte und selbst gerade auf eine schmerzliche Erkenntnis gekommen war. Er hakte nach.

»Haben Sie mitbekommen, dass Marcel Lamour mit Kindern alleine in einem Raum war?«, fragte Jacques.

»Nein, habe ich nicht«, sagte Veronika. Sie saß in sich versunken da. Eine Träne kullerte ihr die Wange hinunter.

Jacques sah sie fast enttäuscht an. Da war sie gegangen, die rechte Hand. Sie hatte nur alles nachgeplappert. Vielleicht würde sie eine gute Zeugin in einem Prozess abgeben, aber ihm brachte sie jedenfalls nichts.

Christian

Christian versuchte, einen Anwalt aufzustellen. Über den Computer in der Bibliothek suchte er sich eine ganze Liste an Namen heraus. In der Unmenge an Kontakten fiel es ihm schwer, die richtige Wahl zu treffen. »Ich habe eine Rechtsschutzversicherung«, überlegte er dann. Zwar konnte er die nicht auf Veronika umlegen, aber sie würden ihm vielleicht einen Rat geben. Er rief an und erzählte, dass seine Freundin in Anschuldigungen verwickelt worden sei und dass er einen Tipp für einen passenden Anwalt benötige.

»Ich kann bei der Versicherung nachfragen, wer da empfohlen wird«, sagte sein Makler.

»Bitte beeilen Sie sich, ich brauche die Auskunft am besten in wenigen Minuten«, sagte Christian. Seine Stimme bebte.

»Ich tue mein Möglichstes und leite Ihnen die Antwort unverzüglich weiter«, sagte der Makler.

»Danke. Ich schaue immer wieder in mein Postfach«, sagte Christian.

Während er auf die E-Mail wartete, recherchierte er im Internet nach den bestehenden Möglichkeiten. Und danach, welche Fachgebiete die Anwälte auf der Liste der Anwaltskammer angegeben hatten.

Eine Dreiviertelstunde später trudelte die Antwort seiner Versicherung ein. Es wurde ihm ein Anwalt aus Wien empfohlen, keiner aus Paris. Allerdings einer, der sich mit der französischen Rechtsprechung auskannte.

Sofort zückte er wieder sein Handy und rief den Anwalt an. Christian machte sich größte Sorgen um Veronika. Wer wusste, in was sie sich hineinredete. Er wusste, wie naiv sie war. Schließlich rief er ein Taxi und fuhr zu der Adresse, die Veronika ihm am Telefon durchgegeben hatte. Auch wenn sie vielleicht noch nicht herauskommen dürfte, er würde versuchen, eine Besuchserlaubnis zu kriegen.

Im Verhörraum zog Jacques seine Kreise. Dann sah er Veronika an und sagte: »In Ordnung. Sie können gehen.«

Er führte Veronika hinaus und gestattete ihr, Christian von ihrem Handy aus anzurufen.

»Christian, ich darf nach Hause«, sagte sie sofort, als er abhob.

»Ich bin am Weg zu dir und in wenigen Minuten da«, sagte er.

»Bis gleich. Mein Akku ist fast leer.«

»Bis gleich«, hörte sie Christian sagen.

Veronika stand hinter der großen Eingangstüre des Polizeigebäudes und sah durch die Milchglasscheiben des alten Tores, dass sich jemand näherte. Sie öffnete es.

»Christian! Ich bin so froh, dass du da bist!«, rief sie und fiel ihm um den Hals.

Tränen kullerten vor Freude ihre Wangen herunter. Ihre Nerven kamen ihr vor, als wären sie aus Seide.

Veronika war noch immer wie gelähmt. Am liebsten wäre sie sofort mit Christian wieder zurück nach Wien gefahren. »Packen und nichts wie weg«, dachte sie. Wer wusste, vielleicht würden sie sie nochmal holen wollen. Als die beiden im Schloss ankamen, sahen sie Riccardo und Simone in Aufbruchstimmung.

»Fahrt ihr weg?«, fragte Veronika.

»Wir fliegen. In die Karibik«, sagte Simone.

»Dort wollen wir eine eigene Gruppe gründen. Auf einem eigenen Stück Land, auf einem Boot, oder einer Insel. Wir wollen woanders neu anfangen«, erklärte Riccardo.

»Was?«, fragte Veronika.

»Nicht nur das«, sagte Riccardo. »Wir waren ursprünglich drei im Institut. Einer von uns hatte Aids. Leider hat er es nicht geschafft. Deshalb stehen wir nicht mehr hinter den Theorien, die Marcel für richtig hält.«

Simone hakte sich bei Riccardo ein. »Und weißt du, ich habe kürzlich erfahren, dass eine ganze Population Gorillas in Afrika fast ausgerottet worden wäre. Von Ebola. Und da war keine Menschensiedlung in der Nähe. Sie waren nie mit Kochkost in Berührung gekommen. Das macht doch nachdenklich. Ich kann nicht mehr glauben, dass Viren nur ein Entgiftungsprogramm von Kochkost sind.«

Veronika verstand, dass Riccardo und Simone nichts mehr mit den Umständen am Schloss zu tun haben wollten. Aber wie sollte es nun mit dem Versand weitergehen?

Clemens und Margit waren im Speisesaal, als Veronika in ihr

Zimmer gehen wollte. Als sie im Stiegenhaus an dem großen Bild von Hieronymus Bosch vorbeiging, hielt sie kurz inne. Dann ging sie weiter zu den beiden im Speisesaal.

»Was macht ihr jetzt?«, fragte Veronika.

»Mit dem Versand weitermachen, was sonst?«, sagte Margit.

»Wir haben uns nichts zuschulden kommen lassen«, sagte Clemens.

»Blöderweise steht die Sache groß in vielen französischen Tageszeitungen. Einige Stammkunden aus Frankreich haben nun gar nicht bestellt.« Margit schaute bekümmert.

»Das ist ja furchtbar«, sagte Veronika.

Clemens klatschte in die Hände. »Zum Glück ist unser Kundenkreis in Deutschland auch schon sehr groß. Da wurde wie gehabt bestellt. Aber wenn wir die Firma retten wollen, müssen wir viel arbeiten.«

»Klingt fast so, als würde er sich schon als fixer Bestandteil hier fühlen«, dachte Veronika.

»Jetzt wo Marcel nicht da ist und Riccardo, Simone und andere weg sind, müssen wir vieles übernehmen, von dem wir gar keine rechte Ahnung haben. Wollt ihr nicht mitmachen?«, fragte Margit.

»Oh, wow … danke«, sagte Veronika. »Es wäre wirklich schade, wenn hier alles den Bach runter ginge. Ich finde es auch toll, dass es diese Firma gibt.«

Gerade noch wollte sie gleich abhauen, alles hinter sich lassen – und jetzt diese Frage. Was, wenn es Edenkost bald nicht mehr gäbe, nur weil sich zu wenig Helfer finden ließen? Sie war hin- und hergerissen. Sie sah Christian an, der inzwischen nachgekommen war. Er war nicht weit weg gewesen und hatte mitgehört.

»Ich glaube, jetzt müssen wir hier erst einmal wieder landen«, sagte Christian. »Veronika ist eben erst aus dem Gefängnis gekommen. Sie muss sich nun beruhigen.«

»Vielleicht«, sagte Veronika zu Margit. »Es stimmt schon, ich bin noch ganz durch den Wind und kann noch gar keinen klaren Gedanken fassen.« Veronika fühlte plötzlich Kopfweh. »Nichts wie ins Bett«, dachte sie sich.

Christian und Veronika gingen die Treppe hinauf in Richtung der Schlafräumlichkeiten. Gerade war der Moment gekommen, in dem jeder in sein Zimmer gehen würde.

Veronika stand nahe bei Christian. »Bleib bei mir«, flüsterte sie ihm zu. Sie bemerkte nun zum ersten Mal so richtig, dass er größer war als sie. Warm und sicher fühlte sie sich in seiner Nähe. Sie sah in seine braunen Augen.

Wie sehr es doch knisterte. Ob sie das unbewusst schon früher erkannt hatte, dass sie sich bei ihm so wohl fühlte?

Ihn unbewusst deshalb gebeten hatte mitzukommen? Alles war plötzlich anders. Simone war mit Riccardo liiert und im Begriff abzureisen. Marcels Zauber hatte seine Wirkung auf sie verloren und sie hatte seine problematischen Ideen erkannt. Der innere Kreis löste sich auf und viele, die Angst hatten, mit Marcels Theorien in Verbindung gebracht zu werden, suchten das Weite. Das Einzige, was für sie eine Konstante blieb, war Christian. Und eine mögliche Zukunft bei Edenkost.

»Ja«, sagte Christian, »ich bleibe bei dir.«

Er ging mit Veronika die paar Schritte zu ihrem Zimmer. Sie machte die Türe auf, er schloss sie und sperrte zu. »Endlich. Schluss mit dem Spuk da draußen«, dachte Veronika. Hier war sie zwar immer noch im Schloss, aber das Zimmer war ihre Privatsphäre. Kurz durchfuhr es sie, ob es womöglich Kameras geben könnte. »Blödsinn«, dachte sie. Und selbst wenn – alle, die es interessieren könnte, waren weg.

Wie unabsichtlich standen sie einander ganz nah gegenüber, und Christian umfasste ihre Taille. Sie küssten sich warm und innig. Da war kein Vorbehalt, keine Maske. Veronika spürte harmonische Musik in sich. War es Musik? Ihr ging es gut.

»Du hast sicher Hunger«, sagte Christian. »Ganz abgemagert siehst du schon aus.«

»Du übertreibst«, sagte Veronika und sah an sich hinunter. »Aber Hunger hätte ich schon.« Erst jetzt fiel ihr auf, dass ihr Magen tatsächlich gerade knurrte. Sie spürte das ihr inzwischen vertraute Ziehen im Bauch, von dem sie wusste, dass es ein Zeichen dafür war, dass nicht Glykogen, die Speicherkohlenhydrate aus der Leber, sondern Fett abgebaut wurde. Bisher hatte sie sich immer darüber gefreut, dass sie endlich abgenommen hatte. In den letzten Wochen war das nun wie automatisch passiert.

»Ich hole schnell etwas zu essen. Bin gleich wieder da«, sagte Christian. Flugs war er aus dem Zimmer verschwunden und postwendend wieder da.

»Du hast aber Teller und Besteck vergessen«, sagte Veronika.

»Ich berühre gerne alles, was ich mag, direkt mit den Fingern«, sagte Christian und schaute verschmitzt.

Veronika bemerkte die Doppeldeutigkeit und ihre Knie fingen an zu zittern. »Das mache ich eigentlich auch gerne«, sagte sie.

Sie setzten sich aufs Bett. Die Decke war sorgfältig zugeschlagen. Christian riss das Papiersäckchen, das er mitgenommen hatte, auf. Da erschienen reife Feigen und Himbeeren, in Stücke geschnittene Mangos und zwei Eier. Die legte er extra auf das Nachtkästchen.

»Eier? Wo hast du die jetzt noch her?«, fragte Veronika.

»Geheimnis, ist für später«, sagte Christian.

Er nahm eine Himbeere und führte sie ganz langsam um Veronikas Kinn, gerade die Härchen berührend, in Richtung Lippen. Sie wollte schon zuschnappen, da zog er sie weg.

»He!«, sagte sie.

Er sah sie an. »Nicht so schnell.«

Christian führte die Himbeere weiter um ihre Lippen herum. Wieder spürte sie, wie die Himbeere sie ganz zart kitzelte, bis sie schließlich doch zwischen ihren Lippen, die sie langsam geöffnet hatte, landete. Veronika nahm die reife Himbeere sanft in den Mund, drückte die Zunge nach oben und der süße Saft verteilte sich.

»Mmhhh«, sagte sie. So gut hatte ihr noch nie eine Himbeere geschmeckt.

Christian fütterte sie mit mehreren Himbeeren. Dann griff er zu den dunkelblauen Feigen. Es waren ganz weiche, überreife. Er zupfte den harten Stiel ab. »Komm, hol dir eine«, sagte er und nahm eine Hälfte in den Mund.

Veronika drückte Christian ganz zurück an die Wand hinter ihm. »Na warte«, sagte sie und holte sich ihre Hälfte. Dann schnappte sie sich selbst eine Feige und drehte das Spiel um. »Ich mache es dir nicht so leicht«, sagte sie. Und schwupp, hatte sie eine halbe Feige im Mund.

»Die sching vi u ecker«, sagte sie mit vollem Mund.

»Was sagst du? Ich verstehe dich so schlecht. Ich glaube, ich muss dir da was aus dem Mund holen«, sagte Christian und machte sich ans Werk.

»Hee, nicht mit den Fingern mogeln«, sagte Veronika. Die beiden rangelten abwechselnd um die restlichen Feigen. Christian setzte sich auf und nahm eines der größeren Stücke der saftigen, aufgeschnittenen gelben Mangos. »Schau mal, wie feucht die Mangos sind. Richtig glibbrig«, sagte er. Dabei hielt er das Stück mit der einen Hand und fuhr mit der anderen sacht über die feuchte Seite der Mango.

Veronika setzte sich auch auf, und Christian hob das Mango-Stück zu ihrer Nase.

»Wie gut das riecht«, sagte sie. Ihr lief das Wasser im Mund zusammen.

»Die ist fast so feucht wie ich«, sagte Veronika.

»Ach, lass mich nachsehen«, sagte Christian und fuhr mit seiner anderen Hand langsam unter ihr Kleid.

»Doch nicht dort«, sagte Veronika. Ihr wurde heiß, ihre Wangen glühten.

»Oder doch«, sagte Christian und grinste. Er wusste, dass Veronika inzwischen genauso heiß war wie er.

Veronika griff zu dem Mangostück. »Schau, damit kann man sich auch einschmieren«, sagte sie zu Christian und rieb sich mit dem Stück über den Oberarm, um ihn zu überlisten und es gleich darauf in ihren Mund zu befördern.

»Mmmhh, jetzt schmeckst du noch besser«, sagte Christian und leckte ihren Arm ab.

»Du hast mich doch noch gar nicht gekostet«, flüsterte Veronika und stöhnte. Das Kribbeln wurde immer stärker. Es war, als würde sich eine gewaltige Welle in ihr zusammenbrauen.

»Das hole ich gleich nach«, sagte Christian und leckte auch an anderen Körperstellen.

Etwas Saft rann ihr von dem Mangostück über die Lippen. Christian küsste sie. Zum ersten Mal nahm sie seinen Körpergeruch in seiner vollen Intensität wahr. Noch nie hatte ein Mann für sie so gut gerochen. Durian und Vanille waren nichts dagegen. Aber jetzt hatte sie eine Ahnung, warum Vanille als dem menschlichen Sexualhormon ähnlich angesehen wurde. Und warum sie vielen Frauen als Ersatz diente. Und doch war es nur ein kleiner Teil dessen, was sie an Christian roch. Sie erinnerte sich an die Malvenfrüchtchen, die sie im Sommer gegessen hatte. Ob er wohl von den umliegenden Malven genascht hatte, und nun deswegen so gut nach Moschus duftete?

»Christian …«, stöhnte sie leise.

»Veronika …«, sagte er.

Ihr Körper bebte. »Er will mich«, dachte sie. Christian ging es nicht anders.

Beide hielten es nicht mehr aus, streiften sich gegenseitig die Kleider ab und berührten sich zum ersten Mal komplett nackt. Sie legten sich nebeneinander. Eng umschlungen, wie sich umrankende Lianen im Urwald.

»Willst du den Vorhang vom Fenster zumachen?«, fragte Veronika, fast schon atemlos.

»Nein. Ich will dich sehen«, sagte er. »Er liebt mich«, dachte sie.

»Komm endlich in meinen Teich«, stöhnte sie. Sie hielt das Pulsieren nicht mehr aus.

Nach einiger Zeit, heftigen Bewegungen und Explosionen, die sich schon Monate aufgestaut haben mussten, lagen sie nebeneinander im Bett und schliefen ein.

Es war bereits dämmrig geworden, als Veronika wieder aufwachte. Christian saß neben ihr am Bett.

»Gut geschlafen?«, fragte er.

»Jaaa«, sagte Veronika. Ihr Traum war wahr geworden. Sie räkelte sich unter der dünnen Decke, ihr Körper zeichnete sich ab. Christian hatte ein Glas geholt und schlug das Eiklar hinein. Dann ließ er Veronika den Dotter aus der Schale trinken.

»Hmmm, lecker«, sagte Veronika. »Ich hatte gar nicht daran gedacht, dass der Dotter wie bei einem weichen Ei schmeckt.« Sie genoss den vertrauten Geschmack.

»Das Eiklar lassen wir übrig. Es ist roh nicht so gut. Wird wohl einen Grund haben, warum es sonst denaturiert wird«, sagte Christian.

Dann schlug er das zweite Ei an seinem Glas auseinander und trank den Dotter aus der Schale.

»Gehen wir trotzdem noch zu den anderen zum Abendessen runter?«, fragte Veronika.

»Wenn du willst«, sagte Christian.

»Heute nicht«, sagte Veronika.

Christian grinste. Sie verkrochen sich wieder im Bett.

Veronika

Zum Frühstück gingen sie hinunter.

»Was machen wir jetzt?«, fragte Veronika schließlich. Mehr an Christian und sich selbst gerichtet, als an die anderen, die am Tisch saßen.

»Ich fände es schade, wenn es die Firma Edenkost nicht mehr gäbe. Außerdem gehört sie nicht einer Person alleine. Wir können das schaffen«, sagte Clemens. Er war ein Mann der Tat, der die Ärmel aufkrempelte und nicht so schnell aufgab. Und er wollte an das gestrige Gespräch anknüpfen.

»Wir könnten in die Tropen fahren und dort nach weiteren Bauern suchen, die Lebensmittel liefern können. Oder selbst anbauen und liefern«, sagte Veronika.

»Ich weiß nicht, ob ich das kann. Es gibt ohnehin viele Kontakte«, sagte Christian.

»Es geben immer wieder welche auf und manche sind zu alt, um weiterzumachen. Immer wieder müssen neue eingeschult werden. Oder es entstehen Rohköstler-Gruppen. Sogar auch in Spanien, also gar nicht so weit weg«, sagte Margit.

»Habt ihr schon einmal vom Kokosnuss-Mann gehört?«, fragte Clemens. Es war eine rhetorische Frage, er sprach gleich weiter. »Der war in die Tropen ausgewandert und hatte eine eigene Religion gründen wollen. Dabei proklamierte er, dass alle nur Kokosnüsse essen sollten. So begeistert war er.«

»Nicht wahr«, sagte Veronika.

»Doch. Leider starb er sehr früh an Mangelkrankheiten. Schräg, oder?«

»Manche Gäste hier haben mir erzählt, dass sie eine Art Familiensitz gründen wollen, wo sie dann auf einem riesigen Grundstück alles für den eigenen Bedarf anbauen würden. Und die Tiere würden auch Nüsse bringen und so«, sagte Margit.

»Das ist wohl eher aus dem Land der Märchen, oder?«, sagte Christian.

»Vermutlich, wer weiß …«, sagte Margit und lachte.

»Weiß man etwas wegen Marcel und den anderen?«, fragte Veronika.

»So wie es aussieht, wird Marcel jetzt einmal länger nicht herauskommen und der innere Kreis hat sich so gut wie aufgelöst. Alles, was nur unter Zwang passierte, ist vorbei«, sagte Margit.

»Was unter Zwang?«, fragte Veronika.

»Nun, es gab manche Beziehungen, die extra zusammengeführt wurden. Zum Beispiel bestimmte Frauen oder Männer mit gleichgeschlechtlichen Partnern, die eigentlich heterosexuell waren«, sagte Margit.

»Das habe ich so gar nicht mitbekommen«, sagte Veronika.

Margit sah sie groß an. »Mit der Zeit wurden jedem eine oder zwei Personen zugeteilt. Es hat nicht immer gut gepasst. Aber besser als gar nichts, oder? Wir mögen uns ja trotzdem. Wir, die wir hier verblieben sind, wollen die Firma jedenfalls weiter betreiben.«

»Wie sind dann die Kinder entstanden?«, fragte Veronika.

»Na, dreimal darfst du raten«, sagte Margit.

»Marcel …?«

»Ist wohl anzunehmen. Die Kids wollen alle schon nach der Reihe wissen, wer ihr leiblicher Vater ist. Vaterschaftstests werden letzte Zweifel ausräumen«, sagte Margit.

»Marcel hat sich wie ein Silberrücken bei den Gorillas verhalten«, sagte Veronika. Inzwischen konnte sie dazu lächeln.

»Lustiger Vergleich. Regelmäßig fielen mir männliche Gäste auf, die sich wunderten, dass hier am Schloss eine andere Energie herrscht«, sagte Clemens.

»Na ja, die notgeilen Säcke hat er damit jedenfalls gut abgeblockt. Weil keine Frau auch nur das geringste Zeichen gab, dass so einer eine Chance haben könnte«, sagte Margit.

Veronika dachte an den Mann in der Sauna in Wien, der sie mit dem Sex überrumpeln hatte wollen. Hier hätte sowas zumindest nicht so leicht passieren können. Allerdings, wenn sie an Marcel selbst dachte … Ihre Gedanken wurden unterbrochen.

»Ich wüsste gar nicht, wo ich sonst so eine große Auswahl an guten Lebensmitteln her bekommen würde. Irgendwie ist das unvorstellbar. So viele Möglichkeiten gibt es nicht«, sagte Clemens.

»Da hast du recht«, sagte Veronika. Sie drehte sich zu Christian um. »Was meinst du? Machen wir mit?«

Das *Wir* glitt ihr fast unabsichtlich über die Lippen. Waren sie ein Paar? Kurz war Veronika unsicher. Aber Christian lächelte. Er verstand.

»Ich weiß nicht, ob ich mir ein Leben außerhalb des Schlosses wieder vorstellen kann«, sagte Veronika. Sie dachte daran, dass sie vor ihrer Zeit hier schnell einmal auch nicht ganz rohe Lebensmittel gegessen hatte. Und dass sie davon bleierne Müdigkeit am Morgen, Pickel, manchmal auch Übelkeit gehabt hatte.

Christian stellte sich nah vor Veronika. Sie sah ihn an und versank etwas in Gedanken. Endlich war sie dort gelandet, wo es ihr wunderbar ging mit ihrer Haut, ihrer Lunge – und was jetzt? Würde sie ihre Ideale selbst leben können oder war sie davon abhängig, wo sie war? »Bin ich gefestigt genug?«, fragte sie sich. Sie sah Christian an. Er war die ganze Zeit bei ihr gewesen. War es nicht auch er gewesen, der sie die ganze Zeit motiviert hatte, sogar schon in Wien? Sie fühlte, dass sie nun nicht mehr den Drang hatte, nur in einem abgeschotteten Bereich oder in einer Gruppe zu leben. Sie merkte, dass sich ihr Gefängnis, das sie sich selbst im Kopf gebaut hatte, auflöste.

Christian sah, dass in Veronikas Kopf die Gedanken schwirrten. »Schau, das Tor ist offen. Wir können durch gehen und wieder nach Wien fahren, oder was Neues machen. Oder für Edenkost im Ausland arbeiten, oder hier bleiben. Nichts hält uns und nichts schickt uns weg.«

»Stimmt«, sagte Veronika. Sie sah auf und lächelte. »Hauptsache, du bist dabei«, dachte sie sich. Ihre Augen sprachen mehr als Worte.

Christian umfasste Veronika an der Taille und zog sie zu sich. Er nahm sie sanft am Nacken, um ihren Mund an seinen zu drücken. Veronika erwiderte die Umarmung, und während sie sich küssten, vergaßen sie die Welt um sich.

Nachwort

Liebe Leserin, lieber Leser,

vor inzwischen vierzehn Jahren änderte ich zuerst nur meine Ernährung, und erlebte gemeinsam mit anderen einen riesigen Umschwung. Der Lohn war nicht nur neue Lebensfreude, sondern auch eine anders gefühlte, tiefgreifende Energie. Wie Veronika in der Erzählung, lernte ich komplett neue Aspekte kennen, die mir davor nicht aufgefallen waren, zum Beispiel aus der griechischen Mythologie. Ich entdeckte Wissen von Naturvölkern und Philosophen neu, Fremde warfen mein bisheriges Bild von Beziehungen und Körperlichkeit schlichtweg über den Haufen und ich sah mich einem alten, skandalös wirkenden Altarbild gegenüberstehen. Ich fragte mich, was es damit auf sich hatte. Und dann war da noch die starke Reduzierung diverser Röstprodukte, die mir unerwartet pure sinnliche Genüsse auf ganz anderen Ebenen ermöglichte.

Ich hörte viele Lebensgeschichten von Menschen, die dem Weg, den ich gerade neu entdeckt hatte, schon länger folgten als ich – manche auch nur für vergleichsweise kurze Zeit. Einige der Schicksale berührten mich sehr. Aus Selbstzweifel oder geschäftlichen Gründen wurde so mancher tragischer Fall versteckt und wenn überhaupt, fanden sich schon nach kurzer Zeit nur noch wenige Informationen dazu im Internet. Enthusiastische, teils geschäftstüchtige Neulinge sind dafür in der Szene in großer Zahl vertreten. Jene, die ihre Lektion gelernt hatten, sagten mir bekümmert, sie würden sich wünschen, dass Kardinalfehler mehr bekannt werden und dass vor falschem Fanatismus gewarnt wird.

Nach kurzer Zeit war ich so beeindruckt von der Tiefe der Thematik, der zugehörigen Psychologie und Philosophie, dass ich mich entschloss, diesen Roman, der – wie schon angedeutet – nicht autobiographisch ist, zu schreiben.

Vielleicht kennen Sie mich bereits als Autorin des Sachbuches *Das große Rohkost-Buch - AllesRoh Vitalkultur - Grundlagen und Praxisanleitungen für eine erfolgreiche Ernährungsumstellung*, das ich gemeinsam mit Ernährungswissenschaftlern und Lebensmitteltechnologen, wie auch mit meinem Mann, der in einem Lebensmittellabor arbeitet, auf der Basis meiner Erfahrungen, wie auch derer vieler anderer Rohköstler erstellt habe.

Es entstand in direktem Zusammenhang mit diesem Roman: Als ich nach sieben Jahren, nach unzähligen Treffen mit meinen neuen Freunden, kundtat, dass nun die Zeit gekommen war, dass ich meinen Roman schreiben würde, schlugen mir einige mit Nachdruck vor, dass ich zuerst ein komprimiertes Sachbuch schreiben sollte. Zu jenem Zeitpunkt waren viele der darin angeführten Zusammenhänge noch nicht bekannt und zum Teil füllt es eine Lücke, die bisher offen war. »Bei dir erfahre ich mehr als bei so manchem Workshop, den ich bisher besucht habe«, sagte eine Freundin, die sich dabei natürlich nur auf Gourmet-Küchen-Workshops bezog. »Einen Roman kannst du immer noch schreiben«, sagte eine andere. Ich denke, das war gut so. Denn so konnte ich die Story dieses Buches bunter flechten und nicht zuletzt war auch mein beruflicher Hintergrund in einer Firma, die auf internationaler Ebene Krebsforschung betreibt, förderlich.

Mein besonderer Dank gilt meinem Mann Herbert, den ich seit meinem fünfzehnten Lebensjahr kenne und der mich die ganzen Jahre hindurch, trotz des sehr großen Zeitaufwands, bei allen Recherchen unterstützt hat, weil er sah, dass meine Umstellung nicht nur ungeahnt gute Auswirkungen auf meinen Gesundheitszustand hatte, sondern auch unsere Beziehung enorm intensivierte.

Meinem Sohn Manuel danke ich für seine stets ehrlichen Reaktionen und Antworten. Die beste Qualitätskontrolle sind Kinder, denn sie sprechen so manches viel impulsiver an als Erwachsene.

Ebenso danken möchte ich all jenen, die mich beim Schreiben des Romans unterstützt haben, die mir von sich erzählten, meine Recherchen, Treffen und Reisen belebten, und auch jenen, die mir bei der Entstehung des Romans fachliches Feedback gaben. Johanna Eberl möchte ich besonders für ihr treffendes philosophisches Vorwort danken.

Ich würde mich freuen, wenn das vorliegende Buch auf spannende und humorvolle Weise inspiriert.

Enzesfeld-Lindabrunn im Juni 2015,

Angelika Fischer

Angelika Fischer

Das große Rohkost-Buch

AllesRoh-Vitalkultur

Grundlagen und Praxisanleitungen
für eine erfolgreiche Ernährungsumstellung

ISBN: 978-3-89385-670-1
Gebundene Ausgabe 488 Seiten
Format: 17,0 x 24,0 cm
€ [D] 34,95 €[A] 36,00

Eine Innovation für die im Trend liegende Rohkost-Ernährung. Angelika Fischer entwickelte und erprobte über acht Jahre lang einen Ernährungsstil, der alles Pure, Naturbelassene und Frische favorisiert und kombiniert, die AllesRoh-Vitalkultur.

Die Umstellung auf Rohkost ist leicht, wenn man die Grundregeln kennt. Unsere Sinne, vor allem der Geschmacks- und Geruchssinn, spielen dabei eine ebenso bedeutsame Rolle wie die positiven Wechselwirkungen einzelner Ernährungsbausteine und das »Geheimnis« zur Optimierung der Verdauungskraft.

Zu den praktischen Basics des Buches gehört die Lebensmittelpyramide für Rohköstler. Sie beruht auf verschiedenen Pflanzenfamilien mit ernährungsphysiologischen Gemeinsamkeiten und enthält Basis-Lebensmittel, die täglich gegessen werden können, sowie Spezielles für besondere Gelegenheiten. Für die Zubereitung einer Vielfalt von einfachen Gerichten und Getränken gibt Angelika Fischer eine Rezeptauswahl mit zahlreichen Tipps und praktischen Küchen-Tools. Abschließend folgt ein kompakter Einblick in die spannenden biochemischen Zusammenhänge des menschlichen Stoffwechsels, wodurch das Vertrauen in die gesundheitlichen Vorteile einer erfolgreichen Ernährung mit Rohkost nachhaltig gefestigt wird.

Unser Verlagsprogramm - Stand Juli 2015 Roh-Ark-Verlag

Döbelner Straße 11   04749 Ostrau

Sven Rohark „Die Rohkost-Revolution“ (Vollversion)

Sven Rohark „Die Rohkost-Revolution - kompakt“

Sven Rohark „Survivaltips eines Leichtgepäck-Wandererexperten“

Prof. Arnold Ehret „Gesunde Menschen – Band 1“

Prof. Arnold Ehret „Gesunde Menschen – Band 2“

Dipl.-Physiker Walter Schaube „Kerngesund ohne Umwege“

Jean Huntziger „Die Bioklimatische Rohkost“

Anonym „Tante Edeltraud“

Rüdiger Moczall „Leben in Liebender Verantwortung“

Cosmo Vega „Wach auf und lebe bewusst“

Joseph Suppan „Berührung und Frucht“

Maren Becker „Veganes Studentenkochbuch – garantiert 100 % pflanzlich“

Mario Krygier „Faszination Mayaland“

Mario Krygier und Jens Rohark „Don Eric und die Maya“

Jens Rohark „2012 – Prophezeien die Maya den Weltuntergang?“

Jens Rohark „Poopol Wuuj – Das Heilige Buch des Rates der K´ichee´- Maya von Guatemala“

Jens Rohark „Auf den Spuren der Maya – Das Zentrale Tiefland – Teil 1“

Jens Rohark „Spanisch für Reisende“

Jens Rohark „Englisch für Reisende“

Mario Krygier u. Jens Rohark „Die Anatomie des Mayakalenders“ ab Winter 2015

Andrea von Rymon „Der Anderswald – Erstens: Das geheimnisvolle Amulett“

ab Oktober 2015

Andrea von Rymon „Der Anderswald – Zweitens: Lichttor und Zauberfluch“

Angelika Fischer „ROH – Sex, Lügen und Rohkost“

Freyja Jürgens „Illu Unangan – die Goldene Stadt“

Hein-Verlag   Döbelner Straße 11   04749 Ostrau